南方北方

孙淑杰　著

陕西新华出版
太白文艺出版社·西安

图书在版编目（CIP）数据

南方北方 / 孙淑杰著. -- 西安 ： 太白文艺出版社,
2025. 3. -- ISBN 978-7-5513-2921-7

Ⅰ. I247.5

中国国家版本馆 CIP 数据核字第 2025Z4V853 号

南方北方
NANFANG BEIFANG

作　　者	孙淑杰
责任编辑	耿　瑞
装帧设计	青年作家网
出版发行	太白文艺出版社
经　　销	新华书店
印　　刷	河北晔盛亚印刷有限公司
开　　本	787mm×1092mm　1/16
字　　数	310 千字
印　　张	24.25
版　　次	2025 年 3 月第 1 版
印　　次	2025 年 3 月第 1 次印刷
书　　号	ISBN 978-7-5513-2921-7
定　　价	78.00 元

目　录

第一章

1

燥热的七月，孟福先骑着一辆破旧的自行车，在坑坑洼洼的土巷子里颠簸着。一九九二年的夏天，就像李秀云三十六年如一日的情绪，几乎沾火就着。从幸福公社升级到幸福县的孟福先，却试图在正午的烈日下，寻找幸福的影子。

自行车后座上捆着一只纸壳箱子。到了家门口下车时，孟福先两条衰老的腿就有些费劲儿。他先把车速放慢，屁股离开车座，左腿着地，右腿从自行车的横梁上跨过来。人矮腿短，他的动作歪歪扭扭的，看上去有点撑不稳。

那两扇窄窄的木头黑门里面，关着让孟福先头痛的家。平时开一扇门时，自行车勉强能够别进去，今天多了一只比自行车宽的纸壳箱子，就得小门大开。孟福先连车带货硬生生地挤进门去时，人和车顿时矮了一大截——门里的院子比门外的路面低一尺多。夹在东西两邻宽敞挺拔的新房中间，孟福先那三小间塌腰裂缝的瓦房越发显得陈旧简陋。

院子里摊开一堆碎柴火——木块、树皮、枯草之类的。七八只鸡正在那里啄食，尖尖的爪子一替一换"唰唰"地挠着，挠到什么，什么就"嗖嗖"地往后飞。

孟福先摘下旧得发白的蓝帽子，用手抹一把花白额角处的汗水，然后去解系在纸箱上的细绳。

中午的阳光太足。戴着白帽子的李秀云站在房门里，探出半个头来，苍白消瘦的脸上，皱纹像灿烂的烈日光芒四射。她身后的厨房一片昏暗。

"啥呀？"李秀云皱着眉头眯着眼睛，没有过来帮孟福先。看得出，她不喜欢暴露自己。

"茧蛹。"孟福先把纸壳箱子搬进屋，放在门旁的小木架上。小木架当然是孟福先自己做的，简易粗糙。

“这么多，谁给的？”李秀云打开箱子看看，茧蛹有七八斤重。

“谁给？买的。”

“花钱买这么多茧蛹？”

“便宜，才六毛钱一斤。”

“六毛钱不是钱？谁吃这黑乎乎的破玩意儿？”

“你不吃我吃。我爱吃。”

“你吃，你就想着你自己。你咋不买回点儿我爱吃的东西？”

“你爱吃啥你就买呗，咱家的钱都在你手里把着。我不会买。我买的东西，你不是嫌贵就是嫌不好吃，哪次不落埋怨？”

“你会啥？就会吃。以前我们娘们一想吃点儿啥，你就生气，说‘不知吃哪口上膘了’，我看你现在也是不知吃哪口上膘了。”

“我不吃了行不行？”孟福先搬起箱子走到院子里，底儿朝天往半空中猛地一扬。只见明亮的空中闪出一道黑色的弧光，弧光中一颗颗子弹头似的茧蛹飞行着。“子弹头”落下来，在地面争先恐后地跳开，均匀地布满巴掌大的小院儿。这突如其来的震动令茧蛹们异常兴奋，尖尖的呈螺旋状的小尾部东南西北不停地画着圆圈儿，满院子地摇头晃脑。

这边儿哗地一扬，那边儿呼地一扑，七八只鸡十几只翅膀同时飞展，尘风呼啸而起。小怪物体内的白浆，在鸡嘴的尖利吸食中迸溅流淌，小小黑黑的身体下面，是一摊摊薄薄的柔嫩的洁白。

李秀云没料到孟福先会来这一手，但茧蛹成了母鸡们的腹中餐，把孟福先的口福夺了去，倒也遂了她的愿。李秀云没再说话，瞅了眼一只只兴高采烈的鸡，转身回屋了。

孟福先的脸像晒干了的老牛皮似的，噘得高高的嘴能当拴毛驴的桩子。在这满院子的热闹和百合花一样的洁白中，孟福先重又推起了自行车，那扇窄窄的小门在他用力地开合中龇牙咧嘴地嘶叫着。

2

秋天的季节里，夏风还拖着长长的尾巴。

孟亚来到母亲家时，母亲李秀云正坐在炕沿儿上絮棉裤。棉花有新有旧，圆圆的薄薄的，一片片叠在一起，像天上浓一块淡一块的云彩。

孟亚问："谁的棉裤？"

"你的。"

"我有棉裤，不是前年你给我做的吗？"

"穿两年就不暖和了，得换新的。"

"这旧棉花还能用啊？絮起来多费劲儿啊！新棉花一揭一大层，往上一铺就行了，又快又省事。"

"新棉花又涨价了，四块钱一斤了。旧的收拾好了一样用，扔了白瞎了！"

孟亚琢磨着心事，想着该怎样既把话题打开，又不让母亲伤心落泪。过了一会儿，她装着轻描淡写地问："我爸又跟你吵架了？"

李秀云马上气就不打一处来："这辈子就是吵着过来的，不死就断不了吵。"

"又为啥？门玻璃怎么没有了？"

"玻璃都让我换两次了。他深更半夜从东屋过来拽门，我早就把门插上了，他进不来就砸玻璃。你说他多不嫌碜砢碜，人家一天到晚根本不给他好脸儿，他还好意思巴巴往上赶。"

"男人不都这样吗？你就将就将就他吧！少生点儿气对你自己的身体也好。"

"将就不了。我一看他做事，一听他说话，就没法不生气。"

"十八年都过来了，还差十八天了？"

"说得轻巧！你一天上班儿悠闲自在，就天天坐着看报纸喝茶水，也月月开支一分钱不少。吃的穿的随便买，有国家养着。我跟谁要工资？他把我的工作给辞了，我在家一待就是三十多年，我心里的痛苦跟谁说？谁能理解我？你看有些当官儿的，都是一人得道鸡犬升天。他可倒好，当个公社卫生院的小破院长，上边儿要求精减两个人，他说领导得带头，就先把我给减下来了。他这官儿没芝麻粒儿大，却坑了我一辈子，你说我能不恨他？"

孟亚知道自己没有什么好办法，能把母亲对父亲的怨恨消解掉，但她还是得死马当作活马医，便说："我爸也是后悔，这两年不是东跑西颠儿地给你往回找工作吗？"

李秀云根本就不领情："后悔有啥用？他张罗着往回找工作都十多年了，不是到现在还没找回来？他这个人又傻又狠，跟他过一辈子，我真是窝囊透了！"

孟亚又想了一会儿，终于进入了正题："我爸在单位都住好几天了，天天上班儿拉个脸，我问啥他也不吭声。你去把他找回来吧！"

"愿意住他就住，看不见他，我还少生点儿气。"

"让单位的人怎么看？家里不和外人欺。我爸五十多岁了，让他在人前一点儿尊严都没有。再说，我和我爸一个单位，我也难堪。"

"你工作没调回来之前，他就在单位住过好几次了，单位的人都知道。不光住单位，有一次他都住养老院去了，住了二十六天。和他一个宿舍的老头儿把屎拉在床上了，臭得他受不了，就又回家来了。这张脸早就撕破了，怕什么难堪？他有工资，可以顿顿下饭店，晚上有半导体陪着，他多自在！"

"我爸当然行了，可他把工资花光了，你用啥？他在家里吃喝，省下的钱还不是这个家的？还不是你的？"

这句话显然击中了要害，好半天李秀云才开口说话："年轻的时候想离婚，怕你们受委屈，你们可是姐弟六个啊！我是两手捧着热馒头，扔了舍不得，捧着又烫得慌。好不容易熬出头了，也老了快不能动弹了，却不得不靠着他那两个钱儿。我要是自己有工资，早就不跟他过了！"

李秀云停下手里的活儿，拉开炕柜的抽屉，拿出一沓剪得方方正正的卫生纸，一张接一张地擤鼻涕擦眼泪。

李秀云这种动作已经不知做了第几百次了。以前，不知是母亲过于敏感，还是自己听多了麻木了，孟亚不理解母亲的眼泪何以这样多，她说不出更多劝慰的话。母亲的眼泪虽然一滴滴落在她的心上，但并没有多大的回声。直到三十岁的这一年，孟亚因患重感冒发烧咳嗽，需要打吊针，不得已请了一周病假，可短短的七天闷得她度日如年。生性要强的孟亚终于体会到了，比她更要强的母亲三十多年来承受的是一种怎样的痛苦。然而，差异并不仅仅在于时间的长短，而在于造成她痛苦的根源，恰恰是应该给予她幸福的丈夫。一个屋檐下同床共枕几十年，本该恩恩爱爱的夫妻却成了互不理解互不相让的仇敌。谁知道婚姻是什么？是爱是恨？是欢笑是眼泪？是长寿的偏方还是短命的毒药？母亲的泪渐渐地变成了一把尖刀，每落下一滴，锋利的刀尖就在孟亚的心上划出一道伤口。滴滴落下，孟亚的心早已伤痕累累了。

等母亲的情绪稳定下来了，孟亚试着转了话题，谈起了孟涛。李秀云的眼睛红红的，但不再流泪了。

李秀云说："我昨晚又梦见小涛了。他正在井架子下面干活儿，井架子倒了把他砸在底下。我吓坏了急得直喊，把自己给喊醒了，醒了以后心还怦怦跳了老半天。"

"我爸没再找过我老叔吗？"

"找了好几回了！你老叔是个大忙人，当官儿的会多事儿也多，谁知道咱家的事儿啥时候能排上号？你爸嘴笨得跟棉裤腰似的，去了没说上几句话，就让你老叔给打发回来了，说，'你回去等着吧，这几天有空儿就办。'你爸就不高兴，每次回来都噘嘴鼓腮的。他这个人别的本事没有，就会鼓气儿。"

"咱们在大庆也没有熟人，能帮忙把小涛调进市里。小涛怎么说也算是大庆人，从野外调到市里照理儿说不该费太大的事儿。大庆的生活可富裕了！"

"要是有熟人那还说啥。你爸一个平民百姓，跟谁都说不上话。"

"让我老叔找人帮帮忙。"

"帮忙能白帮？还是回来算了，反正我和你爸也不想去大庆。让他回来，互相也有个照应，我和你爸也省得挂念他了！"

"往回办就容易？这不也办了一年多了？"

"总比进大庆市里容易些吧，钱也能少花点儿。前几天，你二姐夫在油厂找领导给批了五十斤豆油，你老叔说再拿三百块钱就行了。"

"这事儿可得考虑好，好不容易考学走出去了，守着大庆不想办法进市里，还花钱求人回这小破县城，将来后悔怎么办？"

"后啥悔，现在不是没有别的招儿吗？小涛都二十六了，在大庆野外再混两年，找对象都耽误了。你爸可着急了！"

"回来往哪儿安排？"

"不是说进你们单位吗？别的地方更进不去！"

"一家好几口在一个单位，人际关系咋处？得罪一个，就全得罪了！"

"上自己的班儿挣自己的钱，有啥难处的？人无千日好，花无百日红，谁跟谁好能好哪儿去，坏能坏哪儿去？"

"真没意思！"

"没意思？小涛还不一定进得去呢！"

"我爸快退休了，凭着这张老皮老脸，跟高局长说说，咋还不照顾照顾。"

"你爸跟高局长说了，可高局长答应得含含糊糊的。"

"那就让我小叔跟高局长说，准能行。我小叔跟高局长的关系挺好的，他比我老叔还能说上话。"

"你小叔不是亲的，一年到头也就是过春节的时候拎点儿东西过来看看，跟咱们没有多大来往。"

"管他是亲的还是后的，你就赖着他。脸皮不厚，办不成事儿。"

"你说得对。那你哪天有时间，陪我去找你小叔，不用你爸去。"

"行啊。不过你得答应我，先把我爸找回来。让他消消气儿，还得去找我老叔。现在都八月份了，到了十月人事关系就冻结了。今年办不成，明年一拖又是一年。"

"你们几个先去吧！不行的话，我再去。我还想清静几天呢。"

孟亚深知母亲的脾气，就不再执拗下去。她找到大姐孟兰、二姐孟焱，姐仨一块儿去见父亲。走在路上的时候，孟亚在小摊上买了两斤苹果。

晚上六点，孟福先正躺在单位值班室的床上听收音机，收音机的声音大得传到了走廊里。见到三个女儿，孟福先坐了起来，脸立刻就阴了。

孟亚先开了口："爸，我妈让我们几个来找你回家。我妈这几天低血压犯了，想来找你，走不动。"

孟福先肚子里的气一点点往上升，顶出一句话："找我干啥？我惹不起还躲不起吗？"

孟焱听了就不高兴，直脾气就上来了："谁惹谁呀？我妈再怎么样，她不过是个家庭妇女。你有文化有工作，又是一家之主，为了鸡毛蒜皮点儿小事儿，就闹到单位来住，犯得着吗？"

孟福先的脸上又黑了一层："我算什么一家之主？在这个家里我哪有一点儿地位？你妈的脾气你们不是不知道。你们隔三岔五回去一次，有时候还让她给气跑了。我天天受她气，受得了吗？我不是小孩子，快六十岁的人了，天天挨她损？"

孟焱说："我妈年轻时是这种性格吗？你怎么不想想她为什么变成这样？她在家里委屈了三十多年，能没脾气吗？你要是能理解她，就不该跟她计较，也算是对她这么多年痛苦的一点儿补偿。"

孟福先说："当年把她精减下来是执行国家政策，是我愿意让她待在家里？少一个人挣钱，日子不好过我不知道？可当时就那形势，我当院长的不带头，别人的工作怎么做？"

孟焱说："现在说这些都没有用了。我妈痛苦是事实，她发脾气也在所难免，你应该面对现实。"

孟福先说："是她烦我恨我，我离她远点儿，不让她烦还不行吗？"

孟兰说："老夫老妻的，谁家老人这么闹腾？丢你们脸，也丢我们脸。"

孟福先噘着嘴不说话。

孟亚说："我妈是刀子嘴豆腐心，脾气不好心眼儿好。你看，这是我妈给你拿的苹果，她说她牙不好，放在家里没人吃。"

孟福先看了一眼苹果："来好心了？在家里我一吃点儿水果，她就嫌我能吃。"

孟亚说："也没什么大不了的事儿，回去吧？"

孟福先说："不回去，你们不用劝我，我住这儿挺好，少生闲气。"

孟焱赌气出门走了，孟兰和孟亚随后也跟了出来。

孟焱埋怨孟亚："就你多此一举。瞧瞧，我说得怎么样？你越哄他，他越硬气。"

孟亚说："噢，闺女好几个，老两口闹得家里一个外头一个，你就袖手旁观无动于衷？你看热闹不怕乱子大是不是？"

孟焱说："那你倒是把他请回去呀！你这样一来，不是又长了他的威风？他还以为他有理呢。你竟然还冒名顶替送苹果，真是煞费苦心。可惜呀，不过是枉费心机而已。"

孟亚说："别跟你老子一样犯犟好不好？还说咱爸呢，我看你就该学学怎么理解别人。你那一大堆气话有什么用，还不是火上浇油吗？"

孟焱不服："我看该有人站出来说话了，就由着他们性子闹？"

孟亚说："冰冻三尺，非一日之寒，我们也起不了多大作用，和和稀泥吧。"

孟焱说："好好，向你学习，当泥瓦匠和稀泥。我也知道，咱爸和咱妈的关系是瞎子闹眼睛——没治了。"

孟兰叹了口气："真拿他们没办法。"

第二天，孟亚拿着一瓶药来到了母亲家，进门就说："我们仨昨晚去单位找我爸了，他不生气了，可又说再住几天。我看他是想回来，可又不好意思自己回来，你就给他个台阶下吧。家里的重活儿也不少，得有这么个人儿。这是我爸给你买的维脑路通。"

李秀云把药瓶接了过去，在手里翻了几下："这老东西，一个人在外面吃香的喝辣的，还能待够？"

3

卖鸡蛋的小贩今天交了好运，停在了孟福先的家门口。李秀云慢悠悠地走了出来。

红皮鸡蛋，三毛六一个。李秀云把鸡蛋看了个仔细，说："便宜点儿，我多买些。"

小贩也是个老太太，掏心掏肺地说："便宜不了啊，老姐！现在鸡饲料一天一个价，鸡蛋的价格又贵，一个鸡蛋我只能挣一分钱。卖鸡蛋可不是个容易活儿，一天碰碎几个，不挣钱反倒赔钱了！"

李秀云说："没见谁天天做赔钱的买卖。你说吧，三毛三卖不卖？不卖就算了。"

小贩想了一下说："你买多少？"

"三百。"

"……三毛四，不能再少了！"

李秀云转身回去了。不一会儿，拿来两只水桶，将三百个鸡蛋小心翼翼地分装在两个桶里，放到仓房的阴凉处。然后对小贩说："你等着，我回去给你拿钱。"

李秀云进了西屋，打开炕柜，取出一个手绢包。取出几张十块的和一块的，把其余的重新包好，锁进柜子里。三百个鸡蛋一百零二块。

小贩刚要接钱，李秀云的手又抽了回去："我再数数。"

小贩说："多了退给你，少了跟你要。"

李秀云说："还是数准点儿好。"

李秀云关好大门，又到仓房里看那两桶鸡蛋。红皮鸡蛋比白皮鸡蛋贵三四分钱，三百个鸡蛋就差十多块。李秀云在书上看过，红皮鸡蛋和白皮鸡蛋的营养价值是一样的，只是白皮的送礼不好看。李秀云把几个大一点儿的鸡蛋放到最上面，又左右端详了半天，才回到厨房里做午饭。

十分钟后，孟福先拎着一根大葱进了院子。李秀云正在院子里刷小板凳，她斜眼看着孟福先手里的那根葱。

"哪儿来的？"

"捡的。"

"我一想就是。今天捡块木桦，明天捡根大葱。大处不算小处算，丢了西瓜捡芝麻。一根大葱能发家啊？"

孟福先有点儿憋气，把葱放在窗台上："这是新鲜葱，从一个卖葱的车上掉下来的。"

"掉在地上不沾上鸡屎马尿了？不要，扔了它！"

孟福先歪着脖子直着眼看李秀云："我眼瞅着从车上掉下来的。这好好的，能吃。哪来那么多的鸡屎马尿？"

"我嫌埋汰。喂鸭子吧。"

孟福先心想：在医院才干了几天，看啥都埋汰，瞎干净！可他没敢说出来。犹豫了一下，他还是拎起那根葱，走到大门口，扔进旁边儿的鸭栏里。

返回屋，孟福先说口渴，问有没有西瓜。李秀云说："今年的西瓜比去年一斤贵一毛钱，一个西瓜就四五块。后园子里有柿子，新鲜鲜儿的，一样解渴。有柿子吃就不错了，还要西瓜，净想高口味，不知吃哪口上膘了！"

孟福先扑哧一声笑了，笑声中透着无奈："你这张嘴呀！"

李秀云说："咋的？这不是年轻的时候你常说我的话吗？"

"那时候不是困难吗？"

"现在不困难？你趁啥？钱串儿倒提留着，有几个钱还不够送礼的。"

孟福先摘回一小盆柿子，洗净了，站在厨房里守着柿子盆，蘸着碗里的白糖吃。

李秀云说："晚上给人事局的小王家送鸡蛋吧，我刚才买了三百个红皮鸡蛋。"

孟福先说："小王家挺远的，鸡蛋不好拿。再说，我这么大岁数了，给个小年轻的送礼也不好看，让小亚她们去吧！"

李秀云一听就火了："你这么大岁数给小年轻的送礼不好看？人家年轻可是官儿，有权，说了算！你活了大半辈子土埋脖梗儿了，还狗屁不是。嫌不好看？想好看你当官儿呀！"

孟福先一大口柿子噎在了嗓子眼儿，"咕噜"了一阵儿，终于咽了下去，说："你怎么张口就骂人？"

李秀云的眼泪一下子就涌了出来，边哭边说："我跟你没有道理好讲！跟你过了大半辈子，我窝囊透了！别人嫁汉子是找福享，我找你是跳进了火坑！"

孟福先脸上的五官都错了位，他气鼓鼓地闭着嘴，掀开东锅锅盖，把饭菜端了出来——都是早晨剩的。平时都是孟福先独自在西屋吃饭，李秀云在厨房吃饭，用锅台当饭桌。

李秀云站在西屋门口，盯着孟福先一张一合的嘴："你吃饭的时候动不动就说，也不买点儿菜买点儿肉，改改馋。你三天两头下乡，还能断了荤腥？回来还嘴馋。我整天在家里圈着，吃着啥香的喝着啥辣的了？孩子们一来，也嫌饭菜不好，那是她爸没能耐！"

孟福先筷子停在菜盘里，抬起头："你能不能歇一会儿，让我消消停停吃口饭？"

"我把饭菜热好了，没等我动碗筷你先造上了，你咋不问问我吃没吃饭？"

"你吃饭从来都不上桌儿，一个人在厨房吃，非说自己有肝炎怕传染。饿了你就吃，还用我问？问多了，说不上哪句话又不对劲儿了，你又发脾气。你那脾气好像在挎兜里揣着似的，随时都能拿出来。"

"那是因为你这辈子从来就没有真正关心过谁，就长了个吃心眼儿！"

孟福先刚盛上第二碗饭，听了李秀云的话，翻掌一扣，一碗饭摔在了地上。碗啪的一声碎成好几瓣儿，大米饭撒了一地。

"我就长了个吃心眼儿。我不吃了，你高兴了吧？"孟福先回东屋睡觉去了。

不一会儿，孟焱拎个布兜进来了，见一地的饭，就问："这又咋的了？"

李秀云用毛巾擦眼泪："那个老冤种，哪样儿都不应人，就吃应人，脾气应人，动不动就摔盘子摔碗儿。老冤种！老灯台！"

孟焱拿过笤帚和小煤锹，收拾地上的东西。

李秀云说："你还没吃饭吧？饭菜都是剩的。你是吃炒鸡蛋，还是吃鸡蛋羹？我现在就给你做。"

"我吃不吃都行。一看你们吵架，我胃就堵得慌，啥也吃不下去了！"

"吵了一辈子了，就这玩意。不爱看吵架就别来，谁也没请你。"

孟焱不高兴了，忍着气打开那只布兜："这是给你们买的菜，蒜薹、菜花……"

"买什么都挑贵的。后园子里的茄子、豆角都能摘了，有菜就行了，还花高价买着吃。"

"这不是特意给你们买的嘛，天天吃那些菜也不换换样儿？"

"不换样儿也照样吃得饱。你天天换样儿，也没比别人胖哪儿去，瘦得都跟猴儿差不多了。俺们没长吃蒜薹、菜花的牙，你长了，拿回去自己吃吧！"

孟焱气胀两肋，拎起布兜说："不要拉倒。"踩着高跟鞋"噔噔噔"地走了。

李秀云在厨房里忙活了一会儿，转到门口，看见小木架上放着一小扎蒜薹和一个小菜花，不知孟焱什么时候把菜留下了一半。

李秀云不高兴地咕哝了一句："瞎操心！"

傍晚，孟福先给人事局小王家送鸡蛋。他把两桶鸡蛋挂在自行车车把两边儿，没法儿骑车了，只能推着慢慢走。

看看孟福先这身打扮：头上是一顶六十年代的蓝帽子。洗得发白的蓝上衣搭住手背处的袖口磨得毛了边儿。肥大的黑裤子，腿弯处的皱好像积攒了十年似的，左裤管儿下面露出一小圈蓝腈纶衬裤。脚上是一双穿旧了的黑色懒汉子布鞋。

用不着开口叫卖，孟福先就被一些内行的家庭妇女当成卖鸡蛋的小贩子了，人家追着他问鸡蛋是什么价。孟福先一遍一遍地解释说："这鸡蛋不是卖的。我不是卖鸡蛋的。"人家就用疑惑的目光上下打量他一番，不相信似的走开了。

到了小王家门口，孟福先早出了一身热汗。他小心翼翼地把两桶鸡蛋卸下来，从衣兜里掏出一块还算干净的手绢，擦完汗，站在门口又喘了一会儿，待热汗消了一些，才去按门铃。

孟福先被小王让进了屋。一只脚刚迈进去，孟福先又像被开水烫了似的赶紧缩了回来——客厅里铺着漂亮的红地毯。主人指给他一双拖鞋。孟福先一下子变得手足无措起来，他犹豫了一下，还是硬着头皮脱掉了脚上的黑布鞋。墨绿色的袜子前前后后有五六块小补丁，像光头上的癞痢一样十分刺眼。

沙发上铺着图案艳丽的垫子，孟福先不肯过去坐，最后还是搬过沙发旁的一把椅子坐了下去。房间的装饰让孟福先眼花缭乱，连呼吸都觉得吃力。十分钟后出来时，孟福先感觉自己像从监狱里被释放了一样，一下子轻松了。

孟福先一回到家，李秀云就赶紧问他，小王怎么说。

孟福先洗脸去汗："这也不是一句话两句话就能定下来的事儿，还不是那句话，等着研究研究。"

"那卫生局关局长那儿还送不送？"

"都用得着，都得送。关局长那儿过年再说吧。"

"鸡蛋没打吧？"

"还能打？我一步一步推着去的。送礼就够费事的了，到别人家还得换拖鞋，这个不自在。"

"换鞋就换鞋呗，你天天洗脚，脚丫子也不臭。"

"怎么也是别扭。"

4

上午，孟亚顶着一头汗来到了母亲家。

昏暗的厨房里，李秀云正坐在小板凳上，双脚泡在水盆里，手里拿着一把大剪子，那是李秀云平时做针线活儿用的。

孟亚问："怎么这个时候泡脚？"

李秀云抬了一下头，费劲儿巴力地搬弄脚丫子："脚底长鸡眼了，我把它剜下来。"

"我请了一上午假，要陪你去找我小叔。你这脚……不行吧？"

"行。"李秀云用剪子尖剜着脚心，张开的嘴里露出残缺的牙齿。

孟亚记得，母亲曾经有一口白白密密的好牙齿，一颗颗饱满得像秋天成熟的果实。孟亚很羡慕母亲的那口好牙，因为她自己的牙像被狗啃过似的乱七八糟。母亲的牙是在什么时候蚀化的呢？三年卫校毕业后，又在外地工作了五六年，孟亚没有任何关于母亲掉牙的记忆。

"疼吗？"孟亚看着锋利的大剪子心有余悸。

"不疼。"李秀云说着，手却一抖，脸上的肌肉突地抽动了一下。

"过几天吧，等你的脚好一好。"

"没事儿。你好不容易请的假。"

李秀云很快收拾好了脚丫子，她找出钥匙，打开炕柜上的小锁头，从里面拽出一个布包。把布包放在炕上解开，审视再三，从中间拿出一条黑裤子，再把包袱重新包好锁进柜子里。

孟亚说："裤子压出了皱，我给你熨熨吧。"

"不用了，又麻烦又费电。我用水喷一下，皱就能开一些。老太太了，也没人注意看。"

"妈，这可不像从前的你。以前你总说，衣服不怕旧，就怕不干净不平整。你现在也变得马马虎虎了。"

"还说啥。心刚命不强，命里八尺难求一丈。年轻的时候，想啥都像一朵花儿似的，心里装着一盆火，现在这盆火都让你爸给浇灭了。我跟你爸过了三十多年，就没尝出啥叫夫妻恩爱，白托生一回女人。"说着，李秀云又掉泪了。

孟亚忙拿过毛巾递给母亲，岔开话说："妈，快点儿吧。去晚了，我小叔兴许出去了。电话又打不通，只好撞大运了。"

李秀云换上一双干净袜子，穿上一双黑色胶底鞋，试着在地上走了走。李秀云走一步，孟亚的心就剜一下："疼吧？"

"有点儿疼，不太疼。走走就好了。"

出门上了大街，孟亚东张西望，脚步慢了下来。"妈，咱们坐倒骑驴吧，两块钱就够了。"

李秀云已经走在了孟亚的前面，回了一下头说："花那钱干啥？白浪费。去你小叔的厂子才四里多路，一会儿就到了。"

"四里多路还近吗？再说，你脚上有鸡眼，走这么远的路受得了吗？两块钱算什么！"

"你真是有工资的人，说得这么轻巧。两块钱干点儿啥不好，偏得坐那玩意儿？年轻的时候在乡下，往哪儿走抬腿不是十里八里的？现在这四里路就不能走了？你能挣钱你自己坐吧，我走着去。"

孟亚没办法，只好快走几步赶上母亲："我这不是替你着想吗？你现在走过几回远路？顶多就是上街买东西。"

"不用替我着想，我没你那么娇性。"

还真是这样，没走到一半的路，孟亚就走不动了。看着挺近的，可走着走着，路好像变长了似的。母亲在前面走，孟亚在后面紧跟着，母亲那瘦弱的身体和灰白的头发，一直在孟亚的眼前晃着。

　　终于走进了厂院。不知小叔在哪一处，各排房子走了一遍，最后找到了挂着门牌的厂长室。门锁着。问相邻办公室的人，答说厂长出去了，什么时候回来不知道。

　　站在厂院里，李秀云一脸的茫然和失望。四下里反反复复地环顾着，好像在期待远亲小叔子突然从哪里冒出来。一边环顾一边说："完了，白来了!"

　　这时，孟亚觉得脚更痛了，腿肚子发胀："那怎么办? 也没法儿等，不知道小叔什么时候能回来。"

　　李秀云更是没了主意。孟亚突然灵机一动："去小叔家看看，说不定他能在家呢。你不是知道我小叔家在哪儿吗?"

　　李秀云的脸上浮现出一点儿希望的光芒："差不多还能找到。你小叔家靠道边儿，斜对面儿有一家澡堂子。他家前后两栋房子，围墙挺高，院儿可严实了。那一片儿的房子属他家的气派。"

　　她们只好从厂子出来，绕了好半天，终于找到了小叔的家。的确像母亲说的，小叔的家真是壁垒森严，只看那两扇足有三米宽的铁大门，就够威风凛凛了。

　　孟亚上前用手拍门。一阵令人心慌腿软的犬吠声从院子的深处呼啸逼近，尽管隔着门，还是把孟亚吓了一大跳，她本能地后退了两步。想一想，隔着大铁门狗出不来，孟亚就上前扒着门缝往里看。那条狼狗几乎是普通家犬的两倍大，怪不得声音那么厚重瘆人。狗叫过一阵后，从门洞里闪出一张女孩子的脸，可能是保姆。她说小叔不在家。

　　希望彻底破灭了，只能打道回府。孟亚要赖不想走了，又央求母亲坐倒骑驴。李秀云说："走路都是去的时候慢，回来就快了。你要是累，就歇一会儿再走。"

　　"你脚疼不疼?"

　　"不疼。一点儿也不疼。"

　　"骗人。刚刚剜过鸡眼，还能不疼? 我不信。"

"真不疼，骗你我是小狗。"

"你本来就属狗。"

"你们年轻人可真是的，走两步道儿就呼天喊地的，赶不上我这个老太婆。"

好不容易磨蹭到家。孟亚蹬掉鞋子脱了袜子，伸着脚丫子给母亲看，嚷着："你瞧你瞧，脚上都磨出泡了，我说咋这么疼。哎哟，都怪你，偏不坐车!"

李秀云走过来，低下头仔细看看："是你的鞋不好。谁让你爱美，非得穿皮鞋去。"

孟亚躺在炕上，胳膊腿儿随便放着。歇了一会儿，听母亲在外屋没了动静，她爬起来，从墙上的小玻璃窗往厨房看。只见母亲坐在小板凳上，正慢慢地一点儿一点儿脱着袜子。鸡眼处已经渗出一片暗红的血迹，伤口和袜子粘在了一起。

孟亚赶忙下地进了厨房，看着母亲的脚："还说不疼，出了这么多血!"

李秀云说："人老了，神经也迟钝了，不觉得疼。"一会儿又说，"只是没见到你小叔，白跑一趟。下次再找他，说不定又不在。总这么瞎跑也不是个事儿啊!"

一想到再去，孟亚的腿就软了，说："你可饶了我吧，再这样靠两条腿量地球，你打死我，我也不干了。"

"事儿没办成，不去咋行? 你帮人总得帮到底吧，不然，谁领你情? 这次的累不也白挨了?"

"办是得办，可不能像这次这样再演白跑磨鞋记了。我给小叔写封信吧。你女儿喜欢舞文弄墨，在单位又是搞文字的，写封信还不是小菜一碟?"

信寄出的第五天，小叔孟福清就来了，坐着漂亮的白色小轿车来的。

孟福清来的时候，孟亚正在母亲家里。

孟福清这次来，情绪很饱满，胜过春节拜年时的情绪三到五倍。他一见到李秀云就说："嫂子，我今天是特意来的。厂子里有别的事儿，都让我给推了。我不能不来，我侄女的信写得太感人了，我看了都掉泪了。可怜天下父母心，我也是三个女儿的父亲，最能理解你现在的心情。你为儿女操劳了大半辈子，你是功臣哪!"

孟福清的突然登门，恰如一片祥云变成甘霖落到人间来，让如饥似渴的李秀云不由得喜出望外。但丈夫远房堂弟的感动和表扬让李秀云有点儿不知所措，她笑得很腼腆，露了一下残缺的牙齿，又急忙合拢了嘴。

孟福清又转向孟亚："小亚，你的信写得不错。我这侄女行，有水平。你小叔我心最软，你信上说你妈一路走到厂子，脚上刚剜过鸡眼，我就受不了了。你弟弟小涛的事儿，小叔无论如何也要办成。"

孟亚冲小叔笑了一下，她很想说几句感谢的话，但喉头却哽住了。孟亚借机给小叔倒水，转身出了屋子，还没跨出门槛，眼泪就掉下来了。

5

转眼到了年底，窗外已是冰天雪地。

李秀云和孟福先商量着都给谁送什么礼。李秀云说："人事局赵局长家就得拿钱了，送东西太轻了。拿多少？"

孟福先想了一下说："三百吧，行不行？"

"卫生局关局长那儿呢？"

刚说到这儿，孟兰的丈夫高大龙进来了，肩上扛着一只编织袋子。

李秀云忙问："扛的这是啥呀？好像挺沉。"

高大龙把袋子放在厨房的地上："找几张报纸，我把猪肉拿出来。单位分的。"

李秀云说："报纸不行，一碰就破了。你等着，我找一块大塑料布来。"

一看地上的小半头猪，孟福先乐了："这回可有送礼的了。把这块大后鞧卸下来送给关局长，我看也就行了。要是嫌少，就再买二十个猪蹄子。"

李秀云说："二十个猪蹄子得多少钱？那东西不上讲究，又不好收拾，买它送礼？你爱吃猪蹄子，人家也爱吃？后鞧肉是猪身上最好的肉，四块多钱一斤呢，这一大块少说也得有三四十斤，两百来块钱呢，还不行啊？这个也送，那个也送，送到最后谁知道有没有用？"

李秀云一段话里好几个问句，呛得孟福先有点儿不舒服："不送就不送，说那么多干啥。"

这一次李秀云没有生气，她的兴奋点显然还在那半头猪身上："还是有单位好，分猪肉都能分半拉。这家里要是人口少的，还真吃不了呢！"

高大龙说："你大闺女不吃猪肉，我和小雪也没法做，就都拿来了。"

李秀云说："亏你长了一米八的大个子，人矮了还背不动呢。你这路上咋来的？"

"坐倒骑驴，一块钱。"

"咋能都拿来呢，过年怎么也得有点儿肉啊。那你要啥？家里有鱼，昨天志平拿来的，在仓房里冻得硬邦邦的，十好几条呢。志平说是人家给的。"

"那正好。你大闺女爱吃鱼，拿几条吧。你四姑爷年年过年都有人给送年货，我们也跟着借光。"

"他们还年年喝你们公司发的饮料呢，互相借光呗。小亚最喜欢喝你们公司生产的白瓜子饮料，说又甜又香，味道特别好。"

李秀云去仓房拿鱼，高大龙跟了过去："白鲢哪？"

李秀云："有两条草根，你拿去吧，草根好吃。"

高大龙问："咋的，还找工作哪？"

"找！不把工作找回来，我死了都闭不上眼！"

"我有个同学在人事局，是个一般干部。要不，我去找找他？"

"也不知道哪块云彩有雨。那你想请客还是送礼？"

高大龙拎着鱼边往外走边说："你不用管了。你办你的，我办我的。"

李秀云追出去，手里拿着一块钱："给你，坐倒骑驴。"

高大龙说"不要"。李秀云穷追不舍，高大龙只好把钱接了过去。

李秀云反身回到厨房时，孟福先已经拿着刀对着地上的猪肉跃跃欲试了，但他哪里敢轻举妄动，他得等着李秀云下命令。按照李秀云比画的，一大块后鞧被割了下来。李秀云拿过秤，让孟福先称。有三十五斤。

李秀云说："去了这一大块，就没有好肉了。腰窝儿太肥，都不爱吃肥肉。"

孟福先说："要不是大姑爷白送的，咱们还能花钱买这么多肉？买上十斤八斤顶多了。以前二斤肉不也过个年？"

李秀云说："大龙说这肉是单位分的，我不信。单位分肉能分这么多？他是饮料公司业务部的经理，我估摸着这也是人家给他送的礼。"

"现在这礼，就这样送来送去的。"

"送来送去？到了你这儿，只有去没有来。我这四个姑爷，多多少少都有点儿用，哪像你，就靠那两个工资钱，死吃死嚼的。"

"你还有两个儿子呢，以后兴许比四个姑爷都强呢。"

"看看你这根儿吧，茄子籽还能长出大西瓜来呀，做梦吧！"

李秀云拿过一只干净的编织袋，把后鞧肉装进去，帮孟福先把袋子绑在自行车后座上，一直跟到大门外，看着孟福先踩着厚厚的积雪，在小巷深处渐渐地走远变小……

第二章

1

大盘小盘摆上了桌子，七八个人围着桌子坐满了。青山乡党委书记站了起来，手把酒瓶要给孟福先倒酒。

孟福先右手抓着酒盅，左手护紧右手："书记，咱可丑话说在前头，我不会喝酒，你倒了我也不喝。"

"啥叫会喝不会喝？你没听人说嘛，'感情深，一口闷；感情浅，舔一舔'。就看你对俺们青山乡有没有感情了，看老弟我在大哥跟前有没有面子了。"说着，抢过孟福先的酒盅，倒满了。

孟福先说："书记，我说的可是实话。我的脾气小张助理知道，在别的乡镇吃饭，逼酒逼急了，我就下桌走人。"

王书记笑着说："那你就走一个给俺们看看。你一走，就不用检查工作了，你轻松俺们也轻松。"

助理员小张打圆场："王书记，孟老爹确实不能喝酒。实在不行，给他来点儿啤的吧。"

孟福先说："啤的也不行，我就会喝饮料。"

王书记说："小张，人家可是来检查你的工作，你怎么这么被动？谁说老大哥不会喝酒？辛辛苦苦来检查工作，不敬几杯表达不了俺们的心意。老大哥，这酒你要是不喝，你就说个明白，是俺们这儿山不亲水不亲人不亲呢，还是你怕担个大吃大喝受腐蚀的恶名？来的都是客，平时不管谁来，俺们都是这样招待的。你放心地喝，检查时该啥样儿就啥样儿。我最反对弄虚作假，把黑的说成白的，圆的说成方的。"

孟福先就有点儿感动："书记，你也是个实在人，现在像你这样的干部可不多了。"

其他人趁机捧场："书记实在，你也实在，冲这缘分，你们俩也得碰一杯。"

孟福先说："我就这脾气，谁劝也没有用，说不行就不行，说不喝就不喝。别说一盅，一口都来不了。"

一时就有点儿冷场，有点儿尴尬。

王书记突然哈哈一笑："行了，大哥，我看得出来，你是真不能喝酒，不是装客气摆架子。这酒老弟替你喝了，老弟高兴喝这盅酒，咱哥俩对撇子。"

孟福先像被大赦了一般，冲王书记双手合掌举在半空中："书记，你真是个大好人。我这个人走到哪里，工作好干，酒难应付。喝了自己遭罪，不喝得罪人。"

王书记说："我还真就喜欢你这种直来直去的脾气。人嘛，就得有点儿性格，不能让人牵着鼻子走。酒不会喝，饭总会吃吧？来，给你来个大鸡腿……"

吃完饭，安排好住处，王书记又来了，他吩咐张助理去买水果。孟福先阻止说："吃得饱饱的，别花那钱了。"

王书记说："酒不喝烟不抽，不给你买点儿水果吃，我这心里过意不去。你是快退休的人了，还这么勤勤恳恳地为党工作，真是老革命，享受点儿是应该的。"

一会儿，张助理转了回来，橘子苹果摆了一桌子。孟福先"这这……"地不知说什么好。

王书记摆摆手说："不算啥，不算啥，正常的。你走时，让小张安排吧。小张，你把事儿整明白。"

王书记走后，孟福先问张助理："王书记让你安排啥？"

张助理说："这个你还不懂？给你整点儿人民币。"

孟福先忙说："咱可别整这事儿，哪兴这个！"

张助理说："你怕受贿呀？百八的算个什么事儿？现在这不是正常现象吗？都这样。"

孟福先说："别人是别人，我是我，咱别整这事儿。"

没想到，还真就查出了问题。孟福先把检查情况告诉了王书记，王书记相当爽快："老大哥，我有言在先，你来检查工作，俺们听你的。让俺们上天堂还是下地狱，全凭大哥你一句话，你说咋办就咋办。"

孟福先说："也不能我说咋办就咋办，咱们都应该实事求是。检查不能走过场，不然这检查就没用了，还劳民伤财的。这次查出了问题，也不见得是坏事儿，对今后改进工作有好处。"

回到局里，孟福先把检查结果向高局长如实作了汇报。根据得分，青山乡只完成了三类指标，属于不奖不惩之列。在全局职工会议上，高局长表扬了孟福先认真的工作态度，说得孟福先心里美滋滋的。

过了一个月，召开了全县各部门领导参加的工作总结大会，进行年终兑现。开会前，孟福先在材料上发现，他负责检查的青山乡由三类变成了一类。孟福先的脾气一下子就上来了，他拿着材料直接去了局长办公室。

高局长语气和蔼但态度不容置疑："方方面面的人都来说情，我也是左右为难。再说，咱们单位搞基建，用的全是他们乡的水泥和红砖，人家给了我们许多优惠。"

孟福先说："那你事先也应该跟我打个招呼嘛。"

高局长说："这事儿也是临时定的。马上就开工作会了，也没来得及征求你的意见。不过，我跟王书记说了，就说这事儿你是知道的，也同意这样定。"

孟福先一连生了好几天的气，回到家也是闷闷的不说话。李秀云问孟亚是怎么回事儿。

孟亚说："我爸让高局长给耍了。下乡检查之前，局长大会小会三令五申，说检查不许走过场，不许打人情分。我爸这个人，你不让他认真，他都不会含糊，局长要求那么严，他还能不铁面无私？他给青山乡打了个三类分，全县二十多个乡镇，就我爸这么一个三类分，书记乡长都拿不到奖金。现在的领导都猴精猴精的，哪个不是见利益就上？不为名利，当官儿干啥？这不，人家私底下一做工作，高局长就送了人情，三类变成了一类。我爸呢，便宜没得着，只扮个得罪人的角儿。"

李秀云说："活该！人家偷驴，他去拔橛子，谁让他死心眼儿，就该让他吃点儿亏。他这个人，吃了亏也不长见识，是个死脑瓜骨！"

正说着，孟福先回来了。带看不看地瞅了娘俩一眼，人就进了东屋。孟亚把饭菜端到西屋的桌子上，到东屋叫父亲吃饭。孟福先慢腾腾地走进西屋，话也不说，坐在桌前不抬眼皮地吃了起来。

孟亚想了又想才开口说："高局长太滑头了，你生气有什么用？现在这世道，官官相护互相利用。高局长家那二层小楼咋起来的，还不是白用的青山乡的水泥和红砖？以后，咱们也学着点儿就是了，为工作得罪人犯不上。"

孟福先好像没听见似的，一点儿反应都没有。

李秀云站在房门口说："以后再检查你也送人情，兴他局长交人，就不兴咱交人儿？检查时你睁一只眼闭一只眼，人家也不能白了你。小亚跟别人下乡，借光还得了五十块钱呢。你干了一辈子了，外快捞了几分几毛？"

孟福先把空饭碗一推，站起身就往外走："你们懂什么！"

李秀云的话就接上了："噢，就你懂！猪八戒照镜子——里外不是人，你吃了哑巴亏还死不认账？我看你是吃一百个豆儿不嫌腥的主。你到处当冤种，家里外头没人儿得意，你还臭觉不错呢。谁愿意管你的破事儿？你不高兴，有气到外面生去，别回来脸抽抽得跟裤裆似的，我不爱看。"

孟福先这次没发作。进了东屋，不一会儿半导体就叽里呱啦地响了起来。

李秀云对孟亚说："一天到晚三个饱一个倒儿，除了吃饭睡觉，就是跟半导体亲。那评书纯粹是扯王八犊子，可他听得津津有味。"

孟亚说："一个人有一个人的爱好，也许是孤独吧，听评书能消愁解闷儿。"

"他懂什么孤独。我跟他过这大半辈子，才又孤独又痛苦呢。他从来就不会跟你唠唠嗑说说心里话，要不，我能往东屋撵他吗？"

"你和我爸年轻时也这样吗？"

"年轻时有几天？也就刚结婚那几天热乎点儿。我一连生了四个丫头，他嫌孩子多，总张罗着要送人。生你二姐的时候，他就说要送人。生你的时候，要孩子的那家人把小棉被都拿了。我当时就掉泪了，我说我身上掉下来的肉，要死死一块儿，要活活一堆。我现在真是庆幸，多亏小涛是个男孩儿，不然，我都不知道有没有今天。你爸那个人，心太狠了！"

"可能是生活太困难了吧？那个时候我奶还活着，我爸一个人上班儿，几十块钱的工资，养活八九口人。"

"困难？困难是他自己找的。我的班儿上得好好的，他硬是把我给拿下来了。这还不算，三百块钱的退职金他还把着，说供你二叔和老叔上大学。你爷死得早，'长兄如父'这句话他总是挂在嘴边儿上。你说他多狠，简直就是杀人不见血！"

"我爸是老大，对弟弟妹妹尽的却是父亲的义务，这不也说明他挺有责任感的嘛！"

"屁责任感！你有点儿文化，就乱用词啊？他把他家里人放到手心里捧着，把自己的老婆放在脚下踩着，这叫责任感？他就是傻瓜一个。把你二叔供到大学毕业了，自己得到什么了？人家住在大城市——哈尔滨！咱们住在乡下农村。你二叔瞧不起他，一直瞧不起他，说他傻，不会处事。后来你二叔得白血病死了，你爸啥光都没借上。"

"我老叔不是还行吗？我的工作和小涛的工作，他都没少费心。"

"你老叔也就那么回事儿吧。喝点儿酒高兴了，就跟我说'老嫂比母'，又是秧歌又是戏的。没酒喝的时候就是一张黑脸，好听的话一句也没有了。"

"我老叔和小叔都劝过你们多少次了，单位的人也都知道你们东屋一个西屋一个。"

"知道就知道，自己过自己的日子，谁管得着？这一天三顿饭见他面儿，我还烦呢。我还想跟他离婚呢，一直到死都不想看见他。"

东屋里，孟福先肚子里的气正翻跟头呢，今天中午的评书是没法听进去了。单是高局长阳奉阴违这件事儿，就已经足够他平息几天的了。偏偏昨天又安排下乡，还是让他去青山乡。这次去，王书记和几位乡领导的态度完全变了，张助理也是勉强装出那么点儿热情，一看就是假的。

中午在食堂吃饭时，服务员给孟福先端来一大碗面条又软又烂的，傻子都能品出来是早晨剩的。张助理解释说："时间来不及了，将就着吃吧。"

不一会儿，书记乡长一行六七个人进了食堂，就在孟福先的对面，他们围着一张大桌子坐了下来。红脸胖姑娘随即端上热腾腾的盘盘碗碗，一桌子的人立刻推杯换盏热闹起来。

孟福先不声不响地吃着面条，脸上的表情越来越难看。他终于吃不下去了，放下碗筷走了。

小张助理跟了出来，嗫嚅着说："我也难办，你和书记我都得罪不起。这样吧，晚上咱们不在食堂吃了，我领你下饭店。"

孟福先黑着脸说："我不在乎你的七碟八碗。你们这么做，不是给我眼罩戴吗？还来个分槽饲养！"

小张说："俺们书记说了，您是老革命老传统，最讲清正廉洁，让您大吃大喝是拉老干部下水……您别生气，跟您开句玩笑。"

孟福先说："你小子也是个王八羔子，我知道你心里对我也不满意。"

小张一副委屈的样子："你让我说啥？哪个乡的工作不是那么回事儿，啥叫好，啥叫赖？关系整明白了就是一类，整不明白就是二类三类。你到这儿查出了问题，书记乡长的奖金被你一笔勾销了，他们能饶了我吗？你走的那天，书记把我损个茄皮子色儿。人家是领导，领导嘴大咱嘴小，撸你崩你都得受着。你也好办，检查完了，是好是坏上嘴唇下嘴唇一合，说完了拍屁股走人。最难做人的是我呀，在中间受夹板气！"

孟福先的气下去了一小截："谁让你干工作不实在！"

小张的眼睛瞪得跟玻璃球似的："还说这个！我干工作还不实在？不是我自己夸自己，全县二十多个乡镇，有几个干工作比我实在的？溜须拍马倒是一个赛一个。不信咱就动动真格儿的，拉出来好好比一比，哪个要是比我实在，我给他当孙子都行。"

看着小张的认真样儿，孟福先倒气笑了："你还是先给我当孙子吧。"

小张说："行。你再来检查的时候照顾照顾，跟你叫太爷叫老祖宗都行。这年头，有奶就是娘，我这也是吃一堑长一智。"

走时，小张塞给孟福先一百块钱，孟福先说啥也不要。

小张说："你是嫌少，还是没消气儿？你上次来，我说的没办，这次补了。我想办法报销就是了，你放心，没事儿。"

孟福先有点儿急了："我对你们乡也没啥帮助，无功不受禄。是高局长给了你们乡优惠待遇，你给他送去吧。"

小张说："你还在生气呀？高局长那儿有我们书记乡长记着呢，哪用得着我操心？你到底要不要？不要白不要。这年头，还真没见过你这样的老古板！"

孟福先回来没提给钱不要的事儿，怕李秀云知道了又会说些难听的话。他什么也不说，自己挺着怄着，等着慢慢消气儿。

2

孟涛天天闹心。

早晨不爱起炕，垂死挣扎般地起来了，洗脸刷牙也不说话。李秀云问他什么，他只是"嗯""啊""哈"的，没有具体内容。有一天李秀云实在忍不住了，有点儿生气地说："跟你爸一样，像个没嘴的葫芦！"

孟福先已经早早生好了锅灶和炉子。天气不好气压低，锅灶和炉子有点儿倒烟，加上大锅里冒出来的热气，小小的厨房里云里雾里的。孟福先"哇啦哇啦"地摇着风轮，吹着灶膛里的煤火。

听到李秀云一张口就把自己给扯进去了，正撅着屁股往锅灶里添煤的孟福先闷声说了一句："噢，凡是缺点，都像他爸。在你眼里，我是一点儿好都没有了。"

孟涛不耐烦地说："早晨刚起床，别跟我说话。我情绪欠佳。"

李秀云说："没看见你啥时候情绪佳过。托人把工作给你办回来了，班儿也上了，还整天不乐和。早知道这样，还不如让你在大庆钻井，一天到晚一身泥一身水的，在那儿情绪就佳了。"

"你以为我愿意回来？这小破屋，烟熏火燎的，吃顿饭得忙活老半天，赶上跨世纪工程了。这鬼地方，再发展一百年也赶不上大庆。"

"要不是你自己想回来，谁扯腿把你拽回来了？不是你自己说的野外作业艰苦，几十米高的井架上掉下来个螺丝帽，就能把下面的人砸死？我还指望你回来养我老是咋的？"

"回来咋的？你愿意看我亡命天涯？"

"才出去三年多，回来就这也不好，那也不好。不好，你不是在这个家待了二十多年？"

"不在这儿待，我在哪儿待？我跟当官儿有钱的人叫爹，人家干吗？就是人家同意的话，我干吗？"

"赶明儿给你找个有权有势的老丈爷，跟着媳妇借光享福吧。"

"媳妇？现在还不知在哪儿转筋呢。"

"养儿子有什么用？没功劳不说，还闹出一身过儿来。当初要不是你爸盼儿子盼红了眼，还能轮到你？"

"轮不到更好，没有任何损失。来无影去无踪，省却人间无数烦恼。不过，既来之，则安之吧。我也没说你有什么过儿。等我养你们老的时候，你就不说这话了，光想着生儿子是便宜事儿了。"

"我可不敢指望你，你们哥俩我谁都不指望，特别是小波。他当兵这两年，我还清静点儿。学习学习不用功，找对象可不用人教。明年退伍回来了，还不知道怎么跟他操心呢。"

"说小波就说小波，别扯上我。你们的老儿子是个宝儿，说不定将来能光宗耀祖呢。"

摇着风轮的孟福先终于说话了："这还真说不准。老孟家净出息老疙瘩，你老叔，你小叔，都是。小波的脑瓜子聪明……"

孟涛说："是，可聪明了。你这几个闺女儿子，最差的就是我了。除了我大姐没赶上好时候没考学，个个都是考出去的。除了大专生就是中专生，顶数我差，考了个技工校。"

孟福先说："谁说你差了？小波不是啥都没考上？"

孟涛不接话了。

李秀云说孟福先："人家就等着你这句话呢，你不知道吗？"

孟福先说了句"咱整不明白你们那些事儿"，就不再说话了。

孟涛拎着毛巾往外走。李秀云看着他的背影说："说情绪欠佳，不想说话。不想说话，你今天咋说了这么多？"

孟涛似笑非笑地露了一下牙齿："恶劣的情绪需要发泄，今天找到突破口了。"

李秀云说："金口玉牙，说话这个费劲儿哪！今天还真是太阳打西边儿出来了！"

3

孟涛调回县城后，找对象结婚成了孟家眼下的头等大事儿。可孟涛跟人说话时头都不敢抬，眼睛也不知往哪看，这么腼腆的男孩子，自己怎么能找得着对象？几个姐姐四处托人，有了人选后由姐姐们把第一道关，过关了再让两个人见面。可没想到的是，对象见了五六个，竟然没有一个过得了孟涛这第二关的。

孟焱对母亲说："我怎么看小涛好像不太正常。"

李秀云说："我看也有点儿不对劲儿。小亚给介绍的那个姑娘，长得好，大个儿，身体也好，就是文化低点儿。我都看好了。"

"小亚介绍的那个就不说了，就说我大姐的同事给介绍的那个，是个老师，大专毕业，学历比小涛还高呢。我怕女方不同意，结果是你儿子不同意。我看他是犯什么说道。"

"你别整那些歪门邪道，你爸最不迷信。以前，我一找瞎子算卦，被他碰上了，他就鼻子不是鼻子脸不是脸地往外赶人家，可让人下不来台了。"

"信则有，不信则无。这世界上有多少事儿，是人类还没研究明白的？谁知道啊？要我说呀，这事儿放在小涛身上，咱们宁可信其有，不可信其无。错过了找对象的最佳年龄段，后悔药都没地方买去，我这个例子搁这儿摆着呢。"

最后这句话说到李秀云心里去了，李秀云说："一想起你二十九岁才结婚这件事儿，我就后悔啊！当老人的没正事儿，没给儿女掌好舵，想起来我就恨你爸。你说，那个时候你都二十八九岁了，对象看了好几个都没成，咱们娘俩这个火上的。可你爸心里一点儿数都没有，天天找碴吵架鼓气儿。刘金川……要样儿没样儿，要个没个，工作也没你的好。要不是着急，哪能轮到他？"

孟焱当然也不愿意听母亲贬低自己的丈夫，说："刘金川模样、个头是没法儿跟你那几个姑爷比，可他过日子挺上心的，别把俺们说得那么差。还是说你儿子的事儿吧。我实话跟你说，我觉得小涛……犯'驳婚煞'。"

"驳婚煞"？本来李秀云不是太迷信，但让二女儿孟焱这样一说，再结合孟涛牛唇不对马嘴的显著症状，李秀云就同意孟焱找人给弄弄。这方面的事情孟焱是"行家"，县里有多少家算卦的，哪个人跳大神最有名，她都清清楚楚。

母亲一点头，孟焱就迫不及待地跟孟亚联系，说两个人一块儿去。孟亚说："我不信这个，啥'驳婚煞''顺婚煞'的，你整个儿一个封建脑袋。"

孟焱就说："又不用你花钱，你陪我去一趟就行，这不是为了你弟弟嘛，爸妈也都挺着急的。"

于是，孟焱用二十块钱买来一个半寸大小的三角形红布包，里面有"符"。孟亚只赚了大神叨叨咕咕时起的一身鸡皮疙瘩。

在星光满天的夜晚，李秀云（必须由母亲来做）右手心攥着"符"，在院子里前走七步后退七步，嘴里还得念叨"驳婚煞，快走开"。如此反复了七天。

七天后，孟焱单位的同事又给孟涛介绍了一个对象，是一名教师。孟涛见了面后，态度含蓄地说了"还行"两个字，这让孟家人喜出望外，一下子联想到了"驳婚煞"字符"妙手回春"的神功。可是到了第二天，孟涛一觉醒来，却面无表情地又说了两个字："不行。" 李秀云生气地问孟涛："昨天晚上你是不是做噩梦了？"孟涛说： "不是做噩梦，根本就无梦可做，啥感觉都没有。"

又过了一段时间，老婶找上门来了，说要给孟涛介绍对象。女孩子不但工作好，人也漂亮，更重要的是，她可是一位县领导的千金。当时，老孟家的人个个信心不足，都觉得凤凰怎么可能往鸡窝里钻呢？果然，两个人一见面没几分钟就散了。就在孟家人不抱任何幻想的时候，老婶却传过话来，说女孩子看上孟涛了。老婶高兴得好像给自己的儿子找到了好媳妇似的。

可谁都没料到的是，孟涛这只鸡窝却封门了。这对孟家所有的人都是致命一击，尤其是老婶，气得差不多要休克了。"哪轮得到你孟涛不同意？你也不看你自己那个样儿，二十七八岁的大小伙子，腰弯背驼像个小老头儿，吭哧瘪肚的两分钟说不出三句话来。你有啥呀？！人家配你两个来回都绰绰有余！"一向温文尔雅的老婶，实在是宁可半死一回，也不愿意孟涛这么不给她面子，让她在自己的领导面前无法交差。

"我不想攀高枝儿。"这是孟涛给所有人的唯一解释。

本来，孟家老少对孟涛这种反常的举动也是挺难接受的，但孟涛被老婶气头上的话贬损成这样，他们的心里又不平衡了，特别是孟焱："小涛要是她自己的儿子，她能这样口无遮拦？婚姻自由，还想包办哪？"

李秀云说："她给小涛介绍县领导的女儿，是她自己想攀高枝儿。现在这高枝儿攀不上了，她能不翻脸？"接下来又责怪孟焱，"你求的那是什么'符'啊，一点儿都不灵。"

孟焱说："灵，咋不灵呢。你等着，下一个就成了。"

下一个还没有着落的时候，有一天晚上孟涛骑自行车跑出去了，一个多小时后才回来。问他去了哪里，他说："去小王家门口转了一会儿。"小王就是给他介绍的第一个老师。

李秀云问："咋的，你又想通了？"

孟涛说："有点儿意思。"

第二天，李秀云赶紧把这件事儿跟孟焱、孟亚说了。孟焱说："有意思也不是这么个意思法啊。深更半夜的，你上人家门口转悠啥？单相思啊？要是同意，就通过介绍人说呗。我说他不正常，你们还不相信。还得找人给他看看，得抓紧，越晚越麻烦！"

李秀云说："我都照你说的，走了七个晚上了。不好使啊！"

孟焱说："冰冻三尺，非一日之寒。你儿子这'驳婚煞'非同一般，症状太严重了，你得接着走！"

孟亚说："啥'驳婚煞'！我看他精神有点儿不正常，弄不好是轻型的精神分裂症。要不，就是生理方面有毛病。"

孟焱说："你别瞎说。"

孟亚说："我没瞎说。咱姥姥活着的时候不是得了好多年精神病吗？精神病遗传。小涛在大庆待了三年，憋的，发作了。"

李秀云说："精神病才不是这样的呢。你姥姥那个时候，大冬天光着脚丫子到处跑，啥都不知道。"

孟亚笑了，说："逗你们玩儿呢。我看哪，你们别瞎张罗了，缘分到了，自然就成了。仙也不用求，佛也不用念，看着有合适的女孩子，就接着给他介绍。"

孟焱对母亲说："别听你老姑娘的。她是业余作家，理想主义者，说话做事总是脱离现实。妈你说句话，还找不找人，念叨不念叨了？"

李秀云说："找。这回，不用你花钱了。我花钱，要不不灵。"

努力归努力，但一家人对孟涛却是越来越不满。"不知道他心里想些啥，我看他好像啥都没想明白。"这是孟焱对弟弟的评价，也基本上代表了孟家人的心声。就连高大龙都忍不住对孟涛发表意见了，对孟兰说："我看你弟弟不像个老爷们，干啥事儿咋这么黏黏糊糊的，一点儿都不干脆。不就找一个对象吗？也不是找七个八个的，这个费劲儿。"

孟兰虽然对孟涛也颇有微词，但听到高大龙说小舅子不好，她又不爱听了："不会说话就闭嘴，别瞎哔哔。你以为谁都像我这么傻，不挑不拣的，看土豆子都对眼儿了？"当年高大龙和孟兰处对象时，李秀云和孟兰去了一趟高大龙家，正赶上他家人在吃晚饭，桌上放了一堆烀土豆。一家人慌得急忙从桌子上往下收拾碗筷，土豆滚了一地。现在这件事儿已经成了老孟家的"经典故事"，只要一提起来，李秀云就会边说边笑得弯了腰。

被孟兰顶了一句，高大龙不生气反倒笑了："土豆咋的？过了十好几年了，小雪都上初中了，这日子不是也挺好吗？"

孟兰装着生气似的说："好啥？脑子笨得跟猪似的，都殃及下一代了。小雪要是像俺们老孟家人这么聪明，学习能这么费劲儿？"

高大龙说："谁说我闺女不聪明？'黑姥''白姥'不就是她发明的吗？你看现在，男男和飞飞都学着她叫'黑姥''白姥'。我闺女都成发明家了。" 小雪才几岁的时候，就自发地开了这个先河——李秀云天天头戴一顶白帽子，是"白姥"；孟福先不戴白帽子，是"黑姥"。

孟兰说："叫出来'黑姥''白姥'就成发明家了？你咋不说你们家老人不负责任，你爸你妈都会抽烟喝酒。"

高大龙说："这我承认。你们家人是聪明，那得归功小雪'黑姥'有正事儿，不抽烟不喝酒。我爸不行，要不是那么抽，能得肺癌早早殁了吗？我多亏成了你们家的姑爷，不然这烟也难戒。"

孟兰说："在我面前，啥臭毛病都得给我改了，我可不将就谁。老孟家四个姑爷，没一个抽烟的。"

高大龙说："四个姑爷是没一个抽烟的，可你老弟弟抽烟一个顶四个。"

孟兰说："你改你的毛病，他的事儿不用你管。"

高大龙说："我这毛病改大发了。为了照顾你的习惯，我连肉都不吃了。你看你多有福。你们姐几个，个个在家里都是'牙子'。"

孟兰说："'牙子'咋的？老孟家姑娘儿子都有正事儿，没一个……"高大龙不接话了，孟兰也突然打住不往下说了。高大龙有三个弟弟，二弟弟离婚了，三弟弟得淋巴癌去世了，小弟弟两口子天天吵着要离。他还有一个宝贝妹妹，排行第四，典型的东北妹子，跟别人吵架，脏话张口就来。

此时，李秀云正在家里劝孟涛，孟亚在一旁帮腔。李秀云说："你心别太高了。就咱家这条件，你还想找个啥样儿的？"

孟涛半天才憋出一句话："找个能养你老的。"

李秀云用鼻子"哼"了一声："你们要是能把日子过好，不吵不闹的，我就谢天谢地了。养我老？我还能活几年？现在的人都是势利眼，人家不嫌你穷就行了。挑啥，都二十八了！"

"穷咋的？就这条件，不愿意拉倒。大不了打一辈子光棍儿，三十年都快过来了。"

孟亚说："法定婚龄是男二十二周岁，女二十周岁。还'三十年都快过来了'，你三岁就想娶媳妇呀？"

孟涛说："反正就这个意思，一个人过也没啥了不起的。"

孟亚说："你这种性格，一个人过不合适。"

孟涛说："有啥不合适？"

孟亚说："不开朗。"

孟涛说："婚姻是缘分，不可强求。我在大庆待了三年多，介绍的对象也不少，没有一个称心的。要不，我就在那儿扎根儿了。野外就野外，只有享不了的福，没有受不了的苦。现在却回了老家，这也是命中注定的事儿，'命里有时终须有，命里无时莫强求'。"

李秀云说："可不是？可这媳妇是真难找，彩电都给你准备两年了。"

孟涛说："电视不能老放着，得看。放时间长了就潮了。"

李秀云说："今晚拿出来试试。都怨你二姐，遇事没抻头，一听说彩电要涨价，她先毛了，花三四千块钱买个名牌儿。你听听，'凤凰'牌儿，咱这鸡窝里飞进个金凤凰。可彩电刚买回来就掉价了，到现在也没涨回去。人家说了，越是名牌越不好，坏了都没法儿修，找不到配件。你二姐这个急性子，她一着急不要紧，多花一千多块钱，一千块还能买两大件儿结婚用的东西。"

孟亚说："怨她干啥，她还不是一片好心？再说了，现在的事儿谁有千里眼，能看到前面去？"

李秀云说："那倒是。买彩电可比找对象容易多了。都怪咱家没钱，要是有钱，哪能费这么大劲儿。"

孟涛说："患难之中见真情，这个时候找对象才能看出来谁是势利小人。"

李秀云说："见什么真情！谁不知道没钱的日子不好过？我和你爸从结婚到现在，都快四十年了，穷了一辈子也没换出他的真情来。你都看了七八个了，过去的就都过去了？那个小王，那天晚上你骑自行车在人家门口转圈儿，现在想明白没有？到底哪一个合适？"

孟涛说："下一个。"

4

下一个就是冯燕。冯燕和孟涛是在李秀云家见的第一面，以前的那几个见面的地点要么在介绍人家里，要么在女方家里。

李秀云事先把屋子里外仔细地收拾了一遍。其实，再怎么收拾，这三间又黑又潮的小房子也是没有多大改观的。孟涛钦点四姐孟亚陪着"相亲"，说帮他参谋参谋。孟焱是实际上的第一介绍人，孟兰也认识冯燕，两个人就不用来了。

见面那天，冯燕上身穿一件白衬衣，下身着一条格子裙，脚上一双白凉鞋，人漂漂亮亮的，看上去很精神。

孟亚最不擅长的事儿就是聊天，她说自己很喜欢带格子的衣服裤子，还夸冯燕的凉鞋好看。冯燕的腿和脚就动了一下，说："这是我嫂子摊床上的，从南方进的货。"

孟亚搜肠刮肚地想起了单位的一个男同事，说那个人人品不怎么好，他老婆跟冯燕一个单位。冯燕说："我跟他不熟，不了解他。"

孟亚听了脸上就有点儿不自在，心里直后悔，这不是在背后说人家坏话吗？显得自己做人不厚道似的。

冯燕走后，孟涛一开口就埋怨孟亚："你说人家鞋干啥？多尴尬！"

孟亚说："那说啥呀？我真不知道说啥好。"

李秀云说："年龄啊工作啊家庭啊，这些都知道了，真没啥好说的。那你自己说说，冯燕怎么样？"

孟涛说："还行。"

李秀云说："我看挺好的。五官周正，个头好，家庭也不错。"

冯燕那边儿很快给予了肯定的答复。孟焱十分高兴，跟母亲请功："这回可是真的差不多了，那'符'还是灵吧？"

可没过几天，孟家老少又迎来了当头一盆冷水：孟涛又变卦了——不处了。这一次，大家已经被孟涛震得哑口无言了，没有人能够打起精神来，跟这样一个"病入膏肓"的人理论。倒是孟涛主动给大家做了解释，千言万语浓缩成一句警句："我看她不是一盏省油的灯。"

孟焱快气疯了："就让他打一辈子光棍儿吧，什么'符'都治不好他的病了。以后，我再也不管这些破事儿了。"

李秀云说："那咋能不管呢？还得管。你管他，不就是帮我吗？"

天地鬼神都不知道，孟涛为什么突然之间又改变了主意——跟冯燕继续谈。

和冯燕谈恋爱的时候，两个人就坐在孟福先东炕外面的那张小木床上，有一句没一句的。这个家没有一件像样的家具，木床是自己搭的，板凳是自己钉的，杂七杂八的物件到处都是。仔细看上去，任何物品似乎都失去了正常形状，但在这些层层叠叠的陈旧简陋中，却坐着面似桃花生机勃勃的冯燕。

孟涛第一次去冯燕家里时，他未来的岳父正坐在桌前写毛笔字，是隶书。岳父放下笔，孟涛拿起笔，也是隶书，不紧不慢之间两个字从笔尖流出：冯燕。岳父目不转睛地看孟涛写完字，脸上的笑容越积越多："写得不错。这孩子，有内秀！"

半年后，孟涛和冯燕的婚事终于水到渠成了。过礼时，李秀云对拿多少钱拿不定主意，便征求几个女儿的意见。

孟焱说："一般的，两千也就行了。"

孟兰说："好脸儿的都是三千，两千好像少点儿。"

孟焱说："咱家属于第三世界无产阶级，别瘦驴拉硬屎了。"

孟亚说："说话讲究点儿措辞行不行？你以前是故事大王、成语大王，现在说话怎么像刮光了肉的骨头棒子，干巴巴硬邦邦的。"

孟焱说："咋的，'瘦驴拉硬屎'不好听啊？能不能说明白这个理儿？这年头，就来点儿大实话最好。说'捉襟见肘''入不敷出''惨不忍睹'……"

孟亚打断道："得得得，你是不还想说'血流成河'呀？老二就是……，咱妈说得没错。"

"咱妈说啥了？"

"咱妈不是常说'老大憨，老二奸，家家有个坏老三'吗？你这个老二，就是不老实。"

李秀云说："那也不是我说的。老话都这么讲，也不知道是咋回事儿。"

孟兰说："人家老三小美在千里之外呢，大老远的也惹不着谁，别说人家坏话。"

孟焱说："那老四呢？奸懒馋滑，让你占全了。"

孟亚说："我承认懒和馋，奸和滑绝对没有。"

李秀云说："你们别打嘴仗，我看还是三千吧。钱花在面儿上，咱们脸上也好看。再说了，媳妇和娘家也不是见钱眼开的人，越是这样，咱越得对得起人家。"

李秀云跟孟福先说起孟涛的婚事，问花多少钱合适。

孟福先说："有多少钱花多少钱。"

李秀云说："你有多少钱？"

"咱家你是掌柜的，我哪有钱？"

"掌柜的也没钱。你一个月才三百多块钱工资，东扣西扣的，不等下个月开支就花光了，你不知道？"

孟福先不吱声。

李秀云说："我看你一点儿也没把儿子结婚的事儿放在心上，不管不问的。这婚事少说也得一万多块钱，还不算过礼的钱。到哪儿去借？"

"有多少钱办多大事儿。咱家就这条件，不同意拉倒，还能拉饥荒娶媳妇？"

"你有能耐跟小涛说去，让他拉倒。你以为是你结婚那时候，人家夹个包就来了，两个行李卷往一块儿一并就过日子啊？"

"你们娘们当家，爱咋办就咋办，我是没本事。"

李秀云本来也没想指望孟福先，她和三个女儿正式着手商量如何操办孟涛的婚事。

孟焱说："伸出阶级友爱的手，帮你一把吧，把这台戏唱完。说吧，需要我们出多少钱？"

李秀云说："这就看你们的心思了，我总不能伸着巴掌跟你们要吧？"

孟兰说："我出两千。"

孟焱说："我出三千。"

孟亚叫苦了："你们把价抬那么高，我没本事往上爬啊。"

孟焱说："你现在住大姐的房子，房款还没还齐。虽然你们两口子工作都不错，但目前还处在猫腰爬坡阶段。你用不着盲目攀比，出点儿钱花个意思就行了。我们宽宏大量，不会斤斤计较的。"

孟亚说："你是大款哪？装有钱呢？我二姐夫是油厂的电工，工资也不高，你不也是'瘦驴拉硬屎'？"

孟焱说："那咋办？同老母共渡难关嘛！总得乐乐呵呵地把媳妇娶回来吧？不

过，拿钱的事儿得保密，不能让我家刘金川知道了。"

孟兰说："那你拿出这么一大笔钱，他能不知道吗？知道了，不是更不好？"

李秀云说："刘金川咋能知道？小焱在家里是大事儿小事儿一把抓，她又在银行工作，小算盘谁打得过她？你们知道她一个月开多少钱？"

孟焱说："不是商量小涛结婚的事儿吗？话茬儿咋整我身上来了呢？咋的，我出三千块，你们还要审查我呀？银行的钱库也不归我管，我就是有想法，也讨不到方便。"

孟亚说："别说了。我胆儿小，别吓着我。"

李秀云摆摆手说："算了，你们也别这心思那心思的了，我不会用你们的钱的。我自己有钱。"

孟焱问："你有多少钱？"

"反正小涛结婚是够用了。"

孟兰惊讶地说："你有这么多钱？"

李秀云说："我要是跟你爸一样傻吃茶睡，心里啥事儿也不装，这媳妇还能娶进门？"

孟亚说："你这老太婆，'草帽子盖酱缸——有尖不露'啊！什么时候攒了这么多钱，我们一点儿都不知道。"

李秀云说："这么多年了，一点点儿攒呗。前几年养鸡养猪攒了几千，再就是靠你爸的工资。"

孟兰说："都是嘴上省下来的。你有钱，这两千我也出了。小波那儿还早着呢，到时候再说。你呀，也别省了，以后想吃啥就买啥，用不着这么节俭。"

孟焱说："小波那儿还早吗？我三叔家的小军不是结婚了？他和小波同岁，今年二十四。小波哪是沉得住气的人？上初中的时候就处过好几个对象，现在没提前把孩子给你们抱回来就算不错了。"

孟兰说："话咋说得那么难听。"

孟焱一向不跟大姐孟兰打嘴仗的，此时她看着孟亚："我说的是不是实话？"

孟亚说："那你啥意思？是想告诉咱妈，还得继续勒紧裤腰带，从牙缝里往外挤钱？还是说小波不是好东西？"

孟焱说："你别瞎总结，我咋看你有点儿挑拨离间的嫌疑。不过你也说对了一半儿，小波确实不是个省油的灯，犯不着在他身上花那么大心思。妈，你该吃吃，该喝喝，别想那么多了。小涛还算懂事，这个儿子的婚事管完了，就当老儿子娶媳妇大事儿完毕。以后的事儿，顺其自然吧。"

孟亚说："你偏心。你对小涛这么好，又帮着找对象，又往回搬彩电。都是亲弟弟，厚此薄彼，真是奇了怪了。"

孟焱说："有啥奇怪的？你愿意对小波好，你好呗，我又没拦着你。你别瞎子点灯白费蜡就行。妈，你该吃吃，该喝喝，以后小波的事儿，有他四姐呢。"

李秀云说："年轻的时候想吃呢，没有钱。现在老了，牙也没几颗了，胃口也不好了，就是有钱，也吃不动了。"

5

结婚的日子定在农历十月初二，是李秀云自己选的日子，孟焱曾提出找人算一算，李秀云没同意。这个时间在阳历已经是十一月份了。李秀云坚持在这个冬天初至的时候办婚事，是从不浪费婚宴上的剩菜角度考虑的——天气冷，东西冻得住，冬天可以慢慢吃，省钱又美味。令人欣慰的是，初一一场小雨，初三一场中雪，唯独初二天气晴好，天空碧蓝，白云飘荡。李秀云和几个女儿为此自喜了好多天，亲朋好友也都说是李秀云修来的福。

婚宴的安排是大事儿。李秀云主张在家里办，说这样能省些钱。孟焱和孟亚都反对。孟焱说："你也不看看咱家这几口人，有哪一个是能张罗的？再看看这憋嘟嘟的小房小院儿，能摆几桌？在饭店包桌，钱是多花一些，可省心省力。"

李秀云说："你不是算过吗？至少得多花一千多块钱呢。"

孟亚说："省一千块钱得费多少精力？好几十桌酒菜，得一样一样地采购，一样一样地收拾，一样一样地做，那得用多少人？请掌勺的、帮厨的，钱也不少花，还得累个半死。屋子小，得在外面搭棚子，要是赶上刮风下雨的天气，要多闹心有多闹心。"

这样一说，李秀云也就罢了。

意见统一了，接下来就是在饭店定酒席。孟福先拉了个宴请人员的名单，准备通知来喝酒的人，估计五十桌差不多。这么多年光往外随礼了，该往回还礼的也有四百人了。还有一些虽然没有礼，但都是老相识、老同事和有工作关系的，包括几个儿女女婿要请的人，也都被孟福先计划在内。孟福先有他的道理："礼不都是从没有礼开始的？"

孟焱和孟亚把名单看了一遍，两个人都主张削减人数。孟亚说："那些没礼的你就少算几个吧，咱家无权无势的，哪有人巴结？我看四十五桌都用不了。"

孟福先说："还是宽打窄用的好。到时候人来多了，没吃没喝抓瞎了怎么办？"

孟焱说："把名单定好算准，按人头安排桌，还能没饭吃？"

孟福先固执己见："有些人你不能肯定他来不来，总得富余出几桌，多了比少了强。"

李秀云说："一桌一百多块钱，定多了糟蹋的可是钱呢！还是得有个准儿。"

孟福先说："谁能算得那么精确？又不是部队司令调兵遣将。置办酒席不都是估计着来？高局长的儿子结婚，一百桌都吃冒了。"

孟焱说："高局长是高局长，咱家四十五桌都冒不了。"

孟福先不高兴了："就你们能，年纪轻轻的啥都比别人明白。到时候没饭吃，你们顶着。"

孟亚妥协了："俺们姐俩脑瓜皮儿薄，顶不住。那就照你说的办，五十桌。"

于是孟焱和孟亚就去联系饭店。

孟涛结婚正日子的头一天，孟美回来了，带着丈夫麦建伟和六岁的女儿麦闯。一家三口是初二凌晨到家的，坐了十几个小时的火车，中间还要转车。一到家，李秀云就让他们三口好好睡一觉。孟美大学毕业后就跟麦建伟去了他的老家，两个人在那边儿工作七八年了，这边儿的人和事儿他们很生疏，帮不上太大的忙。

孟美给了母亲五千块钱，说："其他方面我也出不了力，在经济上多做点儿贡献吧。"

李秀云吓了一跳："咋拿这么多钱？建伟知道吗？"

孟美笑着说："你问他知不知道？"

麦建伟在厨房里正往门口走，手里拎着一件刚洗完的湿衣服过来找衣架挂，那是孟美的衣服。麦建伟用手推推眼镜，笑着说："不多。妈，以后缺钱，你就吱声。"

李秀云乐滋滋地把钱藏进了炕柜里，锁好柜门，转过身低声对孟美说："建伟真是又勤快又慷慨，你的眼力不错！"

孟美说："你三闺女是谁呀！不过这话又说回来，当初跟他谈恋爱，也没发现他有这么多优点。"

李秀云说："那你看上他啥了？"

孟美说："说了你也不信，我就看上他有个好脾气。你看他小胳膊小腿儿的，多单薄。当时追我的人多了去了，哪个都比他高大英俊。你知道的，中学的时候就有好几个同学追我呢。建伟在学校里特别老实，跟女生一说话就脸红，像个女孩子似的。他宿舍的被子总是叠得整整齐齐的。我找建伟，坚持一个条件也是最低条件——脾气好。"

李秀云说："我四个姑娘，属你脾气好。要是找个脾气不好的，你肯定受气。"

孟美说："我就是怕受气，怕吵架。你和我爸老吵架，给我吵怕了。"

李秀云说："现在的人就是精。我那个时候可傻了，啥都不懂。你姥姥有精神病，你姥爷只会巴掌撇子打人，没人替我考虑这些事儿。"

正日子那天，孟兰她们姐仨半夜一点钟就起来了。亲戚朋友分成几组，有大车小车去娘家接亲的，有提前到新房迎亲的，有守在孟福先家等新郎新娘拜见公婆的，有到饭店接待宾客的。大事儿小事儿七头八绪，几个人忙得团团转，一边忙一边庆幸：多亏没在家里置办酒席，不然非累死不可。

因为是包桌，剩下的酒菜归自己，一桌吃完了，家里人忙着把剩下的好一点儿的菜分装在大盆小盆大桶小桶里，家里人负责一次次地往孟福先家里送。

"家里人"包括刘桂花，也是孟波初中时谈的对象之一。在孟涛的婚宴上，刘桂花完全是自家人的感觉，不但见人笑迎快人快语，而且手脚麻利，桌上桌下的活儿干得顺理成章。见孟亚的丈夫郑志平提着一桶菜往外走，刘桂花赶紧奔过去："四姐夫，我跟你抬。"刘桂花身高一米七，和郑志平抬一桶菜，两个人的高度比较协调。

孟亚说："看看，还是个儿高好吧？要是我跟志平抬那个桶，就得拧麻花。"

穿得漂漂亮亮如同看客一般的孟美，对忙忙碌碌的刘桂花也投去赞赏的目光。

听了孟亚的话，一旁的孟焱却"哼"了一声，说："想找个劳动力，去乡下一抓一大把。"虽然刘桂花一见孟焱就"二姐"长"二姐"短地叫着，但孟焱的态度却始终不冷不热。"乡下丫头。"孟焱见缝插针地对孟美说，"咱妈也看不上她，说她是攀高枝儿想进城呢。"

孟亚把话接了过来，说："一个小县城，算啥？你老弟哪样儿好？我看他还配不上桂花呢。"

孟焱说："你平时不是最护你老弟的吗？现在咋又把他说得一无是处了？"

孟兰走过来说："你们站这儿干啥呢？那边儿桌都吃完了，赶紧去收拾呀。"

第一批客人走了，第二批客人又到了。

孟福先没什么大事儿，里外走走，和熟悉的人打着招呼，其余的事情都由孟兰她们姐仨组织人马前跑后颠地忙。

到了中午，李秀云来了。她戴着黑色的针织帽，右侧靠耳处插着一朵鲜艳的小红花。高高的颧骨，脸颊上浮着两片红晕，眼角的皱纹里含着笑意。李秀云只认识孟福先单位的几个人，孟兰、孟焱和三个姑爷单位的同事朋友她都不认识。

孟亚把母亲安排到一桌吃饭。桌上的人见她头戴小红花，知道这就是婆婆了，都七嘴八舌地向她贺喜。李秀云笑得很羞涩，敷衍了几句。她牙也不好，只能拣软的吃，没吃几口就放下了筷子。李秀云问孟亚有什么事儿需要做，孟亚说："你回去歇歇吧，这儿的活儿你也插不上手。"

站在饭店里，李秀云有点儿茫然的样子，她看上去非常不习惯人多的场合。听了孟亚的话，便说："那我回家，再找几个盆儿，让他们拿来装菜。"

李秀云一边往外走，一边伸手去摘头上的花。孟亚说："戴着吧，挺好看的。"

李秀云说："老天拔地的，戴朵花儿在大街上走，怪显眼的，刚才来的时候我都不好意思。戴过了，就行了。"

孟亚说："这花是有特殊意义的，不是谁都可以戴的。这是你当了婆婆的标志，戴着它多骄傲啊！你就这样走吧，谁看了都明白。"

李秀云就不再说什么，走出了饭店。

孟亚突然想起点儿什么事儿，便追了出去。李秀云已经走远了，在来来往往的人流中，李秀云的身影越来越小，可头上的那朵小花儿却艳艳的，晃得孟亚眼睛疼。孟亚在饭店门外站了好久，努力辨认着人流中忽隐忽现的母亲，想把那朵鲜红的美丽守护得长久一点儿。

6

到了下午三点多钟，只剩下最后一桌了。孟亚的老叔孟福国成了主角，他陪老蔡喝酒。老蔡是孟福先单位的办公室主任，擅长主持场面上的事儿，请他来帮着张罗张罗。老蔡和孟福先有点儿屯亲，这是从乡下论的，其实八竿子打不着。事实上，老蔡跟孟福先的关系并不怎么样，他看不惯孟福先那种遇事不会拐弯儿的"死性"劲儿，倒是跟孟福国的关系更近一些。

为了感谢老蔡帮着把这场戏唱完了，孟焱几次举杯给蔡叔敬酒。孟焱不会喝酒，但会说话："蔡叔，今天虽然薄酒素菜，但有您帮衬，人场钱场都齐了，十分圆满，我父母非常满意非常高兴。蔡叔您劳苦功高，我代表老孟家小字辈的敬您一杯。谢谢您！祝您工作顺利，身体健康，仕途腾达，万事如意！"

孟焱说话特别快，一串话一溜烟似的顺风就出来了，一个结儿都不打，好像说相声的，在台底下不知练了多少遍了。一桌子的人都站起来了——其实就四个人，包括孟亚。酒宴还没有结束，孟涛和冯燕两个人就提前走了。

看孟焱说话了，而且说得滴水不漏，孟亚觉得自己和老蔡是一个单位的，也应该客气客气，她就跟在二姐后面说了句："蔡叔……辛苦了……谢谢！"

孟亚的话说得软绵绵的，好像在自言自语似的，还有点儿结巴，让人感觉并非发自肺腑。

老蔡把酒干了，举着空杯对孟焱说："小焱，你行。场面人儿。"

孟焱说："哪里，蔡叔，您过奖了！咱们老孟家老老少少都实在，属暖瓶的，外冷里热。哪句话没说明白或者说错了，您多包涵！"

　　孟福国说："我这几个侄女，都不错。特别是我四侄女小亚更厉害，会五千英语单词，还会写文章，是我们老孟家骄傲的小公主。"

　　喝到最后，是老蔡陪孟福国喝酒了。孟福国一定要喝到酩酊大醉方肯罢休，这是他多年当局长留下的"后遗症"。

　　孟焱和孟亚是最后离开饭店的，一路往家的方向走着。孟焱开始发牢骚："你说小涛和小燕，怎么这么不懂事？这场宴席，他们两个是主角儿，怎么客人没应酬完，他们倒先走了？"

　　孟亚说："可能是这几天太累了吧。冯燕头一天就得把头型做好，我估计昨天晚上没睡多少觉。"

　　孟焱："那你睡了多少觉？我睡了多少觉？咱们这么忙活是为了谁啊？你再看小涛那身西装，灰白色的，都冬天了，颜色根本就不配。还那么肥，裤腿儿都拖到脚面了，小涛根本就撑不起来，一点儿都不好看。"

　　孟亚说："不就是没穿你帮他挑的那身西服吗？这套是新婚的老婆买的，他当然爱穿。小涛那么瘦，哪有那么合身的衣服？你没听人说嘛，'小叔子多拳头多，小姑子多婆婆多'。你这个大姑姐，可别那么多事儿，小心以后关系不好处。再说了，这对象是你介绍的，你可别来不来就说三道四的。"

　　孟焱说："我也没说啥呀！反正，他们比客人走得还早，就是不应该嘛。"

　　孟亚说："不过你是够辛苦的了。这一阶段，加上今天，数你最辛苦。嘴一份，手一份，又能干，又能说。"

　　孟焱认真地盯着孟亚的脸。孟亚说："瞅啥呀？夸你呢，真的。"

　　孟焱说："你是说老蔡？别人也这样夸过我。你……咋说话结结巴巴的？"

　　"我不喜欢人多的场面。不会说话，还不是受家庭影响。咱爸咱妈，没有一个喜欢交际的。"

　　"那也是。我是在单位练出来的。我们营业厅十来个女的，天天在一起东家长西家短的，挡都挡不住。"

"咱妈不是早都下过结论了吗？你是老孟家的'说客'。"

"咱妈那是贬义词，嫌我话多。你是不是借刀杀人哪，拐着弯儿地骂我？"

"不是，你是挺能说的。你让我写还行，我说不出来，特别是场面上的那些应酬话。"

"那你就好好写吧，最好能写出个作家来。"

"'狗尿苔不济，长在金銮殿上'，这句老话有逻辑吗？金銮殿上能长出狗尿苔来吗？何况，咱们连狗尿苔都不如呢，井底的蛤蟆不如鸡。"

孟焱笑道："到你嘴里鸡都跟着遭殃了，只听过井底之蛙见识浅，你这还把鸡给扯进来了。"

剩菜一盆盆一桶桶地摆在院子里，李秀云大权独揽，全由她经手统一安排到仓房里。李秀云忙不迭地刷着装菜的家什，又把满盆满桶的菜摆在仓房里，一样一样地盖好。一直到下午五点多钟，才忙得差不多了。家里人和没走的亲属聚在一起，有一种大功告成后的轻松气氛。

李秀云问孟焱，一共吃了多少桌。

"四十二。"孟焱脱口而出。

李秀云的表情立刻变了，人好像要跳起来："四十二？剩八桌？"

"五十减四十二，可不剩八桌！你算术挺好啊！"

李秀云急了，冲孟福先说："你咋算的人？怎么剩这么多？八桌得多少钱？你啥也不是，连人都算不准。"

孟福先这回没生气，反倒笑了："你老太太行啊，生了两个有主意的姑娘。"

李秀云没听明白，一副还要继续发作的样子。

孟亚赶紧给母亲撒火："大喜的日子别生气。告诉你吧，我和我二姐根本就没按我爸说的办，我们俩只订了四十五桌。吃了四十二桌，剩下三桌，饭店老板留下了。要是剩多了，他就留不了，怕卖不出去。这不，钱已经返回来了，咱们一点儿也没损失。"

李秀云长出了一口气，说："真是吓了我一大跳！"

孟福先说："有不少有礼的，告诉信儿了，没来。"

孟焱说："只能等你闺女儿子将来当官儿了，慢慢给你往回找了。"

李秀云说："你们俩主意真够正的，怎么就敢订四十五桌？"

孟焱说："那还不简单？一个萝卜一个坑呗，然后再减几个坑，小老百姓谁稀罕捧你的臭脚？"

孟亚说："这里有对人情功利世态炎凉的理解和把握。"

李秀云说："你们俩这犟劲儿，真是和你爸没两样。可你爸是瞎犟，你们俩犟得明白。"

孟福先在旁边儿哼了一声："好事儿没有我的份儿，在你面前，我这辈子是别想翻身了。"

到了吃晚饭的时候，还有一些亲戚没走，拢一拢有二十多人。好在剩饭剩菜一大堆，都是现成的，热一下就行了，也不用太多的人帮忙。跟着忙了一天的刘桂花要走，说自己还有事儿。孟兰和孟亚都留她吃饭，孟福先也说："那也得吃完饭，哪差这么一会儿工夫了。"

刘桂花说："不了。我那水果摊儿，人家帮我看着呢，得回去收摊了。"边说边往外走。

站在院子里的李秀云故意不看刘桂花，转身进了仓房，拿菜去了。

孟亚跟进仓房，说："妈，桂花是个过日子人，你也是个过日子人，你咋不喜欢她呢？人家帮了一天的忙，中午都没吃上几口饭，你怎么也得给个面子呀！"

李秀云说："少提这话茬。花儿呀草儿呀的，最烦这种名，俗气！你们几个的名，都是我起的，没一个沾花惹草的。农村叫这种名的，一堆一堆的，推都推不开，都绊脚。"

孟亚说："你还挺高雅呢。花草有什么不好？芳香四溢。"

李秀云真生气了，瞪着眼睛说："干不干活儿？不干活儿上一边儿溢去，别把我熏倒了。"

第三章

1

　　孟焱一到母亲家，就问李秀云："小勇和小慧回来了，你知道不？"

　　"不知道。回来干啥？"

　　"给我二叔上坟。他们俩都回来好几天了，住在我老叔家。我以为他们会来看你和我爸呢，毕竟十多年没回来了。"

　　"不来更好，我省得糟蹋钱了！"

　　"小勇和小慧小时候回来过，那时候和咱们还挺亲的，现在怎么这么生分？"

　　李秀云一说就有气："还不是嫌便宜占得不够。好像谁欠他们多少似的。你爷死得早，偏偏家里又出了两个大学生，你二叔你老叔上大学，都是我和你爸供的。那个时候你奶还活着，一家九口人，再供两个大学生，你说那日子得有多难？吃没好吃穿没好穿，你们几个的衣服，都是小的捡大的，一个一个往下传。好不容易熬到你二叔大学毕业了，结了婚有了子女，过起了自己的小日子。可惜好景不长，小勇不到八岁，你二叔就得白血病死了。你二叔去世后的头几年，你爸还给你二婶他们娘仨寄钱。可咱家也是'泥菩萨过河——自身难保'，我回家当'锅台转'了，全家老小就指望你爸一个人的那点儿工资。有时候差不多提前一个月就把下个月的工资借光了。有一次，七扣八扣的，你爸才拿回来十几块钱。我愁这日子没法儿过，瞅着那点儿钱掉眼泪，你爸就冲我发火。后来我难过都不敢当你爸面儿哭。没钱给他们了，这不就把人家给得罪了。人家住在大城市，你二婶又有工作，一个人上班儿养活两个孩子，生活比咱们富裕多了。你二婶后来又结婚了，男的是个工程师，条件挺好的，就是也带两个孩子。人就这么狼心狗肺的，小勇小慧他们跟咱们不和，还不都是你二婶鼓捣的？"

　　孟焱说："小美八九岁的时候不是去过我二叔家嘛，她说我二叔家的豆油用大坛子装，她的辫梢掉到坛子里都沾上豆油了。咱家那时候有多少油吃？一个月全家人才领一斤油，一个葡萄糖瓶子都装不满。我还听我老婶说过，她前年去省城出差，到了我二婶家。我二婶家住着楼房，家里可漂亮了，还铺着地毯。咱们的日子根本没法儿跟人家比，他们还委屈啥？"

"不是孩子没爹嘛！没爹，好像谁就该把他们当祖宗供着。你们有爹，也不见得比人家没爹的过得好。"

"我找我姐和小亚，明天抽空去我老叔家看看他们两个，好赖不济一根血脉连着。"

"发贱！人家不理你，你还上赶子。我是跟他们绝交了，别搭理那两个狼心狗肺的东西。"

第二天，姐仨去了老叔孟福国家。正巧，两辆小轿车开过来停下了，老叔从车里先下来了。随后，几个人把哭哭啼啼的小慧从车里搀扶出来。小勇看到三个姐姐，冷冷地打了声招呼，脸色阴沉得像块铁。虽然十几年没见了，但彼此的模样一眼就认得出来，只是全然没有了小时候见面的亲热劲儿。姐仨一见小勇的态度，如同冰水浇头，热情一下子被浇没了。

进了老叔家，姐仨只是淡淡地安慰了小慧几句，再没什么好说的。她们坐了几分钟就走了。

孟焱再见到母亲时，李秀云幸灾乐祸："活该。你们自找没趣儿！"

孟焱一肚子气："去看他们是咱们高姿态。都三十来岁的人了，还这么四六不懂。一个个肥头大耳的，没爹还过得这么好，有爹，怕是得进天堂了呢。跟他们绝交！"

老婶私下对孟焱说："小勇小慧对你爸可不满意了，说你爸自私自利，不管他们死活。"

孟焱一听，就像大风天点燃了干草堆："真是岂有此理！还让我爸怎么样？我爸那时候穷得连条外裤都没有，冬天穿着补丁摞补丁的破棉裤，都不敢在医院的走廊里走。他好歹也是一院之长啊，穷到连面子都要不成了。我家八九张嘴，日子不过了，都跳河跳江，省钱给他们花？亏得他们长的也是人心，'自私自利'四个字他们也配说？这不，无私奉献了一场，功劳没有，苦劳也没有，只有滔天大罪！"

老婶说："这次来，小勇说让你老叔给买金呢，要多买些。"

孟焱说："人家有钱买金山银海了，俺们还勒紧裤腰带过日子呢。真是人心不足蛇吞象啊！"

过了两天，孟福国来找大哥孟福先，说小勇和小慧要给父亲立碑。李秀云听出了意思，这立碑的钱，还等着哥俩出。三叔孟福生虽然也住在同一个县城，但离得远些，更重要的是二叔活着的时候跟三叔来往很少。孟福生是个吃斋念佛之人，白天当他的老中医，晚上的业余时间几乎都用来烧香跪拜了，人间的俗事不大理会。花钱出力的事儿要想找他，约等于让神仙下凡逼佛祖开口。

老叔说："不管怎么样，他们还是孩子，别跟他们太计较。"

孟福先说："那就立吧。"

立碑那天，孟福国找来了一辆小货车，前面坐人，后面拉碑。跑出去八十多里路，在荒郊野外圆了小勇小慧的心愿。可小勇小慧自始至终没有跟他们的大伯孟福先说一句话。孟福先气鼓鼓的，又不好发作。回来后，当着李秀云的面撒怨气。

李秀云本来就为立碑花钱的事儿心里窝着一股火，正跟孟亚唠叨着呢。谁知道孟福先看不出火候，自己先把药捻子甩了出来。

李秀云当时就道："你这个人，做事就像老母猪打圈子，什么事儿一到你这儿，保准弄得又膪又臭。单位没人拿你当回事儿，耍你跟耍猴似的；亲戚亲戚没谁得意你，见了你就跟见了仇人一样。钱也花了力也出了，到头来，当冤种的除了你没别人。你跟我放怨气，我还委屈得想挠天呢！"

孟福先在外面生的气正一股一股地在肚子里翻腾得此起彼伏，李秀云又来了个劈头盖脸的一顿斥责，他忍不住了："你怎么张嘴就骂人？什么叫又膪又臭？"

李秀云就哭起来，边哭边说："你这个人，白披一张人皮，吃的是五谷杂粮，就是不拉人屎。家里家外，你没办过一件好事儿。跟你过了大半辈子，我就没尝过心情舒畅是啥滋味儿。你把我的工作弄没了，坑了我也穷了你自己。没钱，连亲戚都成仇人了。脚上泡是你自己走的，活该！你这是报应！"

孟福先虽然生气，但小勇和小慧是他的亲侄子侄女，他确实没有什么理由为此同李秀云争个高低。孟福先气冲斗牛似的往外走，回手猛地一关门，"哗啦"一声巨响。

孟亚赶紧去看门玻璃。还好，没碎。

2

西院儿邻居开了家食品加工厂，机器轰轰隆隆昼夜响个不停。

李秀云本来夜里就没有多少觉，有时候需要吃安眠药才能入睡。机器在半夜里"轰隆"一声启动了，就把她连惊带吓地震醒了，再想睡着就相当困难。有一天夜里，李秀云醒了就再没合眼，一分一秒地挨到窗外放亮。

一大早，李秀云就穿好衣服去找西院儿的媳妇，说机器的声音太大。

那媳妇笑呵呵地说："我找些破棉花，把机器再隔一隔。"又说，"婶儿，你要是没干粮了，就过来拿。"

李秀云站在机房门口，看着一屉屉冒着蒸汽的馒头被端出来。馒头又白又圆，大小极其均匀，摆在长方形的屉里横成排竖成列，看得人心里暖融融的。李秀云说："蒸了一辈子馒头，头一次觉得馒头还有这么招人稀罕的时候。真好看！"

小媳妇就笑，说："这是机器做的，比人手有准儿，可不是好看。"

这时，有几个人推着小车或者骑自行车来了，拿着大大小小的家什装馒头。然后，又一个接一个地走了，他们赶时间把馒头拿到市场上零售。李秀云看着那些人手脚麻利地忙里忙外，就对小媳妇说："生意还真不错。"

小媳妇说："婶儿，你可是不知道，天天半夜就得爬起来，一忙忙上大半个白天，馒头剩了还得自己上街去卖。这钱挣得可不容易呢！"

李秀云说："钱哪有容易挣的？赶明儿我也来上点儿馒头出去卖，省得一天天待在家里干吃干嚼，没进兴。"

小媳妇挺高兴："可以啊！咱两家离这么近，多方便。你看那些来上馒头的，家在哪儿的都有，有的还正经挺远呢。咱们东边儿是个大市场，西边儿是个小市场，你在哪边儿卖馒头都行。一天上二百个馒头，中午一会儿工夫就卖完了。一个馒头挣五分，二百个馒头挣十块。一个月三百块，还干啥去？"

三百块！李秀云心中的兴奋劲儿，像涨了潮的海水一样。她喜滋滋地往家里走，好像三百块钱此刻就在手心儿里攥着。

跟家里人提起卖馒头的事儿，大家意见一致：坚决反对。孟福先没有更多的话，只是说："看你那小体格吧，在家老实待着得了。"

孟焱说："你以为钱那么好挣？她家卖馒头，当然希望上馒头的越多越好，她想靠你发财呢。"

李秀云说："她不做馒头，我能卖馒头？我不也靠她挣钱？"

孟亚说："你以为馒头好卖呀？这馒头又不是方便面，也不是油盐酱醋什么的，今天卖不出去，明天后天都能卖，十天半月臭不了烂不掉。馒头剩了，第二天颜色就变了，一眼就能看出来，谁那么傻买剩馒头吃？"

李秀云说："二百个馒头还能卖不出去？谁家不吃馒头？现在的生活比以前好了，年轻人又会享受，住楼的也多，有几家是自己蒸馒头吃的？你们几个谁会蒸馒头？不都是买着吃，要不就是我蒸馒头给你们吃。馒头实在卖不了，就分给你们几家，反正肉烂在锅里，怎么也赔不上。"

孟亚说："赔不上也赚不着，挨这累干啥？你都奔六十的人了，自己身体啥样儿不知道？不是头晕就是失眠，血压又低，天天用药顶着，还能出去卖馒头？累着了，多长时间都缓不过来。你还是在家歇着吧，少买点儿药，我看比卖多少馒头都值钱。"

李秀云不以为然："卖馒头还能怎么累？不起早不贪黑的。我上午九点出去，过了中午就回来了，也就三四个小时。再说，我可以带个小板凳，坐着卖馒头还能累哪儿去？"

孟兰说："卖啥馒头！啥事儿都是说起来容易做起来难，一个月别说三百，我看一百都难挣。"

李秀云说："再不济，一个月总能挣个七十八十的，够我的生活费就行。"

孟兰说："你的生活费非得指望卖馒头的钱？我家条件比小焱小亚她们好点

儿，我一个月给你一百块钱，别卖馒头了。"

李秀云说："我要你们钱干啥？谁有不如自己有。我可不愿意扯拉你们。我要是有钱，还想给你们几个呢。下巴搭在别人的锅沿儿上，讨着吃不自在。"

孟焱说："瞧你什么时候都分得这么清。你为儿女操劳了大半辈子，儿女给你钱也是应该的，也等于是你挣来的，你怎么老说是人家的钱？"

李秀云掉泪了："我铁饭碗丢了，没有工资，人前人后我自己都觉得不硬气。我自己靠劳动挣个三十五十的，那是我自己的，花起来心里踏实。别说你们都不富裕，就是都有钱，一个月给我一千两千的，我都觉得没意思。我不想像寄生虫一样，待在家里指望别人救济。我现在已经够没骨气的了，我要是有工资，早就不跟他过了。我跟他过个啥劲儿，还不是看他能挣那两吊半钱？"

姐妹几个知道，如果再劝下去，母亲的滔天苦水就会一泄而不可收，并且顷刻间就会汹涌澎湃地将父亲吞没掉。只好就此打住，由她去好了。

李秀云上街买了个长长咧咧的大笸箩，比婴儿的摇篮还大。拿回家来里里外外刷了六七遍，刷完后放在煤棚子上面晒着。又找出两大块崭新的白色的确良布，摁在水盆里左一遍右一遍地洗，直到她认为干净了，才挂到小院儿里的晾衣绳上。然后，她又去问西院儿的小媳妇还缺什么。小媳妇告诉她，还得有个小棉被把馒头盖住，不然馒头凉得快，也容易干巴。李秀云返回家，用自制的小拖布把炕革擦了又擦，然后从炕柜里拿出两大块纱布，一包雪白的棉花，就在炕上絮起棉被来。那双干枯多皱血管凸显的手，这里拍拍那里拍拍，像伺候婴儿一样耐心细致。

小棉被快做好了，也到了中午，孟福先回来了。看到院子里晒的东西，又看看李秀云手下的那个小棉被，孟福先想说什么又咽了回去，只是重重地叹了口气。

李秀云说："饭菜都是现成的，你把它放在锅里，插上风车吹着火热一下。"

孟福先把这些事儿做完了，李秀云又说："你去前院儿二姑爷他妈家，把亲家的手推车借来。"

孟福先说："借手推车干啥？"

"干啥你不知道？一笸箩馒头不用车推，用脑袋顶着吗？"

"她家的车那么大，你能推动吗？"

"车大，车大不是有轱辘吗？也不用人背。"

"你说话净抬杠。不用人背，那车也是有重量的，你那点儿劲儿不够用。"

"你就光想着我这点儿劲儿？你都快退休了，班儿上也没你多少事儿，整个儿咸（闲）肉一块。你就不能晚点儿上班儿早点儿下班儿，来回接送我？你一天能吃能造的，劲儿有的是，留着干啥？"

"我能吃饭你也难受，我要是不吃不喝卧床不起，你就遂心了是不是？"

"你早蹬腿儿早好。"

孟福先"扑哧"一声笑了："你就这么恨我？老了那天不跟我并骨？"

"跟你并骨？下辈子宁愿当牛做马，都不跟你做夫妻。"

小买卖也是买卖，说郑重一点儿，也叫"经商"。李秀云翻着日历，选在七月十八日这天开始卖馒头，意思是要起要发。

八点多，孟福先帮李秀云把二百个馒头推到小市场，停在公路西侧。李秀云嫌人太多太杂，让孟福先把车子推到东侧，选了一处比较干净的向阳之地。李秀云习惯把她认为的好地方叫作"向阳之地"。

孟福先说："做生意还怕人多人杂？又不是偷东西，喜欢背着人。"

李秀云说："咋那么多废话？让你挪地方你就挪地方得了。"

不是下班儿时间，市场上买东西的人不多。两个小时过去了，馒头一个也没卖出去。李秀云坐着小板凳，守着那一筐箩馒头，像守着一个没人认领的孩子。嗓子早已发干，她带了一瓶水却不想喝。东瞅瞅西看看，眼皮总是不敢往高抬，好像别人都在审视她，心里虚虚的。李秀云给自己打气，心想，卖东西的人多的是，不偷不抢的怕什么，习惯就好了。想到这儿，她挺了挺身子，目光放远了一些。这一放远不要紧，看到了一张熟面孔——同一个巷子住的妇女，外号"杨吵吵"，是个有名快嘴大嗓门儿。

"杨吵吵"一眼就发现了李秀云，一路喊着人就"飘"过来了："哎，孟嫂，你……出来摆摊儿了？卖什么……馒头？这么大岁数了，你扯这个干啥？给谁挣啊？没钱跟姑娘儿子要，敢不给！不给就上法院告他们去……"

周围有几个人被"杨吵吵"的大嗓门吸引过来了，扭头看着她们两个。李秀云难为情地笑着，恨不能把"杨吵吵"推走："不是……我闲着没事儿……"

过了十一点钟，终于有人来买馒头了。中午下班儿时间短，人多的时候一会儿就过去了。到了十二点，街上的人已经很少了，馒头还剩下一少半儿。

李秀云等孟福先来接她，却始终看不到丈夫的身影。感觉肚子饿了，她拿出一个馒头，一点点儿用手揪着往嘴里送。咽不下去就喝点儿水，水把嘴里的馒头润散了，就好下咽一些。李秀云一边嚼着馒头，一边想着剩下的馒头怎么办。中午只能这样了，等到晚饭时应该还能卖出去一些。可现在还不到一点钟，在这儿干等三四个小时，时间太长了。

中午的气温很高，李秀云的脸早已晒得红红的。想来想去，还是推着车子回家，晚上再出来卖。她站起身，把小凳放在车上，刚要走，一个小媳妇从马路对面横穿过来。李秀云心里一阵高兴，以为又来买主了。

不料，小媳妇走到跟前说："大婶儿，我也是卖馒头的。你来，就把我的生意给顶了。今天中午，我的馒头没卖几个。"

李秀云说："我也不是故意顶你的生意，我头一天出来，也不知道在哪儿卖好。"

小媳妇说："你看你这个笸箩这么老大，放在这儿多显眼。这市场本来就小，买东西的人又不多，我平时馒头卖得就不快。你一来，我不挣钱还得赔钱。我家老爷们不中用，全指着我养家糊口呢。"

李秀云说："我也是想给自己挣两个零花钱，咱们都不容易。那你说怎么办？"

小媳妇说："你是不是也信教？我好像在教堂看到过你。"

"我是去过两次。"

"信教的人心眼儿都好，有事儿好商量。大婶儿，你看这样好不好……"小媳妇的手往离市场更远的地方一指，"你稍稍往那边儿挪一下，你占道东，我占道西。这样，谁的运气好，谁就多卖点儿。"

李秀云说："行，行，在哪儿卖都行。我还说不上卖几天呢，咱们可别为这事儿吵架，和气生财。"

早晨来时是孟福先推的车，中午李秀云自己往回推车就费劲儿了。虽然小市场离家不是很远，平时十多分钟就走到了，可路不好走，坑坑洼洼的，还要过两个隆起很高的涵洞桥。车子上桥得用力顶，下桥又顺坡跑，一会儿得往前推，一会又得往后拽。

李秀云一上午没吃多少东西，加上又热又累，现在呼呼地冒虚汗，两脚直踩空，手把不住车。还没走多远，她就推不动了。

把车子停下来，擦擦头上的汗，准备歇一会儿再走。这时，孟亚连跑带颠地追了过来，气喘吁吁地说："刚给飞飞做好饭，把我急得够呛。也不知道你这一上午咋样儿？"

"馒头上多了，还剩六七十个呢。"

"剩就剩吧，卖出去一百多个也不少了。你咋样儿啊，能行吗？"

"没啥事儿。先把馒头推回去，下午四点钟再出来卖一会儿。"

"一天还能折腾两次啊？我爸又不在家，他下乡了。"

"那老东西见活儿就躲，巴不得下乡。"

"下乡是单位统一安排的，好多人都下去了。"

孟亚帮母亲把车子推到家门口。院门太小，车子推不进去，放在大门外又怕丢，只得把车轱辘卸下来，分成零件往院儿里搬。车架是铁的，又大又沉。孟亚不让母亲伸手，她自己累得满头大汗，歪嘴瞪眼地用着劲儿，好不容易才把车子弄进去。孟亚喘着粗气，搓着手掌上的铁锈说："算了吧，晚上别出去卖了。我爸不在家，你根本搬不动这死沉的车。剩下的馒头几家分了算了，谁吃谁给钱，买谁的都是买，一样的事儿。"

李秀云说："七八十个呢，谁能吃多少？"

孟亚看看表，该送孩子上学了，便急忙走了。

李秀云把鸡鸭喂了，又热了点儿稀饭自己吃了。筋疲力尽地躺在炕上，迷迷糊糊歇了一小会儿，睁眼一看，快三点了。她赶紧起来，进了仓房，摸摸笸箩里的馒头，已经没有多少热乎气了。她赶忙把笸箩端回厨房，插上风车，呼呼地吹起了火。

馒头一个一个地摆到锅里的屉上，一锅装不下，只好先热一半儿。锅盖周边儿冒热气了，赶紧拔风车的插销。给馒头加温不同于蒸新馒头，时间不能长。否则，馒头容易变色走样儿，水汽大了还容易黏。

李秀云把热好的馒头再一个接一个地摆回笸箩里。忙了半天，一看表，快四点了，该走了。看着分了家的车架子和车轱辘，正愁着如何拿得动，孟福先回来了。

李秀云像见了救星似的，咧开豁牙嘴乐了："这老东西，今天回来得挺是时候。快把车子抬出去，四点了，晚了就卖不动了。"

一听"老东西"三个字，孟福先心里就有点儿不痛快，他把上下班儿拎着的小破黑皮包放进东屋，出来问："还干啥？"

李秀云说："还有八十四个馒头，还得卖呀！"

孟福先的脸就皱巴巴的："谁让你上那么多？干啥都狠头的。"

李秀云说："第一天不多上点儿，怎么知道一天到底能卖多少？"

孟福先噘着嘴把车子搬腾出去，推到了早晨卖馒头的地方。李秀云说："再往那边儿推推。"

孟福先说："这儿不挺好吗？还往哪儿推？"

"让你推你就推。抢了人家的生意，人家不高兴。"

"自由市场自由竞争，这儿又没有固定摊位，抢谁的生意了？"说归说，孟福先还是推远了一点儿。

"几点来接你？"

"六七点钟吧。"

孟福先噘着嘴走了。

晚上没有中午卖得快，过了五点钟，还剩下四十多个馒头。这时，孟兰、孟焱、孟亚都来了，孟涛和媳妇冯燕也来了，还有孟焱的儿子男男，孟亚的女儿飞飞，呼呼啦啦把车子围圆了。

李秀云看看这个瞅瞅那个，说："这是干啥，卖馒头也用不着这么多人。都回去吧，回家做饭，孩子都饿了，一家拿几个馒头回去。"

问两个孩子吃不吃馒头，都摇头。手里拿着钱，买冰激凌去了。

孟焱说："回去吧，都过下班儿的点儿了，没啥卖头了。"

李秀云说:"那你们几个把这些馒头分了吧。"

孟兰和孟涛拿了几个,孟焱和孟亚都不要,说这几天不想吃馒头。

李秀云说:"那咋办?过了夜就和新的不一样了,明天卖不出去。"

孟亚说:"你和我爸吃呗,省得你自己蒸,怪费事的。"

李秀云说:"自己蒸的馒头多钱一个?买的馒头多钱一个?"

孟焱说:"那我们吃了就不是钱?"

李秀云说:"那不一样。你们吃了我不心疼,我和你爸啥都能将就着吃。"

孟焱说:"要不,咱们推回去,串胡同走,兴许还能卖一些。"

孟亚说:"谁喊?你喊?"

孟焱说:"喊就喊,有啥丢人的?哪天门口没有叫卖声?你没买过别人卖的东西?"

孟兰把孟亚的女儿带回家去,孟涛小两口也被李秀云撵走了,说新结婚值钱的东西多,又是租的房子,回去看堆儿。孟焱的儿子男男不走,非要跟着卖馒头。

李秀云说:"你们俩转一圈儿就行了,卖不了就推回来,别走太远。我先回家,该喂鸡鸭了。"

孟焱和孟亚推着车子慢慢地往回走。两个人的力量不均衡,各使一股劲儿,车子左扭一下,右扭一下。

孟焱说:"算了,你松手,我一个人推,有你倒累得慌。"

孟亚说:"你倒是喊哪。光推着走,谁知道你卖馒头?"

"你咋不喊?"

"我不会。"

"看我的。"孟焱头一仰,脖子一抻,"馒——头——啦——"

孟亚就笑:"你那声音又小又憨,谁能听见?你看人家那个卖豆腐的,吆喝起来像唱歌似的,不紧不慢,拖着长长的尾音,还带钩儿的。"

孟焱不接话,又喊:"馒——头——啦——"

一个中年妇女走出家门,买了五个馒头。路旁的一个老太太说:"两毛五?这么贵。不是两毛吗?"

孟焱说:"两毛?那是学雷锋义务服务,一分钱也不挣。"

天气本来就热,孟焱又是推车又是叫卖,加上精神紧张,不一会儿就红头涨脸了,有点儿上气不接下气,她责怪孟亚:"你跟没事儿人似的,你就不能喊几声?"

孟亚在心里试了试,终于鼓起勇气,也抻长脖子喊:"馒——头嘞!"

孟焱一下子笑喷了,胳膊软得连车子都推不动了:"得了得了,你还是别喊了。没多大动静不说,听了身上都直起鸡皮疙瘩。"

孟亚自己也笑弯了腰。

再往前走,孟亚看到一个乡的副乡长正在自家门口闲坐。副乡长打招呼说:"卖馒头啊?"

孟亚说:"老太太在家闲不住,非要卖馒头。剩几个,帮她卖卖。"

走过去之后,孟焱说:"解释啥?卖馒头也不是啥寒碜事儿,用不着拿老太太挡着。"

孟亚说:"你这人真歪,咋这么多事儿?我哪儿解释了?本来就是这么回事儿嘛。"

这时,跟在车子后面的男男突然喊了一句:"卖大白馒头嘞。"

孟亚说:"对了,让你儿子喊吧,小孩儿有的是劲儿。"

孟焱说:"拉倒吧。他喊,人家还以为是小孩儿淘气呢。"

从西头走到东头,再从东头绕回来,卖了十五个馒头。

车子推进小巷,路过"杨唠唠"家门口。"杨唠唠"正跟几个老婆子东拉西扯,其中就有和李秀云一家之隔的陈婶。陈婶说:"你妈这老太太可真能撵形势,也跟着'下海'了?"

孟亚说:"我妈她下的哪是海,是小水沟。那些做大生意挣大钱的,才叫'下海'呢。"

陈婶问:"今天挣了几块?十多块?"

孟焱说:"挣?瞧,都剩在这儿了,哪有挣头?"

"杨唠唠"撇着嘴,嘴角的唾沫星儿闪闪发光:"一把老骨头了,放着清福不享,偏要出去挣命。"

剩下的馒头，孟焱和孟亚分了。

李秀云说："你们不是说这两天不想吃馒头吗？"

孟焱说："不是不忍心剥削你吗？给钱你又不要。看你今天累成啥样儿了！"

李秀云撑开小布兜，捏出里面那些皱巴巴的小票子，数了又数。加加减减一番，终于算出结果。今天挣了五块钱，还白赚二十个馒头。

孟亚说："这五块钱挣的，全家老少齐上阵，这点儿馒头真是'祸国殃民'。"

李秀云说："明天有你爸就够了，你们谁都不用来。我也不多上，上一百个就行了，中午一阵儿就能卖完。"

第二天中午，天空下起了雨。开始的时候雨不太大，可总在外面淋，也愁会湿个透。李秀云用塑料布把笆箩罩好了，自己躲到一棵树下，靠树叶避雨。

一会儿，孟兰急急地奔来了，手里拿着一把伞。李秀云看看表，说："还不到十一点钟，没下班儿你咋就跑来了？"

孟兰说："我一看天气变了，赶紧回家给你取伞。"

李秀云说："也没经验，早晨忘听天气预报了。"

孟兰送了伞就走了，说孩子中午放学回来就得饭堵嘴。

雨渐渐大了起来，正是中午下班儿时间，行人拼命地往家跑。到了十二点，雨停了，街上也空了。

孟兰吃完饭又来了，给母亲带来一件上衣。李秀云说："不用换了，都快干了。"

孟兰说："我替你看一会儿，你去我家吃点儿饭吧。"

"我刚才吃了一个馒头，饱了。"

这时，孟福先来了，问："走不走？"

李秀云说："还剩下十多个馒头，我看也没人买了。走吧。"

回到家里又数钱，挣了四块五角，外赚十多个馒头。

孟福先满脸的不乐意："一天挣这么两个钱儿，不够折腾的。"

李秀云没好气地说："嫌折腾，你把我的工作找回来。"

3

孟焱来找孟亚，见面就说："老叔看来是指望不上了。妈一天到晚总是眼泪不干，她说工作要是找不回来，死都合不上眼。你说这事儿怎么办？"

孟亚说："还能怎么办？老叔在位时都没办成这事儿，现在他退二线了，咱们不更是叫天天不应，叫地地不灵？"

孟焱说："我倒有个主意，跟你说说，看行不行。我想，咱们几个可以每个月出钱给妈，就说工作找回来了。"

孟亚想了一下说："出钱我没意见，反正平时咱们也给妈买东西。只是妈不是那么好糊弄的，她清醒得很。找工作都需要什么手续，找成了，工资落到哪个单位，她比你我都明白。"

"就是呀！我也是担心，才来和你商量。既然想骗她，就得编得天衣无缝，连工资里含的菜金、洗理费什么的，都不能差了。大姐是出纳员，她懂。让她列个单子，一样一样写清楚。不然，妈一刨根问底，咱就傻了。"

孟亚说："我看这事儿不太好把握。万一哪次妈高兴了，按你编的那个地方自己去领工资，不是露馅儿了？那样反倒对她的打击更大，还不如现在这样，反正这么多年也过来了。"

孟焱表情十分黯然："过了这么多年，她心里还不是没放下这件事儿？我想如果能骗过她，她心情好了，身体也能跟着好起来，多活几年。妈这大半辈子是蹚着眼泪过来的。"

听了二姐的话，孟亚心里也一阵难受，说："你要觉得行，你就想好了再去跟妈说。不过，我在她面前是装不出来的。这场戏不好演。你想想，这工作假如找回来了，这是多大的喜事儿？真该敲锣打鼓放鞭炮了。你能装出那个高兴劲儿？就算咱们姐弟几个都能假戏当真戏唱，爸那么实在那么固执，他能跟咱们一块儿装相团伙欺骗？"

孟焱一副垂头丧气的样子："那怎么办？这事儿可真难。妈活得不开心，我这心上总像压着块石头。"

4

单位召开职工大会。

高局长说:"去年的工作结束了,新的一年也开始了。大家把各自的工作总结一下,讲讲新一年的打算。对单位对领导的工作有什么批评和建议,也欢迎大家畅所欲言。"

几乎每个人都开了口。一提到跟领导沾边儿的事儿,全都是枝头喜鹊叫喳喳,一片发自内心般的赞颂。可在那一张张热情洋溢的笑脸后面,每个人的喉管里却都堵着一团棉花,掏出来就舒服了,可谁都不掏。

孟福先最后一个发言:"我这个人就是直,有话就想说,咋想就咋说。成绩大家说得挺全面,我就不重复了。我有几条意见想提一提。"

几十双眼睛瞬间像通了电的灯泡。

"第一条,当领导的应该言而有信,说到做到。高局长任职快三年了,第一年就许诺年终时每人发四百块奖金。大伙儿听了都挺高兴,眼巴巴地盼,盼了一年盼两年,这奖金到现在也没兑现。同志们工作都挺辛苦的,领导说话不办,影响大家工作积极性,也降低了领导个人的威信。第二条,当领导的在工作中要坚持原则,并且应当以身作则,不能只要求职工对工作认真负责,自己却过不了人情关。这样下去,单位会缺乏凝聚力。第三条……"

孟福先的话像钩子似的,他的意见一条条地提,众人喉管中的棉花就被一丝丝地往外拉。等他说完了,大家的呼吸道一派畅通无阻。

高局长的脸上堆着笑:"老孟同志批评得对,这些问题一直都是我的心病。单位目前的经营状况不好,靠财政那点儿拨款,勉强能维持工资,奖金迟迟不能兑现,我也很着急。咱们大家一块儿想办法,尽早解决这个问题。老孟批评我工作不坚持原则,我也是承认的。现在社会上很多事情太复杂,处理起来很难。放宽原则是犯错误,可坚持原则又对咱们单位不利,结果还是大家跟着受损失。顾虑的事情太多,就变得心慈面软的。在坚持原则方面,我应该向老孟学习……大家还有什么意见尽管提，这有利于我今后的工作。"

这个说：没意见。不当家不知柴米贵，不当领导不知官难做。多替领导想想，什么怨气儿都没有了。那个说：咱们县的财政状况不好，这我们大家都清楚，也不是一两个人能解决得了的。啥奖金不奖金的，领导有这份关心干部职工的心思，就够了。

"贾小鬼儿"的调门儿最高，像喊口号一样："高局长一心扑在工作上，累得犯了高血压，在单位一边打点滴一边部署工作，我们看了心里直过意不去，感动都来不及，哪儿还能有意见。"

散会后，杜副局长拍着孟福先的肩膀说："老孟你真有水平，讲得头头是道句句在理儿。你本来就是当领导的料，可惜了呀……还是老同志正直，让人敬佩！"

孟福先听了就有点儿沾沾自喜，脸上的笑容能滴出蜂蜜似的。

在家里，孟亚给父亲提起了意见："你在会上说了那么多，有什么用？别人都装好人，就你当炮筒子。你替他们说出了心里话，他们反过来讨好领导，你何苦来？有奖金又不是你一个人得。你今天提意见，奖金明天就能发下来呀？说是兑现，还不是高局长'望梅止渴'笼络人心的把戏？你这样明挑让他难堪，他对你能满意吗？"

孟福先说："我不管他满意不满意，我想说就说。"

李秀云说孟亚："你别'对牛弹琴'了。他一个老头子，眼看着就要退休回家了，领导不高兴，也不能把他怎么样。"

孟亚说："他退休我也退休？就不能为我考虑考虑，提那么一大堆意见，对我有什么好处。"

孟福先不高兴了："瞎联系什么！我提我的意见，跟你有什么关系？"

孟亚说："是我瞎联系吗？你在乡下卫生院当院长的时候，老崔想转干没转上。现在，他和咱们又到了一个单位。老崔多会溜须拍马，把高局长拍得溜溜转，他那个精神病的老婆本来没工作，现在都到单位来当清洁工了。这不是冤家路窄吗？他老婆一犯病，就把咱们全家骂个遍。我跟她骂也不是打也不是，有理说不清楚。我这气受得还少哇？"

孟福先说:"转干有转干的条件,他不够条件,我有啥办法。"

孟亚说:"那他老婆骂咱们,咱也得受着,也没啥办法。你退休了,可以清静了,我却要父债女还。"

孟福先的脸上拧起了麻花劲儿:"什么话!你对你爸就这样说话啊?啥叫'父债女还'?我欠谁的债了?"

李秀云接上了话茬:"谁的债你都欠。家里欠,外头欠,好事儿一点儿也不做。就共产党的债你不欠,你是共产党的好干部。"

孟福先起身往外走:"你们娘儿们,一个鼻孔出气,看我怎么做都不对。"

没出半个月,上面来人了,调查高局长的问题。单位里传开了小道消息,说是有人写了匿名信告高局长,说他有经济问题、赌博问题、生活作风问题,乱七八糟一大堆问题。调查组在单位折腾了七八天,找这个谈话,找那个调查,天天由高局长陪着喝酒吃饭。查到最后,结论是:一切"问题"纯属子虚乌有。

那些天里,高局长表面上还是挺镇定的,私下里却找单位的许多人暗查,想发现一些蛛丝马迹。老实本分的人只说不了解情况,心怀叵测的人却得到了借刀杀人的好机会。想把杜副局长挤掉的人说,当然是杜搞的鬼,二把手对一把手向来是表面上毕恭毕敬,实际上却是笑里藏刀,他早就想抢班夺权了。可杜副局长说,很可能是几个正等着提干的年轻人当中的一个或者几个干的,因为高局长的关系没有平衡好,提干无望的人对他有意见。可那几个年轻人说,明摆着的事儿,除了孟福先还有谁?谁会像他那样,对领导除了意见就没有别的?

高局长虽然分析不出个所以然来,但孟福先肯定被列为重点怀疑对象之一。他提完意见再写匿名信是完全可能的,因为两件事情的时间相隔得这么近。但高局长认为没有必要找孟福先探虚实,理由有二:其一,再傻的人也不会承认自己写了匿名信,否则,就不会"匿名"了。其二,在分析和处理单位人事关系方面,孟福先是擀面杖吹火———一窍不通。

在家里,孟亚为父亲分析形势:"高局长十有八九会认为那封匿名信是你写的。"

孟福先不屑一顾:"我有话当面儿说,费那劲儿干啥。那是小人干的事儿。"

孟亚说:"这年头谁知道谁是小人?人家正是利用了你提意见的机会,浑水摸鱼写了匿名信,然后嫁祸于人,把责任推到了你身上。"

孟福先:"谁爱咋想就咋想,我不怕。"

李秀云说:"你是死猪不怕开水烫,啥都不怕。这是怕不怕的事儿吗?得罪人犯不上。我看你是不得罪人难受。"

正说着,孟兰的丈夫高大龙来了,也提起了匿名信的事儿。

孟亚问:"你怎么知道的?"

高大龙说:"昨天在饭店碰到高局长,听他说的。以前,见面儿都是带理不理的,人家是科级,我算啥,不在一个级别上。这次可热乎了,还一口一个'一家子',说一笔写不出两个'高'字,接着就跟我倒苦水。"

孟福先说:"他跟你说这个有什么用?"

"人家想唠唠呗,他觉得挺委屈。"

孟亚说:"他有委屈跟你说得着吗?他跟你提这事儿肯定是有目的的。他是不是怀疑是爸写的匿名信?"

孟福先不高兴了,说了句"真能瞎扯",起身回东屋去了。

看岳父走了,高大龙压低声音说:"高局长那天跟我说,单位里有人说知道是爸写的匿名信,他不信。可他对我说这件事儿,说明他起码是怀疑爸的。我就觉得奇怪,爸这么大年纪了,不争名不夺利的,怎么会怀疑到他的身上?"

孟亚说:"还不是他自己引火烧身?春节前局里开会,谁都唱赞歌,就他意见提了一堆。没几天,匿名信就出来了,调查组也来了。高局长不是特别有心计的那种人,加上单位有人使坏,他不怀疑爸怀疑谁?"

高大龙摇着头说:"爸这种刚直不阿的性格是改不了了。"

孟亚说:"你可别抬举他了,还刚直不阿呢,简直就是顽固不化。"

李秀云说:"我就知道,这老东西一天到晚到处揽过,好事儿一点儿都捞不着,逮不着狐狸还惹一身臊。"

第四章

1

这是一个雨季，一个特殊的雨季。一个月雨水不断，下起来又大又急，且持续时间长。后来，广播里说了：百年不遇。

李秀云挽着裤腿儿站在厨房里，屋里屋外一片汪洋。

这是二十年前的老房子，地基比院子里的地面矮很多。大门外的巷路一年年铺垫新土，早就形成了门外高院子低屋里更低的阶梯地形。平时中等雨量时，院子里的积水就会越过门槛往屋里流，李秀云不得不在门槛处钉一块木板，木板高出屋地半尺多，像屋里圈了鸭子怕跑出去似的。而人从外面进来，必须高抬腿慢落脚，弄不好就得崴脚脖子。陌生人第一次来，谁来谁不习惯，第一句话几乎都是"啊呀"。

正是晚上七点多钟的时间，大雨倾盆而至，院子里的积雨迅速越过门槛，呼呼地冲进厨房，随即又漫进东屋和西屋。孟福先头一天就下乡了，一直没有回来。李秀云慌手慌脚地拿过撮子和小桶（有大桶，她拎不动），一下一下撮着水往小桶里倒。一桶水顺着后窗户倒出去，两桶水又从前门槛上冲进来。不一会儿，厨房地面上的小桶小罐和鸡食盆子等，凡是有空心的器具，都忽忽悠悠地漂了起来。

厨房地面的积水已有半尺高，东屋和西屋的水也在上涨。李秀云又急又慌，只能双手更快地撮水，一双齐膝盖的大靴子在水里蹚来蹚去，那是孟福先的水靴。李秀云手里一边干活儿，嘴里一边骂孟福先："这个老东西，早不走晚不走，非赶在需要他干活儿的时候不在家。"

不管李秀云怎么忙活，雨水就是不见少，反而越积越多。李秀云已经累得没了力气，而外面的黑雨还在哗哗地下，一点儿都没有减弱的趋势。照这样下去，用不了半个小时，雨水就能漫上炕。

李秀云没有别的办法，只能继续付出微乎其微的努力。就在这水火无情的非常时刻，孟兰和丈夫高大龙风雨无阻地跑来了。李秀云顿时心花怒放："谢天谢地，你们来得太好了！"

高大龙力气大，换了两个大桶。李秀云和孟兰往桶里撮水，高大龙负责往窗外倒水。忙了没到十分钟，孟焱和刘金川也来了，两个人下半截裤腿全是湿的。

李秀云忘了累，豁牙露齿地乐开了："孩子多也好，关键时刻真有用。这要是旁不相干的，房子泡倒了也没人管。"

人多力量大。外边儿往里流，里面往外泼，一直泼到晚上十一点多，雨停了，水也泼得差不多了。

孟焱抻着累酸了的胳膊腿儿："这破房子没个住，卖了得了。挨这冤枉累！"

高大龙说："我那楼上还闲着一个房间，你和我爸就过去住呗。我们家也没有什么能累着你们的。老在这儿这么将就着，是闺女不孝还是姑爷不好？"

李秀云说："哪儿也不去，我就在这儿住。"

孟焱说："那你愿意让水泡着？"

李秀云说："不泡着有啥办法？你看看东西两院儿，都是这两年新盖的房子，地基可高了，屋像屋，院儿像院儿，就咱家你爸过日子不要强。这房子还是公家给买的呢，要靠他自己，还不得住露天地？"

刘金川说："你也别老是埋怨我爸，他一个普通人，能有多大能力？东院儿的那位是我们油厂的一个科长，人家有外来道。西院儿的小两口年轻能干，又开食品加工厂又养车，盖个房子还不容易？慢慢来，兴许有一天咱们比他们还强呢。"

孟焱说："咋的？你有啥想法啊？"

刘金川说："我一个小工人，能有啥想法？咱家你是掌门人，有啥想法也得你点头啊！"

孟焱说："好像你挺怕我似的。"

刘金川："咋不怕呢，你那么能耍驴。"

孟焱说："你要是真怕我，咋不让爸妈去咱家住？"

刘金川说："是我不让？你自己啥驴脾气不知道？是你不敢让他们过去住。再说爸妈根本不可能去谁家住，我送啥空人情？"

孟兰说高大龙："你也别送空人情。"

高大龙说："又扯我这儿来了。刚才的话算我没说。"

孟焱知道大姐孟兰多心了，便没好气地说刘金川："装哑巴，会吧？"

李秀云说："你们别饿饿了。都回家睡觉去吧，明天还得上班儿。"

第二天中午，孟亚来了。

厨房的地面上存着一层浅水，一溜摆着五六块半截砖头。李秀云穿着大水靴在厨房里踩着水，呱唧呱唧的。

孟亚说："就属我表现不好，我检讨。上午我二姐打电话，说屋子里进水了。昨晚又是刮风又是下雨的，我也没睡好，可没想到房子会进这么多水。"

李秀云说："有两个想到就行了。房子这么小，人多了也转不开。再说，你在生活上是个马大哈，眼里没活儿，心里没数。"

孟亚说："我是事业型的。"

李秀云说："事业型的比生活型的好，一辈子有个铁饭碗比啥都强。"

孟亚弯腰去拿撮子："这地上还有水，我来撮吧，做一次生活型。"

李秀云忙阻止道："不用撮了。这水是从墙根儿渗进来的，慢慢会自己渗回去的，现在撮不尽。"

孟亚说："我爸上午来电话了，问房子进没进水。"

李秀云没好气地说："问有什么用！天气预报说这几天还有大雨，还不赶快回来。"

孟亚说："一时半会儿回不来，这场大雨把公路冲坏了，不通车。县里正组织人查看灾情呢。"

接下来的几天，果真又下了几场大雨。孟福先困在乡下干着急回不来。孟兰、孟焱、孟亚和孟涛四家八个人，轮流往李秀云那儿跑，帮助她在屋子里抗洪抢险。

2

单位准备盖家属楼。

孟福先回来说了，李秀云不动心："住楼有什么好？像蹲巴篱子似的，谁能一天到晚不出屋，总在楼上待着？住平房多好，前后都有地方，种点儿菜吃，又方便又省钱，破烂东西也有地方放。我在乡下就没住够，到县里住平房，我还嫌院子窄巴。楼上那巴掌大点儿地方，还不把人憋屈死？"

孟福先说："巴掌大的地方你还住不起呢，五六千块呢！"

李秀云说："五六千块算啥！我要是工作到现在，三十多年了，几个五六千块挣不来？"

孟福先一听李秀云又要借题发挥，便不接话了。

孟福先走到院子里，用耙子翻着地上的柴火。

李秀云跟到门口："天天挠扯那点儿破烂，灰都起来了。天天挠，能挠出金子来？"

孟福先斜眼瞪着李秀云，手里的耙子不动了。李秀云转身回了厨房。孟福先生气地将耙子往旁边儿一扔，回东屋听半导体去了。

孟涛却非常想住楼，一次大家在父母家聚餐时，孟涛在饭桌上说："我要住楼，你们每家给我出点儿钱。"

孟涛的话让大家一时不知道怎么回答好，高大龙嘴快，说："可以。那你自己有多少钱？"

孟涛闷了半天，没有正面回答这个问题，他吃完饭先走了，走的时候脸色有点儿不好看。

孟焱对母亲说："你这个儿子，挺会替自己打算。以前我还真没有看出来，有媳妇跟没媳妇就是不一样。"

孟亚说："你又来了。冯燕是外姓人，本来关系就不好处，你别乱说。"

孟兰责怪高大龙："就你嘴欠。你能拿多少钱就拿多少钱，瞎问啥呀？"

高大龙说："我那样问有啥错？他要买楼，想让大伙帮帮他，不知道他有多少钱，怎么帮？谁知道他需要多少钱？"

李秀云说："大龙问的没啥毛病。小涛他们刚结婚，没啥底，你们愿意帮就帮，不愿意帮就算了，他结婚的时候你们都没少拿钱。"

孟焱赶紧捅了一下李秀云的胳膊肘："俺家可没拿多少钱啊。俺家刘金川是个普通工人，不像你大姑爷是经理，四姑爷是记者。三姑爷更不用说了，耳朵上一副眼镜框。"

李秀云笑了："有你这么说话的吗？还耳朵上一副眼镜框。不都是说鼻梁子上架一副眼镜吗？光耳朵上有眼镜框，就能看见东西呀？"

孟亚看着孟焱，做了个表情，低声说："人家那水，深着呢。这么说话，还不是心理不平衡？"

孟焱说："咋不平？我平着呢，可不敢横，没资本。俺家穷，刘金川是工人，孩子学习不好……"

刘金川说："我是工人，咱家穷，啥好事儿咋的，老挂在嘴上？"

郑志平说："你家可不穷，比我们家强。到现在我家买楼借的钱还没还完呢。"

孟亚说："你啥意思，哭穷啊？是不是不想帮小涛他们？"

郑志平说："帮呗。就你不会过日子，有钱也攒不下。"

孟亚说："你会过就行了，咱俩优势互补。"

李秀云说："老话不是说了嘛，养猪不养拉渣，娶媳妇不娶老丫。小亚是不会过日子，洗衣做饭的，全靠志平了。"

孟焱说："那是人家命好。金光闪闪刘同志，是不是？"

刘金川说："你嫌我不会干活儿，抱屈呀？"

孟兰说："金川多能吃苦啊。你看你们家，屋像屋，院儿像院儿，自己做的土暖气，冬天家里暖乎乎的。"

李秀云说："都不错，我这几个姑爷我都挺满意。没有一个欺负老婆的，比那老东西强多了。"

高大龙说："我爸也有优点……"

李秀云的脸色就变了："有啥优点？这一辈子，谁比我了解他？"

孟兰斥责高大龙："又嘴欠！你看人家志平多好，不多言不多语的。"

高大龙笑了："板不住呢。"

几个人都笑了，只有李秀云没笑。

3

西屋的门玻璃又空了一块，从外面看，像一个黑洞。

李秀云擦着眼泪说："我要跟他离婚。现在你们都大了，自己有自己的日子过，也不用我操心了，跟他离婚我也没啥后顾之忧了。我跟他真是过得够够的了！"

孟焱说："离婚我们不反对，我们做儿女的都不是不懂情理不开化的人。只是你得考虑好，离了婚你一个人怎么过。买米、买面、拎煤、倒水这些重活儿，你自己干得了吗？平时，这几个姑爷哪个你都不想使唤，以后你愿意用他们？再说，房子怎么办？你住，我爸就没地方住了。咱家又不是有多少钱，可以再给我爸买个房子。"

孟亚说："我看离婚也不是最佳方案。你不就是不愿意看到我爸吗？你到我家去住，让我爸跟小涛他们过，不就行了？"

李秀云说："我是谁家也不去，死也死在自己家里。他爱上哪儿就上哪儿。就他那样的，又笨又呆，上儿子家也是废物一个，谁愿意要他？离了婚他还可以找老婆，男的都长了个花花肠子，身边儿没老婆还能活下去？"

孟焱说："要不，把我大姐找来，你听听她的意见？你不是常说'人多出韩信'吗？"

李秀云说："听她意见？那个急脸子，一句话没说完就气得不行。昨天她来了，我刚一提要跟你爸离婚的事儿，她就不高兴了，没待上五分钟就走了。我可不愿意看她那脸子，太吓人了！"

孟焱说："要不给你三闺女小美打个电话，看她怎么说。"

李秀云说："用不着。离婚是我自己的事儿，不用别人替我决定。我跟你们两个也是顺着话茬提起来了，不过是想让你们帮我办离婚手续。我这么大年纪了，不知道哪儿跟哪儿，有点儿跑不动了。"

孟亚的态度突然间变了，一拍巴掌说："我支持你离婚。我爸这个人，真是一点儿优点都没有，志平要是像我爸这样，我们早就各奔东西了。"

孟焱有点儿急了，说："你神经病啊？还拍巴掌热烈欢迎呢。爸不抽烟不喝酒，不是优点？不赌博不嫖娼，不是优点？对咱们从小到大没打过没骂过，不是优点？噢对了，好像打过我一次，没打过你。爸也不是不想好，只是他天生就那性格，学不来别人的精明圆滑。"

孟亚说："还是离了好，一个人过静心。先试一段时间看看，行还是不行到时候再说。不然，你总觉得不如意，好像离婚以后样样都好似的。你考虑好，什么时候说定了，我帮你们办离婚手续。"

李秀云说："先不忙办手续，我得跟他谈好，房子归我。另外，他一个月得给我一百五十块钱生活费，他这辈子欠我的太多了！"

李秀云出去了。孟焱瞪着孟亚："你啥意思啊？好像爸妈不离婚，你倒过不下去了似的。你是不是吃错药了？"

孟亚说："你咋不懂，这不是'以毒攻毒'吗？对咱妈你就得这样。她想做的事儿，你越阻止，她越来劲儿。顺着她吧，她有时候倒犹豫了。"

"那她真的要离咋办？"

"那就离吧。离了以后，一个人过不了，再复婚，她也就死了心没话说，说不定跟咱爸的关系会比以前好呢。再说了，这不离婚，一天天打打闹闹的，日子也够难受的了。"

孟焱说："离婚怎么说都不是个好事儿。妈想离当然行了，爸怎么办？人都是有感情有自尊的，他什么都不说出来，未必心里就什么都没有。"

孟亚两手一摊："天要下雨，娘要离婚。顺其自然吧。"

过了几天，孟福先逐个通知女儿儿子，晚上回家一趟。问什么事儿，孟福先就一句话："来了就知道了。"

孟兰、孟焱、孟亚和孟涛在西屋坐定了，都闷着，谁都不说话。

孟福先此时的那张脸，世界上没有任何一个人愿意看上第二眼，憋了一会儿，还是他自己先开了口："说吧，你们啥意见？"

孟亚说："我们的意见无足轻重，看你们自己。"

孟福先说："我看明白了，我在这个家一点儿地位都没有，没一个人帮我说话。"

孟焱说："我们谁都想帮，就是帮不了。这好几十年的日子过得怎么样，你们自己心里最清楚。"

孟兰说："我不同意离婚。几十年都过来了，闺女儿子都成家立业了，家家都过得挺好，没一个让你们操心的，外人谁不羡慕你们老两口有福气？你们还不知足，自己折腾起来了。"

孟涛说："别闹了，闹了这么多年，还不就那么回事儿。我现在结婚有家了，单位也要盖楼了，把这个房子卖了，买个大一点儿的，钱不够拉饥荒我还。我小舅子出床子卖服装，我跟他借。他们家姐弟之间可亲了，一句话钱就能拿过来。明年我给你们添个大胖孙子，这日子不是过得挺好的？"

听孟涛说要跟小舅子借钱，孟焱看了孟亚一眼，眼神里有话。孟亚明白孟焱的意思，知道孟涛是借机说给他们姐仨听的。孟兰对孟涛的话没什么反应，陷在为父母离婚而忧愁的情绪里了。

李秀云哽咽着说："你们谁也不用劝我，我这回是铁了心了，这婚非离不可。"

孟亚说："我看你们不离和离也没啥大区别，晚上睡觉东屋一个西屋一个，白天吃饭屋里一个厨房一个。谁家像你们？哪家没有难唱曲？你们可好，认死理儿。"

孟福先说："还让我怎么样？吃东西我拣坏的剩的，脏活儿累活儿我包了，月月开支一分不少全都上交，花钱我得列清单。还让我怎么样？整天对我跟仇人似的。"

李秀云说："跟你过日子，你就是给座金山银山，我也不乐意。你把我的工作弄没了，你就是我的仇人，我和你不共戴天。"

孟福先看了儿女们一眼，眼睛就湿了，他站起来往外走："这日子还有个过？这是逼我走绝路了。你也不用离婚了，我一死，啥都是你的了。"

李秀云冲着开门出去的孟福先大声喊："挺大个老爷们，动不动就死呀活呀的，你还有啥能耐？你忘了你上过两次吊了？你拿死吓唬谁？早死早好，没你我照样过。"

第二天，李秀云就催孟亚帮她办离婚手续。其实，手续很简单，可孟亚却说"很复杂"："这些程序我也不懂，有时间得去有关部门问一下。"

李秀云说："你不是在自学法律吗？想当律师，连离婚这点儿事儿都整不明白，以后怎么帮人打官司？"

孟亚说："你以为法律那么好学呀？我这半路出家，全靠自学，得有个过程吧？十几门课，我连一半儿还没学完呢。再说，也不只是手续上的事儿。"

"那还有啥事儿？"

"保不准还得送礼呢。你准备钱吧。"

"离个婚还得送礼？那得多少钱哪？"

"起诉费就得一百，送礼少说得两百吧。"

"那加在一起就是三百了，够我半年生活费了。"

"那可不是？现在干什么都得花钱，人活着不容易，还是现实点儿好。再说了，你们那辈人，有几个懂感情的？"

李秀云说："你别给我上思想课，跟着瞎掺和。"

孟亚说："不掺和可以呀，你别让我给你办离婚手续。"

李秀云说："死了张屠夫，就得吃带毛猪？你不办拉倒，我自己去，有啥大不了的。屁股大的小县城，我还转不明白？"

孟亚忙说："算了，还是我替你跑吧。竭诚服务，愿意效劳。"

4

小雨淅淅沥沥下了一上午，路面被浸得黏糊糊的，踩下去就带起两脚泥。

孟福先骑着自行车，顶着雨往家赶。路过一个饭店时，单位的几个年轻人正吵吵嚷嚷地往里进，老崔也在里面。小贾看到了孟福先，招呼他说："孟老爹，别回去了，今天中午我安排你。"

孟福先咧了一下嘴，笑着说："你小子还能出那血，还不是吃共产党的。"

"贾小鬼"今天的热情让孟福先感到很安慰。入党前，小贾对孟福先围前围后，像一只勤劳的小蜜蜂。可一迈进党组织的大门，"小蜜蜂"立马变成了"向日葵"，领导是太阳。有一次，孟亚看到小贾拎着东西，急匆匆地进了高局长的家门，鬼鬼祟祟的样子，像个贼一样。孟亚看不上小贾的做派，对父亲说："这是个趋炎附势的小人，谁有用结交谁，脑袋削个尖想往官堆儿里钻。你培养他入了党，他对你除了花言巧语，没给你什么好处吧？"孟福先说："培养他入党，也不是为了占什么便宜，那是组织交给的任务。他想当官儿也是上进的表现，有什么不好？"孟亚自己生气，跟父亲什么都说不通。

小贾又喊孟福先："管他吃谁的呢，你来吧，保证不让你喝酒。"

孟福先就下了自行车，把车子推了过来，说："贴个皮儿吧。这下雨泡天的，路不好走。"

鸡鱼肉蛋赤橙黄绿摆满了桌子，几个人互相攀着逼着喝了起来，全都是小有得意的样儿。孟福先没有什么话说，只顾抬头夹菜低头吃饭。

不一会儿，几杯酒下肚了，有红脸的，有白脸的，还有脸色保持不变的。高兴劲儿上来了，便你一言我一语地冲孟福先开炮了。

还是小贾当开路先锋："我说孟老爹，今天可不是我酒喝多了冒虎话。你说你啊，为共产党卖了几十年的命了，连个带'长'的都没混上。"

老崔皮笑肉不笑地说："这话可差远了，人家二十年前就当院长了啊，那个时候你还穿开裆裤呢！"

有人说："现在不是了嘛。老皇历，早翻过去了！"

小贾说："就是，我说的是现在。当个代理股长嘛，上面没批文。现在你马上就要退休了，人家小孙接了你的位子，正好赶上这批任命，名正言顺地成了股长，你说你这运气啊！弄得我们都没法儿称呼你，叫孟院长吧，你早就不是了；叫孟股长吧，你本来就不是；叫老同志吧，又有点儿不尊重你。只好叫你孟老爹。"

孟福先说："当官儿，咱没那本事，也不想。"

有人说："不想想啥？在机关干，不就是为了混个一官半职？我们几个可比你走运。"

孟福先问："你们几个都批下来了？"

"今天喝的是什么酒啊，不就是庆功酒嘛，你还糊涂啥？"

孟福先说："你们少年得志，我老头子不该跟你们瞎搅和。"

老崔耸了一下肩，皮笑肉不笑地说："我还少年得志吗？我可是出四十奔五十的人了。要说当年在你手下的时候，跟少年多少还沾点边儿，但没得志。"

孟福先被噎了一下，他没有回应老崔的话。

一个说："搅和什么。这小股长算个啥，没芝麻粒大，事儿可是不少。无官一身轻，我真不稀罕当。"

另一个说："别装得清心寡欲跟和尚似的，整个儿一个口是心非。提拔别人不提拔你，你还不给局长家送炸药包当点心？"

"至于嘛，我真不在乎。"

又是喝酒又是争辩，几个人高喉大嗓乱了套。

孟福先不喝酒吃得快，吃饱就先走了。回到单位，他感到口渴。办公室的暖瓶是空的，他端着水杯，推开了会议室的门。

老崔的老婆正坐在会议室的沙发上织毛衣，她用眼斜睨着孟福先，一脸的恨意，嘴里咕哝了一句什么。

孟福先倒了一杯水，出了会议室，噗地吐了口唾沫。

不知从什么时候起，孟福先就养成了这个习惯或者说毛病。其实嘴里什么都没有，可就是会时不时不由自主地吐上一口，顶多是一点儿唾沫星儿。放在往常，没有人太在意他这个小动作，大不了，特爱干净的人会嫌他这习惯不卫生。

可今天不比往常。此时此地，孟福先这漫不经心的一吐，影响却非同小可。他还没走出会议室两步远，老崔的老婆一个高儿从沙发上蹿起来，跳着脚冲出会议室，拦在了孟福先的面前。她的眼睛射出狼一样的凶光，声嘶力竭地喊，憋得脖子上的血管青筋都凸了起来："你吐谁？你吐谁？你今天给俺说清楚！"她的唾沫星子倒是结结实实地喷了孟福先一脸。

孟福先后退了一步，一下子蒙了："什么……吐谁？"

"你一口一口吐的，你吐谁？你呸谁？要不是你，俺家老崔能转不上干？你误了老崔的前程不算，现在还来吐俺。谁抱你家孩子下井了？你天天楼上楼下噗，欺负人还想咋欺负？"

孟福先这才想起来，自己刚才吐了口唾沫，便心平气和地解释说："我吐你干什么？我就这习惯。"

"啥习惯？你就是欺负人。不行，你不能走，你给俺说清楚，凭啥吐俺？就是你把俺家老崔给坑了，你坏人还想咋坏？"

"老崔为啥转不上干，他自己心里明白，我不跟你说。你闪开行不行？"

老崔的老婆嘴角直冒白沫儿："俺就是不闪，你能把俺咋的？你也不撒泡尿照照自己个儿，你算个什么东西！别看你当初是院长，现在可不是你的天下了。俺家老崔现在是股长了，比你强，气死你。你坏人坏自己，活该！"

孟福先有点儿动气了："我活该，我自作自受，行了吧？你闪开，我没工夫跟你吵。"

"俺就是不闪。'君子报仇，十年不晚'，今天俺就是要出出这口恶气。你们老孟家从老到小，没有一个好东西，都坏透了！"

"没有一个好东西，都是坏东西，行了吧？你闪开！"

两个人一个执意往前走，另一个坚决不后退。

"告诉你，把俺的精神病气犯了，让你给俺治，让你给俺养老。"

"我看你是装疯卖傻！"

"装疯卖傻你能把俺咋的？今天俺让你吃不了兜着走，让单位的人都知道你老不正经。俺就是要臭臭你！"

孟福先勃然大怒："你敢！"

"你看俺敢不敢！"老崔的老婆说着就往前扑，孟福先本能地往后退。

就在这时，走廊里传来了杜副局长的声音。

老崔老婆转过身去，冲着杜副局长干号："俺不能活了！孟福先老不正经，欺负俺这个病人，呜……啊……唉……"

孟福先气得脸色铁青，嘴唇颤抖。

杜副局长表情严肃地说："老崔媳妇，你不要'猪八戒扛二齿子——倒打一耙'。你刚才的话我都听见了。你再胡闹，就别来上班儿了，单位不用你。"

哭声一下子没有了，老崔老婆像霜打了的茄子，低着头溜进了会议室。

杜副局长说："不像话！精神病也照顾上班儿了，单位成精神病院了。老孟，要不你去找高局长反映一下？"

孟福先说："算了，我不跟她一般见识。你别吓唬她了，真犯了病，老崔又要遭殃了。"

整个儿下午，孟福先心里一直不痛快，情绪全写在脸上。不到四点钟，他就提前下班儿回家了。李秀云见孟福先沉着脸，也懒得理他。孟福先进了东屋，把破黑皮包往桌上一扔，想躺在炕上歇一会儿。看着炕上的几个小药瓶不顺眼，手一推，药瓶四处乱滚……

5

孟亚住的楼是丈夫郑志平所在单位县广播电视局建的，五十多平方米，职工个人交款六千块。

六千块对这个三口之家来说，绝对不是个小数目。结婚快十年了，他们家的存折上始终没有超过五位数。当初在决定是否买家属楼时，孟亚犹豫了很久，她问郑志平买不买，郑志平说："我们单位几十年才盖这一次楼，过了这个村就没这个店了，单位盖的楼肯定比商品房便宜。""那钱呢？"郑志平不吭声了，孟亚知道再说什么都是白说。郑志平的父母生活在乡下，根本帮不了他们，而孟亚也从来没有过向公婆伸手的想法。

李秀云和孟兰、孟焱都支持孟亚买楼，她们不但口头支持，还拿出了实际行动。因为是分期付款，孟亚和郑志平也就欠着两个姐姐的钱住上了楼房。他们家在五楼，楼房临着一条长街。

买房后，孟亚和郑志平的压力更大了。

有一天，单位里的一个编织能手说，用毛衣编织机织衣服，一两个小时就可以打好一件毛衣，手工费十块钱。孟亚当下以最快的速度做出了决定买一台毛衣编织机。

市里有卖这种机器的，每台四百六十块。孟亚跟郑志平说起这件事儿时，郑志平态度上不置可否，但语言上却是反对的意思，说："你又上班儿，还要看书，有时间吗？"

孟亚说："这活儿是业余时间干的。住楼欠一大堆饥荒，不想办法挣钱，拿啥还？"

孟亚说这话之前，已经做过调查研究了。母亲原来住的那条巷子里，有一个年轻的小媳妇就是靠织毛衣为生的。孟亚带了三十个鸡蛋作为交换，去那个小媳妇家学了一个星期。一周后，孟亚去市里把机器买回来了。机器加上包装，有近两米长。原本说好让郑志平接站，可孟亚回来时郑志平却突然接到了采访任务，她只得自己扛着机器往家里走。偏偏一场暴雨突然从天而降，几分钟时间里，孟亚就被浇成了落汤鸡。

装好机器后，孟亚先给家里老的小的织了几件衣服，但不是肥就是瘦，合适的少。机器本身也有问题，有时会掉线，需要用手工加以弥补，而孟亚的技术又不够熟练。更糟糕的是，时间确实不够用，手里织着毛衣，心里却急着想看书。几日后，孟亚又一次做出决定，以四百块的价格将机器转让出去了，亏了六十块。

毛衣编织机卖掉后不久，孟亚又看上了一个行当：烤肉串。孟亚看上这个生意是受同学的启发。男同学给孟亚介绍说，在街边儿烤肉串，收入最多时一天可以赚到一百块钱。孟亚现场观摩了几天，烤肉串的方法是学会了，但她的两个肺叶也气得差点儿成了串。

因为烤肉串的决定，孟亚与郑志平发生了激烈的冲突。孟亚让郑志平起早去买牛肉，郑志平不肯。在与孟亚多次争吵之后，郑志平终于去了一次，之后再也不去了。冬天的夜晚，孟亚在街边儿烤着肉串，吃客寥寥无几。飞飞在一旁陪着她，冻得在地上不断地跺脚，尽管孟亚无数次地催她回家，女儿却始终不肯，说："妈妈，爸爸没来，我陪你。"孟亚搂着女儿，很想蹲在街上大哭一场。

6

又拖了一段时间，孟亚拿着写好的离婚起诉状来到了母亲家。"你看看吧，这样写行不行？"

李秀云正伏在缝纫机上做活儿，头抬了一下："先放一边儿，我现在没空。"

孟亚说："看完再做不一样吗？几分钟的事儿。"

李秀云没搭话，缝纫机蹬得嗒嗒嗒地响。

见母亲补的是父亲的一条旧衬裤，孟亚故意问："做啥呢？我来吧。"

李秀云说："补补破烂儿。你要是想干活儿，就把炕上你爸那条裤子给拆了，有点儿瘦，我给他往外放一放。你们姐妹几个，就你对缝纫活儿还有点儿兴趣。你三个姐手都笨，也没这个耐心。"

孟亚说："我也没耐心。前两个月买的那部编织机，四百多块钱，除了给自家人织了几件衣服，还不咋合体，一分钱都没挣着。"

李秀云说："你不是有班儿嘛，飞飞又小，哪有时间织衣服？"

孟亚说："我想学裁剪，志平不同意，他说我不务正业。我干啥他都不同意。搞编织，烤肉串，他都不同意。"

李秀云说："其实，你烤肉串的事儿，我也觉得不咋行。你同学一天能赚一百多块，人家是以那个为营生的。你哪行？"

孟亚说："那他也不能那个态度啊。我烤了十几个晚上的肉串，他就出去买了一次肉。他都不如飞飞。八岁的孩子，大冬天的，晚上八点多了，还在外面陪着我，冻得直跺脚。他可好，人不知跑哪儿去了，根本就不露面儿。"

李秀云说："飞飞多懂事啊！大人都跟她比不了。我跟她说你爸的事儿，她告诉我说，'我黑姥就那性格，你别跟他一样的'。你听听，这孩子多懂事。老话说得真对，'人不论大小，马不论高低'。"

"我不想她那么懂事，小孩儿心事太重不好。"

"咋不好？像你爸那样就好？土埋脖梗了，还不如八岁的孩子，一辈子就没说过一句让人舒心的话。"

过了一会儿，李秀云说："东院儿你陈婶家的二锁子，你认识不？"

孟亚说："咋不认识？前几天上街碰到他，他还跟我说话了呢。"

"二锁子死了。"

孟亚一惊："二锁子死了？啥时候？怎么死的？"

"车祸。昨天已经火化了。"

"老陈家真是塌了天。"

"可不是？老的老，小的小，就这么一个顶梁柱，还早早地殁了。这家人，真可怜呢。"

孟亚说："二锁子和媳妇以前不是经常吵架？"

李秀云说："吵归吵，闹归闹，人一没了，就又想起他的那些好处来。再说了，居家过日子，哪有不吵不闹的？再怎么着，还是一家人。别人帮你是有时有晌的，自家人之间可是真心实意。二锁子脾气不好，可过日子是把好手。家里啥都不缺，三口人动不动就骑摩托出去玩儿。现在人殁了，啥都完了。"

孟亚看着躺在缝纫机上的起诉状，明白了母亲的心思，便赶紧趁热打铁："其实，人活着就得想开点儿，别老给自己添烦恼。谁都不知道祸福在哪儿等着呢，有吃有穿就乐乐呵呵地过吧。"

李秀云叹了口气说："也是。二锁子这一死，我原来的想法也有点儿变了。年轻人说没就没了，我都这么大岁数了，身体又不好，还能活几天？真有点儿折腾不动了。想想也对，有那么个人总比没有强，黑天壮个胆儿还得有个人做伴儿吧。好赖不济，那也是一堵挡风的墙啊！"

7

高大龙不当饮料公司的业务经理了，而且连工作都没有了，在家待岗。高大龙所在的呱呱叫饮料公司是县里少有的几家国有企业之一，生产业绩曾经一度辉煌，广告都打到国家级电视台了。饮料主要的原料是白瓜子，生产这种白瓜子的瓜是东北地区的特产，俗称"面瓜"或者"窝瓜"，类似于南方的"南瓜"，但品质和味道更胜一筹。瓜皮呈金灰色或者金黄色，瓜肉则一律为金黄色，瓜肉可蒸熟吃或者炒菜吃，也可加工成果茶或者瓜粉。

高大龙是在呱呱叫饮料公司成立后不久调过来的，他先前在县建筑工程公司工作，之后又跳槽到县林业站。对于高大龙主动争取到饮料公司工作，孟家老小对此都表示过担忧。

高大龙说："我也是不得不走这一步。林业站现在的效益更差，山上的树木采伐过度，几十年都翻不过身来。我在林业站也是名不正言不顺的，没啥奔头，还不如换个地方试试。我们老总是业务型领导，农业技术员出身，对白瓜子研究得很透。跟他干，不会错!"

孟亚说："你把你的前途命运押在一个人身上，风险太大了吧？"

高大龙说："走一步看一看吧。政府机关倒是好，挣得不多可是稳定，可咱也没那么多墨水，再说也进不去啊!"

李秀云知道高大龙没工作后没有态度，只是说："金川的油厂这两年也不行了，最近他老跟小焱唠叨，说想出来单干，小焱不同意。我这四个姑爷，现在有两个工作都不行，我这心里直发毛。我在家待了半辈子，最知道没工作的滋味儿!"

孟兰说："现在是想换个好一点儿的工作，没工作还不至于。"

孟焱说："那可说不准。这几天我睡不着觉，还在思虑金川辞职的事儿呢!"

李秀云说："你一向最有主意了，怎么让金川说活心了呢？这工作的事儿比天还大，干得好好的，辞哪门子职啊？"

孟焱说："你可别这么夸我。都说'人挪活，树挪死'，换个地方也许好活点儿。"

孟焱说："金川说的也对，趁现在还年轻，出来自己干点儿啥还不晚。再混个十年八年的，一个月开那点儿保底工资，连温饱问题都解决不了，等老了想单干也来不及了!"

李秀云说："那他想干啥呀？现在有啥好干的？"

孟焱说："我也不知道，到时候再说。"

李秀云说："就你鬼心眼儿多，啥都保密。你看你大姐夫，人家想换工作，早早说出来，听听大家的意见。俗话说，'三个臭皮匠，顶个诸葛亮'嘛。"

孟焱说："没保密，真的还没想好干啥呢。金川遇事没抻头，想法变得可快了。我就是沉不住气，也得硬撑着。"

孟兰说："我可不操那么多心。一个大老爷儿们，自己的事儿自己掂量去。"

李秀云说："人和人哪有一样的？大龙这么多年在外面见多识广的，金川就在那个小油厂当个电工，认识几个人？"

孟兰看看孟焱的脸，赶紧说："大龙也是个小工人，就是个子长得大，没用。我得回家了，孩子等着吃饭呢。"说完赶紧走了。

李秀云说："我这话又说错了？"

孟焱说："没错，错了也是对的。"

李秀云说："你今天性格咋这么好呢？"

孟焱说："啥时候不好了？本来金川就是不如人家嘛。你四个姑爷里，要样儿没样儿，要水平没水平的，就是你二姑爷了。我不承认有啥用？不过，不是有那么句话嘛，'三十年河东，四十年河西'，谁笑到最后，谁笑得才最美。"

李秀云说："听你这话，你好像挺有把握，你能笑到最后，笑得最美。"

孟焱说："命里有时终须有。俺守着金川，还能过穷日子？"

李秀云说："你又算卦了，是不是？你就是迷信。我告诉你，迷信不能当饭吃。"

孟焱说："不信你就走着瞧吧！"

李秀云说："你们笑吧，我笑不起来。你妈我身体不好，兜里也没钱，想帮谁也帮不了，你们自己顾自己吧。"

8

李秀云感觉不舒服，说肝区隐隐作痛，好多天了，饭吃不下，觉也睡不好。孟福先带她去县医院做了检查，发现肝后下缘有一个鸭蛋大的囊肿。当天晚上，女儿儿子都回来了。孟福先提出让李秀云去市医院做手术，大家都同意。

孟兰说："钱的问题不用愁，花多少我们拿多少，我一个人全拿也行。"

孟焱说："你别一花钱就往前抢了，你现在经济上压力也不小。小雪马上就要高考了，这一上大学又是一大笔钱。"

孟兰说："高考？高考有份儿，上大学有没有份儿还不知道呢。小雪像你姐夫他们家人，学习不好。"

孟亚说："手术费用不会太高，两三千就差不多，也就是术后身体补养需要些钱。"

孟焱和孟涛都说钱是小事儿，手术做好了是大事儿。

李秀云不同意做手术："我都这么大年岁了，一根儿蜡就剩蜡头了，做了手术又能怎么样，还不是三年五载的事儿，花那么多钱干啥。不做手术，挺到啥时候算啥时候。"

孟焱说："病是挺的吗？不知道有这个病也就罢了，明明知道有囊肿，还能挺着让它长？"

李秀云说："我不做。我这把老骨头，经不住折腾，兴许连手术台都下不来。"

孟涛说："要不，再去市里检查一下。该不该做手术，医生自然会给意见。"

李秀云说："检查我也不去。我这病多了，脑血管不好，血压也有问题，手术也不能把病都治好。岁数一大，哪个零件儿都不好使，我自己整点儿药维持吧。"

孟福先没办法了："说我犟，你比我还犟。这可是你自己不愿意治病，别说我们不关心你。"

李秀云说："你要是关心我，就勤给我买点儿药，别总是买药往自己嘴里填。"

孟福先说："我还少给你买药了？"

李秀云说："没有给你自己买的多。"

过了几天，孟焱和孟亚一道来了。

孟焱一进门就神采飞扬，高兴得不得了："妈，你的工作办成了。喏，这是这个月的工资，一百五十二块五。"

李秀云正在西屋炕上躺着，听到孟焱的话后，慢慢地坐起来，盯着孟焱灿烂的笑脸，似乎没明白女儿说的是什么事儿。

孟焱说："费了九牛二虎之力，真是好事多磨啊！你说现在的事儿也真是的，想着能成的事儿吧，偏偏办不成，觉着没希望的事儿吧，却一下子喜从天降了。我跟你讲过，你还记得吧？我有个同学，她哥哥是副县长，正管这事儿。她帮我做的工作，我也跑了好多趟。以前没跟你说，是怕办不成。"

李秀云表情木木的，半晌才说："办成了？怎么能办成呢？"她似乎不相信孟焱的话，便转向孟亚："是真的吗？你们不是在骗我吧？"

孟亚也是一副快乐无比的样子："这么大的事儿，谁敢骗你？干吗要骗你？你几十年耿耿于怀的不就是这件事儿吗？怎么梦想成真，你反倒不相信了？你知道为了找回你的工作，我二姐费了多大劲儿啊！"

孟亚的表情急剧变化着，她不能再往下编了，便找个理由急忙推门出来。

站在院子里，孟亚仰头看天，脖子仰得直直的，往回憋眼泪。西屋里，孟焱还在有板有眼地对母亲讲那些"曲折的经过"，时不时传来李秀云一两句轻轻的插话声。

孟亚不敢回屋，不敢面对母亲那张饱经风霜的脸，就在院子里站着。孟亚的心里像有什么堵着，透不过气来。

这时，母亲的声音传了出来："小亚，你进来，我有话问你。"

孟亚急忙擦擦眼睛，刚要转身进屋，大门吱的一声：孟福先回来了……

9

快到下班儿时间了，孟亚接到二姐孟焱打来的电话，说在县政府门前十字路口见面。

见了孟亚，孟焱从自行车车筐里拿出一个牛皮纸材料袋："你的小说……退回来了。"

孟亚接过材料袋，放进自己的自行车车筐里。

孟焱又递过来一个塑料袋："这是给你买的香蕉。"

孟亚说："怎么，想安慰安慰我？"

孟焱说："香蕉去火。"

孟亚说："有啥火呀？在单位有时候挺闲的，我不愿意像那些人那样东拉西扯搬弄是非，就练练笔，纯属业余爱好。"

孟焱说："业余爱好也不容易。这么厚的小说，光纸都有一斤重。说是业余爱好，可谁写小说不想发表？……你以后还写不写了？"

"当然写。单位里人浮于事，这样混日子，我会疯的！"

"那你以后寄稿子，落款还写我单位地址。"

"肯定写你单位地址！我现在经常在报上发表一些小文章，那些人表面不屑一顾，其实嫉妒得眼红。他们要是知道我写的小说被退稿了，那可有茶余饭后的谈资笑料了。"

"你单位也有好的一面——清闲。你看我，一天出来办点儿事儿都像做贼似的。我是偷着跑出来的，得赶紧回去了，不然被领导发现了，又要扣钱了。"

"这香蕉你拿回家，给男男吃吧。"

"有他吃的。这是专门给你们一家三口买的，你拿回去给飞飞吃。"

孟亚推着自行车慢慢往家的方向走。落日余晖里的县城街道上车来人往，尘土一阵阵飞扬起来，让人无处遁逃。

迎面遇上了程立英，大姐孟兰的高中同学，后来跟孟美关系很好。程立英在县党史办工作，现在是科长了，一位前途闪闪发光的知识女性。

"小亚，你自行车坏了？怎么推着走？"

"程姐。自行车没坏，路上人多，骑车费力气。"

"你文笔挺好的，咋不想办法换个地方？县妇联缺人，正想找个秘书呢，你不想活动活动？"

"妇联？我哪有能力胜任那么高层次部门的工作啊？"

"妇联虽说有点儿务虚，但你年轻，慢慢发展嘛。人生需要努力和设计。你姐小美现在好吧？"

"我姐挺好的。她现在在哈尔滨一家企业当会计。"

"听说你姐夫和她是同学？现在当厂长了？"

"是副厂长。"

"她啥时候回来你告诉我一声，挺想她的。"

"好。不过，他们很少回来，回来一次挺不方便的，路途远，中间还得换车。"

"你说你父母多有福啊，一帮儿女个个都有出息。"

"哪个也比不了你，又年轻又能干。"

"哪里！"程立英嘴上谦虚着，脸上却是快乐的表情。

晚上，孟兰和高大龙来到了孟亚家，说是来讨主意的。孟兰说："现在有个上自费大学的名额，我和你姐夫想让小雪去，又拿不定主意，想听听你的意见。"

小雪高考落榜是孟家人意料之中的事儿，现在突然冒出个上大学的机会，当然挺让人激动的。

孟亚说："那咋不去呢？去！咱们的下一代，小雪是第一个大学生，飞飞和男男都还早着呢。"

孟兰说："啥大学生？一个自费的，都不知道小雪能不能跟上课程。她理科不好，像你姐夫他们家人，脑子不好使。"

高大龙说："都啥时候了，净说这些没有用的。小亚是有学问的人，你跟她好好商量商量，把小雪的事儿整明白了。"

孟兰说："你自己的闺女，你咋不拿个主意出来？四年读下来，光学费就得三万块。如果她毕不了业，那不是白读了？你以为决心是这么好下的？"

孟亚说："孩子一年大一岁，慢慢就懂事了。上自费大学，小雪肯定会努力学习的。退一步讲，就算拿不到毕业证，四年时间也会学到很多知识，对将来就业也有好处。不然，小雪现在年龄这么小，让她干啥去？要是听我的意见，我当然支持小雪上大学。我现在都这个年龄了，还想进学校读书呢。"

小雪上大学其实算得上是一件大事儿，但因为是自费大学，孟家人的重视程度和欢喜程度自然就打了一些折扣。高大龙和孟兰还给小雪来了个约法三章：一是要努力学习，必须拿到毕业证；二是大学期间不准谈恋爱；三是不能乱花钱。如果违背了其中一条，特别是第二条，就不供她上学了。

小雪对父母的话只有点头的份，头越点越低，到后来就一直弯着腰，头都抬不起来了。

第五章

1

无可奈何的退休年龄到了，六十岁的孟福先虽然十分不情愿回家，但年龄就像尿湿了的床褥，捂不住的。对于他这个普通的机关干部来说，这个年龄已经到了极限，五十岁出头就主动退休的也大有人在。单位里有一位老干部老徐办了病退，如今在自家门口开了个粮油批发店，一年轻轻松松就能赚上八九万块，是孟福先工资的十几倍。

在孟福先退休前的一两年时间里，李秀云曾多次提出想在自家门口开个小卖店，贴补一下生活。因为他们家三天两头接到别人家红白事的邀请，光靠孟福先几百块钱的工资，实在是有点儿吃不消。

孟福先从来没想过当什么生意人，任凭李秀云怎么说，他都是"面不改色心照常跳"，根本就不为李秀云的"新出彩"所动——孟福先把李秀云任何不切合实际的想法都称作"新出彩"。被李秀云说急了，他就会冒出一句"我没那份耐心，我也不会算那些细账"。孟福先的耐心和乐趣依赖于几十年来沿袭下来的工作习惯，就是一套固定的程序，一种不变的生活，他习惯了并且从不觉得厌倦，更没想过要做什么改变。

如今孟福先和李秀云已经离开了那间近乎入地三尺的老宅，搬到了靠近大市场的一栋临街平房。房子是孟兰买的，不大，但院子呈长条形状，有十几米长，可以在大门口盖一间门市房做点儿小生意什么的。这也是当初决定买下这栋房子的原因之一。最主要的原因是，那栋老宅实在太破旧了。儿女们现在都已经住上了单位盖的家属楼，虽然孟亚和孟涛还欠着单位的楼款，但毕竟住上楼房用上暖气了，摆脱了生炉子、掏煤灰的烦琐，日常生活变得轻松多了。而李秀云既不想买楼房住，又不愿意搬到任何一家与儿女同住，换一处好一点儿的平房便是唯一的选择了。

除了孟福先之外，家里会思考的人都为即将赋闲在家的孟福先考虑后路，李秀云尤其积极主动。李秀云本来就不喜欢也不习惯孟福先在家里待着，孟福先下乡的日子是她心情最平静的时候。如果孟福先退休回来，从早到晚一分钟也不离开这个几十平方米的小屋，李秀云不知道自己怎么活得下去。

孟福先退休的日子是六月三十日。还在三月份的时候，孟福先下班儿一回到家，就经常瞅着墙上的挂历发呆。那本挂历是过年时孟焱拿来的，上面的十二个美女搔首弄姿心安理得地挤进了孟家的新领地。李秀云看着孟福先这种反常的举动，早就明白了他的心思，却故意刺激他说："老不正经。那些袒胸露背的女人有什么好看的，让你'爱不释眼'？等你退休了，可以天天一饱眼福了。"李秀云在学文化上一向是很有上进心的，儿女说出个成语什么的，只要是她不懂的就一定会问个究竟，并且马上活学活用。前几天刚跟孟亚学了个"爱不释手"，自己紧接着就创造出了个"爱不释眼"。

孟福先还是那副发呆的样子，过了半天才说："还有整整一百天。"

李秀云说："人家开运动会或者有什么大型活动了，经常倒计时，你也倒计时吧。"

六月三十日下午，孟焱打电话给孟亚，说自己下班儿后去市场买菜，让孟亚通知孟兰孟涛晚上回父母家吃饭。

孟亚不解："又是谁过生日了？"家里人的生日都是孟焱记着，特别是爸妈的生日，每次儿女们都像打仗一样，逼着两位老人走一走形式。而在反对过生日这个问题上，是李秀云和孟福先几十年来最志同道合的一件事儿了。李秀云说："过什么生日，跟你爸过了几十年，没有一天心情舒畅。我不想纪念什么生日，我都活够了。你们谁都别来，让我清静一会儿，就是对我最大的孝心了。家里人一多，我就头晕。"至于孟福先不主张过生日是基于什么理由，谁都不清楚。李秀云猜测说："过一个生日添一岁，离死就不远了。他怕死。没见他天天吃药跟吃饭似的？可饭也没省下，他一顿的饭量，够我吃一天的了。人家可重视养生之道了，一天三个饱一个倒，从来不知道啥叫失眠。六十岁了，满口牙好好的一颗没掉。你们再看看我，比他小好几岁，满口牙也好好的，却是一口假牙，真牙一颗没剩。人家那体格子，能活一百岁。"

孟焱说："还跟爸一个单位呢，这么大的事儿你一点儿都不上心？"

孟亚这才恍然大悟，说："噢，咱爸光荣退休了。我真是个'马大哈'，昨天还记着呢，今天就忘了。有你这么个细心的姐姐，我真是又高兴又惭愧。"

孟焱在电话那头笑了一下："行了，别油嘴滑舌了。你是做大事儿的料，咱是凡夫俗子，只能做这些民间小事儿。你早点儿回去，菜我买了，但掌勺的差事你可别想躲，妈嫌我炒菜不好吃。"

孟亚说："爸妈知道这事儿吗？别是你瞎忙活一场，到头来赚个挨骂。"

孟焱说："又在小看我是不是？我还有瘾花钱找气受啊？"

孟亚放下电话，立即又重新拿起电话，通知了大姐孟兰和弟弟孟涛。

一般情况下，孟家过年过节吃团圆饭，基本上是孟亚和郑志平下厨。别看孟亚平时不爱做家务活儿，可李秀云偏偏说她炒菜好吃，看她干活儿顺眼。冯燕原来在饭店做过服务员，厨房的活儿干起来也是得心应手。

冯燕对李秀云说："妈，今天你们都歇歇，厨房里的活儿我和小涛包了。"

孟涛说："我掌一次勺，给你们换换口味儿。"

孟焱说："结婚这几年，让小燕把你培养出来了吧？"

孟涛没说话，冯燕替他说道："小涛行，他做事挺细心的，也挺有耐心的。"

李秀云："那像我。要是像你爸就完了，饭菜不端到嘴边儿都不吃，还敢指望他给你做顿饭？"

李秀云哪里有歇着的习惯？孟涛炒菜的时候，她就站在旁边儿指挥着："动作太慢了，菜都要煳了，快点儿翻。左边儿……右边儿……"

孟涛不吭声，只是随着母亲的口令，急一下缓一下，左一下右一下，不时变换着手里铲子的方位。

冯燕说："妈，你进屋吧。"

李秀云继续指挥着："菜里的汤太少了，放点儿水再炒。酱油也少，白皮拉骨的，再放点儿……好了好了，该放味精了……少放，够了够了。快点儿盛出来呀，味精高温有毒……"

冯燕有点儿受不了，说："妈，你累不累呀！"

冯燕的这句话一下子把李秀云惹不高兴了。

这时候，一庶正在外面的院子里玩耍。一庶还很小，挣脱着不让大姑抱，姑侄俩玩得挺高兴的。

冯燕被院子里的动静吸引过去了，冲一庶喊："儿子，听大姑话。这孩子，可淘了。"

李秀云冲西屋大声喊："小亚，你出来。"

孟亚从西屋跑了出来："有啥指示？"

李秀云说："你炒菜，让小涛他们两个哄孩子。"

孟兰说："一庶我哄着呢。"

李秀云说："有小亚和志平就够了，你们都在厨房，人多了我心烦。"

饭菜做得了，天也黑下来了，可孟福先仍然没有回来。孩子们都吵着饿，一庶更是急得恨不能扑到摆满菜的桌子上。冯燕扯住儿子的手说："等爷爷回来，爷爷马上就回来了。走，妈领你到大门口接爷爷去。"

显然，桌子上的鸡鱼肉蛋比爷爷的吸引力大多了，一庶在妈妈的怀里像马力十足的发动机，不停地挣扎着，不肯离开桌子。孟兰给一庶拿了一个鸡大腿，小家伙立刻关闭了身体的发动机，小嘴巴开始动起来。

一家人都很纳闷，外面不可能有什么事情把孟福先给耽搁了。最后一天了，还能又下乡了吗？早晨也没说呀。而且，孟福先知道家里为他准备了晚餐，应该早点儿回来才对。难道还能有人请他吃饭，比如单位领导安排的，为他这个老革命老功臣搞个纪念活动什么的？

"快别想入非非了，浪费你们的脑细胞。"孟亚说，"单位里今天最安静。明天是七一，整个儿下午就没见到几个人影，都给自己提前放假了。领导更不知道跑哪儿去了。"

"那你下午看见咱爸没呀？"孟焱问孟亚。

"见了。"

"怎么样？"

李秀云把话接了过去："那还能怎么样？不就是退休吗？又不是上刑场要他的命。上班儿的人早晚都有退休的那一天，他还有啥不知足的？我在家待一辈子了，可没人给开退休金。"

孟兰跟孟亚说，想到单位找找父亲，李秀云哧地笑了一下。听了母亲那不怀好意的笑声，大家谁都不敢动了。李秀云说："他还能自杀呀？一个退休就让你们把他当成了宝，怎么没人关心关心我？要不是你爸那么心狠手辣，我能在家当一辈子'锅台转儿'？一点儿家庭地位都没有。"李秀云说着，眼泪就要掉下来了。

冯燕立刻说："妈，你有家庭地位，你看闺女儿子多孝敬你啊，个个都这么听你的话！"

飞飞拉着李秀云的手说："白姥，你别老想那些不开心的事儿。我黑姥的性格你又不是不知道，他就是那样的人，你得多想想自己有福的地方。"

这句话把李秀云说高兴了："瞧瞧，十岁的孩子说出来的一句话，比那六十岁的老头子都强。就冲飞飞这句话，我也知足了。"

孟涛扯过儿子说："一庶，走，到外面撒尿去。"

一庶张着油油的小嘴，稚声稚气地说："你咋知道我有尿？"

孟涛说："你是我儿子，不知道你有尿还能当爸爸？你刚才喝了那么多饮料，现在不尿，等着晚上往床上尿啊？"

一庶不让劲儿地跟爸爸顶嘴说："我都好几天不尿床了，你寒碜谁呢？"

小家伙的一番话把大家逗乐了。李秀云说："比他爸小时候强多了，看我孙子这张嘴，就知道是个机灵鬼儿。"

孟焱说："机灵像他妈。像他爸就麻烦了，又倔又憨，老孟家人都这样。"

冯燕笑着说："你们做自我批评啊？"

孟涛把一庶领到屋外，其实，他是借口找父亲去了。单位离得很近，不过五分钟的路程。从远处射过来的朦胧灯光下，孟涛带着儿子深一脚浅一脚地穿过小巷道，来到了机关楼。远远地看到办公楼的正门已经上锁了，各个窗口一片漆黑。孟涛正纳闷着，透过铁栅栏的围墙，一眼就看到了父亲，他正在空旷的办公楼后侧的院子里慢慢转着。孟涛看了一会儿，见父亲还没有离开的意思，便带着儿子悄悄地反身回来了。

李秀云问："找着你爸了？"

孟涛说："看见了。"

"在单位干啥呢？"

"转悠呢。"

"转悠啥？"

高大龙抢过话头："那还用问，舍不得单位呗。干了大半辈子了，这冷不丁退休了，肯定舍不得。"

刘金川说："那得看啥单位。好单位舍不得，赖单位也没啥舍不得的。退休总比下岗强吧。"

这后一句话高大龙听着就有点儿不顺耳了："那也不一定，你不是主动下的岗吗？你下岗肯定比等着退休强，人往高处走嘛。"

刘金川说："我那不叫下岗，我是辞职，主动不干的。"

李秀云说："你们能不能不在我面前说'下岗''退休'啥的？"

孟兰责备高大龙："不会说话就别说，瞎吡吡啥。"

高大龙咧嘴笑了："行，不吡吡了，留着嘴等一会儿吃饭。"

孟焱说："就是。刘金川，你也留着嘴吃饭。"

孟福先回来了，一家人开始了这顿意义不同的晚餐。尽管李秀云没有上桌，可一张大桌子还是挤得满满的。由于李秀云有话在先，加上怕刺激孟福先，饭桌上谁也没再提孟福先退休的事儿。大家只是喝酒吃菜，吃菜喝酒。一桌子人当中只有郑志平白酒有点儿量，其他人都不胜酒力，便一致同意用啤酒象征性地表示一下，一餐饭很快就吃完了。

大家刚一撂碗筷，李秀云就下逐客令了："赶紧回家，都别在这儿闹哄了，吵吵巴火的，我心烦。"

孟焱要留下来刷盘子洗碗，李秀云不让："你回家刷去吧。干活儿跟'梅超风'似的，别把我的东西给整打了。"

孟焱说："不让干更好。刘金川、男男，回家。"

孟亚和郑志平不声不响地留了下来。孟亚看出母亲不高兴，说："咋了，谁又惹你了？"

李秀云就拉下了脸，说："这是在我家里，我说句话的权利都没有了。要是在她家里，我更是连个屁都不敢放了。"

孟亚猜了个八九不离十，说："是小涛他们吧？要是别人惹了你，你不会把话留到现在才说。小涛他们两个说啥了？"

李秀云说："还用小涛说，冯燕一个就够了。小涛炒菜，我告诉他怎么炒，你说我有什么错？她问我'你累不累呀'，这不是嫌我多余？"

孟亚说："你也是。炒的那些菜你都吃不上一个两个，不是嫌油腻就是嫌咬不动。有时候做了一大桌子菜，你还吃上顿的剩菜，用锅蒸得跟烂泥似的。你管那么多干啥？别人跟你的口味儿不一样，做法也不一样。"

李秀云说："啥不一样？就是我不吃，我也知道那菜怎么做好吃。又生又硬的，吃了对身体有啥好处？"

孟亚说："不是生硬的事儿，我是说每个人都有自己的习惯。就说我二姐，她一炒菜，你就在旁边儿盯着，让你吓得手脚都不会动弹了。"

李秀云"哟哟"了两声："咋那么能夸张？我说两句，她手脚就不会动弹了？她左一下右一下的，那哪是炒菜，简直就是抢菜。我是好心教你们学会干活儿。以前你们小的时候，哪一个我都舍不得支使一下，结果你们啥都不会干。你想想，你结婚之前做过饭吗？"

孟亚说："饭是没做过，炒菜就有点儿不同了。我记得我都中专毕业了，咱家才吃过炒菜，那次还是我帮你炒的。其实，你也不会。"

李秀云说："我是不会炒菜，就会炖。以前穷，一个月七口人才领一斤豆油，又没钱买肉，炒什么菜？有白菜、土豆、酸菜，炖半锅能吃饱就不错了。可不管怎么说，我总比你们见得多吧？居家过日子，我还不是想让你们个个吃得好穿得好？"

孟亚说："你这个儿媳妇啊，就够好的了。你不是说过，你年轻的时候，你婆婆对你不好，你现在想做个好婆婆，让你儿媳妇享点儿福吗？"

李秀云说："我就是这么想的，所以她刚才问我'累不累呀'，我才没吱声。我对谁也没这么高看过，这么忍气压气的。我也看明白了，还是你二姐说得对，'距离产生美'，这家里人也得保持距离。以后，没事儿少往一块儿凑合，省得我好心还闹不出好来。"

2

孟亚在单位的收发室里偶然看到了一封信，是南京某学院寄来的招生函。行政管理本科，脱产学习两年，考生需要参加全国统一的成人高考。

这种无主信很多，没有人看就成了垃圾。孟亚拿着那封信看的时候，老崔老婆一下子就把信抢了过去："谁的信你随便拿？"

孟亚很生气，但她忍着："是广告。"

"广告就该归你呀？你也不叫广告。"

"我看看不行吗？"

"登记。别到时候信丢了，又赖我。"

孟亚提起笔在收发簿上签了名，她心里骂着'老疯婆子'，脸上却堆着笑："崔婶，我登记了，不让你为难。"

这句话让老崔老婆舒服了很多，她低着头在办公室里转着圈，低声咕哝着什么。孟亚躲避瘟疫般地赶紧走开了。

孟亚看到招生广告上的进修专业是行政管理本科，要求的条件是"专升本"，她不明白"专升本"是什么意思，便打了广告上留的电话。接电话的人解释说，"专升本"就是要求报考人员最低得具备专科学历，孟亚就问电大英语大专毕业证是否可以，对方肯定地答复说可以，孟亚心里就一阵激动。

晚上回到家，孟亚说起了上学的事情，郑志平不假思索地说："能考上的话你就去，你不是早就盼着有机会出去学习吗？"

孟亚说："那可是两年啊，脱产学习！飞飞……你能照顾过来吗？"

"有啥照顾不过来？你现在在家，家里的活儿你干多少？"

飞飞说："妈妈，你去上学吧，我没事儿。"

孟亚没想到，上学的事情竟然在这父女俩面前毫无障碍地通过了。但是到了单位这一关，却被高局长这只"壳"给卡住了。

高局长说："一个女同志，三十出头了，孩子都那么大了，还学啥？"

孟亚说："我想出去学习提高一下。我原来是学理科的，跟现在的行政工作搭不上关系。"

"你现在的工作干得不是挺好吗？不提高也够用了。现在有多少人挤破脑袋想进来，你出去两年，回来还有没有这个编制和位置，我可不敢保证。"

"只要你同意我出去学习就行，回来如果没有编制和位置，我没意见。"

"单位经费也紧张。你这两年下来，学费路费什么的，加在一起少说也得五六千块钱。"

"单位实在困难的话，所有费用我自己承担。"

高局长的表情明显不悦："我不同意你出去学习，没这个必要。"

孟亚的眼泪一下子就下来了，她一句话也说不出来，起身走了。

当天下午，孟亚又找了杜副局长和三把手，这两位领导倒是满口答应帮孟亚的忙。杜副局长说："小孟，我知道你上进要强，学习是好事儿。你为人处世比你家志平强，志平太老实，见人都没个话。我答应你跟高局长说说，但是我不敢保证有效果啊！"

回到家里，孟亚把高局长不同意她上学的事情讲了，郑志平半天没说一句话，只是低头把桌上的碗筷收到厨房，然后又拿着抹布过来擦桌子。孟亚等了半天，没听到郑志平有下文，她感觉胸口有点儿憋，就说："我想去高局长家。"

郑志平终于开口了："去干啥？"

"还能干啥？"

郑志平又不吭声了。

孟亚说："我想现在就去。"

郑志平说："都几点了？天这么黑，他家又那么老远，明天再去呗。"

"不行。现在就去。"

郑志平有点儿不高兴，但还是说："那就去呗。"

这时，飞飞从自己的房间里跑了出来："妈妈，你和爸爸要去哪儿呀？"

"去你高爷爷家串个门。你在家写作业，困了就自己睡。谁敲门也不要开，爸妈带了钥匙。"

两个人骑着一辆自行车，走大路过铁路钻小巷，足足走了大半个小时，才找到高局长的家。高局长正在家里看电视，穿着一件雪白的背心，大腹便便得像个孕妇。

高局长没说同意，也没说不同意，只是冲孟亚点着一根手指头，说："小亚，你呀，跟你爸一个样儿，犟！"

回来的路上，孟亚连连骂高局长"伪君子"："一个赶牛车的车老板子出身，连字儿都写不对，'垫付'写成'执付'。这种人也能当领导？"

郑志平说："就那么回事儿呗。"

"我要是考不上咋办？"

"考不上就考不上呗。"

"那鸡飞蛋打又丢面子，不是很窝囊？"

孟亚的话还没说完，两个人已经连人带车翻倒在路旁的水沟里，摔得孟亚好半天站不起来，郑志平半拉半抱把她拖了上来。

"你咋骑的车？"

"天黑看不见嘛，你非急着来。这破路，又没路灯，根本不好走。"

"我膝盖疼。"

"上车吧，剩下的路应该好走了。"

回到家里，飞飞已经睡着了。孟亚和郑志平的床上放着一张字条：妈妈，你告诉我谁敲门也不开，这句话有错误。如果不开门，我二姨今天就白来了。她给咱家买了苹果，还留下了三百块钱，说让你多买点儿肉吃，好好准备考大学。钱在你们床垫子的右下角。晚安！

说是"好好准备考大学"，实际上孟亚却不可能有什么"准备"。没有复习资料，去了县里的小书店，买了几本不沾边儿的书。正常的工作一点儿都不能耽误，该下乡下乡，该写材料写材料。半个月后，考试的日期就到了，孟亚去了省城哈尔滨。吃住就在三姐孟美的宿舍，虽然条件简陋，但对于分不清东南西北的孟亚来说，有个落脚的地方已经相当不错了。

孟美告诉孟亚说："你姐夫去深圳了。"

孟亚问："是出差？"

"不是，他到那边儿工作了。两个月前北京举办了一次人才招聘会，他去报了材料。后来他接到四家单位的通知，有大连、济南、南京和深圳。"

"深圳最好吗？"

"也说不准，那里是特区。"

"那你怎么办？"

"现在还不知道。"

"你们一家三口，我姐夫在深圳，你在哈尔滨，麦闯在你公婆家，时间长了，也不方便啊。麦闯才九岁，你们两个都离得这么远，能行吗？"

"没事儿。她爷爷奶奶照顾得挺周到的。再说，我双休日就回去了。"

孟亚看到孟美的床角上放着一封信，开头是"我亲爱的老公"。信写了一页多了，但显然还没写完。看到"亲爱的"三字，孟亚感觉皮肤有点儿麻酥酥的，特别不自在，她没有往下看。

"深圳人管丈夫叫'老公'？"

"是啊！"

"你们两个话还挺多的，信写那么老长。"

"跟老公话不多，跟谁话多？你姐夫喜欢我这样给他写信。"

孟亚考试结束回来上班儿第一天，吴龙就来到了她的办公室，一见面就说："我看是你疯了。要是我媳妇，她想出去学习，得先跟我把离婚手续办了。"

办公室来电话，告诉孟亚去拿信。

一个月的焦急等待，孟亚等来的却是一个令人失望的结果——差了20分。这个结果本在孟亚的预料之中，但她现在却接受不了了。

看完信后，孟亚不吭声，面色沉郁。

吴龙过来了，说："没考上，是吧？"

孟亚说："我想去哈尔滨。"

"干什么？"

"办事。"

"你是想去查成绩吧？这个阶段可是壁垒森严的，根本不允许招生办的那些人跟外界接触，你又谁都不认识。"

"那我也得去，现在就去。麻烦你骑摩托带我去客运站。"

"你办事咋这么急？不再考虑考虑？"

"不考虑。"

孟亚到客运站买了长途汽车票，晚上六点钟的。她给郑志平打了电话，告诉他照顾好飞飞。郑志平没有多说什么。

长途汽车走了一整夜。半躺在座位上的孟亚几乎一夜未睡，垂肩的自然卷发因车子的剧烈颠簸被绞成了一团乱麻。孟美被蓬头垢面的孟亚吓了一跳："亏你是我妹妹，不然，我还以为是要饭的呢。"

孟亚说："给我弄水洗一下，打点儿洗头膏，不然梳不开。"

孟美说："我已经请了假，吃完饭我们就走。"

姐妹两人乘车到了临时定点的招生办。两个身穿草绿色军装的战士，荷枪实弹分站在大门两侧。

递上去单位开的介绍信，几经周折，姐妹二人终于得以被批准进入大楼内。爬了无数的楼梯，找了众多的办公室，寻问过无数的人，直到下午四点多，终于到了可以看档案的时候了。整个儿过程中，一直都是孟美在前面一路过关斩将，孟亚只是跟在后面而已。当试卷档案摆在孟亚的面前时，她的大脑已经紧张得麻木了。逐面看完试卷和成绩后，孟亚突然紧张得呼吸都不均匀了，声音开始发颤："语文试卷的成绩统计错了，应该再加 21 分。" 在履行了若干复杂的程序之后，孟亚的观点得到了招生办负责人的认同。

走出招生办的大楼，孟亚突然发现天气是如此之好，秋高气爽，阳光普照。

孟美说："你这一趟没白来，真是大有收获！"

"不查查，我不甘心。"

"咱们姐俩联手，一定大功告成。回去庆祝一下！"

没时间庆祝了，孟亚当天晚上就登上了返回县城的长途汽车。临走时，孟美给她买了一大堆吃的东西。孟亚嫌多，孟美说："带上吧。吃不了，回去给爸妈吃。"

第二天晚上，孟涛和冯燕来了。

孟涛说："你非得出去学习吗？飞飞这么小。昨天晚上我一夜都没睡好，总是想这件事儿。能不能不去啊？"

孟涛一开口，让孟亚感觉很意外："怎么可能不去呢？我费了多少劲儿呀！"

冯燕说："小涛他这个人心事重。四姐夫和飞飞都支持你出去学习，人家多开通。他昨天晚上折腾的，弄得我都没睡好。"

孟亚笑了一下，她确实没想到孟涛还会为她的事儿折腾成这样。

冯燕说："四姐，你放心上学去吧，飞飞有我们大家照顾呢。飞飞，以后渴了饿了，去舅妈家，舅妈给你做好吃的。"

飞飞说："谢谢舅妈，我爸会做饭。"

听孟亚说找回了成绩，上大学的事儿已经板上钉钉了，单位里大部分人都向她贺喜。也有反对她上学的，说没啥用。

吴龙说："你真的以为上了大学，以后就能怎么样吗？我不就是从那儿毕业的？回来两年了，又怎么样了？"

"即使以后不能怎么样，我也要上学。"

"现实让人无力，不是文凭学历就能解决一切，能实现人生理想和抱负的。"

"那你去南京进修，后悔了吗？"

"那倒没有，不努力搏一搏，怎么知道前途命运几何。"

"我也没想有多光明的前途，就是不愿意虚度光阴，白白浪费生命。我也希望你能学有所为，不要误入歧途。"

"我哪动过真格的？不就是动动嘴吗？你还以为我的心思真的在女人身上？

你应该清楚，我为什么会变成这个样子。现任局长……那算个什么东西，连三百个中国字都写不好，一介武夫。不，武夫都算不上，就是一个赶牛车的车老板子。"

"又怨天尤人。不过，我真心劝你一句，你是个有能力有个性的人，只要调整好这两者的关系，你的领导梦就有机会实现。咱们单位几十号人，只有你是专业学校毕业的，我是以你为榜样，也想出去见见世面。不过，我纯粹是为了学知识，这一点跟你不同。我知道，其实你特别想当官儿。"

"孟亚，你虽然挺有才华的，但在现实社会里，你还是太幼稚了。没听人说过嘛，'年轻是个宝，知识不可少，经济是基础，关系最重要'。没有关系，你想出息能出息吗？"

"水至清则无鱼，人至察则无徒。既然你明白，你就去做嘛。"

"我不是'无尊严，毋宁死'吗？换句话说，如果有一天我坐在了那个位置上，绝对不会狗尾续貂。不对，应该是貂续狗尾。"

吴龙递给孟亚一个小盒子："送给你的上学礼物，好好学英语，回来给我当翻译。"

"这种录音机好几百块钱，花了你半个多月的工资吧？"

"不止。"

"真是受之有愧。"

"如果想我了，就把话录下来。"

临上学的前一天晚上，天气异常炎热，孟亚躺在床上根本睡不着。郑志平把床垫子拖到地上，又铺上凉席，孟亚还是躺不下去。她坐在地上，披头散发双眼通红。郑志平陪她坐着，两个人谁都不说话。

3

孟亚出去进修上学的这两年里，孟家发生了几件事儿，说是"大事儿"也可以。

第一件大事儿是高大龙当上了个体出租司机，开起了出租车。

在高大龙眼里，接受下岗这一事实刚开始有点儿难，但很快他就适应了。高大龙买的是吉普车，几万块钱。县城里这种车比较多，耐颠簸，车底盘又高，最适合跑乡下那些坑坑洼洼的破路。高大龙毕竟当过几年小领导，在县城里有一些熟人，揽活儿也容易些。一个电话打过来，他就有钱赚了。

第二件大事儿是刘金川也当上了个体出租司机，也开起了出租车。

刘金川说他喜欢开车，但他不像高大龙早就有了驾照，而是准备买车前才急忙去市里考的。起初，孟焱并不同意刘金川买车，说："开车是个危险活儿，一般的风险不说了，就说抢劫的，这几年出了几单事儿了？"

刘金川说："自己多长个心眼儿呗，干啥没风险？"

"那活儿也不好揽。咱们能跟大姐夫比吗？人家同学朋友什么的，认识的人多，活儿也多，到时候钱也好往回收。咱们认识几个呀？"

"事在人为嘛！做久了自然有回头客。实在不行，我就去蹲出租场，等生客。"

"现在干出租，没有几个是挣现钱的。单位用车，几个月都要不回来欠账。你没听大姐夫说吗？为了拉关系，还得给领导好处。"

"让你一说，啥事儿也干不了了。那你让我在家待着，等着你养活我呀？反正，这个班儿我是不上了。"

刘金川真的辞职了，李秀云反倒站在了二姑爷这一边儿，她对孟焱说："金川是正经过日子人，'水没来，先筑坝'，等把单位靠黄了才想起来干啥，那时候才抓瞎呢。"

等孟家其他人知道刘金川辞职这件事儿时，刘金川已经开着孟焱给他买的二手吉普车满乡下跑了。孟亚打电话给孟焱说："你们可够干脆的。"

孟焱说："没征求你意见啊？"

"征求我啥意见。过日子谁能算计过你们两个？只是老孟家一下子出了两个开出租车的，这钱好挣吗？"

"那你说现在还能干啥？这么个屁股大的小县城，你二姐夫为了开车，急得跟猴儿似的。他这个人，沉不住气，我再不给他买车，他都得患精神分裂症，像你们单位老崔婆子似的。"

第三件大事儿，也是老孟家上下最关注最感欣慰的事情：李秀云和孟福先的关系缓和了一些。

自打邻居二锁子死后，李秀云不再提和孟福先离婚的事儿了。李秀云趋于稳定的情绪，是她与孟福先的紧张关系得以改善的重要原因。

这一年的春节前夕，在纷飞的雪花中，李秀云和孟福先竟然肩并肩手挽手地走在大街上，脚下是光滑冰冻的路面。他们趔趔趄趄一趟一趟地去"老疙瘩"孟福国家，为已经退伍的老儿子孟波找工作。

孟焱对母亲说："你跟我爸关系改善了，这日子过得多好。"

李秀云说："这老东西，以前哪这样？以前我最不愿意跟他上街。别看他长着罗圈儿小短腿儿，走路可快着呢，根本不管你能不能跟上，就一个人在你前面走。"

"男的跟女的本来性格就不一样，有几个默契的？都得睁一只眼闭一只眼过日子。"

"金川干得咋样儿？"

"现在还看不出来。这两天去饶河了，还没回来呢。"

"饶河，离这儿有多远？"

"具体位置我也说不上来，在咱们省的最边儿上，不通火车。听说还得在江面上开车，来回得好几天。"

"还得在江面上开车？那多滑呀！这么冷的天，万一车坏了怎么办？"

"吉人自有天相。不管他，让他自己闯去吧，想多了睡不着觉。"其实，孟焱天天在家里对着佛龛烧香磕头，她这样说只是不想让母亲跟着担心。

"是呀，人出去了，在家的人想得再多也没用。"

孟亚临放寒假前，李秀云打来电话，让她给买个假发套。孟亚问给谁买，李秀云说："给我买。"

"假发套不好看。你的头发也不少，还天天戴个白帽子，用得着戴假发吗？"

"我现在不想戴白帽子了，一上街人家老瞅我，以为我是干什么的。"

"假发套可能挺贵，你要是戴不惯，不是浪费了？"

"得多少钱哪？"

"我也不知道，至少也得一百来块钱吧，好的可能好几百呢。"

"那你就给我买一个一百来块钱的，回来我还你钱。"

"还啥钱？我送你。但是你得想好了，是不是真想买。"

"不是开玩笑，这件事儿我都想了好几天了。你给我买一个吧，春节正好带回来。"

孟亚抽出时间专门去了一趟大商店。假发专柜前，一些女孩子挑选着款式新颖色泽明亮的假发，只有孟亚专挑最普通的黑色短发套往头上试戴。镜子中的她觉得自己像个怪物。服务小姐向她推荐那些好看的款式，孟亚说："我给我母亲买。"

孟亚觉得自己的脑袋大一些，所以买的发套自己试着应该有点儿紧，母亲戴着就差不多了。服务小姐说，发套后面有个地方可以调节尺寸，孟亚就放心地买了一个，一百二十块。

李秀云听说孟亚已经买了发套，就要求她立刻邮寄回去，说如果戴着不合适就马上换，省得春节放假了耽误一两个月。孟亚就把发套寄了回去。果然被李秀云说中了，发套有点儿大，又给邮了回来。好在没费多大劲儿，就换了一个小码的。春节回来时，孟亚看着母亲戴上假发套在镜子前看来看去的，黑黑的假发四周是一圈儿花白的真发，怎么看怎么别扭。

李秀云问："怎么样，好不好看？"

孟亚说："挺……好看。你怎么想起买假发套了？"

"你看你爸比我大，可人家没有几根白头发。我这一脑袋头发，跟他正好相反，没有几根黑的。我们俩一块儿出去，人家都说我比他老。"

"你现在跟我爸一块儿出去吗？"

"现在我们俩经常出去买菜。你爸比以前强了，这一年多来仗也打得少了。我就想啊，日子可能快过到头了，这是回光返照。"

第四件大事儿是飞飞患上了肺结核，是在孟亚上学的第二年。

放暑假的时候，郑志平才把这件事儿告诉孟亚，而这个时候，飞飞已经用了三个月的药。

飞飞突然患上结核病，使孟亚在精神上遭受了巨大的打击，尽管她没有太露声色。仅仅一个学期的时间，飞飞一下子消瘦了很多，精神头也差了不少。孟亚的第一反应，就是自己两年的脱产学习只能半途而废了。然而，郑志平却不同意，飞飞也不同意。

郑志平说:"王站长都说了,咱们县是全国的结核病防治点。"

飞飞说:"妈,我没事儿,你还是上学吧,再有一个学期就回来了。"

孟亚没有把事情想得这么简单。飞飞才上五年级,学业已经是相当紧张,每天早晨六点钟就要从家里往学校赶。郑志平的工作又很忙,经常起早贪黑的,对飞飞的照顾根本就不规律。鉴于目前家里的这种状况,孟亚实在没有决心再读下去了。对女儿对这个家的愧疚,以及对于上学的矛盾心理,使孟亚几次暗自流泪。

孟焱出马了,对孟亚说:"你就上你的学呗,就剩一个学期了,怎么也得坚持下来,不然怎么跟单位交代?你在家里又能起多大作用,飞飞的病还不是得靠吃药治疗?咱两家这两个孩子,从小体格都不咋好,胎里带来的,慢慢儿治吧。"

孟亚哭了,说:"我上学这一年多的日子可难过了,都不敢往家里打电话,拿起电话就想哭。撇家舍业的,也不知道这个书读得有啥用。我如果不上学,飞飞可能就不会得这个病。这孩子心事重,想事想得多。"

孟焱说:"既然都到了这个地步了,也没必要后悔了。前一阶段飞飞不是拍片儿了吗?医生说见好。"

孟亚摇摇头说:"我上中学的时候,我的一个同学就是结核病,都没活到二十岁。"

孟焱说:"你可别吓唬自己了,现在连癌症都能治,这个慢性病算个啥。"

郑志平说:"明天我领你去见见王站长,听他给你讲讲,你就不会这么担心了,人家都治好多少个了。"

第二天,郑志平和孟亚去了县卫生防疫站。人到中年的王站长身体很壮,看上去既不像领导也不像医生,孟亚出门前心里刚升起来的那点儿希望降了一大半。

随后,孟焱带着男男,孟亚带着飞飞,四个人坐着倒骑驴去了县医院,然后又去了中医院。去县医院是想找专家一级的医生再给看看片子,问问有没有什么新药好药;去中医院是找三叔孟福生,看看有没有针对两个孩子疾病的偏方。结果都是难求其解。三叔孟福生眨巴着干涩的小眼睛,眨了半天也没见到一丝希望的光芒,说来说去还是要吃防疫站治疗结核的药。

暑假有一个月的时间,这一个月里,孟亚反复征求过女儿的意见,飞飞总是表现出十分轻松的样子，说："我这不好好的嘛，你有啥不放心的？三个学期都过来了，最后一个学期还有啥呀？"

最后这个学期，孟亚更加努力。南京的冬天没有暖气，教室里的那种阴冷几乎冻得人小腿骨折，但孟亚硬是在一个双休日里连坐了两天，写出了一部近五万字的小说。小说完成后拿给硕士毕业的文学课赵老师看，赵老师看完后非常兴奋，笑得连门牙暴露的面积都增加了，连说"写得有意思"，还说帮她联系一位南京的朋友——一位很有名气的作家给看看。很快，那位有名的作家就回复了，而且写了大半页的信，赞扬小说写得好，说已经达到了发表的水平。

达到了"发表水平"的小说，几经辗转终究还是泥牛入海未能形成铅字。一月的南京寒风刺骨飞雪如絮，夏日里神仙掌似的棕榈叶，不再长指纤纤层层碧绿，早已残损无形雪中失色。只有教学楼门口的那株蜡梅树，在凛冽的阴郁中不屈地绽放着，半人多高深棕色的枝干上，十几朵金黄色的蜡梅呈半透明状，如同蜡制的雕塑一般冷静坚定，任凭四周满目萧瑟风吹雪浸，依旧鲜艳夺目香气逼人。校园里有同学放着录音机，张雨生《我的未来不是梦》如浪涛在耳边儿涌荡。孟亚张开双手，接着那些疯狂飘摇的雪粒，那些雪粒被她的体温融化着，变成滴滴透明的水珠，最后在掌心里汇成了一片汪洋。

这个学期里，孟亚的电脑打字水平也提高了，每分钟可以打一百多个字。她是在校外学的，交了几百块钱的培训费。电脑这个新生事物被孟亚迅速地掌握了，这为她日后的工作和学习创造了一个优势条件。她用电脑写了一篇散文《妻似空中伞，夫有大地怀》，在《黑龙江日报》征文比赛中拿了三等奖。孟亚打电话给郑志平让他看报纸，郑志平说："你能飞多高就飞多高，我就是你的大地。"

各地中小学放暑假的时间不一，快到七月份的时候，孟亚同学的老公带着孩子过来了，趁着最后这个学期的机会，一家三口打算在南京团聚加旅游。孟亚犹豫着要不要让郑志平也带飞飞来南京。同学说："这个机会多好呀，少一个人的交通费用。"

孟亚想想是这么个道理，再说，飞飞长到这么大，还没去过任何一个地方，孩子也太需要见见世面了。自己现在就在南京上学，学校也有收费廉价的宿舍，此时他们父女两个过来，是最适合不过的时机。可孟亚往北方打电话的时候，这个建议却遭到了郑志平的反对，他的理由只有两个字：没钱。

三千块成了不来南京的理由，这笔钱确实数目不算小。孟亚也讲了自己的一番理由，最后口气生硬地说："你问飞飞，她要是想来你们两个就来，让孩子见世面比三千块钱重要，她的未来不是你我的现在。"

于是，三天后，父女俩飞到了南京。孟亚带着郑志平和飞飞先去玄武湖公园看荷花，这里离她学校很近。

荷花的盛花期应该在六月份，但它的花期比较长，加上玄武湖公园里树林很多，许多荷花就生长在树荫附近，透过斑驳的枝叶仍然会接收到光照，这些位置的荷花就更加鲜艳水润。花苞有成人拳头大小，开放的花朵有二十厘米大，花瓣的上半部分呈鲜亮的玫粉色，向花蕊方向逐渐浅淡直至洁白归心。在硕大碧绿的荷叶衬托下，这一湖的泛波怎能不令人心湖荡漾。

飞飞被眼前的美景惊呆了，连着"哇"了几次，才喘过气来似的："天啊！这也太美了啊！这回可有写作文的东西了，可都不知道用什么词好了呀！"郑志平也连说漂亮，忙着用相机拍照，论摄影他是专业人士。

之后几天，孟亚又带着父女二人去了中山陵、何香凝美术馆、明孝陵、夫子庙（秦淮河）、乌衣巷、紫金山天文台、花鸟鱼虫市场等地方。在夫子庙游逛的时候，孟亚给飞飞讲了朱自清的散文《桨声灯影里的秦淮河》。乌衣巷的路弯弯曲曲坑坑洼洼，飞飞很喜欢这些有年代感的灰墙旧瓦，背孟亚给她讲的刘禹锡的诗《乌衣巷》。飞飞在地面上跳来跳去，说："哪块儿是大诗人踩过的，我看能不能踩到他的脚印。"郑志平说："六朝古都，南京这座城市真有分量。"飞飞说："妈妈，南京好大呀！咱们的县城真小啊！"孟亚说："世界之大，何止南京。"

最后一个学期终于结束了，孟亚一家三口刚进家门，飞飞就扑到她的身上哭了："妈妈，这回你再也不走了吧？当初同意你去南京上学，你刚走我就后悔了！"

孟亚搂着女儿，说："那你怎么不早说呢？一直等到两年后妈妈毕业了才说。"

飞飞说："怕影响你。我知道你太想出去学习了，我不能拖你的后腿。你上学的时候，我在二姨家，听男男叫妈的时候，我可难受了，我可想叫妈了！"

飞飞越哭越厉害，孟亚反倒被女儿弄得哭笑不得了："以前我往回打电话的时候，都是我哭，你从来不哭。你以前不哭现在哭，这也不对劲儿啊！"

飞飞搂着孟亚不放，说："我现在是高兴，这两年终于过去了！"

郑志平说："看你哭得，眼泪都能给你妈妈洗衣服了。"

第二天，孟亚和郑志平带着飞飞去了医院，拍了片子以后，医生说："这孩子得过肺结核吗？这片子上怎么一点儿都看不出来？"

就在孟亚完成两年脱产学习圆满归来的同时，小雪也拎着行李回来了——学业半途而废的归来。小雪上大二的时候，跟一个叫林浩的男同学好上了，林浩家在内蒙古自治区的乌兰浩特市。从同事的孩子口中得知这一消息后，高大龙和孟兰气个半死，夫妻二人以小雪违背了上学前立的规矩为由，要求小雪立即退学。

高大龙把杯子都摔碎了，指着小雪说："我都想打死你！你当初怎么答应我和你妈的？那约法三章是怎么说的？"

小雪胆怯地说："一是要努力学习，必须拿到毕业证；二是大学期间不准谈恋爱；三是不能乱花钱。如果违背了其中一条，特别是第二条，就不供我上学了。"

"那你现在呢？"

"林浩理科好，他能帮我补数学。"

"那你数学考试及格了吗？"

"没有。"

"还有几门不及格？"

"两门。"

高大龙说："你学习不努力，还早早谈上恋爱了。你爸下岗了，你知不知道？在外面跑出租，干得像三孙子似的。好不容易挣的几个钱，就供你在学校谈恋爱吗？你长没长心？"

孟兰气哭了，说："我现在真后悔，当初就不该花那么多钱送你上大学，你根本就不是那块料。你看看你老姨，有家有业的，人家还出去学习，那么要强。你再看看你，缺心眼儿！"

高大龙说："别跟她废话了，退学。"

眼泪顺着小雪的脸颊无声地流了下来："我好好学习，不跟林浩谈恋爱了，你们让我上学吧！"

高大龙说："谁相信你？别废话，退学！"

就这样，小雪灰溜溜地回来了。等孟家人知道小雪退学的事情时，小雪在家都待了一个星期了。

李秀云对孟兰和高大龙有意见，说："谈恋爱算个啥事儿？有感情才谈，没感情想谈也谈不着。感情是一辈子的事儿，至于给孩子退学吗？这么大的事儿，也不跟谁商量一下，就自作主张，那一万多块钱不是打水漂了？"

孟兰没好意思说小雪考试不及格的事儿，结果李秀云这样一开头，孟家老少都认为，在处理小雪谈恋爱这件事情上，孟兰和高大龙处理得有点极端和草率。

孟兰和高大龙让小雪退学，并不是为了彻底终止小雪的学业。两个月后，高大龙又求人在附近的市里找到了一所自费大学，把小雪的学籍转了过来，用这种方法强行把小雪和林浩分开了。

4

就在李秀云和孟福先的日子"夕阳无限好"的时候，二十五岁的孟波回来了。孟波的日子如早晨七八点钟的太阳，刚刚开始发光闪亮。

靠着老叔孟福国的人脉关系，孟波退伍回来后当上了铁路工人—— 扳道岔。工作地点是在离家十几公里远的王家镇。平时就住在小镇上，回家得坐火车。孟波不喜欢这份工作，但眼下实在找不到更好的工作，在李秀云的逼迫下，孟波不情愿地上岗了。

李秀云说："你知足吧！你高中都没正式毕业，要不是当兵算点儿资本，扳道岔还轮不到你呢。你老叔都退二线了，现在说话根本就不好使，为你的工作我们费了多大的劲儿，你知不知道？"

孟波说："费了多大的劲儿？那是因为你们太没劲儿了。你看跟我一块儿回来的那谁，他爸提前一年就把他的工作给安排好了。这不，刚回来，就直接去公安局开小车了，好工作等着他挑！"

李秀云说："你这话跟你爸说去。为了你工作的事儿，他还跑了你老叔家好几趟呢，不错了！"

孟波说："不错啥？差远了！老子英雄儿好汉，老子狗熊儿完蛋。把我弄到那么个兔子不拉屎的破地方，你让我在那儿怎么待？"

李秀云说："那你能怪谁？你四个姐姐都是凭自己的本事找的工作，而且个个工作都不错。你哥小涛虽然调回来的时候找了人，可他先前也有正式工作，而且是光荣的石油工人。你不能光怪别人，得找找自己的原因。"

孟波说："你们把我弄到那儿当搬道岔工，我知道你们心里想的是啥。"

李秀云想了想说："明白就好。"

孟波说："明白就好吗？到时候你们别说不好就行。"

李秀云说："啥是到时候？你想咋的？"

这时，孟焱来了。孟波看了二姐一眼，冷着脸出去了。

孟焱说："你看小波，从退伍回来，这几个月就没看见他高兴过。"

"儿女都是债主，到什么时候父母都欠你们的。小波没去搬道岔之前，闲了好几个月没什么正经事儿干，可一天到晚见不到人影。"

"不是说帮桂花出床子卖水果吗？"

"你不是去侦查过，都是桂花一个人在卖水果吗？你还说小波才不会吃那份辛苦呢。再说了，像他那种眼高手低的人，卖水果不嫌丢人？"

"侦查可是你交代的，到时候你可不能把我供出来，要不小波还不得恨死我。你看看，现在他就对我有意见了，连个招呼都不愿意打，你说我也得罪不着他呀！"

"还不是小涛结婚的事儿你满张罗，可他和刘桂花呢，你不但不支持不帮忙，还反对。"

"那还不是在你的领导下，大家团结一致同仇敌忾嘛！我就是不同意他俩的事儿。一个乡下姑娘，死缠烂打非得找个吃供应粮的，不就是想跳出农村那个火坑吗？那丫头多鬼精，如果跟小波结婚了，以后兴许咱们家还能给她安排一份工作呢！"

108

"做她的黄粱梦去吧！命里八尺，难求一丈。小波的工作都是哭爹喊娘好不容易找的，这才上几天班儿？咱们哪有本事再管她一个农村丫头？"

"说心里话，刘桂花除了是个农村姑娘，其他的条件还真不差。要模样有模样，要个头有个头，人勤快能干，还挺会说话的。"

"她再好，也是个农村户口，不然她能巴结小波？"

"小波咋了？不也是要模样有模样，要个头有个头。"

孟焱沉默了一会儿，看着李秀云的脸。

李秀云说："你想说啥？"

孟焱说："说了，你别生气。"

"啥事儿？你说呀。"

"我还是别说了，免得你血压又高了。"

"咱们家就你最能装，不知道像谁。你爸正经话没有，闲嗑可多了，我说他狗肚子里装不下二两香油。你可倒好，关键时刻反过来了。"

"前几天，桂花做流产了。"

"你咋知道的？"

"我不是你安排的侦探嘛。是真的。"

"为啥做流产？"

"可能怀的是女孩子不想要吧，也可能是胎儿没保住吧。要是男孩儿的话，小波肯定会留着，到时候好有资本跟你谈判。"

"谈判？"

"结婚呗。"

"结婚？她就是怀了龙凤胎，也别想做老孟家的儿媳妇！"

"看这阵势，小波是来真的了。我看……你未必拦得住他们结婚。"

"那就别指望我给他们花一分钱，反正我也没钱了！"

"那怎么行？有小涛在那儿比着呢。只能是一个比一个好，哪有越来越差的？"

"你又心软了是不是？你小心好心没好报！"

"谁说不是呢！小涛的事儿我张罗得都没边儿了，可现在他好像对我有意见似的，可他又不说，我也不知道他们两口子是怎么回事儿。"

这时，孟福先回来了，把工资袋交给李秀云，脸上有点儿不高兴。

李秀云说："这脸又抽抽了。退休了，在外面还能惹啥闲气？"

孟福先说："你那个好儿子，麻将鬼儿。"

李秀云说："你又看见小涛打麻将了？"

孟福先说："就在值班室里。我看他这工作是不想要了！"

孟焱说："他们单位有时挺闲的，年轻人待不住。"

李秀云说："玩麻将除了伤和气，还有啥？闲的话不会回家帮媳妇干点儿活儿吗？本来工资就不高，一天天的还这么不务正业！"

孟焱说："小涛玩麻将不是一天两天了，早都成瘾了。人家冯燕都不管，还说小涛挺上进的，自学考试专科读完读本科，两个中文毕业证都到手了。你们何必跟着生闲气？"

李秀云说："那是啥好事儿？要不是冯燕这么惯着他，他敢这样吗？"

孟福先说："你这两个儿子生的，吃喝嫖赌抽差不多占全了！"

李秀云说："还觍着脸说呢！要不是你当年重男轻女，能有今天吗？你好好活着，看看你的宝贝儿子还能给你弄出什么花样来！"

孟波上班儿没几天，夜里值班时睡着了，差点儿出了事故。要不是站长检查工作及时赶到，后果不堪设想。搬道岔是人命关天的大事情，眨眼之间就可能酿成不可估量的财产损失和人身伤亡。站长跟上级领导作了汇报，要开除孟波，至少给他换一份工作，这个小站可养不起这种不知轻重的爷。可有孟福国的老面子，最后还是给了孟波一次改邪归正的机会。孟波本来就不情愿干这份活儿，现在就更不想干下去了，他与站长的关系也一天比一天紧张。

趁一个休班儿的周六，孟波回来了，他给孟亚打电话说："四姐，我要结婚了。桂花怀孕了，是个男孩儿。你告诉爸妈一声。"

孟亚说："你这算怎么回事儿呀？先斩后奏。"

孟波说："我先斩后奏有我的道理，你明白。"

孟亚说："爸妈的脾气你是知道的，你这样做不是拧着来吗？能有好结果吗？"

果然，李秀云气得把厨房里的锅碗瓢盆摔得乒乓响："他想结婚就结婚？那找对象是玩过家家？这王八犊子，硬是后脑勺长了反骨，成心想让我早点儿死！"

孟亚说："桂花除了是农村户口和没有正式工作，其他方面差不多都是优点。"

李秀云使劲儿瞪着孟亚，像要吃了她似的："农村户口和没有正式工作就是天大的缺点，她就是有再多的优点都抵不过这两个缺点。我这几十年没有工作，日子过得有多辛苦。那是一辈子的事儿啊！"

孟亚缓了一下，低声说："可事情都到这个地步了，这劲儿你能别得了啊？没结婚就生一孩子出来，咱们的面子往哪儿搁呀？"

"你们就指望我一个人别劲儿？你们都是干啥吃的？要文化有文化，要口才有口才，不会大家一块儿反对？"

"那……要不开个家庭会议？"

晚上，孟家老少挤在小屋子各自坐定，孟涛缺席。

李秀云说："这种事儿不要浪费工夫，举手表决，一锤定音。不同意的举手。"李秀云带头举手的同时，巡视着每个人的脸，一副咄咄逼人的架势。

孟焱犹豫了一下，举起了手。

孟波说："剩下没举手的就是同意了，四比二。"

李秀云说："同意的举手。"

孟波第一个举手，孟兰和孟亚也举起了手。

李秀云说："小波你是当事人，你举的手不算。他爸，你咋回事儿？"

孟福先说："我弃权。"

孟波说："那就二比二，平！"

李秀云冲孟福先发火了："你个老东西，这么大的事儿，你还弃权？"

孟福先想说什么，看了看孟波，把要说的话又咽了回去。

孟焱说："要不等一会儿，等小涛来了再重新举手。"

孟波撇撇嘴："他？那咱们去他家开会吧？"

孟兰说："小涛不会来了，别等了，重新举手吧。爸，你也别弃权了，这是家里的大事儿，不管同意还是反对，你应该有个态度。"

孟福先说："我本来就有态度。"他看了李秀云一眼，"我有态度有用吗？"

孟亚说："每个人都有表决权。爸，你啥意见？"

孟福先说："孩子大了，自己的事儿自己做主，这就是我的意见。"说完，他起身出了屋子。

李秀云的声音随着孟福先的走远越来越大："孩子小的时候，你给他们做过什么主了吗？我这是什么命！靠墙墙倒，靠树树摇。"

孟波说："你骂我爸干啥？既然是开会讨论我的终身大事，大家权利平等，我爸有权同意。现在是三比二，我可以结婚了吧？"

孟焱说："你三姐前天来电话了。"

孟波说："她也关心起我的终身大事儿来了？咋说的？"

孟焱看着李秀云："妈，你说吧。"

李秀云说："你三姐说你是'金絮其外，败絮其中'。"

孟波说："金啥？我咋有点儿没听懂呢。"

孟焱说："金玉其外，败絮其中。就是徒有其表中看不中用的意思。"

孟波说："真有文化，还烂棉花絮子。你们是不是'假传圣旨'啊？我和我三姐都好几年没见面儿了，她隔天隔地的能这么狠心损我吗？"

孟亚说："是这么说的。那天三姐给妈打电话的时候，我也在场。"

李秀云说："听明白没有？几比几，你再数数？"

孟波一副皮笑肉不笑的表情，说："哎呀我的妈呀，你们可真是好笑啊！还真以为谁来不来举不举手的，能决定我娶老婆的终身大事儿啊？这不过是给你们个台阶下。谁知道你们还真不知趣，当回事儿了！"

孟焱不高兴了，说："谁不知趣？结婚是一辈子的大事儿，我们不都是为你好吗？别好心当作驴肝肺。"

孟波说："我看你们是咸吃萝卜淡操心，把你们自己的日子过好得了。"

孟波的这句话一下子把几个人都给憋住了。

李秀云说："小波你听着，你要是跟刘桂花结婚，以后就不要再进这个门。"

孟波说："你以为我还喜欢进这个门哪？一回来就听你唠叨你和我爸那些陈芝麻烂谷子的破事儿，耳朵都磨出茧子了。"

李秀云说："反正我手里一分钱也没有，要房没房，要物没物，你要是愿意倒插门，你就跟她结婚。"

孟波说："人家有儿子，轮不到我倒插门。今天既然来了，就顺便告诉你们一声，桂花已经怀孕了，而且是个男孩儿。你们要是愿意媳妇还没进门，就给你们添个大孙子小侄子，你们就继续坚决反对，看看到底谁的脸大！"

李秀云急了，顺手拿起一个缝袜子的木袜底板向孟波砸去："你给我滚！怎么生了你这么个不孝的要账鬼。我今天把话搁这儿，要结婚随你便，但是别指望我出一分一毛，你们过光腚日子去吧！"

孟波也火了："我也把话搁这儿，日后等我出息那天，看你们怎么好意思指望我养你们老。"

李秀云说："就你这堆烂泥扶都扶不上墙，日后还能出息个啥？你要是能有我小手指肚这么点儿出息，那'屎壳郎'都能变成'夜来香'！"

孟波摔门而去。孟亚追了出去，孟波早已骑着自行车，嗖地冲远了。

没过几天，刘桂花主动上门了，李秀云当时正在家里糊窗户缝。

刘桂花一进院子就一脸灿烂的笑容："婶，糊窗户缝哪？您看这活儿也不是一个人干的，来，我帮您。您刷糨子，我来糊，我个儿高。"

刘桂花进屋放下手里的一个大塑料袋，走出来就动手干了起来。

李秀云也就接过了话茬："可不是嘛。你今天没出床子？"

刘桂花说："没出。婶，今天我特意过来看看您。天冷了，家里的活儿多，像糊窗户缝啊，买秋菜、腌酸菜什么的，我姐他们都上班儿，有心想帮您也抽不出多少时间来。"

几句话说得李秀云心里暖乎乎的，感觉刘桂花这孩子还真是有心人。

李秀云说："秋菜都买回来了，土豆、萝卜、白菜买了一大堆，酸菜也腌进缸里了，这些活儿我和你叔都能干。"

刘桂花说："以后有啥活儿就叫我，我干活儿干惯了，闲着还不舒服呢。"

李秀云说:"我也是。我就不喜欢左邻右舍地串门子,浪费时间。"

刘桂花说:"婶,您真会过日子!这家让您收拾得多干净多利索。你们老孟家人在外面口风可好了,谁都说你们家人好,个个都好!"

刘桂花的一顿猛夸,让李秀云感觉既舒服又不舒服。停了一会儿,李秀云说:"桂花啊,我知道你今天来的意思。说实话,我是不同意你和小波的事儿,主要考虑的是……怕你以后受委屈,小波……他不是过日子的人。"

"婶,我能理解。婚姻是一辈子的大事儿,当父母的哪个都希望自己的儿女好。您要是不同意我们两个的事儿,我保证跟他断了。"

李秀云有点儿吃惊:"断了?"

刘桂花点点头:"婶,我说的是真的,我说到做到!我不想因为我让你们母子生分。您这大半辈子也没享着多少福,老了再为儿女操心上火的,就是儿女的不孝。我这心里怎么过得去呢?"

李秀云有点儿受感动了,说:"其实,小波他……他文化低,留过级,说是上了高中,根本就是混过来的。"

刘桂花说:"小波读书是不多,可他聪明,什么东西一学就会,像您!"

李秀云被刘桂花夸得心里很高兴:"我倒是不笨。可小波他性格不好,爱打架,还有前科,以前蹲过看守所。"

"他是为了保护我,才把那两个小流氓打伤了。这件事儿上,我欠他的,也欠你们老孟家的。"

"这孩子现在的工作也不好,不只是工作地点远,那个搬道岔的活儿也不好干,挺辛苦的,工资还不高。"

"年轻人,让他吃点儿苦锻炼锻炼,他才知道过日子不容易,也能更体谅父母,这不是坏事儿是好事儿。"

两个人互相配合着,话语来往之间窗户缝就糊完了。刘桂花把剩下的纸条整理好,卷成一个卷儿,找了一个塑料袋装好,说:"婶,这个放好了,明年还可以用,省得再买还得花钱。"

刘桂花早看见了院子里摆着的菜板,旁边儿还有几颗散心大白菜,她走过去坐在小板凳上："婶，这是给鸭子吃的吧？我帮您剁了。""当当当"一阵响，眨眼之间，几颗大白菜就变成了玉翠满堂。

李秀云说："快洗洗手，进屋歇一会儿吧。"

两个人在屋里坐定，李秀云说："听小波说，你……怀孕了？"

刘桂花笑笑未作答，伸手把她带来的那个大塑料袋打开了："婶，给您拿点儿水果。我知道您牙不好，苹果和梨没多拿，怕您咬不动。葡萄拿得多，还有香蕉。"

李秀云说："你看你，一天到晚风吹日晒的，出个床子挣两个钱儿不容易，拿这么多水果，这得多少钱哪。"

刘桂花："婶，瞧您说的，几斤水果能值几个钱？您以后想吃啥水果，就去我床子上拿，我供着您。还有啥活儿没？要不，我帮您做饭吧？"

李秀云连忙阻拦："不用了！不用了！饭菜都是现成的，热一下就行了，简单。"

"婶，那我走了。我那水果摊，别人帮我盯着呢。"

"你看，为了帮我糊窗缝，都耽误你出床子挣钱了！"

"婶，瞧您说的，咋又提钱了？感情比钱重要！"

不一会儿，孟亚来了，李秀云说："刘桂花刚来了。可惜了桂花这孩子，要不是生在农村，那可真是不得了。你们姐几个，谁都不如她。"

"既然这么好，那你还准备当拦路虎吗？"孟亚问。

"能拦得住吗？感情这东西，上来那股劲儿，就像吃错药了似的，谁都拦不住。桂花走的时候说的那句话，可真是说到我心里去了！"

"啥话呀？"

"她说感情比钱重要。"

5

高大龙与刘金川关于下岗（下海）的对话并不是即兴之作，至少在刘金川这方面不是。两个人之间的小摩擦早就有了，只不过从相继买车之后，这种矛盾在有意无意间趋于紧张了。

孟兰与孟焱姐妹两个人的性格差异很大。在姐妹中排行老大的孟兰，虽然心地非常善良，但脾气却很急。鞭炮中有"二踢脚"，孟兰属于"一踢脚"——平时动静不多，一旦被惹急了，就砰的一声炸了。虽然炸完就没声了，但有残留，她会连续几天脸色不好看，就像李秀云经常用在孟福先身上的话——"不开晴"。孟焱不太一样，她虽然也是个急脾气，但她平时爱说，在炮仗的种类中属于"小鞭炮"，时不时就噼噼啪啪一阵响，过后就剩点儿碎片而已。即使火气大了，也是"小鞭炮"在数量上的增加，而不会质变成"二踢脚"。孟兰比孟焱大两岁，两个人初中的时候，有两三年的时间姐妹俩硬是没说过一句话，但也从来不吵架。因为不吵架，一直吵个不断的李秀云和孟福先也没工夫理会两个女儿的这种状况，倒是当时只有十来岁的孟亚把这件事儿记得清清楚楚。

　　李秀云给大女儿孟兰定性为"急脸子"，又嫌二女儿孟焱是个"说客"——话太多。而对于两家人之间偶有的摩擦，李秀云也不以为意："老话说'人无千日好，花无百日红'，自己过自己的日子，处不来就不处。"李秀云跟自己的弟弟也是长年不来往了，两个妹妹有时过来走动一下。

　　眼下，刘金川正在自己的家里跟孟焱发牢骚："你说他高大龙啊，他开他的车我开我的车，我一没求过他二没借过他，他凭啥处处想压制我？"

　　"他不是老大吗？他就是那种性格，就那样。"

　　"他是谁的老大？他哪种性格？我跟他有啥关系呀！他以为他从前当过什么小经理，就永远是领导了？他想领导谁呀？他瞧不起我，他凭啥呀？"

　　"凭啥？凭人家原来是经理，你原来是小工人。凭人家身高一米八，你才一米六……刚过。"

　　"我是工人，他也是工人。一米八有啥了不起，能当吃当喝吗？过日子还不得靠实力？他是经理，他身高一米八，还不是照样下岗？我可是自己辞职不干的，谁有面子谁没面子，秃脑袋上的虱子——明摆着的。"

　　"当初我就不同意你开车。你们两个都开车，这也是竞争啊！"

　　"我跟他竞争啥了，我撬过他一份活儿吗？想在我面前摆谱啊，我可不惯着他！"

"行了吧！一家人，别弄得扭头别棒子的。"

"跟他一家人？拉倒吧！我知道，在你们老孟家，就我地位最低，给你丢面子了。"

"好好干你的活儿吧，把日子过好了才是真的。事实胜于雄辩。"

没过几天，刘金川和高大龙真正有了一次正面的冲突。那天，两个人刚好都有活儿，而且在同一条路上遇到了。准确地说，是刘金川超了高大龙的车。那是县城里比较乱的一条路，刘金川超车的路段又在转弯处，路面坑坑洼洼的，如果对面有车快速驶过来，很容易出现剐蹭。高大龙的车速本来就不慢，可刘金川一下子就冲到他的前面去了，车屁股一颠一颠的，好像在说"就气你，就气你"，尘土几乎挡住了高大龙的视线。过了转弯处高大龙加速了，很快开到了刘金川的前面，然后在路边儿停了下来。他摇下车窗，冲刘金川招手。

刘金川把车停了下来，摇下车窗不耐烦地问："啥事儿？"

"你车开那么快干啥？多危险哪！"

"我没觉着快呀。你不也挺快吗？要不咋能拦住我的车。"

"我开到你的前面，是为了提醒你注意安全。"

"我没出过啥事儿吧？"

"等出事儿就晚了！"

"那就等出事儿时你再跟我说这种话。"

"你……咋这么不知好歹？"

"你知道好歹就行了！"

这时候，刘金川车里的几个人催他快点开车，说有急事儿要办。

高大龙气得够呛，手都有点儿抖了。可刘金川没怎样，因为他是成心的，有充分的思想准备。刘金川车上坐着的是几个地痞，有人问："他谁呀，这样跟你说话？"

"我连襟。"

"连襟？好像挺牛的！"

"以前在饮料公司当过小经理。"

"以前当过小经理，现在还牛呢？他是不是挺有钱的？要不要哥们儿替你出口气？"

"谢了！我可不敢用你们，用不起。"

"这啥话呢！出这趟车，你给哥们儿把油钱免了就行。"

"我本来也没想跟你们要油钱，大家都是朋友，以后多关照点儿就是了。"

"好说。"

刘金川确实没打算跟几个小地痞要出车费。在社会上靠开出租车混饭吃，没有几个江湖朋友，别说赚大钱，保不准被人欺负得连这行当都干不成。刘金川交了一些诸如此类的"朋友"，没少往里搭钱，可他觉得值。他知道高大龙不吃这一套，说不定哪天就得吃亏。

晚上回到家，孟焱已经把饭菜做好了。刘金川一边吃饭一边说："高大龙今天让我给撅了！"

孟焱说："你怎么能撅着他？"

刘金川就讲了事情的经过，表情十分得意。

孟焱说："告诉你慢点儿开车注意安全是他好心，有啥不好的？你开车就是快嘛，我坐你的车都晕车。"

"他啥好心？他是嫉妒我。"

"你有啥可嫉妒的？"

"我活儿不比他少，钱也不比他赚得少。他不交养路费，不敢上停车场等活儿，就靠那几个关系户，能有多少活儿？干点儿小活儿还得给人家上贡。他能跟我比？"

"你也没啥可显摆的。活儿是干了一些，可钱也不好要，不是有好几千块钱还没收回来？"

"有你这个'孟快腿''孟快嘴'，还愁啥？你大姐跟你就没法儿比，她可没你有能耐，全指望你大姐夫一个人。"

"别挑拨离间啊！"

"我这是夸你哪！"

"吃你的饭，我不用你夸。"

这时，男男走了过来，喊了一声"妈"。孟焱回头一看，儿子的鼻血已经流过嘴唇了。

孟焱急忙把男男带到洗手间："来来来，快低头！往鼻子上喷凉水！"

看到男男的鼻血越流越多，孟焱有点儿慌了："刘金川，把抽屉里的药棉拿过来，就是那包卷成卷儿的。"

刘金川放下筷子，几个抽屉挨个翻了一遍，没找到："在哪儿呢？你自己过来拿吧。"

孟焱大声说："就在男男房间的桌子第二个抽屉的左侧，有一个透明的小塑料袋儿，一眼就能看见！"

刘金川把抽屉拉得叽里咣当响，孟焱进来把他推一边儿去了："你啥也不知道！"

刘金川说："我这饭还吃完呢，你就让我找药棉。"

孟焱手拿医用脱脂棉一边往外走一边说："儿子不是我带来的，你是他亲爹！"

刘金川跟到洗手间："来，我看看，儿子。别紧张，没啥大事儿，以前出血比这次多多了。"

"你还嫌出得少啊？别在这儿凑热闹，洗手间小，搁不下你。"

"看你说的，我不看儿子吧，你说我不关心他；看他吧，你又说我凑热闹。你可歪了，跟你妈一样！"

孟焱瞪起了眼睛："你再说一遍？"

"我不说了，我怕你。我吃饭去。你这脾气，典型的毛驴子，也就我将就你吧。你要是找个高大龙那样的，两天得打三仗。"

"你话痨是不是？你知不知道，我最烦你唠这些不着边儿的闲嗑，不知轻重。鼻衄不是小事儿，你还有闲心逗哏呢，真没长心！"

男男的鼻子被插上了两条脱脂棉，小家伙瞬间变成了大象。他仰着头，被孟焱扶回了房间，半躺在床上。由于憋气，男男看上去很难受。孟焱隔一会儿就给男男换两条脱脂棉，看看有没有再出血，她的眼中充满了关切和忧虑。

此时孟兰的家里，高大龙也在讲和刘金川互相超车的事儿。孟兰听了又开始责备高大龙："活该！谁让你瞎操心，吃一百个豆不嫌腥！"

高大龙不高兴了："你咋也这么不懂道理？我是不是好心？"

"你有道理别跟我说，跟小焱说去！"

"说咋的，我现在就跟她说，我还就不信这个邪了！"高大龙拿起了电话。

孟焱正烦着呢，高大龙的电话无异于火上浇油，她一句话就给顶了回去："俺家刘金川的事儿，你以后就别管了，他这个人就是不知好歹，你别吃力不讨好了！"

刘金川听出来是高大龙打来的电话，说："咋的，还学会打小报告了？还告我状！跟我老婆告我状，我跟你近还是他跟你近？他高大龙想咋的呀？"

孟焱喝道："你闭不闭嘴？你再说，我就下楼，把你的车砸了！"

刘金川摆摆手，转身往自己的房间里走，边走边小声嘟囔："想跟我斗？气你肝儿疼！"

高大龙没想到孟焱会发火，他的驴脾气也上来了，把电话都摔了："今天真是邪门了，啥玩意呀这都是？我以后再管他们的破事儿，我就不是人！"

孟兰说："自己家的事儿都没整明白，还操闲心呢！"

"自己家啥事儿我没整明白？"

"啥事儿，小雪和林浩的事儿。"

"这事儿早就整明白了。不行！"

"你说不行就不行？人家都处了好几年了，一开始你就反对，中间又给小雪转了学校，到现在两个人也没断。"

"没断也得断！不好好学习，处对象可长能耐了，还整蒙古国去了。"

"你真无知！啥蒙古国，是内蒙古的乌兰浩特市。"

高大龙的火气消得挺快，说："那能差多远？都快到俄罗斯了。那么个小地方，冬天比咱这儿还冷。他三姨不是早就有话，要在深圳给她找对象吗？深圳多好，一年四季都是夏天。"

"净冒虎话。深圳也有冬天，就是不太冷，照样有鲜花绿草，不像咱们这儿，冬天树木都是光秃秃的。"

"让小雪去深圳，以后咱们也去。我可不想去那个憋死牛的什么乌兰浩特。"

"你想怎么样，不一定好使。"

"你看好不好使。小雪要是敢跟林浩结婚，咱们就跟她断绝关系。"

这时，客厅里电话响了。孟兰接完电话回来了，还没等说话，高大龙就问："是小雪的电话吧，说啥了？"

"快放寒假了，她说回来的事儿。"

"她说哪天回来？用不用去市里接站？有没有同学一块做伴儿？"

"你看你，跟急猴子似的。刚才这个那个说了一大堆，现在又关心上了。离寒假还有一个来月呢，你瞎着急！"

高大龙摸摸脑袋说："我想我闺女了。我的闺女，我想想不行啊？我是她爸，想她是我的权利，我想她不等于同意她跟林浩处对象……"

孟兰烦了："行了，破嘴就是爱说，留着那些话，等小雪回来你再说吧！"

高大龙龇牙笑道："你话少，我话多，咱俩匀乎匀乎刚好！"

第六章

1

儿子一庶的照看问题，目前成了孟涛和冯燕生活中最大的难题。

孟涛的儿子叫孟一庶。孟涛说："我们就是庶民一个，没啥大出息，也不想出息。"

冯燕有一个哥哥一个弟弟，兄弟俩都是做服装生意的。冯燕的父母几年前也做过小生意，在市场上摆摊位卖干调——花椒大料香油之类的。冯燕的父亲早年是县供销社的会计，脑子聪明，只是身体不太好，心脏有点儿问题。

生父不如岳父，这是孟涛结婚后不久即生出的内心感受。

冯燕大哥的儿子比一庶大两岁，由于生意太忙没时间照顾孩子，冯老夫妇就停了自己的生意，一心一意地照顾起了孙子。县里找不到能入托两三岁孩子的公办托儿所，只有私人开的，而且条件很差，冯家的孩子是绝对舍不得往那里送的。鉴于岳父岳母已经有孙子照顾了，孟涛就想让父母帮着照看一庶，毕竟孟福先退休了，身体比亲家还好。可一庶送过去没几天，孟福先就不干了："这孩子太淘了！简直就是'多动症'。就是一个月给我二百块钱，我也不哄。"李秀云也不同意照顾一庶："我这一天天就够心烦的了，身体又不好，哪有精力哄孩子。"父母的态度使孟涛的心灵受到重创。

冯燕有一个大优点，就是对孟涛照顾得特别周到。结婚以后，孟涛就像换了一个人似的，以前从来没有穿过西装，现在上班儿却经常西装革履，里面还衬着雪白的衬衫。结婚以后，孟涛身上的衣服裤子都变年轻了，冯燕没让它们长过皱纹。脚上的皮革不管是黑色的白色的还是棕色的，总是光彩照人——冯燕每天都给孟涛的鞋擦灰打油。

一家有一家的生活风格，冯家人过日子精明，在吃穿方面也比较讲究。而孟家则粗枝大叶，虽然李秀云够精细的，但那是家庭妇女式的，注重一个实在。孟涛是男人长了个女人心，冯家人的互相体贴和和睦睦，以及对生活认真不苟的态度，让他感到耳目一新。在孟家近三十年杂乱粗糙的生活经历，在冯家得到了一种颠覆性的体验，这也是孟涛对父母甚至姐姐们越来越不满意的原因之一。

后来，一庶只得被送到了姥爷姥姥那里。冯家老两口一起照顾两个孩子，两个孩子又经常打架，那份辛苦无法言说。一天晚上，孟涛和冯燕去接一庶的时候，两个小家伙之间的一场战争刚刚落幕。一庶吃亏了，小鼻梁上留下一道血痕。小家伙拼命地哭，在姥姥的怀里乱踢乱抓，老人气喘吁吁的，花白的头发盖住了半张脸。冯燕爸爸的心脏病也犯了，脸色青紫，一口接一口地倒气。

回到家里，冯燕哭了："我爸妈太累了！"

孟涛说："要不，咱把孩子送到私人托儿所吧！"

"我都跟我爸妈说过多少回了，他们不同意，一是怕孩子受委屈，二是也不想花那份钱，想给咱们省两个！"

"我这一阶段经常下乡，时间挺紧的。你要是下班儿早，就赶紧过去把孩子接回来，让他们歇歇。周六周日，咱们过去，帮他们多干点儿活儿。这老两口，让这两个孩子闹的，饭都吃不好。"

"你爸你妈咋回事儿啊？连自己的孙子都不愿意哄。老孟家不就这一个孙子吗？你看我爸妈都累成啥样了？"

"我爸没耐心，他这个人，一辈子都是别人照顾他，他哪会照顾别人？"

"那两个人照顾一个孩子，还能怎么累啊？四姐家的飞飞，你妈不是也哄过一年多？"

"我妈说了，一庶太淘气，她受不了。别说了，说这些我心烦！"

"你不是说你爸重男轻女吗？我咋没看出来。"

"我也没看出来。"

"我总觉着有点儿不对劲儿，一庶他奶好像对咱们有看法似的。最近咱们回去，她也不爱说话。"

"人家不是说嘛，闺女是娘的小棉袄。她四件儿棉袄呢，儿子排不上号。"

孟涛心里的疙瘩越结越大，可他的母亲和几个姐姐却还都没发现这里面的端倪。

2

孟美是在晚八点多到的深圳，那是八月的一个晚上。

下了火车，外面已是灯火通明。孟美带着麦闯，拎着大包小包出了检票口，早已热得通身是汗。由于事先约好了，麦建伟到站台上接到了她们母女俩。麦建伟高兴坏了，抱着女儿想亲个够，麦闯却烦得晃着脑袋躲避："你的胡子扎人！"

麦建伟说："哪有胡子，你看有胡子吗？"

孟美说："车呢？"

麦建伟说："在外面。"

麦闯问："爸爸，是你的车吗？"

麦建伟说："借的，不过爸爸以后也会有车的。"

说话间已经来到了车前，是一辆日本的"的士头"。"特意借的这种车，后面可以当货车用。"麦建伟说。

车子很快出了市区，城市的灯火也逐渐远去，然后便是一路漆黑无限的夜色，还有似乎没有尽头的崎岖不平的山路。孟美的心越来越往下沉，她终于忍不住了，说："怎么这么偏远？好像进到了深山老林，连个灯光都看不见。"

麦建伟说："这是深圳东部的一个镇，离市区大约两个小时的路程。"

孟美说："这就是特区啊？"

麦建伟说："这实际上不是特区，是关外。从行政区划上说，特区就是市里那一块儿。"

孟美越发不高兴了："千里迢迢背井离乡，不，是万里迢迢，跑到乡下来了，哪里能跟我们北方比？你不是说这里好吗？"

麦建伟说："你刚来，可能有点儿不习惯。"

孟美说："啥不习惯？好坏我还看不出来？"

终于到了宿舍，就在镇政府办公楼的旁边儿。麦建伟指着办公楼说："那就是我们上班儿的地方。"

孟美看过去。夜色中，那座三层小楼像个瘦小枯干的小老头儿，几棵大树在风中"沙沙"地响，这让孟美更加心生凄凉："鬼影幢幢，还特区呢，比我们厂的办公楼差远了！"

麦闯已经在车上睡着了，麦建伟抱着女儿进了宿舍。这是一间单人宿舍，房间又小又窄，孟美的心情也更加差了。她把东西一丢，一屁股坐在了床上。麦建伟一个人出出进进，等把所有的东西拿进来了，终于有时间跟孟美亲热了，却遭到了拒绝。孟美哭了。

麦建伟来这里已经一年多了，现在一家三口终于团聚了，这是他们人生中的一次重要转折。举家南下本来是奔着幸福生活来的，可没想到，曾经的满怀憧憬，却被黑暗、遥远和荒凉击得粉碎。孟美一换地方就失眠，加上糟糕的情绪，这一夜几乎是睁着眼睛熬过来的。麦建伟手足无措一脸窘相，不知道怎么办才好。

第二天早晨才六点多钟，孟美就起床了。麦闯睡得好，也早早醒来了。母女俩洗漱完毕，走到屋外散步，几分钟就来到了政府小院子。

麦闯说："妈，你看，那几棵树多大！开了那么多花！"

那就是昨天夜里被孟美称为"鬼影幢幢"的树——洋紫荆。远远地看过去，树下的地面上铺满了洋紫荆花，宛若一张硕大的花毯。那些水灵灵的紫色花，那一大片落英装饰的地面，瞬间让孟美怦然心动。放眼四望，红日曈曈青山葱茏，一排排虽然不高但错落有致的建筑，透着一种特有的静谧和安详。

麦建伟在宿舍里忙碌着，给一家人做早餐。当孟美牵着麦闯的手回来时，麦建伟用忐忑不安的眼神看着孟美，却发现眼前的妻子突然间变得神采飞扬了。

"我喜欢这里……那些花太漂亮了！"

麦建伟大喜过望，像被大赦了一般。他放下手里的一块猪肉，油着两只手就过来抱孟美，两个人在地上转了一圈儿又一圈儿。"哎呀呀，猪肉……猪油。"孟美边笑边说。

麦建伟又把麦闯拉了过来，试图把娘俩一块抱起来，麦闯早跑到一边儿去了：

"不让你抱。"

麦建伟问:"麦闯,你喜不喜欢这里?"

麦闯说:"我妈喜欢,我就喜欢。"

麦建伟说:"赶快吃饭。吃完饭,我带你们去海边儿,大海可美了!"

孟美平生第一次看海——南海。孟美说:"我想写诗!"

麦建伟太高兴了,说:"你昨天晚上可把我吓坏了,我都蒙了!"

孟美说:"那是黑夜造成的错觉。我昨天晚上差一点儿就跟你说我要回北方。"

麦建伟说:"老婆,你要向前看。虽然现在这里还不是很发达,但发展的趋势是显而易见的,我们的生活一定会越来越好!"

麦闯在海滩上捡着小贝壳,快乐地跑来跑去。

麦建伟和孟美都是学财会的,后来两个人又一同取得了中文本科文凭。虽然麦建伟后来当了领导,但财会业务没有丢。来到深圳东部的这个小镇,两个人无疑都是业务骨干。

两个月后,孟美正式调入。孟美过来工作,使麦建伟分房有了正当的理由,他们很快搬入了政府分配的房子。虽然是老房子,但有一百平方米的面积,足够他们用了。麦闯也很快在当地上学了。小姑娘聪明过人,不但学习好,而且喜欢运动,特别是打乒乓球。她还参加了区里的文艺演出团,不久在市里的比赛中获得了二等奖。更令人想不到的是,不到一年时间,这个十一岁的孩子竟然能讲一口流利的粤语了。

3

孟兰和孟亚姐妹两人去孟波家的时候,孟波正躺在家里睡大觉。刘桂花忙着收拾屋子。

孟兰说:"现在才下午四点钟,这睡的是啥觉啊?"

孟波懒洋洋地从炕上坐起来,打着哈欠,没精打采的。

刘桂花说:"他休班儿,没啥事儿。"

孟亚问："桂花，你该上班儿了吧？"

刘桂花说："我五点钟上班儿，一会儿就去。"

结婚以后，孟波不让刘桂花出床子卖水果了，刘桂花就在一家饭店里找了份活儿，当帮厨。她刀工好。

孟兰指着刚才拿进来的一个大布袋子："这是妈给你们两个做的棉裤。"

刘桂花说："我会做。这么一大家人，妈一个人哪做得过来？"

孟波说："大姐，棉裤你怎么拿来的，就怎么拿回去。"

孟亚说："这不是妈关心你们嘛！"

孟波说："我不用她关心。一条破棉裤值几个钱？就会整这些面子事儿。"

孟兰说："小波，我知道，你为结婚的事儿对妈有意见，可妈也尽力了。"

孟波说："尽没尽力，她自己知道。我都怀疑我不是他们亲生的，是从大街上捡来的。"

孟亚说："捡来的？你可真有想象力。你没听妈说，爸以前就嫌孩子多，生了五个了，还能捡你个老六？"

孟波说："我还听说他重男轻女呢，嫌闺女多儿子少。我就是捡来给他们凑数的，跟他们的亲生儿子咋比？"

孟兰说："咱妈都说了，小涛结婚的那些钱，是她养了好几年的猪和鸡，再加上咱爸的工资，才勉强应付下来的。本来，她以为你能晚几年结婚，她好多攒点儿钱……"

孟波说："孟涛二十八岁结婚，我非得跟他一样啊？他是自己没本事找不着对象，现在倒成优点了。那法律都有规定的，男二十二女二十，就可以结婚了。我都快二十六了才结婚，还早啊？"

刘桂花说："大姐四姐，你们别听小波瞎说，他就是嘴贫。"

孟波不耐烦了："我说话，你少插嘴，干你的活儿去。"

刘桂花不生气："你看看，上班儿还好，一休班儿回家就这样，总是不高兴。要我说，日子还得靠自己过。几个姐姐结婚的时候有啥？现在不是都过得挺好吗？"

孟兰说："那是。我结婚的时候，还在工程队当工人，住的是宿舍呢。后来自己攒钱盖的房子，累得贼死，我都哭了好几场。"

孟亚说："我结婚虽然比大姐晚好多年，但也挺简单的。婆家就给了几百块钱，我还死活不要。你四姐夫当时的存款还不到一千块钱。我们是租的房子。我记得结婚第一天吃饭是用电炉子做的，下的面条。"

孟波说："你们那是哪年的老皇历？"

刘桂花说："哥嫂结婚时不也是租的房子吗？现在虽然住楼了，可他们是借钱买的楼。咱们结婚也没缺啥呀！"

孟波说："我就不明白，为什么我这个'老疙瘩'就不招人待见？我被全世界抛弃了！"

孟亚笑着说："你后面这句话挺经典的，你能影响全世界。"

刘桂花也笑了："他想说的时候，你说不过他，他的那些歪理可多了。"

孟兰看着刘桂花说："桂花，这结婚都快大半年了，你……孩子呢？"

刘桂花看看孟波，孟波说："做掉了。"

孟兰吃了一惊："又做掉了？"

刘桂花说："过几年再要孩子也不晚，现在趁年轻先挣点儿钱。大姐四姐，我该上班儿了，你们再待一会儿，好好说说小波。"

孟亚说："桂花比你明事理，娶了这么个老婆，你该知足了。"

孟波说："不是我不知足，是老爸老妈不知足。"

孟兰和孟亚对视了一下，孟兰从兜里掏出一沓钱："这是给你的钱。"

孟波的眼睛亮了一下："啥钱？多少啊？"说话间，钱已经接在手上数了起来。

"一千块。支援你的。"孟亚说。

"谁给的？"

"妈和大姐各三百，二姐和我，各二百。"

"孟涛呢？"

"给你钱都是自愿的，也不是下指标派任务，你盯着他干啥？他现在也不富裕。"

"他欠我的。论工作，他的比我的好；论结婚，他花的钱比我多。要不是他把我结婚的钱占了，我的日子能过得这么寒碜？他这个人，最自私。就说当时讨论我结婚的事儿，就是一个最好的例子。不管同意不同意我和桂花结婚，你总得表一下态吧，就是不同意，那也算是对我的关心。他可倒好，面儿都不露，什么下乡，纯粹找借口。"

孟兰说："他那天确实下乡了，回不来。"

"回不来，过后也可以有个态度啊。我三姐都跑深圳去了，不还送我个什么'金玉其外，败絮其中'吗？"

孟亚说："都过去的事儿了，拉倒吧。小涛了解你的性格，知道同意不同意都拦不住你想做的事儿，他是不想得罪人。"

孟兰问："桂花到底怀孕没有啊？"

"没有。"

"那你……咋……"

"我当时不那样说，你们能让我结婚吗？"

"爸妈还等着抱孙女呢。"

"孙女？他们不是重男轻女吗？这咋又反过来了。"

"小涛那儿生的是男孩儿，你们生个女孩儿不正好吗？咱爸咱妈孙子孙女都有了，多可心！"

"可真会想啊！他们可心了，我呢？我就是要生儿子，让他们闹心！"

电话铃响了，是李秀云打来的，找孟兰。孟波问："老太太咋知道你们在这儿？"

孟亚说："找不到人，就到处打电话呗，一共就这几家。"

事实上，孟兰和孟亚去孟波家，是李秀云事先安排的任务。从孟波家出来，孟亚直接回家了，孟兰一个人去母亲家汇报情况。一见孟兰的面，李秀云就埋怨说："咋去这么长时间？那不就三两句话的事儿吗？"

孟兰说："也没说几句话。"

"到底是怎么回事儿？"

孟兰就把情况简单说了，话还没说完，李秀云就听明白了："这两口子，能耐都使到这上面了。那个桂花，你们硬说她好，现在看明白了吧？一肚子花花肠子，这么大的事儿都敢撒谎，以后还有什么坏事儿他们不敢干？他们这样对待老人，以后，别指望我再帮他们。行了，你回家吧。"

孟兰坐在炕沿儿上，没有走的意思。

李秀云沉着脸说："你都出来一下午了。你就是屁股沉，一来就东扯西扯，就是不愿回家，不是过日子人，一点儿都不像我。"

孟兰被说生气了："你不是让我来汇报小波的事儿吗？我才坐几分钟啊？"

"说明白就行了，就那么点儿破事儿。我说的不光是这次，以前你也这样，就是屁股沉，不撵不回家。"

孟兰猛地站起身，一声没吭就走了。

李秀云"哼"了一声："就是不让人家说，一说就摆脸子。"

4

高大龙出事是在秋天的一个傍晚。

高大龙把车停在出租场等活儿的时候，几个男子过来了，说要去乡下一趟。高大龙想想那个乡虽说有点儿偏，但也没多远，一个多小时就能跑个往返。讲好价格，几个人就上车了，带进来一股浓浓的酒味儿。

车走到半路时，到了一片庄稼茂密的地方，过人高的玉米齐刷刷地排在山路的两侧，前后不见任何车辆和人影。

"师傅，把车停一下，撒泡尿。"一个人突然开口说话了。

高大龙心里一惊，感觉事情不妙。这时，又有两个人说话了，也说啤酒喝多了，尿急。

高大龙只好把车停了下来，并暗自期盼他们真的是啤酒喝多了。后面的三个人下了车，站在了高大龙的车门前，把车门打开了，副驾驶座位上的人立时伸过来一把闪着寒光的匕首。

高大龙只好下车，此时的他心里十分明白，绝对不能反抗，否则性命难保。鼻血流出来了，眼睛也肿了，嘴巴被胶带封住了，双手捆扎在背后。高大龙被推进路旁的水沟里，坐不直站不起。

几个人翻遍了高大龙的衣袋和车子，只找到了三百块钱。一个人用脚踢他："你不是挺横吗？就你这副寒酸样儿，还想做老大？"

持匕首的那个人用刀尖指着高大龙，问另外三个人："做了他？"有两个人附和着："做呗，这还不简单。"

高大龙用惊恐的眼神仰视着这几个人，拼命地摇头。

"怎么，怕死啊？"

高大龙还是拼命地摇头。

这时，一直没开口的小个子说话了："算了吧。咱们是为了钱财，弄出人命来就把事儿搞大了。放他一马吧。"

为首的那个不甘心，照着高大龙的手腕就是一刀："这穷鬼，让老子折腾一回不值得。是生是死，看你自己造化了。把车钥匙拔下来，走。"

眨眼之间，几个人就消失在高过人头的玉米地里。

不知用了多长时间，高大龙终于挣脱了绳索。他在乡间小路上一路踉跄不敢停留，还没到距县城最近的派出所，就因失血过多昏了过去。路人报了警，警察赶过来把他送到了县医院，并且联系上了孟兰。

此时，刘金川刚好出车回到家，他立刻开着车把孟家人拉到了医院。医生说高大龙失血较多，最好输点儿血，身体可以恢复得快一些。但高大龙的血型是 AB 型，医院暂时没有库存，需要临时联系供血者。孟涛说："那些人不可靠，能不能想想其他的办法？"

医生说："你们非直系亲属如果有同血型的人，当然最好。"

可几个人的血型除了 A 型就是 B 型，孟兰急得站不住了。医生说："实在没有，O 型也可以，但要做配对实验。"

刘金川说："我是 O 型，抽我的吧。我刚在外面吃完饭，今天晚上吃的都是好东西，抽多少都行。"

医生也不多说，赶紧安排护士带刘金川去化验室。没过多久，400 毫升血就输进了高大龙的体内。孟焱让刘金川回家休息，打电话叫了一个朋友过来，开着刘金川的车带他回家了。

就在高大龙历经这场生死劫难的时候，孟亚正在乡下"检查工作"，返回县城时，高大龙已经回到了家中。高大龙不愿意在医院住，他不想把事情闹得太大，丢面子。

孟亚一群人来到大姐家时，满脸乌青的高大龙躺在床上，孟兰哭得眼睛都肿了。

"无冤无仇的，谁这么缺德啊！钱也抢去了，还把人打成这样。"冯燕说。

"好虎架不住一群狼，大姐夫没还手就对了。多悬哪！"刘桂花说。

"最近这一段时间，都发生好几起杀人劫车的事儿了。大姐夫只是受了些皮外伤。大姐，咱们这是不幸中的万幸，只是破点儿小财。别哭了！"孟焱说。

郑志平问车有没有拉回来，孟兰说拉回来了，找了县里管公路的人帮的忙。

孟涛说："大姐夫，你想想，你开出租车以来，有没有得罪什么人啊？"

孟兰说："你姐夫脾气是不好，可开出租车是靠人家挣钱，下乡早了晚了，人家说啥时间就是啥时间。这些关系他会处理，没跟谁闹僵过。"

高大龙说："那些老客户都愿意用我的车，你们别看我平时话多，但用车的事儿，我知道什么该说，什么不该说。"

孟波气得右拳击左掌："要是给我知道了是谁干的，我就给他白刀子进去红刀子出来。他妈的，欺负到我家人头上来了！"

刘桂花说："那些人是流窜作案，他们也不认识大姐夫，就是碰上了，倒霉呗！"

孟亚说："大姐夫，你回忆一下，他们抢劫时有没有说什么？"

高大龙说："有一个人对我说，你不是挺横想做老大吗？"

孟焱的脸色一下子就变了。

孟兰说："没事儿了，你们都回去吧。"

孟焱回到家时，刘金川躺在床上迷迷糊糊快睡着了。孟焱心里又疼又气，她关门走路故意弄出很大声音，终于把刘金川给吵醒了。

孟焱问:"怎么样?"

刘金川说:"没啥事儿。"

"事儿大了。大姐夫是被人算计了。"

"那肯定是被人算计了,他总不能自编自导弄一出苦肉戏吧?"

"不是他自编自导,那是你自编自导的吧?"

"你这说啥虎话呢?我抽了400毫升血,我没昏头你咋还昏头了呢?"

"我没昏头,我心里跟明镜似的。"

"你啥意思呀?我献血救人,你回来一句关心问候的话没有,还像审犯人似的。咋的,你是不是怀疑我雇人抢劫了你大姐夫?"

"别装蒜。你跟我说实话,大姐夫出事到底是咋回事儿?"

"他出事是他倒霉,没算好日子。"

"我看这件事儿就是跟你有关系。"

"你有病吧?他被打劫了,你拿你家老爷儿们兴师问罪?"

"大姐夫说了,有一个歹徒对他说,'你不是挺横想做老大吗?'。还说他们一共有四个人。是不是你黑道上的哪几个狐朋狗友?"

刘金川一下子从床上坐起来,彻底翻脸了:"你要怀疑我是幕后主谋,你现在就去公安局,让他们来抓我好了。开车的风险有多大,你不清楚啊?说不定哪天我也被人打劫了,连命都没了呢。到时候,你会不会说是你大姐夫找人干的?他那横劲儿,我是看不顺眼,但至于使用这种手段吗?你们家人……"

"得得得,你少提我们家人。"

"不跟你废话,我明天还得出车呢。你要是睡不着,我劝你拍着良心好好想一想,我是你们家的功臣还是罪人!"

男男走出来问:"妈,我大姨父咋的了?"

孟焱说:"没啥事儿。你作业写完了吗?"

男男说:"写完了。"

孟焱进到男男的房间,拿起作业本翻看了一下:"你看你这字写得跟老蟑爬的似的,比飞飞差远了。行了,睡觉吧,明天早晨按时起床,把闹铃定好。"

5

孟亚两年脱产学习加上回来后工作了一年时间，三年的光景，吴龙已经完成了从股长到副局长再到局长的三级跳。而孟亚依旧当她的普通干部，做她的文字老本行。

坐到了局长宝座上的吴龙，身份、地位、权力都与三年前不可同日而语了。从前就口无遮拦的他，现在对手下的人更是整天一张黑脸，不管年轻的年老的，批评起来一点儿情面都不留。单位上上下下的人见了他都像老鼠见猫似的。

唯一例外的是，吴龙对孟亚仍然以昔日的平等身份相待，很少在她面前摆官架子。有一次，吴龙对孟亚说："跟谁装，我都不会跟你装。世间难得一红颜知己。"吴龙的这句双关语，一半是不怀好意的玩笑话，一半是心里话，这话让孟亚有点儿感动。

孟亚从不打探吴龙为什么高升得如此之快，但她心底里却一直存着这个疑惑。以孟亚对吴龙的了解，要想让他在短短的三年之内来一个性格的大逆转，似乎不太可能。然而，好事者大有人在，孟亚很快听到了大致相同的版本——吴龙在市里工作的姐夫的大舅子在市政府身居要职，这位大舅子的同学被派到县里当书记。

孟亚还发现，单位里的人对她越来越客气了，一种让她很不舒服的客气。有一天孟亚突然明白了，这种客气的背后隐藏着令她不能忍受的思维逻辑：她是吴龙的红人。事实上确实是，吴龙下乡喜欢带着孟亚，有时甚至只他们两人，吴龙亲自开车，连司机都省了。吴龙带孟亚下乡有他的理由，孟亚是搞文字工作的，下乡是工作需要。还有单位那台新购置的电脑，吴龙亲自指定就放在孟亚的办公室里。

孟亚是一个有自知之明的人，她认为自己不过是局长工作上的助手而已。孟亚回来的一年时间里，单位的文字工作确实起色不少，吴局长也是成绩斐然名声在外。孟亚知道，成绩永远属于领导，与写材料的人无关。孟亚一直信奉"清者自清"的说法，直到有一天，吴龙直接向孟亚提出要求时，她才终于明白，自己真是太傻了，太自以为是了。

每年的年终检查照例是在年底的时候，冰天雪地的季节。吴龙带着孟亚下乡，车子走到一半路时陷进了深雪里。吴龙脚踩油门，孟亚在车后面推，试了几次，车子仍然开不出去。孟亚很着急，人也感觉越来越冷。吴龙却不急，他让孟亚坐进车来，让车的发动机转着，笑眯眯地看着孟亚。孟亚说："这前不着村，后不着店的，都快冻成冰棍儿了，你竟然还笑得出来。"

吴龙用手摸了一下孟亚的膝盖："只要跟你在一起，我宁愿笑着死去。"

孟亚把吴龙的手拨开："别开玩笑了，快点儿想办法吧。要不给村里打电话，让他们找辆大车来接。你这个大局长，不想年纪轻轻的就被冻死，耽误了大好前程吧？"

吴龙下了车，径直走到车后面，打开尾厢盖，从里面拿出一块木板。木板垫到车后轮下，车子轻松地跃出了雪坑。

车子重新上路后，孟亚有点儿不高兴了："原来你是成心的！"

吴龙说："你咋这么好生气呢？开个玩笑，不然，不糟蹋了这大好时光？"

按照时间来算，晚上根本不用在乡下吃饭，回县城完全来得及。但乡下的干部盛情挽留吴龙，吴龙也根本没有走的意思。孟亚心里很急，却又不好说什么。

不断有人举杯邀孟亚喝酒，孟亚实在推辞不过，就勉强喝了两小杯。喉咙里冒火，人像得了感冒一样，脸烧得通红。酒桌上就是这样，一旦喝了第一杯，就很难挡住第二杯。就在孟亚万分无奈的时候，吴龙却接过孟亚手中的酒杯，说了一句"我替她喝了"，便仰头一饮而尽。

"局长真是关心下属""怜香惜玉啊""孟秘书，你在局长的心目中有位置啊"。听着七嘴八舌的话，孟亚有点儿要呕吐的感觉，头很晕，她想出去透透风。一桌子人都有些醉意，却仍然相互间推杯换盏高喉大嗓地叫着。

孟亚不想再回到酒桌上去了，就在食堂外面的雪地上来来回回地走。厚厚的积雪泛着青白色的光，在她的脚下"吱吱嘎嘎"地响。

不一会儿，一个黑影从食堂里出来了。是吴龙，他朝厕所方向去了。从厕所出来时，吴龙走到了孟亚面前："今天晚上不回去了，住这儿了。"

"你没喝多吧？开不了车吗？"

"我喝得挺多，但没醉。我不想回去了，你陪我住这儿。孟亚，你知道，我喜欢你，我想得到你。"

孟亚反身回来，冲着吴龙的脸就是一巴掌。由于事情发生得太突然，吴龙根本来不及生气。

孟亚已经走远了，但她还是听到了背后吴龙说的话："我还就不信了，我这种人都被颠覆了，你……"

当天晚上，孟亚乘最后一班公共汽车回到了县城。在路边儿等了半个多小时的车，她的心已经冷到了底。

6

第二天早上，孟亚刚走进办公楼，一眼就定在了走廊里的那块黑板上，黑板的右上角贴着两张红色请柬，她的心立刻翻了一个小跟头。把请柬贴在黑板的右上角，是单位多年来形成的习惯。只要看到黑板上贴上红纸，单位里的人心脏就一阵阵地疼挛。有人称那是"红色罚款单"。只要"榜上有名"，你就必须从腰包中掏出人民币来。

人情猛于虎。北方的这种习俗让孟亚深恶痛绝，被她称为"恶习"，但却没有人能够改变，不管是结婚、生子、升学、老人去世，等等。单位里有一位老同志，工资本来就不高，经常借钱随礼，已经到了入不敷出的地步。有一次他生气地在走廊里来回走个不停，边走边骂："妈了个×，找个理由就收钱。以后谁家的老母猪下了崽，都要发请帖了！"

今天是工作汇报会，二十多个乡镇的助理员都上来了，加上单位的几十名员工，会议室挤得满满的。一个助理悄悄问孟亚："昨天晚上你咋走了呢？给你和吴局长拿了两袋蛤蟆，他给你了没有？"孟亚顿了一下，说："谢谢你。"

还是流水账似的汇报。有的是助理员汇报，有的是包乡干部汇报，轮到孟亚的时候，她让助理员汇报。吴龙突然说："孟亚，你汇报。"孟亚就翻开笔记本，准备照本宣科。

吴龙说："你是科班出身，业务骨干。就这么几个数字，还用得着照本儿念吗？"

所有的目光都集中在孟亚的脸上，孟亚甚至看到了幸灾乐祸的表情。孟亚合上笔记本，面无表情地说出几组数据后，说："汇报完毕。"

吴龙说："情况属实吗？这些数字准确吗？"

孟亚说："年复一年，都是如此这般。"

有人捂嘴，有人低头，想笑不又敢笑，勉强憋着。

吴龙的声音很严厉："孟亚，什么叫'如此这般'？你这是什么工作态度？都像你这样，这会开得还有什么必要？"

孟亚站起身："年复一年，这种会议你已经开过 N 次了。我个人认为，这是泡沫会议，开不开都无妨。上面等着我报信息材料呢，我先走了。"

孟亚走过那块黑板时发现，黑板的右上角又多出来两张"红色罚款单"。

不久，县里对各单位的主要领导进行考评。孟亚私下听到很多议论，她知道，单位老老少少反攻倒算的时刻到了。单位里从两个副手到一般干部，几乎一边儿倒地反对吴龙。

负责找孟亚谈话的是县委组织部的一位年轻干部，姓傅，年龄和孟亚差不多。两个人以前就认识，但不是很熟悉。孟亚说了这样一段话："每个人看问题都有自己的角度，每个结论都不一定十分正确，这不只是对真实情况了解得不够，可能还有认识水平上的局限。更重要的是，当利益有冲突的时候，不是每个人都能客观地评价事物，正确地对待别人和自己，这就是所谓的'仁者见仁，智者见智'。我个人觉得，很多时候，大众所谓的口碑并不一定是在揭示真理，很可能是以讹传讹或者浑水摸鱼。领导本来就不容易当，特别是有能力有个性的领导，就更容易得罪人。"

小傅认真地看着孟亚，半天才说了一句话："你这么年轻，想办法往上走走吧，在这个单位……屈才了！"孟亚就想到了程立英，想到了她的那句话"人生需要努力和设计"。

过了几日，孟亚到外市参加律师资格考试，她坐了整整四个小时的长途公共汽车。到了考试地点，大旅店全部满员，好不容易才找到了一家小旅店。考试那两天，天空一直飘着清凉的雪花，孟亚往返于旅店和考场之间，心情莫名的轻松。特别是第一天坐在考场里，坐在第一排左侧的她，竟然有闲心回头查看考场人数：一共二十五人。孟亚暗自笑了一下，自嘲道："自己连法律专科毕业证都没有，居然敢来参加考试，不就是给人家当陪衬来的？县里有几个小年轻，都考了好几次了，还没考过呢。"

那两天刚好是双休日，单位里没人知道孟亚考试的事儿。两个月后，听说成绩出来了，孟亚便打电话给县司法局的人。她报出了准考证号码后，就在办公室里机械地转来转去。不一会儿，电话过来了："孟亚，你过关了。"

孟亚大脑里顿时一片空白，随后她在心里反复地说："不可能吧！不可能吧！"

第二天上班儿，吴龙就通知孟亚到他办公室去一趟。两人一见面，吴龙就说："如果我不主动找你，你是不是永远都不会主动理我？"

"你是领导，我是一般干部，工作上，下级服从上级，没有主动和理不理之说。"

"你这种性格，也就是在我手下工作，换了一个领导，你还想过好日子？"

"我的日子本来就不好，不怕更坏。"

"'很多时候，大众所谓的口碑并不一定是在揭示真理'，这话是你说的吧？"

"你……怎么知道了？"

"我还知道，整个儿单位，唯一没有说过我一句坏话的，就是你。上次下乡给你带的东西，去拿一下。你去大门口，我老婆在那儿等你。"

7

刘金川近日总是愁眉苦脸的，有时半夜里竟然从床上坐起来。以前他可是倒头就睡，整天起早贪黑地出车，就是缺觉。

孟焱断定刘金川遇到了麻烦事儿，而且事儿不小。可不管孟焱怎么问，刘金川就是牙关紧闭。孟焱说："你天天晚上像被鬼追了似的，你再这么憋着，开车不出事才怪呢。从明天开始，你别出车了，啥时候不做噩梦了再说。"

刘金川实在扛不住了，挂出一脸的哭相，说："他们讹我钱！"

孟焱问："谁……讹你钱？"

刘金川说："就是……就是抢劫高大龙的那几个人。"

孟焱吓了一跳："你说什么？那件事儿真是你干的？"

"不是……不……"

"啪"，孟焱一个耳光扇过去："好你个刘金川，我今天才算认识你。你竟然做出这种伤天害理的事儿。你还是不是人？"

刘金川摸摸脸，然后用双手把头埋进被子里："不是我干的，真的不是我干的！他们故意讹人，就是想捞黑钱。"

"你还狡辩！要不是你参与了那件事儿，他们跟大姐夫无冤无仇的，怎么会去抢劫他？就是有怨有仇，他们抢劫了他，怎么会找你要钱？你现在就去死吧，去死！"

"你听我说……"

"不听！你把我的脸都丢尽了。这件事儿要是传出去，大姐夫能饶得了你？他不打死你才怪呢！"

"你听我说行不行啊？真的不是我让他们干的！这件事儿要是跟我有关系，我就不活了，我自杀！"刘金川哭了起来。

孟焱盛怒未消："你把事情给我说清楚！说不清楚，我也不会给你留活路！"

刘金川讲完了事情的来龙去脉，说："他们几个姓什么叫什么，我都不知道，只知道那个领头的外号叫'铁子'。"

"他们要多少钱？"

"两千块。"

"如果不拿钱呢？"

"他们就写匿名信，告诉高大龙这件事儿。"

"有初一就有十五。如果你被他们拿住了，这就是个无底洞。"

"我最怕的就是这样。"

"你现在怕了？你当时那个英雄胆哪去了？人家大姐夫好心好意关心你，你不但跟人家斗气，还跟那几个流氓炫耀，给人家空子钻。这叫什么？这叫'家里不和外人欺'。"

刘金川不敢吭声。

孟焱一脚踢过去："滚一边儿去，别在床上睡。"

刘金川可怜巴巴地看着孟焱："你帮我想想办法吧，我都快疯了。求你了！"

"做梦！你自己拉的屎，自己擦屁股去。我不管！滚！"

刘金川乖乖地把被子拿到了沙发上，在黑暗中坐着……

第二天晚上八点整，一辆面包车和一辆吉普车停在一幢建筑物的后面，两辆车被罩在巨大的阴影里。坐在面包车里的四个男人没有动，另一辆吉普车的门开了，孟焱和刘金川下了车后，很快上了面包车。

突然间出现一个女人，四个男人稍稍吃了一惊，但很快便镇静下来。男人们甚至感到有点儿可笑："这种事儿，不适合女人掺和。"一个声音在黑暗中说。

孟焱说："我是刘金川的老婆，我姓孟。你是'铁子'吧？"

"你咋知道我是铁子？我脸上没贴。就是有贴，这黑灯瞎火的，你也看不见吧？"

"你是铁子就行了。明人不做暗事，你把这三位老弟也给我介绍一下吧。"

"顺子、三棱、大彪。"铁子说，"都是外号。"

"外号就够了。我的年龄比你大，我就称你们老弟了。咱们开门见山，我家里不富裕，借钱买辆车跑出租，就为了养家糊口。你们知道，现在哪行都不好干，包括干你们这行。上次你们抢劫了我姐夫，说是帮了我家男人的忙，现在逼他拿两千块钱的报酬。我们把钱带来了。"

"我知道你们一定会带来的。"铁子说，声音里带着得意。

孟焱说："常言道，没有规矩不成方圆。有一个问题，我需要问清楚。"

"你说。"

"这次过去了，还有下次吗？"

"这个嘛……"

"明白。老刘，你下车，盯着外面的情况。"

刘金川下了车。

铁子说："你先把钱交给我们。"

孟焱把钱递了过去。

一个人接过钱数了数："怎么只有五百？"

孟焱说："对，只有五百。"

铁子咬着牙说："你耍我们吗？"

"本来我想给你们两千，那一千五在我丈夫身上，但你们不讲规矩。我们不欠你们一分钱，之所以拿五百块钱出来，是不想把事情搞大。"

"你不怕……"

"不怕。如果怕，我就不会一个女人面对你们四个男人。你们往外看看，现在还能看到我丈夫吗？他已经开车走了。"

四个人有些慌张，鬼头鬼脑地向车外张望："你安排他去报警？"

"不是报警。但是如果你们逼我的话，我也不怕报警。"

"你以为我们怕公安？就是公安来了也不能把我们怎么样，他们没证据。"

"我有证据。实话相告，刚才你们承认抢劫的事儿，我已经录了音，证据已经被我丈夫拿走了。你们知道吧？抢劫罪最少判刑三年。"

几个人一时说不出话来。

孟焱说："几位小弟，俗话说，猪往前拱，鸡往后刨，各有各的活法。本来，我丈夫平时对你们已经很关照了，可你们还这样欺负他。与人方便，与己方便。如果你们真的逼急了，我也不怕鱼死网破，反正我家的日子也快过不下去了！"

铁子终于说话了："行，孟姐，你够胆儿。就冲你跟个爷们似的，我保证以后绝不再找你们的麻烦。你走吧！"

孟焱从容不迫地下了车，沿着街道上的路灯大步向前走去。

几个人还呆坐在面包车上。"这个女人，有种。如果下面带个把儿，说不定能当老大。"铁子说。

第七章

1

退休后的生活，孟福先有好长时间不能适应，甚至可以说，他一直生活在水深火热之中。除了看报纸听收音机，孟福先没有其他爱好。以前一天八小时都在外面，下乡的时候中午甚至晚上都不回来，李秀云和孟福先还见缝插针地小吵连着大吵。现在孟福先整天待在家里，本来心里就不痛快，跟李秀云接触多了，问题自然随时都有。好在离婚的事儿偃旗息鼓以后，李秀云的脾气有所克制。

看到孟福先这种度日如年的生活，几个儿女都建议给父亲找个事儿做。李秀云对这建议不抱希望，说："他能干啥？现在年轻人都找不到工作，小波不是整天黑个脸不高兴？他一个退休的老头子，谁要他？你们谁有本事能给他找到活儿，我给谁烧香磕头。"

孟兰说："要不，就开个小卖店，也不图挣多少，有点儿营生干，赔不上就行。我徐叔那个店，几年前的小杂货铺现在变成粮油店了，我天天下班儿路过他家店门口，生意可红火了。"

李秀云说："人比人得死，货比货得扔。我早就说了想开个小店。你爸是死脑瓜一个，能跟你徐叔比？要不是捧着共产党送给他的铁饭碗，他早就饿死了，你们也早都饿死了。"

孟涛说："要我说，就别比。人比人得活着，货比货得留着。"

李秀云说："你这句话说得挺有水平。"

一庶突然嚷道："啥水平水平的，我都饿了，也没人管我。"

李秀云打开锅盖，热气腾腾的馒头蒸好了，她用筷子扎了一个递给孟涛："给一庶吃，把他的小嘴堵上。我给你们装馒头。"

李秀云装了两塑料袋馒头："这两袋你们两家拿去，小焱小亚他们那儿我明天再蒸。"

孟兰说："不够分，我少拿几个。"

李秀云说："你拿去吧。志平手巧会蒸馒头，给不给他们都行。小焱自己也能对付着蒸。"

孟兰说："总吃你蒸的馒头，不好意思啊。回家我再催催大龙，让他给我爸找个活儿。"

李秀云说："行。要是能给你爸找着活儿，我天天给你家蒸馒头。"

过了几天，孟福先还真的重新上岗了，一家医院的门诊部聘请了他。工作是高大龙给介绍的。他有时候给那家门诊部出车，负责人对高大龙印象不错，说他说话办事知道深浅。

孟福先的工作内容很简单，坐在走廊里盯人，一天盯八个小时，报酬一个月三百块。这活儿没有一点儿技术含量，来人只要没挂号就想往里走的，在孟福先和他摆在走廊里的那张办公桌前必须止步。为了防止各科室的医生护士以权谋私"看人情病"，门诊部的领导想出了这么个"一夫当关，万夫莫开"的高招，而且请来的是"恶门神"孟福先。

这似乎是一件皆大欢喜的事情。李秀云高兴得不得了，把高大龙夸得像一朵花似的："还得是大龙。人缘儿好，说话也有分量！"

孟兰说："这话可别让孟焱和刘金川听见，要不该多心了。"

李秀云说："大龙给找的工作，第一个月这三百块钱，给你们分一半。"

孟兰说："我们不要，你和我爸高兴就行。我爸身体好，干个十年八年都没问题。"

李秀云说："那敢情好。拿双份工资，还利用了这块老咸（闲）肉，大龙真是干了件大好事儿。"

门诊部的领导对孟福先的工作也十分肯定。"这个老革命，是干这种工作的最佳人选。"负责人说。他甚至后悔没有早一点想出这个锦囊妙计，使集体财产受到了不小的损失。

就在孟福先信心百倍准备日复一日年复一年地履行神圣职责的时候，仅仅两个月的时间，他却被突然解聘了。解聘的原因很简单：老崔突发脑溢血，半身不遂了。

不知老崔是几时长的本事，反正他的本事若干年前就已经超过孟福先了。老崔在卫生系统内先后换了几个工作，最后还是回到了他的老本行，在门诊部干 B 超医生。老崔的朋友特别多，乡下的、城里的，时常有人找他帮忙。老崔也算个热心人，来者不拒。对于瘟神似的横在走廊里的孟福先，不要说老崔，任何一个医生护士都看他不顺眼，可心里窝着气却撒不出来。

这一天，门诊部来了一个乡下打扮的中年妇女，进了门径直就往走廊里边儿走。孟福先伸手一拦，说："看病先挂号。"

中年妇女说："俺跟崔大夫联系好了。"

孟福先说："联系好也不行。单位有规定，先挂号后看病。"

这时老崔出来了，站在自己的科室门口，冲那个妇女招手："过来。"

中年妇女见状就跃跃欲试地往前挪了一小步。

孟福先这次用身体挡住路："先挂号，后看病。"

老崔有点儿不高兴了："她不是看病。她是我亲戚，过来看看我。"

孟福先还是不让路："单位有规定，工作时间不允许会客。"

老崔火了，声音一下子大了很多："孟福先，你太过分了。给块大饼子狗都能干的活儿，你还当回事儿了？"

孟福先最听不得骂人的话，他也火了："老崔，你嘴巴干净点儿。我这是工作。"

老崔吵着就过来了："工作？谁需要你在这儿工作？你不就为了那三百块钱吗？你知不知道，单位的人都说你什么？"

"说我什么？"

"'看门狗，爱下口。阴损坏，老孟头。'这顺口溜好听吧？"

"他们爱怎么说就怎么说，我不在乎。我干工作不怕得罪人。"

那位妇女说："大叔，你就让俺过去呗，俺不是看病的。"

老崔用手指着孟福先："你躲开！"

孟福先说："我不躲，我不能躲。让她过去，就是我工作失职。"

邻近几个科室的人都出来了，一些患者也围了过来。事情僵在这儿了，老崔面子上下不来，他又气又急，众目睽睽之下，如同演戏一般眨眼间就嘴歪眼斜，人软软地瘫在了走廊里。

出了这么大的事儿，门诊部的领导一下子成了众矢之的。平息众怒的唯一办法就是取消"关卡"让孟福先回家。

孟家立即狼烟四起。李秀云要是力气够大，满口假牙都会咬碎的："这种鸡飞蛋打的事儿，除了这个虎东西，世界上没有第二个人能干出来！"

孟焱倒是挺冷静的："你也别怪我爸了。人家要不是看他做事较真，这种轻闲自在的活儿能轮到他？不过这话又说回来了，这根本就是个得罪人的活儿，不好干。"

李秀云不同意孟焱的说法："有啥不好干的？睁一只眼闭一只眼，不就行了？谁还没有个仨亲两厚的？那么认真干啥？"

孟焱说："关键是我爸他不会睁一只眼闭一只眼啊，他还想拿放大镜看呢。其实，这个活儿压根就不应该去干。你想想，门诊部的领导多会找替罪羊，这不是借刀杀人吗？我爸和老崔本来就有矛盾，这下可好，旧恨结新仇。"

说这些话的时候，老崔正躺在县医院里抢救。孟涛在医院守着，还给老崔拿了三百块钱。三天后，老崔的命是保住了，但人已经下不了床了，话也说不清楚。

对于孟涛给老崔拿钱的事儿，李秀云一百个不高兴："给他拿钱干啥？你爸碰都没碰他一下，你爸比他年龄还大呢，咋没得脑溢血？是他自己不扛气。"

孟涛说："那也毕竟是因为和我爸吵架，老崔才得的病，他以前也没有这种病。"

李秀云说："你这三百块钱拿出去，你爸一个多月的班儿就白上了，干赚个得罪人。"

孟焱说："你拿了钱，就给人家留下了话柄。人家会说，要不是我们的错，干啥往外拿钱？就是有人情在，顶多一百块就够了，哪有那么大的礼？"

孟涛说："让你这样一说，那我这钱拿错了呗？"

孟兰说："拿了就拿了吧。拿了也好，不然，老崔那几个儿子……特别是老大大刚，流里流气的，平时就不咋学好，可爱打架了。"

李秀云说："你自己愿意拿的钱，我不还你。"

孟涛不高兴了："我也没让你还哪！"说完就走了。

冯燕去她父母家接孩子的时候，发了一顿牢骚，说："我真是想不明白我婆婆是咋回事儿。小涛一个月的工资才五百多块钱，一下子就拿出三百，又在医院照顾老崔。可结果呢，我婆婆反倒不高兴，嫌他多此一举。"

冯燕的母亲说："你婆婆可能是心疼钱。"

"心疼钱也不能那么说呀，让小涛多伤心哪！出了这种事儿，老孟家老少都不出面，就小涛一个人压着。要不是拿了三百块钱，老崔那几个儿子还能善罢甘休？"

冯老先生推推鼻梁上的眼镜，说："拿钱这件事儿，小涛做得对！不管你婆婆说了什么，对的就是对的。'贵人语迟'，别看小涛平时话不多，可我这姑爷呀，心里有数。"

冯燕说："你说我公公也是，那么大岁数了，一点儿都跟不上形势。本来挺好的一份活儿，拿着退休金，一个月还能外赚三百块钱，可他硬是不会处事。"

冯老先生不以为然，说："你公公是老干部。那个时候过来的人，没有几个不认真的，你爸我工作不也一样认真？"

"那不一样。你是做财会工作的，账做差了，钱对不上，都不行，不得不认真。"

"都是一个理儿！人生态度决定工作态度，这就要谈到世界观这个问题……"

冯燕赶紧给儿子穿好衣服，拉着儿子的手往外走："又要上政治课了。我……得回家做饭了。"

冯燕母亲说："你就在这儿吃完再回去呗。"

"不行。小涛一会儿就回来了，不能让他饿肚子。"

冯老先生挥挥手："我知道你不爱听我讲大道理，不过小燕我告诉你，你公公婆婆家的事儿，你能帮就帮，不能帮就别添乱，特别是不要指手画脚品头论足的。'百孝顺为先'，你记住了！"

冯燕说："哪句话记不住，这句话也忘不了。'百孝顺为先'，我耳朵都快磨出茧子了！"

连续好几天，孟兰都没给高大龙好脸色，弄得高大龙也憋着一肚子的火："我这图个啥呢？你爸挣钱也不给我花，我哪知道老崔能得脑溢血。"

孟兰说："行了，以后谁的事儿都少管，吃力不讨好。你看老二家，刘金川是搂钱的耙子，孟焱是装钱的匣子，只想着自己的日子，现在不是成好人了？哪像你！"

高大龙不高兴了："你这话我就不爱听。我是你们老孟家姑爷，又是大姑爷，你们家的事儿不就是我的事儿？当初我给老爷子找了这份活儿，你不是挺高兴的吗？你妈还把我夸得像什么似的。现在出了点儿事儿，你就鼻子不是鼻子脸不是脸的，好像我故意陷害老爷子似的。"

孟兰说："别巴巴了，显你能说。哪件事你管好了？刘金川的事儿你忘了？关心人家还让人家硌硬。大姑爷大姑爷的，就自己拿自己当回事儿吧。"

高大龙被激怒了，把手里的遥控器啪地扔在了地上："你们老孟家人，咋都这么四六不懂？"

孟兰也口不择言："老孟家咋的了？抱你家孩子下井了？挺大个老爷们，没水平，没出息！"

高大龙说："你嫌我没能耐是不是？你看我下岗了，你没面子了是不是？我大老爷们咋的，我指望你养活了？现在嫌我没水平没出息，当初一疙瘩一块儿就在那儿摆着呢？你瞎眼了，看不见？"

"我是瞎眼了！就你们家人，没几个有正事儿的，不是离婚，就是打老婆……"

"你们家好？不懂人语，好赖不知……"

盛怒之下，两个人吵得语无伦次，说的话都重叠在了一起，像塌了屉的黏豆包一样，扯不开分不清。

2

单位人浮于事庸庸碌碌的状态让孟亚忍无可忍，如果这样混下去的话，当初出去学习付出的代价就太大了。或者可以这样说，两年学业完成归来，北方这个小县城的工作和生活环境，让孟亚更加不适应甚至是排斥了。

当孟亚提出要去深圳的时候，反应最大的不是丈夫郑志平和女儿飞飞，而是郑志平单位里的同事。几个大老爷们竟然联合起来，一起抵制孟亚的"疯狂举动"。

几个大男人跑到孟亚家里来兴师问罪的时候，郑志平没在家，早被他单位的人暗中安排喝酒吃饭去了。等郑志平酒足饭饱回来时，孟亚正站自家五楼的窗前发呆。

孟亚转过身一言不发，看着站在自己面前的丈夫。郑志平被孟亚一脸的闷闷不乐弄糊涂了，他根本就不知道单位的人来过了。还是飞飞一句话就把事情说清楚了："爸，你单位我林叔他们来了，把我妈说了一顿。"

郑志平没喝多少酒，所以人很清醒："他们干什么来了？"

孟亚说："当说客来了，指责我不该去深圳。"

郑志平过来抬起手臂，拍拍孟亚的后背："这几个小子！别听他们的，你去吧，我支持你。"

飞飞说："妈妈，你去吧。我现在长大了，你不用担心！"

孟亚有点儿想流泪，但忍住了："你看我，出去学了两年，回来还不到两年，又想出去。"

郑志平说："你用不着内疚。你也是为这个家，为了咱家能过上好日子。你出去闯吧，我是你永远的后方。"

孟亚没想到，吴龙也极力挽留她。吴龙说："我知道，单位这个小池子，养不下你这条大鱼，可我希望你能留下来。"

"我只有一个要求，请你同意我停薪留职。"

"算我欠你的。不过，我只给你一年时间。"

孟亚和保姆宋姨是在早晨六点多钟到达深圳的。刚走上站台，孟亚立刻感觉被一股暖湿的空气包住了，她深深地吸了一口气，整个儿身体都融化在这种温暖和湿润当中。两天时间里，从冷风呼啸万物肃杀的北方，一下子就置身于花红草绿夏天般的南方，孟亚感觉真是太好了。

麦建伟开车前来接站。一路上，麦建伟和孟亚随便聊了几句，孟亚的注意力几乎都在车窗外。五十多岁的保姆宋姨不停地说："南方太好了!深圳可真带劲儿!"

一个多小时后，车子开到家了。孟美正在厨房里忙着，上身是浅碎花的丝织无袖衫，下身着一条白色长裙。宋姨笑得眼睛眯成一条缝："哎呀，小美你可真美! 咋不戴围裙呢? 穿这么漂亮的衣服做饭，不能整埋汰了啊?"

孟美说："不会! 我做饭从来不戴围裙。十个八个菜一个小时搞定，不用别人伸手。"

宋姨哈哈大笑，露出一口结实但不整齐的牙齿："我也是走南闯北过来的，山东啊吉林啊，我都出去干过活儿。你这么干净能干，就怕我……不合格。"

孟亚私下对孟美说："这保姆找得可费劲儿了。你原来说想找个小女孩儿，可北方的女孩子哪有几个出来当保姆的，都是眼高手低的主，哪里能吃得了这份辛苦。"

"深圳的保姆市场可红火了，小女孩大把大把的，可广西和四川的多。我就想找个东北的，饮食习惯差不多，特别是得会做面食，你姐夫爱吃馒头和饼。你感觉深圳怎么样?"

"梁园虽好，不知是否是久留之地。从北方出来，我有一种逃离的感觉。"

"你也别急着找工作。先待一段时间，适应一下环境。"

"不着急。我带了法律书，好几大本呢，想再看一遍。"

"你来得正好。我正准备出一本诗集，你也帮我看看。"

"你都要出书了! 还是诗集!"

"其实我不想出，都是你姐夫，可积极了。找人写序，联系出版社，都是他出面。"

"我写不来诗。这些年，我一共只写过几首诗，倒是散文包括杂文，发表了几十篇。"

"咱俩风格不一样。我这诗一半儿是在北方的时候写的，一半儿是来南方以后写的。咱们家人，都有点儿文学天赋，尤其是小涛、你和我，咱们仨这方面最像。"

一会儿工夫，宋姨冲完凉出来了。孟美说："梳妆台那儿有消毒粉……对，就是那个白色的小塑料袋儿。把衣服泡到那只红色的桶里，放上水，倒进三分之一的消毒粉，二十分钟以后再洗。"

宋姨照着做了，边做边说："你可真讲卫生！我得好好干，跟你多学点儿东西。这城里人，就是不一样！"

孟美被老保姆夸得很高兴。

吃过早饭，宋姨快手快脚地干起了活儿，孟美在一旁介绍和指挥。进了厨房，孟美说："东西要有固定位置，比如说这块抹布，用完一定要洗得干干净净，然后叠得方方正正，放在灶台右边儿的这个角上。不能走样儿，不然我受不了。"

宋姨照着孟美说的，把抹布打开叠上、叠上打开，反反复复练习了好几次，叠抹布的技术才算过关。孟亚站在一边儿想笑，但又觉得此时此地应该严肃点儿。

宋姨悄悄对孟亚说："刚才，你姐把我吓得手都不好使了！"

孟亚把这话对三姐讲了，孟美笑了，说："我这个人就是爱干净，爱整齐，有时候出去旅游后半夜回来，我都得把屋子收拾一遍，不然睡不着觉。你姐夫都嫌我太干净了。"

孟亚说："你像妈，而且有过之无不及。我以前知道你干净，可不知道你干净到这种程度。你这样，我都不敢在你家待了！"

孟美说："我知道你是个马大哈，所以对你基本上是放任自流，谁让你是我妹妹呢。"

孟美家的房子本来有三个卧房，但其中一个被麦建伟用作书房了——两个大书柜高到天花板，估计有近千册藏书。"书是他的命。"孟美这样评价自己的丈夫。剩下的两个房间孟美夫妻住一间，另外一间给孟亚和保姆住。好在麦闯在区里上学，和几个同学一块住出租房，星期天回来时临时跟爸妈挤在一张床上。

3

高大龙今天虽然没出车，但回来得很晚，八点多才到家。脸上一层煤渣，跟刚刚从井下上来的煤矿工人差不多。

孟兰赶紧给他舀水洗脸："看你这一身一脸，造得跟灰驴子似的。"

高大龙坐下来吃饭，说："小亚去深圳就对了。在那种单位混，瞎了她那块材料了。她单位的那些人，好人少。"

"咋的了？你不常说'静坐常思自己过，闲谈莫论他人非'吗？这嘴还是板不住。"

"哪里是他人非，是被他人非。你知道我给他们单位出车，有人跟我说啥？说你小姨也不漂亮啊，咋就那么大魅力呢？把吴局长都给迷住了。还说，小亚用肉体给我换来的这份活儿。"

孟兰一听就来气了："放屁！"

"那些人就是气人有，笑人无。孟亚前两年出去学习，现在又去深圳了，他们羡慕加嫉妒。其实呀，我心里最明白，这点儿活儿是我用自己的肉体换来的。今儿个吴龙他老丈爷家买煤，全是我一个人把煤倒腾进煤棚子的。那可是五吨煤呀，整整一天，这家伙把我累得！"

"要我说，以后不给他们单位出车了，咱不受这份窝囊气！"

"人在屋檐下，不得不低头。小雪毕业了，还没找到工作呢，我怎么也得挣两个呀！光靠你一个月那几百块钱工资，哪够啊？再说了，哪个人前不说人，哪个人后不被说？就当没听着吧！"

"你现在倒挺能忍的。你刚养车的时候，我最担心的就是你这毛驴子脾气。"

"为了孩子嘛。哎哟……"高大龙弯腰捡掉在地上的筷子，却直不起来了，"我腰疼……有点儿不对劲儿。倒煤，倒煤，看样子真要倒霉了！"

第二天上午，孟兰陪着高大龙去了县医院，诊断结果为腰椎间盘突出。

高大龙去商店买了个靠背垫，四边儿是钢丝框，中间是空网。放在驾驶位后面顶着腰，可以起到稳定腰部和缓解疲劳的作用。坚持了不到两个月，高大龙决定卖车，从此洗手不干了。

高大龙不干出租了，腰椎间盘的病只是原因之一，更主要的是活儿越来越少。养车成本很高，特别是北方的冬天，车得有车库，最好是有供暖设施的车库。本来养车就赚不到多少钱，再租个车库，整个儿就是一个只赔不赚的买卖。有一段时间，吴龙给高大龙提供了一个，不收任何费用。但突然有一天吴龙冷着脸告诉高大龙："要节省开支，单位以后不用出租车了。"高大龙觉得莫名其妙，因为就在吴龙说这句话之前，他看见单位的门口停着另外一辆出租车，那个司机他认识。

高大龙看不得别人的脸色，就说："吴局长，不干活儿可以，但我觉得我们之间是不是有什么误会？"

吴龙还是冷着脸："没误会。我这个人喜欢喝酒，喜欢打麻将，别把你给带坏了，到时候你老丈爷跟我过不去。"

高大龙没再说什么，他一下子就明白了，问题肯定出在老岳父孟福先身上。

孟兰知道了这件事儿后，立即跑到母亲家里，没等说话就哭得一塌糊涂。李秀云被孟兰弄蒙了："这是咋的了？你赶紧说话呀！"

哭了一通，孟兰心里不那么憋屈了，才把话说出来："说话有啥用？我爸都退休多长时间了，还到处得罪人。大龙不交养路费，全靠个人关系私下偷着找点活儿干。小亚和吴龙的关系也算不错，人家原来还挺照顾的。可现在，都是我爸……大龙的活儿没了，连单位的库眼都不给用了！"

"你爸咋能影响到大龙的活儿？"

"吴龙今天上午对大龙说，他喜欢喝酒打麻将，怕把大龙带坏了。我敢说，我爸肯定写举报信了。以前他不是总说哪个领导这个那个的？"

"他都退休了，咋能知道人家喝酒打麻将？"

"我哪知道？反正肯定是他的原因。"

正说着，孟福先回来了。李秀云气冲斗牛似的一声吼："老头子，你过来！"

孟福先斜起眼睛瞪着问："干啥呀？这么大嗓门！"

"我问你，你是不是写举报信，反映吴龙喝酒打麻将了？"

"不是打麻将，是赌博。"

孟兰猛地站起身，狠狠地瞪了父亲一眼，疾步奔出了门。

李秀云发火了："你真是'傻狗不识臭'啊！你得罪了一辈子的人，还没得罪够啊？好事儿找不着你，坏事儿一串儿一串儿的。人家是'一人得道，鸡犬升天'，你是一人缺德全家遭殃，纯牌的扫帚星！"

孟福先被骂得一愣一愣的："什么玩意，张口就骂人？"

"你就是找着让人骂。我就不明白，你不写举报信，那手能烂掉啊？眼睛能瞎掉啊？你知不知道，大龙腰有病跑不了长途，就靠给小亚单位出车挣点儿钱。现在，你一封举报信把吴龙得罪了，人家就把大龙给辞了，车库都不给用了。你让他以后干啥去？那么大个老爷们，天天在家待着？"

孟福先听出了一些眉目，梗着脖子说："当领导的，心思不放在工作上，经常聚赌，用这种方法敛财，这就是变相的索贿受贿，这就是不正之风！我写举报信是伸张正义。如果领导干部都像他这样，是要亡党亡国的！"

"我看你是'看三国流眼泪，替古人担忧'。你伸张正义伸张出啥结果了？你大姑爷的活儿让给你整没了！"

"我写举报信跟他有啥关系？举报信都是保密的，吴龙不可能知道是谁写的。"

"吴龙亲口对大龙说的，是你举报他喝酒打麻将。谁给你保密了？老崔那儿你都惹一回事儿了，要不是他后来能拄拐走路了，单位又给他开全额工资，他能饶了你？他那几个驴儿子能饶了你？你是能请神不能送神，出了事儿看把你吓得，天天把大门锁得死死的，就怕老崔老婆进来撕你。你好了伤疤忘了疼，现在又开始惹事了。"

李秀云的一通骂，让孟福先忍无可忍，他瞪着眼睛，胸腔里呼呼地拉风箱。这时，高大龙进来了。

李秀云说："大龙来得正好。你问问他，是不是你的举报信断了他的生路？"

孟福先歪着脑袋还在跟李秀云瞪眼。

高大龙说："孟兰没在这儿啊？"

李秀云说："刚走。"

高大龙说："那我在路上咋没碰见她呢？我怕她说啥不好听的，过来看看。"

李秀云说："说啥不好听的都得受着，谁让他写举报信了，也没冤枉他！"

孟福先说："吴龙找你麻烦了？"

高大龙说："行了，你们二老别为这事儿吵架了。我这腰啊，也不能再开车了。原来有点儿活儿是舍不得丢，其实也是硬撑着干。现在正好，也是照顾我这腰，这毛病说大不大，说小不小。我原来有个同行，也是腰椎间盘突出，他严重些，压迫神经，下肢都快不能动了。我还得感谢我爸呢！"

孟福先说："吴龙这小子，真不地道！"

李秀云说："你地道？你要是地道，天天找事被人恨？这也就是摊上好姑爷了，还反过来替你说话。"

高大龙说："你都退休了，咋知道吴龙喝酒打麻将？"

孟福先说："我听单位的人说的，群众对他的意见可大了。"

高大龙说："不过话说回来，爸，我真得劝劝你，以后可别再干这得罪人的事儿了。你的那些举报不但不起正面作用，反倒引火烧身。你真得吸取经验教训。这事儿的后果是让我摊上了，要是影响到你闺女儿子的工作，你后悔都来不及！"

李秀云说："你以后在家看你的报纸，听你的评书，没事儿少去单位瞎转悠，给坏人当枪使。"

4

就在高大龙卖旧车的当天，刘金川那边儿却买了一辆新车——吉普车变成了小轿车，整整提高了一个档次。买新车是孟焱同意的，旧车也是经过她手卖出去的。县里的出租行业越来越不好干，一是财政状况不好，各单位很少租车用；二是为了提高竞争力，一些胆大有实力的司机陆续换上了高档次的新车。

从决定卖旧车到旧车卖出去，用了一个多月的时间。这段时间里，由于意见相左，孟焱和刘金川吵了好几架。刘金川着急以旧换新，又担心旧车不好卖，主张以三万块的价格把旧车卖掉，说："你不开车你不知道，现在出租业行情不好，你现在不早点儿把旧车卖了，以后就更不好卖了。"

孟焱嫌刘金川的要价太低，说："着急就得贱卖。这车才开几年哪？你对车保养得又好，怎么也得多卖五千块钱，三万五。"

"三万五？做梦吧。我看你是钱锈！"

"我就钱锈了！我就是要卖三万五。"

"那要是卖不出去呢？"

"那就慢慢卖！"

"那我还干不干活儿了？早一点儿买新车，活儿好了，钱不也来得快一些？这账你都算不明白，还在银行工作呢。"

"谁算不明白？就是有新车，出租价格也还是跟原来的一样。你给我说说，多长时间能赚来五千块钱？"

"遇上你这种人，真是说不清！"

"这回可让你说对了。一遇大事儿你就发蒙，像个老爷们吗？"

一个月后，旧车以三万五的价格卖掉了，孟焱赢了。但是在准备买新车之前，孟焱和高大龙却吵了一架，地点是在李秀云家里。

高大龙反对刘金川买新车，说："现在咱们县的出租车行业根本就没有前途，刘金川也干了好几年了，不是不了解这种情况。咱们就算算这笔账，一个月能干上十天活儿就算好的了，一天按最高收费三百块钱计算，一个月能赚多少钱？你一部新车十几万，多少年能赚回来这个本钱？再说了，你一天能赚三百块钱吗？跟单位下趟乡，在乡下一泡就是一小天，车费也就一百块，顶多一百五。你还得烧油，还有零件磨损，还得车辆保养，还有保险。刘金川头脑简单，你也跟着他发烧？"

本来，孟焱不想跟高大龙理论这件事儿，所以她打算带听不听地让他说完就算了。可高大龙最后这句话把孟焱惹火了，但她还是尽量忍着："现在也没啥好干的，毕竟养了好几年的车，继续干轻车熟路。他愿意折腾就让他折腾去吧！他的事儿，我不管。"

"你们两个是不是两口子？挣钱那么容易？脑袋一热，十几万就折腾出去了？你们这是过日子还是败家呢？刘金川我也就不说了，我一向认为你是个有头脑有主见的人，这会儿咋也昏头了？你大姐也不同意你们买新车，这么瞎折腾还能发财吗？只能是越折腾越穷！"

孟焱再也忍不住了："我明白，你们就是想看我们的日子越过越穷。你们养不了车了，看人家挣钱心理不平衡。告诉你，刘金川要买新车，那是我的主意。"

高大龙没想到孟焱会这样误解他，而且还发了这么大的火，他也瞪圆了眼睛：

"我们心理不平衡？你的意思是说，你们日子过好了，我和你大姐看着眼气呗！真是'狗咬吕洞宾，不识好人心'！"

"自己的日子自己过，用不着别人瞎操心。你想养车还是想养花，我们都不想管，也管不着。"

"我这图个啥呢，真是没记性！行了，刚才的屁算我没放！"高大龙摔门走了。

李秀云说："这热闹都让我赶上了。小姨子跟姐夫吵架，你们吵得着吗？"

孟焱仍然气得不行，说："就是吵不着嘛！他总想对我们指手画脚的，说不上什么时候就冒出来，'哇啦哇啦'来这么一通，这算怎么回事儿呢！"

"其实，你大姐夫也是好心，我觉得他说得也有道理。要是赔钱咋办？"

"赔倒赔不上，就是少挣点儿呗。只要有活儿干，细水长流也行。你说这么个小县城，做大生意吧，一是咱不懂行，二是没实力。不干出租干啥？要是不换新车，那旧车就是干养着白搭钱，根本就没人愿意租。"

"那你们可得想好了，我也不懂这些事儿，还是有点儿担心。"

孟焱的情绪缓和了一些，说："其实，我们自己压力是最大的！本来新车早就该买了，是我一直犹豫着，想好好考虑考虑。刘金川这些天急得都快得精神病了，天天催我拿钱。本来一天到晚这心里就七上八下的，我大姐夫还劈头盖脸地整这么一出。"

回到家里，孟焱跟刘金川讲了高大龙的意见。她说得轻描淡写，没提吵架的事儿，可刘金川还是炸了："他高大龙算干啥吃的，天天像盯贼似的搁眼睛盯着我？我找他去，让他以后少管我们家的事儿。"

"你听风就是雨啊？一个大老爷们，一点儿都沉不住气。人家也是好心嘛！"

"少来！我用不着他的好心。"刘金川气哼哼地说，"明天就去买车，一天也不能等了。"

"买就买吧。再不把新车买回来，老孟家得出个疯子！"

5

孟波今天休班儿，坐着火车正往家里赶。连续值了几天夜班儿，孟波的情绪又闷又躁，白天又莫名其妙地睡不着觉。潜意识里，孟波总感觉自己会遇上倒霉的事儿。

刚进家门，孟波一眼就发现了茶几上的烟灰缸有问题。里面的烟头刚刚熄灭，尚有微微飘起的余烟。孟波顿时就变了脸色："这是谁抽的烟？"

"崔大刚，他刚走。为爸的事儿来的，我想……"

"你想干什么？你想偷汉子是不是？"

"小波，你咋这么能埋汰人呢？你太不讲道理了！"

说话间孟波已经冲了过去，对着刘桂花拳打脚踢起来："我早就知道你们背着我搞破鞋，从中学的时候就开始了。"

刘桂花被打得结结巴巴，说不出一句完整的话来："我们……是……同学，他是……喜欢过我，可是……没你说的……那种事儿！"

"我让你嘴硬！我让你嘴硬！我为了和你结婚，把全家人都得罪了。现在过的这是什么日子？家家都住楼了，就我还住在这又小又破的平房。我现在都怀疑，你生的这个丫头片子，是不是我的种。"

刘桂花知道自己不能还手，不然孟波就会打得更狠。

快一岁的女儿果果在旁边儿哇哇大哭起来。

刘桂花被打得鼻青脸肿，眼泪不停地往下流："小波，我真没有你说的那种事儿。不信，你可以检查。"

孟波吐了口烟："就算今天没有，以前呢？以后呢？怪不得你总是撵我上班儿。一上班儿，好给你们腾地方，是不是？"

这时，门开了，高大龙和孟兰进来了。两个人是过来拿青菜的。

刘桂花披头散发满脸血污地缩在墙角里，孩子在她怀里哭个不停。孟兰吓得脸色都变了。高大龙一句话都没说，走到孟波跟前上去就是一拳。孟波没有防备，刚站起来，又一下子跌坐在沙发里。等他想站起来还手时，孟兰和刘桂花已经隔在了两个人中间。

孟兰冲高大龙发火了："你多大年纪了，还这么冲动？事情没弄清楚就打人？"

高大龙说："你弟弟打人你就看不见？你看看桂花，被他打成什么样了？有事说事，打人能解决问题啊？"

刘桂花说："大姐大姐夫，我和小波刚才是一场误会，是我没把话说明白。现在没事儿了。"

孟波说："有事！现在当着大伙的面，把你的那些风流史讲出来，别想蒙混过关。"

刘桂花说："小波，我真的没骗你！崔大刚这是头一次来咱家。老崔好好的一个人，跟爸吵了一架就气成那样了，他老婆又经常犯精神病。妈也气坏了，总是跟爸吵架。前儿天听爸说，大刚在路上碰到他了，把他骂了一顿还差点儿打人。本来大姐夫是一片孝心，给爸找了这份活儿，可出了事儿以后，大姐和大姐夫也闹不和气。这个家都快乱套了，我心里挺着急的。今天刚好在路上遇到了崔大刚，我就想跟他说说这件事儿。崔大刚以前上中学的时候打架就出名，我真怕他那虎了吧唧的性子一上来，再闹出点儿什么事儿来。我想在家里说话方便些，就让他到家里坐坐，他还不想来呢！"

孟兰说："小波，你怎么能这样说桂花？你的工作单位离家那么老远，一出去就是一个星期，家里大活儿小活儿都是桂花一个人顶着，孩子又小，她多不容易啊！这件事儿上，就是你不对。"

孟波自知理亏，但仍然不肯认错，看着刘桂花说："我就相信你一次。不过我警告你，要是再有下次的话，别怪我翻脸不认人，你们娘俩，我一个都不留！"

高大龙说："你学着说点儿人话行不行？就你，还娘俩一个都不留？要不是家里给你找了这份工作，你能干啥？大事儿做不来，小事儿又不做。"

孟波说："你说谁呢？你算老几？"

高大龙说："我算老几？我就是老大。以后你再敢拿她们娘俩发邪火，看我怎么收拾你。你再跟我横一个看看？"

孟波的声音低了下去："要不是看我大姐的面子，我……你自己的事儿都没整明白，还来教训我。"

"我啥事儿没整明白？"

"铁子他们差点儿要了你的命，你咋不敢较真儿呢？"

"铁子，你咋知道的？"

孟波从兜里掏出三百块摔到桌上："钱都给你要回来了！"

孟波讲完了事情的经过，故意卖起了关子："而且，我还知道谁是幕后主谋，说出来吓你们一跳。"

孟兰急忙问："谁呀？你快说。我去公安局报案，让他坐牢。"

高大龙一摆手："小波，你不用说了。这件事儿我比你更清楚，而且，我早就知道了。"

这回轮到孟波吃惊了，他不太相信似的看着高大龙："你真知道？既然知道，你咋就这么忍了？你年轻的时候也是武林高手，打架出名。"

孟兰说："你清楚啥呀？快点儿说呀。"

高大龙说："事情都过去一两年了，说它没用。和为贵，这件事儿到此为止，你们谁也不要再提了。桂花，走，去你家菜园子里摘点儿菜。"

孟兰拉住了孟波："你给我说说，到底咋回事儿？谁是幕后主谋？"

高大龙冲孟波瞪起了眼睛："欠揍，是不是？"

孟波只得改口，说："就是……铁子是主谋。其他的，我也不知道，是我一时生气，瞎说的。"

高大龙和孟兰出门时，刘桂花拿着三百块钱追了出来："大姐夫，钱。"

高大龙回头说："不要了，给小波当奖金了。"

走在路上，孟兰问："大龙，你是不是有事瞒着我？"

高大龙说："我瞒你干啥？跟那些地痞流氓有什么道理好讲？咱惹不起，过去就算了！"

6

听说孟波打了刘桂花，李秀云立刻压不住火了。她让孟焱陪她去孟波家，临出门时带上了扫床的小笤帚。

孟焱说："事情都过去多少天了，人家早没事儿了。你带笤帚干啥呀？你要去给人家打扫卫生啊？"

"我给小波的脑袋打打扫扫卫生。"

"我就知道没好事儿。你从我大姐那儿知道小波他们两口子打架，却拉着我去小波家教训人。净让我去做这得罪人的角儿，你是不是以为我缺心眼儿呀？"

"不找你找谁？我还能去深圳把小亚拉回来？你大姐哪有你能说会道？小涛更是甜酸不管，小波家的事儿他躲起来都嫌慢呢！"

"现在夸我能说会道，不嫌我是'话痨'了？你去小波家，应该是息事宁人，可别火上浇油啊！"

李秀云腋下夹着小笤帚，闷头走路。孟焱穿着高跟鞋在后面紧追慢赶："老当益壮，走路还挺快呢。"

孟兰怕母亲生气，事情过去一个星期了，才告诉她这件事儿。一个星期的时间，刘桂花脸上的淤青已经基本消散，而小两口的关系比刘桂花身上的伤恢复得还快。李秀云进门时，两个人正有说有笑的。见到母亲来了，孟波摆出一副惊讶的表情："这老人家，咋神仙下凡了呢？"

李秀云一眼就看清楚了刘桂花的那张花脸，她二话不说，举起小笤帚就朝孟波的身上抡去。孟焱也是有备而来，及时伸出手拦住了母亲。被吓了一跳的刘桂花醒过神来，也一步跨了过来。

孟波坐在沙发上，动都没动一下："咋都这样呢？进门就冲我来？我大姐夫是用拳头，到你这儿升级了，带着兵器来的。"

有孟焱和刘桂花拉着，李秀云根本就打不着孟波，但看她生气的样子是真想打儿子几下。

孟波说："妈，你歇歇吧，这么大岁数了。把你累坏了，把我打坏了，那都得花医药费。咱们现在最缺的就是钱，别浪费人民币了！"

李秀云说："你还知道浪费？你一天到晚工作上不上心，喝酒、抽烟、打麻将样样精通，现在还学会打老婆了。'打人不打脸，骂人不揭短'，你让她咋见人？"

孟波说："她上班儿可以戴口罩，就说感冒了。"

李秀云更生气了："你把她打成这样，还让她上班儿？这么大热的天儿有戴口罩的吗？那饭店的人还不都给吓跑了？你说得多简单多轻松，把打老婆当成家常便饭了。我今天来，就是专门来治你这个坏毛病的。"

刘桂花把李秀云扶到一把椅子上坐下："妈，您别生气了。小波都向我保证了，他以后再也不打我了。"

孟波说："一把破笤帚疙瘩就能把我治了？小心把你那'传家宝'打烂了，我可没钱赔你那破玩意儿。"

李秀云说："你一年到头让我操了多少心？"

孟波说："我让你操啥心了？我住这儿一年多了，你总共才来了两次。"

孟焱说："你知道妈不爱串门子。我搬楼上都好几年了，她才去过一次。这几家，谁家她都很少去。"

孟波说："很少去，心里有就行呗，可谁管过我是死是活？"

孟焱说："小波，你这样说话就不对了。俗话说，'父母疼老根儿'，咱家让爸妈操心最多的就是你。"

孟波说："我让他们操啥心了？不就是安排了个破工作吗？孟涛的工作也是你们给安排的，人家坐机关当干部。他不是'老根儿'，他结婚比我好多少？是，他也争气，给你们生了个传宗接代的，我生了个丫头片子，只能自认倒霉。"

孟焱说："妈最喜欢你们生女孩了，这不是孙子孙女都齐全了吗？可心！"

李秀云说："小涛在外面不招灾不惹祸，在家不打老婆，就是比你强。你是破罐子破摔。"

孟波被母亲这句话惹火了："他强，那是你们偏心。我就破罐子破摔了，你们以后不要再登我的门。老婆孩子是我自己的，我愿意打就打，你们管不着！"

李秀云再次举起了笤帚，指着孟波说："你再说一遍？"

"我就说了。一把破笤帚吓唬谁呀，你拿刀来我都不怕！"

李秀云当真就站起身往厨房冲："我还真就拿刀了，我看你怕不怕！"

孟焱和刘桂花用力拦住李秀云。"你们别拦着我。我剁了他，省得以后跟他有操不完的心！"李秀云眼睛都快充血了。

孟焱说："妈，来时不是说好了嘛！咱们来，是帮着解决矛盾的，不能火上浇油啊！"她又转向孟波，"小波，你这样说话就太让妈伤心了。妈当初说拿一万块钱帮你们买楼，后来你们买了平房，用不到这笔钱，妈这钱就没敢往出拿，怕你打麻将输了。今天妈又把这笔钱给你们送来了。小波，你就认个错吧，别再惹妈生气了！"

孟波一下子没了脾气，立马说："妈，我错了。我向你保证，以后再不打老婆了，不惹你生气了。"

李秀云挣脱孟焱的手："你松开。"

孟焱说："小波都认错了，你……行了吧。"

李秀云说："我上厕所。"

不一会儿，李秀云拿着个手绢包回来了："桂花，这钱你一会儿就去银行存好，别给小波保管。"

刘桂花说："谢谢妈！您别看小波嘴硬，其实他是刀子嘴豆腐心，他平时对我挺好的。都说年轻气盛，过几年岁数大了就好了！"

李秀云抹起了眼泪："我跟你爸这一辈子，就是吵着打着过来的，也没给孩子做个好榜样。"

孟焱急忙碰碰母亲："男男放学了，我得去接孩子了。妈，要不，你自己再坐一会儿？"

李秀云站起身说："我也回去。出来这么半天，这都浪费时间了。"

刘桂花早摘回了两塑料袋菜，说："妈，二姐，一家一份，吃完了再来拿。"

李秀云和孟焱拎着菜刚要出门，孟波拿着笤帚追出来："妈，你的宝贝。"

李秀云接过笤帚说："差点儿忘了。"

孟波说："要不，就放在这儿吧。下次再想打我，你人直接过来就行了。"

李秀云说："那不行，我家里还得用它扫床呢。"

反身回屋，孟波把手伸到刘桂花的面前。

"干啥？"刘桂花明知故问。

"给我点儿钱。"

"妈说了……"

"少给点儿，我没烟抽了。"

刘桂花进了里屋，出来时手上拿着三百块钱："我知道，男人兜里没钱有时候很丢面子，可你不能乱花钱啊。"

"你看，我们家人对你多好，个个都向着你。"

"谁都比你对我好。"

往回走的路上，孟焱说："真后悔陪你跑这一趟。"

李秀云说："后啥悔？你也没得罪人哪。"

孟焱说："小波那性格，变化无常的。桂花的脸还没好呢，两个人倒和好了。我掺和人家的事儿，多余！说不定哪天不高兴了，小波又挑我理儿。"

李秀云说："我看你事儿也不少，净瞎琢磨。你要是不配合我，我是演黑脸还是演红脸？"

孟焱说："这出戏虽然唱完了，可你家这'老疙瘩'呀，说不定哪天再整出个花脸儿来呢。"

李秀云说："他敢！这个家只要我还在，我就不信他能反了天。"

第八章

1

来深圳不到一个月，孟亚就和保姆宋姨吵了一架，把孟美和麦建伟从睡梦中吵醒了。

孟美告诉过宋姨，桶里的脏水要及时倒掉，放久了不但气味不好，还容易招蚊子。孟美家住的公房是老房子，洗菜池的下水道不太通畅。为了减少堵塞的发生，厨房里准备了一只装脏水的塑料桶，直接把脏水倒进卫生间的坐便里。由于洗漱池也在厨房里，为了避开洗漱高峰，孟亚每天都比姐姐姐夫起得早。孟亚把时间抓得很紧，每天都是早起晚睡看书学习，还要给孟美校对诗稿。孟亚观察了多日，发现老保姆干活儿并不积极主动，塑料桶里的脏水已经满满的了，她就是不愿意往洗手间里拎。刚开始的几天，孟亚还帮着她倒了几次桶，但宋姨好像习惯了等着孟亚给她当助手似的。孟亚实在看不下去了，这天早晨就对宋姨说："把那桶脏水倒了。"

宋姨一下子就火了："你有什么资格支使我？"

宋姨眼睛瞪得大大的，凶巴巴的样子把孟亚吓了一跳，她随即也火了："天天早晨满满一桶水，我都替你倒了好几次了，你怎么一点儿都不自觉？"

"我不自觉还是你不自觉？我是你姐请的保姆，不是你请的保姆。你的衣服我洗没洗？我做的饭你吃没吃？你还想欺负人哪，没门儿！"

孟亚终于弄明白了，宋姨的意思是：我的工资不是你孟亚开的，你没资格享受我的服务。

孟亚绝对没有想到宋姨会跟她吵架，是自己千里迢迢把她带到南方，给她找了一个好雇主，吃住全包一个月开几百块钱的工资。而且，孟美家的家务活儿也不多。镇政府有职工饭堂，领导们都是一边吃饭一边谈工作，一举两得。如果晚上麦建伟也不回来吃饭的话，孟美就会打电话告诉宋姨，饭菜做得简单点儿。来了快一个月了，老保姆已经开始变白变胖了。

两个人你一句我一句越吵声音越高，直到孟美穿着睡衣跑进了厨房："这一大早的，吵什么呀？"

宋姨理直气壮地把事情经过讲了一遍，说："我这不是忙得没倒出工夫来吗？倒水我还不知道吗？还用她告诉我？你们两口子都没说我什么，她倒嫌我这不对那不对的。我受不了这种窝囊气！"

孟亚说："受不了你就回东北！"

老保姆的声音又提高了："回东北咋的？我还真想回去呢！"

孟美说："建伟昨晚半夜才回来，一大早就让你们给吵醒了。都别说了！"

过了两天，刚好是星期六，孟美找宋姨谈话。孟美说："你不是想回东北吗？那你明天就走吧，我找人给你买火车票。"

宋姨没想到，事情过去两天了，原本以为没事儿了，可孟美却突然开始反攻倒算了。宋姨当即有点儿傻了，害怕孟美真的撵她走，有点儿要哭的样子，说："我老伴儿死了好几年了，他活着的时候对我一点儿都不好，经常打我，我现在身上还有疤。我三个儿子，日子过得都不咋的，我谁也指望不上。我来你家当保姆，就想多干几年，趁着还能干动，攒点儿养老钱。我那天说的……是……气话。"

孟美说："我都舍不得跟我妹妹发脾气，你早上睁开眼睛就那么大的嗓门跟她吵，我家不兴这个。她在我家住，就是这个家庭的成员，她也有权利享受你的服务。洗衣服用洗衣机，你也就是放点儿洗衣粉按一下开关。你做的是大锅饭菜，没有给她单独开小灶。你要是觉得委屈，你就回东北。现在我把我的态度告诉你，你走我不留你，你留我不撵你。给你一个星期时间，你好好考虑一下。"

宋姨说："其实，活儿干不好，我自己心里都不得劲儿。我年纪大了，眼神儿也不好，南方的蚂蚁多，又小得跟啥似的，汤里有菜里有，我也看不清。"

孟美说："就是。我知道你眼神儿不好，不是粗心大意，所以我才没说什么。你知道我的性格，我还没这样将就过谁呢。你这么大岁数了，要是做得好，我给你养老送终都行。"

宋姨笑了："哎呀小美，我一定好好干！"

事儿后孟美对孟亚说："其实老太太不想走，我就给她个台阶下。"

孟亚说："不劳动者不得食，我现在吃的是'嗟来之食'。"

孟美说："你现在是养精蓄锐。我的妹妹我都舍不得说一句，她胆儿可真不小。"

到了星期天，麦闯回来了，说想去市里吃麦当劳。麦建伟说他正好要去市里看朋友。孟亚原想在家里看书，孟美说："你还没吃过麦当劳呢，一块儿去吧！"

他们上午去了市里，直到晚上九点多钟才回到家。中午是麦建伟的朋友请吃饭，吃的是蘑菇火锅宴。吃鸡鱼肉蛋属于小康水平，而享受几十种野山菌与现代烹饪技术的结合，就接近大康水平了。晚上吃的麦当劳，一个鸡翅膀根，比大拇指粗一点儿，价格七块钱，吃得孟亚的喉咙都快痉挛了。而孟美买玉米时，孟亚的痉挛上升到了瘫痪的程度。麦当劳店有玉米卖，孟美说买四只，服务小姐报价"二十八块"。

孟美也没想到一根玉米要七块钱，说："这么贵啊？天啊，太吓人了！"

服务小姐说："这是美国玉米。"

孟亚手里拿着玉米左看右看。孟美说："看啥呀，咋不吃呢？"

孟亚说："这哪里是玉米，简直就是金子！一粒粒玉米就是一颗颗金豆子！"

可麦建伟对"金豆子"并不稀罕，他说饱了他那只吃不下。回到家里，孟美把玉米放进冰箱的保鲜格，之后便忘了这回事儿。两个星期后，昂贵的美国金粒玉米，变成了中国的"白毛仙姑"。

后来孟美又带着麦闯和孟亚去了几趟市里的超市。麦闯提出要吃各种果冻，孟美就买了一大堆，专拣贵的买，说："贵的味道好，质量也有保证。"麦闯指着那些虾片、薯条、饮料等，孟美也是有求必应。孟美还买了一些生活用品。眨眼之间，上千块钱就花出去了，手里的大包小包层层叠叠。跟在后面的孟亚处于失语状态，但她的心里却是翻江倒海，她想起了女儿。飞飞最幸福的时刻，就是买一根五毛钱的冰棍边走边吃。

孟亚从东北来深圳的时候，随身带了两本法律汇编，厚重得跟两块红砖似的。每天除了熟悉法律法规，死记硬背那些条条框框，还得帮着孟美校对诗稿。其实孟亚觉得自己跟三姐的文风完全不同，她既没能力也没心思"修改"这些诗。以孟美的诗《为什么不呢》为例：

风和树在细语

花和叶在呢喃

蝉和夏夜在倾诉

我们

为什么不呢

云吻着月亮

风抚着春江

蜂吮着花香

我们

为什么不呢

鱼儿在水中同游

蝶儿在阳光下共舞

鸟儿在双栖双飞

我们

为什么不呢

走马观花地翻看着诗集《让风吹过来》，孟亚的心里像飘起了一只风筝，摇摇晃晃地无法稳定下来。孟美情思如涌、文采飞扬的诗句，构建的是一个明亮、热烈、浪漫、俊雅的世界。她的精神家园精致而细腻，似乎每一场风雨每一次花开，都会被她纤毫毕现地描绘在闪着荧光的岁月粉墙上。而对比之下，一个是风花雪月，另一个是刀光剑影。孟亚活得囫囵吞枣、粗枝大叶，正如她在北方时发表的一篇散文《人过三十语无细》。

三个月的时间里，孟亚身上没有一把钥匙。没有哪一栋房子、哪一个办公室、哪一个抽屉属于她，钥匙从何而来？有一天孟亚突然意识到，现在的她几乎一无所有。

2

三个月后，孟亚"出山"了。

第一份工作是在市里的一家培训机构做文员。培训机构挂靠教育部门，实际上是私人办学，举办长期和短期英语培训班，教师是外教或者留过学的"内教"。这份工作是孟美找老乡给安排的，包住不包吃，每月工资底薪八百块。"工资是低了点儿，但是在市里你接触的人多，能力水平提高得快。"孟美说。孟亚也是抱着锻炼和学习的心态去的，她喜欢英语，想借此提高一下。

来深圳前后的一段时间里，孟亚并没有关于就业方面的具体想法和收入要求，甚至可以说，能找到工作就是她唯一的要求。只是两个月工作期间，她搬了三次家。有一次搬家时，雇请的民工用三轮车拉着她的行李和电视等物品，在深圳市的嘉宾路上一溜烟儿就没了踪影。孟亚一路小跑往新宿舍赶，心里七上八下的。到了地点，搬家工人没好气地嫌她太慢，可她却一点儿都不生气——见到自己的物品一样不少，像捡了大便宜似的，只剩下高兴了。

坐在烟雾弥漫脏水横流的小巷里，跟民工一样的人挤在一起吃盒饭，一天至少十二块饭钱。有一次孟亚嫌五块钱的盒饭太贵，就在宿舍泡了一包方便面，可吃了一半儿就吃不下了，又舍不得把剩下的倒掉，想留到晚上吃。可到了晚上一看，上面有一层小黑点儿，原来是被撑死或者淹死的蚂蚁。把方便面加了一下温，孟亚一边吃一边数蚂蚁。还有，十来个男男女女分居在各个房间，但厕所只有一个。没有热水器，每个人晚上都用电热器烧水，一桶水至少得烧一个小时，才能到三十多度。用电还得排号，大家同时烧水保险丝就会断。

第二个月月底的时候，在一家冰激凌店里，看着对面的小女人——自己的小上司，品尝着冰冰凉的甜品，孟亚结束了在深圳的第一次打工经历。两个月的工作时间，尽管报名参加培训的学员陆陆续续，但始终用不上"生意兴隆"这四个字。老板聘请的负责人是一个刚到三十岁的小女人。老板也是一个工于心计的人，为了刺激几名员工的积极性，机构规定了底薪加提成的报酬方式，凡经手办理学员入学手续的员工，有二十块钱的提成。有一个学员先后打了两次电话，孟亚接电话在先，小女人接电话在后。这名学员亲自来报名了，本该休息在家的小女人突然过来了。为了二十块钱，小女人把一岁的孩子丢在家里，步行近一个多小时来到机构。二十块钱拿到手后，小女人一分钟都没有停留就走人了，留给孟亚的只有目瞪口呆。

孟亚要离开培训机构前，小女人说："出去坐坐吧。"两个人就去了附近的一家冷饮店。孟亚随便说了一句"我请客"，小女人就再没有反应。孟亚要了两杯冰激凌，一杯六块五毛，把孟亚心疼得恨不得把杯子也吃掉。

小女人一口一口地吃着冰激凌，说话却没耽搁："小孟，你这种性格，得改！"

孟亚比小女人年龄大，但小女人一直叫她"小孟"。尽管心里很反感小女人在她面前装"大姐大"，但孟亚却说不出来什么。

小女人说："我来深圳六年了。刚来的那几年，一直想混出个模样来。有一次我出去跑了一趟业务，为了省两块钱的公交车票钱，我决定一路走回我住的地方。我整整走了四个小时，到宿舍的时候，已经差不多半夜了。当时看到一家家的灯光，我就想，什么时候有一个亮灯的窗口属于我。就在那一年，我结婚了，找了一个广东老公。我的女儿现在才一岁多，可爱情却没有了。我老公外面的女人多的是，回家倒像是住旅店。从怀孕到生育，我已经两年没工作了。我的青春给了深圳，可深圳给了我什么？"

"那你后悔来深圳吗？"

"后悔没用，只是伤心。小孟，你的性格得改！你在这儿工作两个月了，我没怎么说过你吧？但你以后要想在深圳混下去，一定得改！我觉得你的性格比较犟，不让人说。"

孟亚的心里简直气炸了，她很想说："我觉得你才是这样。你不只是犟，还又霸道又自私！"

小女人把一大杯冷饮吃了个精光，孟亚却只吃了几口。与这种女人在一起，孟亚实在没胃口。

孟亚很快就找到了第二份工作，在一家家私公司做老板助理，月工资一千七百块。工作是孟美的一个朋友给联系的。这个时候，孟亚对工资标准有了自己的想法，她的要求是一千五足矣。一千七百块的标准已经超过了她的期望值，所以接受起来相当愉快。

让孟亚难以适应的是公司的工作时间。这是一家外资公司，股东有五个人，也就是五个老板。这几个老板有一个共同点，都是典型的"拼命三郎"，中午边吃饭边商量工作，根本没有午休的习惯。工人的工作时间是这样的：上午7：30—12：00；下午13：00—18：00。晚上有时还要加班儿：19：30—22：00。每周工作六天。

公司离孟美家有大约十八分钟的路程，这是指疾步飞奔。最紧张的是中午，只有一个小时的休息时间。从公司走到家，吃完饭再返回公司，路上就得半个多小时。如果回到家饭菜还没做好，时间就根本不够用了。孟亚刚上班儿的时候，孟美就郑重地告诉过宋姨："中午早点儿做饭，让小亚到家就吃饭，不用等我们。"

天天像机器人一样疲于奔命，孟亚感到有点儿力不从心。特别是她有午睡的习惯，这是在北方机关上班儿养成的。现在中午有时候能躺五分钟，更多的时候放下筷子就得冲出家门，整个儿下午人就像患了感冒一样，头昏脑涨浑身发热。几天后，不知孟美从哪儿弄回了一辆自行车，使孟亚在时间上比以前稍稍从容了一些，但也只是不必再拼命赶路而已。

公司的家私全部用于出口。公司使用的文字除了英文之外，就是汉字——一律是繁体字。好在孟亚早些年有兴致学过繁体字，但大体上也只是停留在会认不会写的水平。而公司的办公软件也不是word文档和五笔字型，是一种从来没有听过的仓颉输入法，孟亚的手指如同中风病人似的，半天也落不到键盘上。一向以学习为乐事儿和易事儿的孟亚，此时有了惊慌失措的感觉。好在孟亚的老板是公司的四把手，这个香港老板很和气，说话时习惯使用"啊哈哈"的口头禅，好像生来就不会发脾气似的。虽然两个人就坐对面桌，但老板不会像督察一样盯着她干活儿。但孟亚照旧会心发慌手发抖，时不时地找个借口跑到楼下一文员的办公室，向她请教电脑操作方法。

第一次给老板冲咖啡的时候，孟亚端着小瓷杯接热水器里的水，由于开关没有控制好，褐色的咖啡溢到地面上。看着脏杯子和脏地面，孟亚又尴尬又慌乱，不知是先擦杯子，还是先擦地面，一时间手忙脚乱。

做了不到一个月的时候，孟亚已经有了一种强烈认识，这家公司不是自己的久留之地。工作之余，孟亚就在车间里来回地走，不是检查而是参观。听着叮叮当当的声音，看着工人们熟练有序地完成着各自的工作任务——制作沙发需要很多材料，包括进口皮料、国产海绵和木料，还有好多的螺丝钉、螺丝帽等。要经过很多道工序，最后报关运出国门漂洋过海，摆在美国人或者新加坡人的别墅里或者民房里。看着那些款式多样、颜色各异的沙发，一个念头经常在孟亚的脑子里钻来钻去，不停地向她索要答案：这跟我有什么关系吗？没有。我喜欢这种工作吗？不喜欢。

让孟亚深有感触的还有另外一件事儿。孟亚来家私公司工作的时候，恰好是在年底，按照公司的惯例，春节前员工们是有红包可以领的，公司的效益不错，员工们的待遇也不错，一般的工人可以拿到相当于一倍工资的红包，也就是通常讲的"双粮"。据说管理层的"白领"们可以拿到两三千块的红包。孟亚想：我是谁？老板助理。公司里除了老板，谁的级别最高？当然是老板助理。带着这种优越感，孟亚喜滋滋地接过了财务人员递过来的红包后，快步走回了办公室。刚好老板去了车间，孟亚打开红包一看，里面那张人民币上是青灰色的图案：十块。刚才还十分兴奋，一下子变得非常扫兴，孟亚的耳边儿突然响起一个声音：这里不是你东北老家，这里没有"大锅饭"。孟亚吓了一跳，回头看看，老板根本没有回来。可孟亚分明感觉这句话是老板冲她吼出来的，她的脸腾的一下烧红了。

3

对家私公司做老板助理这份工作渐生排斥感的同时，孟亚也不想在姐姐家再住下去了。孟亚每天起早贪黑紧追快赶的工作时间，让保姆也得跟着紧一阵急一阵。本来两个人之间就发生过不愉快，现在老保姆更觉得自己亏了。尽管她按时为孟亚做饭，没有一句话，但脸上的不高兴非常明显。孟亚跟孟美提出来给宋姨加薪，钱由她来支付，可孟美不同意："我和你姐夫在家吃饭的时候不多，家里根本就没有多少活儿。她要是不愿意干就算了，不能这样惯着她。"

在市里培训机构工作的时候，孟亚去过深圳市人才大市场，试着投过几次应聘简历，全都是泥牛入海。现在，孟亚觉得自己应该出去再找找机会。在一个难得的星期天休息日，孟亚跟孟美说要去人才大市场。孟美说她和麦建伟要去市里办事，正好开车带她一起去。

到了宝安北路，麦建伟在楼下看车，孟美说陪孟亚上去看看。刚上到五楼，一股热浪就迎面扑来。偌大的招聘市场，一家家招聘台紧密衔接，一排又一排，每个招聘台前都挤得水泄不通。

孟美捂着鼻子说："这气味儿，太难闻了！你来过几次呀？"

"来过四五次了。"

"受不了了！我看这样应聘不行。你要是不愿意在家私公司做，我和你姐夫找找关系，再联系联系其他单位看看。"

"你们先去办事，我再转转。"

孟美走后，孟亚去了洗手间。只有一泡尿，她却换了三个洗手间——她被厕所门上的文字吸引了——"我来深圳已经三个月了，这是我第十五次到人才大市场，可我还是没有找到工作。路在何方？""风萧萧兮易水寒，壮士一去兮不复还。坚持！一定要坚持！""妈妈，这个冬天真冷啊，我想……回家！"……每个厕所门的里侧都写满了字，尽管字体不同颜色不同，但都写得清晰而漂亮，看得出作者都是读书之人。排队等着上厕所的人越来越多，孟亚已经感受到了异样的目光，她只好选择离开，但内心里却是汹涌澎湃。

在那个室内的电子大屏幕前，在眼花缭乱的滚动式招聘广告中间，孟亚终于大浪淘沙地盯住了一则广告：S系统招聘办公室文秘，要求具有较强的文字功底，会操作电脑，年龄在三十五岁以下，性别不限，籍贯不限。

孟亚记下了单位地址，当天就把应聘材料寄了过去。第二天，有电话通知她三天后去某地进行考试。孟美不相信这种事儿，说："这种招聘都是骗人的。"麦建伟也说："这么好的单位，没有关系进不去。"

孟亚说："他们在人才大市场登的广告，不是街头地摊儿上的小广告。文字秘书是个苦差事，好人不想做，赖人做不来，所以他们才想从外面招聘。"

前去应聘的一共有七个人，其中四人被录取了，被分配到各个镇上的基层分局。孟亚是其中之一，而且是成绩最好的一个。考试内容是去基层单位先听汇报，然后当场写一份三千字的经验材料。会议室的一张大会议桌上，摆了几盘水果，每盘水果旁都摆着精致的盒装面巾纸。洗手间里也配有成卷的纸。这种工作环境，让刚刚离开北方不久的孟亚产生了强烈的反差感。"深圳，真的是太好了！"她在心里对自己说。

在孟亚决定到新单位报到前，麦建伟找了一个朋友，带着她去见了那个单位负责人事的科长。科长说："文秘工作挺辛苦的，工资也不高，一个月才两千块钱。你自己考虑好。"

两千块钱的月工资标准让孟亚心中一喜，但更刺激她神经的是科长用的那个"才"字。孟亚后来才体会到那个"才"字背后的含义和价值。

在接下来的一年时间里，孟亚的工作能力和敬业精神，受到了单位上上下下的一致肯定。刚到单位一个月的时候，她参加了系统组织的一次业务考试，以前从来没有接触过财税业务，仅靠看了几天书，孟亚的成绩竟然在几十名员工中名列前茅。从来不轻易表扬人的局长对孟亚说："你是怎么学的？跟大家分享分享经验。"

后来孟亚理解了局长的话。局里的员工中有一半儿是公务员，另一半儿就是像她这样聘用进来的。公务员几乎是清一色的广东人。有人到了单位以后，有事不做却玩电脑打游戏。还有人一参加业务学习就开始犯迷糊，东倒西歪地想睡觉。

孟亚还看到了公务员们每月去财务室领钱的频率和钱币的厚度。相比之下，她的收入只有那些人的四分之一或者五分之一，工作的辛苦程度却反而加倍。这就是当初人事科科长那个"才"字的由来，也是单位要到人才大市场招聘文秘的原因。

有一次，星期五下午下班儿的时候，局长交代孟亚写一份经验材料，要求星期一必须拿出来。当时孟亚刚好病着，星期六单位饭堂也关了门没饭吃。孟亚坐在电脑前绞尽脑汁地敲着键盘，喉咙痛得连唾液都不敢咽，肚子饿得咕咕叫个不停。星期天下午写完材料后，孟亚去了医院，准备打点滴，医生给她开了葡萄糖液体和青霉素。

孟亚每个星期天都给丈夫和女儿打电话，地点就在单位门口的电话亭。孟亚每次都说"情况良好"，而家里传来的信息也是"一切正常"。站在电话亭旁，看着公路上飞驰而过的各种车辆，看着操各种方言来来往往的行人，孟亚的眼神里充满了茫然和不安，她感觉自己像一只飞在海面上的蝴蝶，用力飞了很久却无处可以落下安身。

北方的孟焱沉不住气了，有一次在电话中对孟亚说："你们一家三口就这么东一下西一下的，你去南京上学分开两年，现在去深圳又一年了，啥时候是个头啊？"

"我哪知道？"

"丈夫丈夫不管，孩子孩子不管，我总觉得这样下去不是个事儿。你现在的工作不好干，又没啥前途，回来算了。"

"那怎么可能呢？我出来就没有回去的打算，就算是要饭我都要在深圳待下去。"

孟焱叹了一口气说："我也知道你不可能回来，可我……真是有点儿担心……"

"你又杞人忧天了？想那么多干啥，有用吗？"

"咋没有用呢，防患于未然嘛。"

"防啥患哪？"

孟焱支支吾吾地说："还防啥患？你没想法，别人呢……"

"你怕志平搞出婚外情来呀？"

"就算他不是这种人，架不住身边儿有这样的女人。"

"咋的，你发现啥苗头了？"

孟焱支吾了一阵，说："……那倒没有。就是担心呗，有时候都睡不着觉。"

"我都没睡不着，你有啥睡不着的？'天要下雨，娘要嫁人'，志平要是真有什么问题，我也不想理那么多。"

"就是你这种大大咧咧的性格，我才不放心。两口子过日子，有些事儿是不能马虎的……"

孟亚笑了，说："让你这样一说，好像我和志平要离婚了似的。你这是吓唬我，还是吓唬你自己啊？"

孟焱也笑了，说："我是好想事，都想出白头发来了。"

"别想了。就是志平真的有事，那也是一时的偶然的，我也能理解。"

"哎呀妈呀，深圳真是那种地方？你才去一年，就学得这么开放了？"

"我这不是开放，是开明，是超脱。我原来也以为深圳就是中国的一个大红灯区，人跟人之间想怎么随便就怎么随便。其实根本不是这样，这里好多人都正经着呢，比北方人还正经。"

4

一个基层单位，连临时工都包括在内也不过三十几名员工，却有八九辆公车。孟亚不由得想到了北方的原单位，两边儿根本就没得比。越是不能比，比较的念头就越强烈。深圳的富裕和深圳行政机关员工的待遇，让南下不久却换了几份工作的孟亚患上了"脑震荡"。

单位有一个姓艾的年轻公务员，是个退伍兵，说年轻也二十六七岁了。小伙子长得白皙英俊，只是个子稍矮些，一米六五左右。小艾的性格非常好，见人时微笑在前说话在后。认识小艾不久，孟亚就有了一个想法，想把自己的外甥女小雪介绍给他。

小艾参加工作时间不长，他说当兵把找对象给耽误了，所以处理个人问题成了他目前的头等大事儿。孟亚把外甥女的情况讲了一下，小艾露出一口洁白的牙齿，温和地笑着说："可以呀！"

孟亚说："那你能不能准备两张照片，我邮回去给他们看看。"

小艾微笑的表情依旧："可以呀！"

第二天一上班儿，小艾就给孟亚送来了照片，一张旅游时的全身照，一张照相馆里拍的半身照。这两张照片让孟亚对小艾增加了两点认识：一是话语不多的小艾心很细；二是小艾确实急着找女朋友。孟亚心底里稍有遗憾的是，小艾的业务能力一般，不是单位的业务骨干。但想想自己的外甥女也只是个自费的大学生，如果能够借助婚姻的机缘，在环境优美、生活富裕的南方落地生根，这是一件皆大欢喜的好事儿。孟亚把自己的想法跟三姐孟美讲了，孟美表示全力支持："我原来就想通过这种方式把小雪弄到深圳来，现在如果有合适的，你就抓紧时间办吧，别错过机会。"

孟亚当天就用挂号信把照片寄回了北方，收件人是孟涛。孟兰说自己单位人多手杂，担心收不到。过了一个星期，孟亚往回打电话，孟涛说没收到。又过了一个星期，还是没收到。不得已，孟亚只得对小艾实话实说。但孟亚对小艾也有所补偿，她让孟兰先把小雪的照片寄过来一张。小艾看了小雪的照片后，说了一句"可以呀"，当时就跑回宿舍拿照片去了。看着小艾往宿舍小跑的背影，一种成功的幸福感漫上了孟亚的心头。

第二次邮件是寄给孟兰的，这次收到了。孟兰打电话说："小伙子挺精神的，一看性格就挺好，我和你姐夫都没意见！"

高大龙在电话旁边儿大声说："人家是公务员，一个月挣那么多钱，能看上咱们吗？"

孟亚听见了，说："小雪的情况我都跟小艾介绍清楚了，照片也看过了，他挺满意的。小艾前几天还买了一辆小轿车。单位的公务员，结婚就有房子分。"

孟兰说："条件真挺好的！等小雪回来，我就跟她说。"

孟亚说："快放暑假了。要不，等小雪回来，让她来深圳吧，玩一玩，看一看。"

孟兰很高兴："行行行。"

暑期很快就到了。这段时间里，孟兰和高大龙憧憬着女儿南下远嫁的美景，两个人的心情非常好。高大龙说："真是两全其美，有了深圳这边儿的好事儿，林浩那小子就别做梦了！"

孟兰说："到底是自己的外甥女，深圳这两个姨真是上心！有车有房又是公务员，以后啥都不用愁了。哪像我，跟你过了这么多年苦日子，越过越穷。"

高大龙听了孟兰的话，不但不生气，反倒像受到了夸奖似的十分高兴，说："就是。现在还下岗了呢，连工作都没有了。你闺女要是去了深圳，以后你也跟着享福了。"

"那你别去啊！是我妹妹给找的对象，你别跟着借光！"

"我为啥不去呀？你妹妹还是我小姨子呢！要是我这个姐夫不好，她们能这么积极地帮咱们？"

"说你胖，你还喘上了。王婆卖瓜，自卖自夸。"

"那咋的？你三妹妹在家时间短，还没处出啥感情来。你老妹妹就不一样了，咱两家多对撇子呀！咱俩结婚没几年，就自己盖起了一栋房子，把你累得直哭。后来你看小亚没房子住，就说西头不出租了给他们住，我二话没说就同意了。后来西头卖给他们了，还便宜他们好几千块钱。那时候的钱多实啊！志平那性格，虽然有点儿蔫，可心里有数。"

"行了，别捯饬自己那点儿好处了。"

"我没啥，主要是你的成绩和功劳。"

头天晚上夫妻两个兴奋地说了大半夜的话，可第二天中午的时候，高大龙却摔了正在炒菜的锅，鸡蛋炒蒜薹在厨房的地板砖上八面开花。

小雪回来了，而且把林浩带回来了。

小雪知道爸妈不同意她和林浩的事儿，虽然决定和林浩一起回来，但她还是有所顾忌，没有让林浩直接进家门，而是先把他安排在了奶奶家。小雪的爷爷去世十多年了，奶奶先是跟着老儿子一起生活，后来说习惯自己过，就单独顶起了门户。奶奶是个顺其自然的乐天派，又特别溺爱晚辈，见孙女突然领回个大小伙子来，她高兴还来不及呢，哪还有心思生气？

"有其父必有其女"，虽然高大龙暴跳如雷，但小雪却根本不想改变自己的决定，说："我跟林浩的事儿已经定下来了，我都见过他父母了，我们已经在他家那边儿联系工作了。"

高大龙气得手发抖："你长能耐了！我告诉你，你要是去乌兰浩特，我就跟你断绝父女关系！"

孟兰也气得面色发青："你三姨早就说了，让你毕业以后去深圳。你老姨给你介绍对象，照片都寄来了。小伙子是个公务员，人家一年的工资顶你在这边儿干十年。"

小雪说："告诉我三姨我老姨，别给我寄什么照片，我不会去深圳的。"

孟兰说："我看你是鬼迷心窍了！"

小雪说："随你们怎么说，反正这是我自己的事儿，我有权决定。"

林浩知道了小雪父母的态度之后，倒是挺冷静的，劝小雪说："可能还需要一个过程，慢慢来吧！"

"那你想见我爸我妈，这次是没可能了！"

"我跟你去你们家。我在楼下等着，你上楼跟你爸妈说。他们要是同意见我，你就在窗口喊一声。他们要是不想见我，我就等你出来。"

"如果他们不想见你，你挺得住吗？"

"你挺得住，我就挺得住。"

"那这么大老远的，你不是白来了吗？"

"只要你对我的感情还在，我就没白来。"

小雪哭了。

高大龙和孟兰的态度完全一致：他林浩没有资格进这个家门。小雪在父母面前停留了不到五分钟，就下楼了。

高大龙和孟兰立即溜到窗口，偷偷地往楼下看。一个体形瘦弱的年轻人，站在楼前空旷的水泥地院子里，显得特别孤独。

"这么瘦，好像营养不良。"

"好像还挺黑的，跟你一样黑。"

"这小子，哪样儿好啊？咱闺女咋就看上他了呢？"

"小雪根本不立世，缺心眼儿。咱们挺住，不能吐这个口。"

"我真想下楼，揍那浑小子一顿！"

孟兰捂着胸口："这是单位家属楼，多少家眼睛都盯着呢，你还嫌不够丢人哪？"

"那我现在就给她奶打电话，告诉她别给那小子好脸色，让他赶紧滚蛋！"

5

不久后，深圳的孟亚接到了一封信，是从内蒙古自治区乌兰浩特市寄来的。孟亚把信封上略显幼稚的几排字看了半天，才反应过来应该是外甥女小雪的来信。

老姨您好：

已经一年多没见您了，在深圳过得还好吗？工作忙吗？我真的很想念你！

假期在家里，我看了您的来信，还有那张照片。说实话，看完那些以后，我十分生气，也很难过，但我却一句话都没有说。因为我觉得自己说什么都很多余，没有人理解我心里的感受，也没有人知道我和林浩的感情。

记得还在上初中时，我就很向往深圳那个地方，也许是受家里人的影响吧。总之，我过去一直认为，将来自己的安身之处一定会在深圳。但是，自从认识林浩以后，我的想法渐渐改变了。在刚与他接触时，我只有一种单纯的感觉，就是喜欢和他在一起，这种感觉是以前从没有过的。但我明白，和他谈恋爱若被父母知道了，他们一定会大发雷霆的。我向爸妈保证过，不会做与学习无关的事儿，不会像别人一样谈恋爱。可是最终我还是违背了自己的承诺，辜负了家人的期望。所以，那时候我一直觉得很对不起爸妈，总觉得给他们脸上抹了黑。后来父母为了把我们分开，硬是不让我再到长春上学了。要知道，那个时候，我还有一年多就要毕业了。别人准备返校上课，而我却在开学的前一天搬着行李回家了。没有人知道，我当时心里是什么滋味——伤心、失落、无奈。两年的光阴就这样被扔掉了，我真的好不甘心！由于当时只知道谈恋爱不应该，自觉很愧对父母，所以也就同意了他们的决定。如果换到现在，我一定会坚持把最后一年书读完的。

自从在外学习到现在，已经四年多了，先后换了两所学校，可如今仍然两手空空，总觉得自己在虚度光阴，唯一的收获就是和林浩这段不变的感情。爸妈以为不许我在长春继续上学，我们就会从此分开了，看来，他们太不了解自己的女儿了。虽然当时我只有十九岁，但一样是一个感情专一的人，一样懂得人与人的感情是不能随便被冲淡的。我们认识快三年了，可我们真正在一起相处的日子只有一年多。不论我们相隔多远，他总是抽出时间到学校来看我，我也从没想过将来会离开他，去深圳另找别人。

老姨，说了这么多，您一定知道我的想法了，对吗？是的，我不想去深圳，我打算在乌兰浩特落脚。我很明白，如果不去深圳会失去很多，但我也知道，如果选择了深圳，我会失去更多。

老姨，我一直认为您很懂得人的心理，更能理解人与人之间的感情。我总觉得，您和别人不一样。但看了您的来信，我真的很失望。您知道，我在报上看过您的文章吗？您知道我被您的文章感动过吗？您知道我会看得掉下眼泪吗？可为什么您现在的做法和您的文章比起来却判若两人呢？我认为，无论是谁，如果选择了自己不爱的人，选择了没有欢乐的地方，即使有再多的富贵荣华，他（她）也会心灵空虚、精神失落的。这样的生活又有什么意义呢？

你一定很不理解我的想法，认为我过于天真，只看眼前，而不为将来着想。但我却理解你们的想法。的确，我还不成熟，对生活、对家庭、对未来看得太浅，家人想让我在深圳有所发展，也是为了我着想。人活在现实社会中，总是要现实一些。谁都想生活得好一些。选择优越的条件，也是人的本能。但是，人和人是不同的，谁都有自己的理想。我不想去深圳，虽然违背了爸妈的心愿，但这并不是大逆不道，只不过是因为我找到了自己的人生目标。我不奢望自己有多么辉煌的事业，也不想做现代都市的女强人。我只想平凡悠然地生活，让爸爸不再劳累，让妈妈不再操心，让全家幸福快乐地生活。也许这算不上什么人生目标，但我并不认为自己有了这样的想法，就是个没志气、没出息的人。其实人活在哪里都是一样的，深圳也好，乌兰浩特也好，没有平平坦坦的路，想要挣很多钱不容易，想要平凡安然的生活也不是那么简单的。但只要肯努力，在哪里都会拥有一片属于自己的蓝天。

我很爱我的爸妈，以后我也要与他们生活在一起。我不想去深圳，并不是一时冲动，一时任性，之所以这样做，正是因为我想到了以后，想到了将来，想到了现实中的一切，我才这样决定的。深圳固然好，但我们全家到那里生活却未必好。因为，我了解自己的学识，了解自己的能力。无论如何，我是不会让父母去深圳辛苦劳累的。至于你提到的照片上的那个人，对我来说是根本不可能的，我是不会为了有个舒适的安乐窝去背叛感情的！虽然恋爱并不等于婚姻，但婚姻也不等于幸福。另外，林浩的家里也不是一贫如洗，我们会用自己的努力，让父母过上幸福的生活，至少比现在过得好。现在，父母对我的决定很难过，但总有一天，他们一定会理解的。

老姨，人各有志，凡事不可强求。我很了解自己的性格，无论选择的路是对是错，我都会朝着自己的方向走。因为我不想在人生路上留下一份不可弥补的缺憾！支持我，好吗？

祝：身体健康，生活愉快！

外甥女　小雪

2000 年 3 月 20 日

孟亚根本没有想到小雪会给她写信，更没想到小雪能写出这样水平的信。信还没有读完，孟亚已经泪流满面。孟亚为小雪单纯而执着的热情而感动，为自己复杂却失败的固执而感慨。虽然孟亚并不认为自己现实和世俗，但小雪在婚姻上能有一个好的归宿，这当然是她最大的心愿。孟亚打电话给大姐孟兰，说了小雪来信的事儿后，反复说着一句话："孩子长大了！"

孟兰说:"林浩也给我们写了一封信,信写得挺好,字也挺好。你姐夫看完信态度也变了,说这小伙子除了长得不咋的,人还行。小雪这孩子是个犟货,不听劝。我和你姐夫也不管了,他们愿意好就好吧,省得我们以后落埋怨。就是白让你操了那么多的心,还来来回回地写信寄照片。"

孟亚说:"那不算啥。只要小雪能有个好归宿,咱们就啥都不说了。"

孟兰说:"林浩的能力水平比小雪强,小雪太单纯了。他们已经找到工作了,在乌兰浩特电信部门,一个月工资一千多块。我在单位都干了快三十年了,工资还不到人家的一半儿。"

高大龙和孟兰对女儿的恋爱转变了态度之后,过了几个月,林浩正式上门拜见了未来的岳父岳母。这一次,高大龙和孟兰与几个月前的态度截然相反,一天到晚总是笑容满面的。高大龙私下对孟兰说:"这小子不算黑呀,比我白。"

"天下有几个像你这么黑的,掉到地上都找不着。人家不嫌你这个老丈爷黑就不错了!"

"也不算瘦啊!怎么也有一百二十斤吧?个儿还高。我一米八,跟我差不多。"

"瘦啥瘦?年轻人都这样,过了三十岁,自然就胖了。"

高大龙乐呵呵地上街买菜,回来后在厨房里一样一样地做。他正做鸡蛋炒蒜薹的时候,见孟兰进来了,他扑哧一声笑了。孟兰说:"姑爷进门,小鸡没魂,你是不是也没魂了。疯了?一个人傻笑啥呀?"

"我想起上回那出事了,我把蒜薹扣地下了,弄得你那顿饭都没菜吃了。就剩一个带肉的菜,你还不能吃。"

孟兰也笑了:"还靦着脸说呢。你那驴子脾气,上来那股劲儿,不管天不管地的,有啥用?现在还不是乐得屁颠屁颠地伺候人家?"

"现在想起来可后悔了,白瞎了一锅蒜薹。"

三个月后,小雪给老姨孟亚打来电话,说现在自己和林浩的工作非常顺利,已经成了单位的业务骨干,自己还在全市电信行业举办的业务技能比赛中获得了第一名。

孟亚听了非常高兴。小雪说话很快声调很高,幸福和快乐的情绪通过电话穿越了千山万水。几年的工夫，孟亚感觉自己的外甥女好像完全变了一个人，已经不是她印象中那个呆板怯弱、听话顺服的小女孩了。

6

刘桂花辞掉了饭店的工作，她想自己开一个小饭店。"虽然辛苦，但赚了钱都是自己的。"刘桂花说。孟波先前反对刘桂花摆水果摊是为了要面子，出于同样的考虑，自己开饭店不管赔赚，被人叫上一声"老板"，那面子上多风光，比在人家的饭店里当服务员强多了，孟波当然同意。

刘桂花说要开狗肉馆——狗肉馆的特色是狗肉和凉拌辣菜。

在东北寒冷的冬季，坐在狗肉馆里，嚼着各种爽口的辣拌菜，品着醇厚绵软的狗肉，喝着热得烫嘴的狗肉汤，男人们再加上二两白酒——要不了一刻钟的工夫，胃暖了，额头冒汗了，浑身上下的经络血脉也通了。

房子是刘桂花出面联系租的，就在离市场不远的地方，原来也是开饭店的，只不过不是狗肉馆。房子基本上还是原样，只是重新粉刷了一下，里里外外好好清洗了一番。工商营业执照一换，很快就开张了。直到这个时候，孟家上下还不知道这小两口当上"老板"和"老板娘"了。

最先发现"新大陆"的是冯燕。她回家跟孟涛说了，孟涛还不相信，说："他们俩开狗肉馆？你是不是没睡醒啊，看花眼了吧？"

冯燕说："你咋还不信呢？我去市场买包子，看见桂花从那个小馆出来，正送客呢。你兄弟媳妇我妯娌，我还认不出来？"

"是不是她又换了地方，在那儿当服务员呢？"

"绝对不是，那几个人还叫她老板娘呢。谁管服务员叫老板娘？小波是铁路工人，也不是老板。"

孟涛有点儿被说动了："这家伙，出手挺狠哪！这么大的事儿，硬是没吱一声。"

"是不是一庶他爷他奶早就知道了？不可能谁都不告诉吧。"

孟涛的表情又懈了下来："管他呢。他们开狗肉馆，说不定就让小波自己给吃黄了。"

"那你要不要跟一庶他爷他奶说一声啊？"

"多一事儿不如少一事儿。小波的性格你知道，横踢马槽的，都让老头儿老太太给惯坏了。他们的事儿，咱不管！"

事情终于公开了，是刘桂花自己挑明的。虽然孟波跟她瞪过眼，不让她告诉家里人，但刘桂花觉得早晚有一天大家还是要知道的，早一天比晚一天好。不然，情理上说不过去。

一天，刘桂花抽出时间去了一趟婆婆家，手里拎着一个大塑料袋。大袋装小袋，分装着各种辣拌菜。"妈，我来送点儿辣菜。"刘桂花一进门就说。

李秀云接过塑料袋，打开一看吃了一惊："咋买这么多？这些辣菜可贵了，得花多少钱哪？"

"没花钱，自己做的。"

"你做的？"

"是我做的，还有别人帮。妈，我开了个狗肉馆，开张快一个月了。"

"你开狗肉馆？"李秀云的眼珠子快要瞪出来了，"你刚才说你开狗肉馆？"

"是。原来没跟你们说，是怕你们担心。这一个月下来，我心里有底了，生意还行，比我在饭店当服务员强。"

李秀云看着刘桂花的脸，验证着儿媳妇是不是在开玩笑。可她心里明白，这种事儿跟玩笑扯不上边儿，儿媳妇跟她说话一向是很正经的。李秀云一下子乐了："你都开狗肉馆啦？咱们老孟家没有一个生意人，你是头一个。你可真行！能忙过来吗？你咋不早说呢？开饭店挺操心的，大事儿小事儿一大堆，家里的人也该去帮帮忙。那些客人好不好伺候啊？有没有吃完了记账的？要是记账你就不给他们吃。你大姐夫二姐夫开出租车，老是给人家欠账，时间长了都要不回来了。"

李秀云问的话根本不需要刘桂花回答，只是高兴得自顾自地说。刘桂花看婆婆没有责备她和孟波的意思，也就放心了。还有一件事儿李秀云想问个究竟："孩子呢？果果呢？谁给哄着？"

刘桂花说："我妈在我姐家住呢，我先把果果放那儿。不忙的时候，我就自己带着。"

李秀云犹豫着："要不……你把果果送我这儿来？"

"不了。您这么大岁数了，身体又不好，歇歇吧！"

刘桂花赶着要回去，李秀云拿出两小袋辣菜："我留一点儿就够了。这一大包你拿回去，卖钱。"

"留着吧。"

"我不吃辣的。我这一年到头的，总上火，不是鼻子红就是嘴起泡，吃不了辣的。"

"那不还有好几家嘛，我也没时间给他们挨家送，您就给他们分分吧。告诉他们，有时间带孩子去我那儿吃狗肉。"

对于开狗肉馆的事儿，孟家上上下下可以说是大喜过望。只有孟福先有点儿不高兴："学会先斩后奏了，就是有老猪腰子。"

听说老舅开了狗肉馆，男男可高兴了，跟孟焱说想吃辣菜了。孟焱平时极少带着孩子在外面吃饭，这次却十分爽快："行！你爸今天刚好没出车，咱们一块儿去吃狗肉。"

刘金川却一副不情愿的样子："出去吃啥饭，家里有啥吃的对付点儿得了呗。"

孟焱说："你就知道对付。你出车在外面能蹭到饭吃，七碟八碗的，我跟儿子在家能吃到啥？天天对付！"

点菜的时候，刘金川拿着菜谱看了又看。吃完饭，孟焱拿出钱来要付账，刘桂花死活不收，两个人推来推去的。一旁的孟波早就做出了收钱的架势，他对刘桂花说："你别跟二姐撕巴了，你这次不收钱，他们下次还能来吗？"

孟焱说："就是。该多少钱就多少钱，你就当不认识我们。要不，下次不来了。"

刘桂花说："那就打八折吧，按最优惠的价算。"

孟焱说："不用优惠。要不，下次我们不来了。"

刘金川似笑非笑地说："你二姐花钱有瘾。"

孟波这个那个报了一串价格，最后说："一共三十八块五毛二。"

刘桂花说："二姐，我给你们装点儿辣菜带回去。"

孟焱态度坚决地说："不带！你别装，装了我也不拿。对了，你把这点儿剩的给我装上吧，不然浪费了。"

刘金川起身先走了，边走边说："你二姐可廉洁了，你们别贿赂她了，把账算明白就行了。"

三人走后，刘桂花问孟波："二姐夫话里有话，你刚才是不是多收钱了？"

"对，多收钱了。我就是不想伺候他们，好像施舍来了。我需要他们那两个钱？"

"你咋这样？来的都是客。再说，二姐也是好心，给你增加点儿收入，有啥不好？"

孟波没好气地说："就是不好。我不指她发财，指她也发不了财，少在我眼前晃悠，烦！"

"哪有你这样做生意的？亲戚关系都处理不好，其他关系能处理好吗？"

"你别跟我说这些不咸不淡的话，听没听见？"

刘桂花虽然不高兴，但也没再说什么。

回到家里，孟焱冲刘金川发火："你没事找事是不是？"

刘金川说："我看你才是没卵子找茄子提溜呢。你老弟弟真是财迷心窍，连他姐姐吃顿饭都想雁过拔毛。他多收钱了，你装啥糊涂？你当了冤大头，不跟他讲道理，回来还冲我发火。"

"多收啥钱了？一坐下来你就盯着菜单上的价格看来看去的，就怕人家算错账似的。"

"看咋的？不看价格咋点菜？看我也没白看。那狗肉明明是十五块钱一盘，他为啥收十七块钱？"

"你钱锈，几块钱都计较。"

"我钱锈？我在外面拼死拼活地干，钱都进你腰包了，你还说我钱锈？"

"你不光钱锈，还小心眼儿。"

"我咋小心眼儿了？"

"我写个纸条，你都要看。不给你看，你就抢，非得从人家手心里把纸条抠出去，结果上面啥也没有。"

"那是你小心眼儿，用这种把戏试探我。"

"我们同学聚会，才晚上八点多，你就上饭店找我去了。"

"八点多还早啊？我不是为了你的安全才去接你的吗？"

"我事先就告诉你了，不用你接。你非得去，你啥意思？本来就穿得不像样，你还把衣服挂到脑袋上了。"

"嫌我给你丢脸了呗？你那些同学，有当官儿的，有当老板的，我一个开出租车的个体户，给你丢脸了呗？"

男男在一旁说："你们别吵吵了，是我不好，以后我不嘴馋了。"

孟焱说："瞧瞧，我儿子都知道体谅人，比你强！"

刘金川说："还是我儿子呢！"

"你早晨出车，大冬天的，明明顺路，就是不送男男去学校，我以为他不是你儿子呢。"

"拉倒，我不跟你说。不知道你这性格像谁。"

男男说："像……我白姥。"

刘金川说："是像你白姥。"

孟焱说："男男，写作业去！"

过了一会儿，孟焱收拾完屋子，给男男拿进来一个削好的苹果。

男男看着孟焱的脸："妈，你还生气呀？"

孟焱笑着说："跟你爸这种人要是真生气，妈早就气死了！"

7

保姆宋姨做工快到一年的时候，她的右手腕莫名其妙地肿起来了。孟美担心有什么不好，就带她去医院看病。医生说人年龄大了，骨质增生，这种毛病很正常。但宋姨不能正常干活儿了，孟美也怕她干活儿多了手太用力了，会加重肿胀程度，所以家务活儿基本上都是她自己揽过来了。宋姨一边说自己闲不住，一边夸孟美心眼儿好。

一个月后的一天，宋姨突然说："我想让我儿子来深圳，你们给他找点儿活儿吧。"

孟美当时正在吃饭，脸一下子就拉下来了，一声没吭。

宋姨没有注意到孟美的表情，仍然顺着自己的想法往下说："深圳真好。我昨天在市场上碰到一个老乡，他来了好几年了，说不打算回老家了。"

孟美放下没吃完的半碗饭，下桌了。

孟美跟麦建伟说："我想炒老太太的鱿鱼，过两天就让她回家。"

"不是干得挺好的吗？"

"这老太太不知好歹，给鼻子就上脸。时间长了，要求会越来越多，而且是无理要求。"

"那你决定吧。要是让她回去，就把火车票给她买好，那么大年纪了，路上不要出事。"

孟亚完全同意孟美的决定，说："这老太太，早就该让她走人了。我本来早就想说，怕你以为我是在公报私仇。我有时周末回来，你们不在家的时候，她干活儿会偷懒，给我吃的都是剩饭剩菜。我不是她的雇主，她不怕我。"

孟美说："其实我早就发现了。本来我想，老人家了，能将就就将就吧，一个农村老太太，让我规矩成这样，已经不容易了。你姐夫总告诉我对她好点儿。"

"我姐夫像佛家弟子，讲求慈悲为怀。"

"他是愚善愚孝。这老太太，根本就不能对她太好。她让我给她儿子在深圳找活儿干，说得理直气壮的。我真不敢用她了，不然，说不定哪天，她让她儿子直接过来了呢。"

"你原来说找个保姆，最好能干上四五年的。这才干了一年，家里人还费了那么大劲儿。老太太要是走了，还得请保姆啊。"

"其实，请保姆不单是干点儿家务活儿，更主要是晚上看家。我们这儿有点儿乱，晚上家里没个人，有点儿不放心。暂时不请保姆了，过一段时间再说。再请的话，就请小女孩，十八岁以下的。"

第九章

1

1997年年底，除了孟波之外，孟家人都住上楼房了。孟波不住楼是刘桂花的原因，她说喜欢住平房，家里还要有个菜园子，现在的这个平房就是冲着有这片菜园子才买的。春天撒种发芽，夏季长叶开花，秋天收获果实，园子里各种菜一应俱全，绿油油水灵灵的，让人看不够。这块菜园子，不仅让孟家老少有口福吃上"绿色食品"，更是大家闲来聚在一起可以养眼的风水宝地。

就冲刘桂花这种会过日子的算计劲儿和勤快劲儿，加上又开了个狗肉馆，李秀云对老儿媳妇的态度有了相当大的转变。李秀云也喜欢住平房，喜欢的原因和老儿媳妇刘桂花一样。李秀云和孟福先先前住的公房，前面水泥小院儿，连棵草都长不出来，旁边儿和后面倒是有近百平方米的园子，但土质不好，加上一下雨就成了"涝洼塘"，房子都淹了一次又一次，那块菜地也免不了要听天由命。后来孟兰在市场旁边儿给父母买的那两间小平房，是冲着离市场近的优势，根本就没有菜园子，只是在院子当中勉强开出不到两米地的地方，李秀云种了点儿生菜和小葱，还种了点儿花，其他菜根本长不起来。靠近市场这个优势没利用上，这个房子基本上就没有其他优点了。家里人都希望李秀云和孟福先住楼，孟兰更是来了个"先斩后奏"，先把楼买好了，而且是二楼（李秀云还算喜欢的楼层）。李秀云只得告别了旧居，心有不甘地上了楼。孟福先对住楼自然心生欢喜，住平房天天往屋里拎煤，往屋外运煤灰，这些活儿都得他干，早就干烦了。住楼用煤气罐，又干净又省事，多好。

搬家那天，郑志平找了一辆货车，大家七手八脚地搬东西。李秀云担心这担心那，一摔就碎就烂的东西她都要求用纸壳包起来，还要在车上固定一下，唯恐使用了多年的货底子被哪个毛脚女婿给"卖了"——高大龙和郑志平都在现场。

"这是两个犟眼子。"李秀云曾经这样评价过这两个大个子姑爷。墙上的两面大镜子被卸了下来，李秀云立刻拿了几片纸壳过来，被高大龙挡住了："不用包了。等会儿一个人站在车上，把住它就行了。车都装满了，该走了。哪有这闲工夫。"

李秀云不高兴了："这么大的镜子，怕碰。这镜子我用了十好几年了，我过日子可不像你们，胡打海摔的。"

郑志平说："这不没打吗？几分钟就到了，费那事儿没必要。"

说话间，车子已经发动了，李秀云还要说什么，孟涛上了车："我跟车。这镜子我把着，坏不了。"

高大龙说："你儿子心细，这回你放心了吧？"

李秀云说："打了就让你们赔！"然后冷着脸忙别的去了。

高大龙说："打了我赔。这老太太。"

郑志平看看表，急忙回单位了，说有采访任务。

东西都搬到了新家楼下，几个人忙着往楼上折腾。看到孟福先的高兴劲儿，李秀云虎着脸说："本来住平房活儿就不多，现在上楼了，还不是整个儿一个闲白？"

孟福先没有生气，喜滋滋地说："我闺女给我买楼了，我干啥有福不享？"

李秀云说："闺女好姑爷不好也白搭。搁在当年，你能给你老丈人买楼住？"

高大龙接过话茬说："你大闺女，主意可正了，自己就把这个楼给定下来了，交完定金才告诉我。"

孟兰说："我们姐妹，个个都有主意，比你们老爷们强。"

孟焱刚好抱着一个床头往楼上走，样子挺吃力的，没工夫插话，但她很认真地看了孟兰一眼。高大龙赶紧冲孟兰摆摆手，小声说："别说了。当心哪句话说得不对劲儿，又把孟焱给得罪了。"

李秀云说："我还记得大龙以前说的一句话，'静坐常思自己过，闲谈莫论他人非。'说话别指名道姓的。"

高大龙说："看看，老太太又批评我了。"

孟兰说："干活儿吧你！"

冯燕说："小涛就不爱说话，嘴可严了。"

李秀云说："我的孩子都像我。嘴严好，省得惹祸。"

东西都搬上楼了，几个人按照李秀云的指挥，把各种物品各就各位。孟焱说："刘金川出车去了，我多干点儿，替他。"

刘桂花说："小波今天休班儿，可他现在还在火车上呢，我也多干点儿。"

孟福先说："我这几个孩子都不错，姑爷媳妇也不错，我挺满意!"

李秀云说："当初要不是我横拨拉竖挡着的，这六个孩子，得让你送出去一半。现在又说都不错了，几十年了，才寻思过味儿来？"

当着儿女还有儿媳妇的面，被李秀云抢白了一顿，孟福先的脸上有点儿挂不住了，起了一层牛皮皱。高大龙见状连忙说："妈，那炮放哪儿去了？乔迁新喜，得放炮啊!"

李秀云用手一指窗台："那不在那儿吗？你自己刚才放的，这么一会儿就忘了？年轻人，这记性!"

高大龙扭过头龇牙笑笑，冲孟涛说："小涛，就咱们两个老爷们，这是咱的活儿。走，去外面放炮。"

不一会儿，窗外就"噼噼啪啪"地响了起来，中间夹杂着几声巨响，火药味伴着淡蓝色的烟雾弥散开来。

孟焱看母亲有点儿不高兴，小声说："你大闺女大姑爷给你买楼住，咋还不乐和呢？"

李秀云垂了一下眼皮："犟眼子，买楼我也不领情。那大镜子也不用纸壳夹上，一点儿都不听话。"

孟焱说："这不没打嘛，你这气生的也没用啊。"

李秀云说："要是打了呢？干活儿总是毛毛愣愣的，总有打坏东西的那一天。"

孟焱说："你这是悲剧性格。你没听过一个说法吗？一只杯子里面有半杯水，乐观的人说'还有半杯水'，悲观的人说'只有半杯水了'，你……"

李秀云不耐烦地挥着手："别跟我说一杯水半杯水的，这杯子要是在那大犟眼子手里，早打碎了，一滴水都不带剩的!"

孟焱和母亲的对话被其他人听见了，大家都笑了。

孟兰的脸色有点儿不高兴，但她没说话。

刘桂花回到家，看见孟波正躺在炕上睡觉。"你回来了？你知道爸妈今天往楼上搬，你咋不过去？就缺男劳力。"

孟波闭着眼睛发脾气："少跟我提这茬，关我屁事儿！"

2

一日，在去市场采购货料回来的路上，刘桂花遇到了崔大刚。看到刘桂花手里的大包小包，崔大刚问："这也没过年，你怎么像置办年货似的。"

"我开了狗肉馆，就在市场旁边儿，有时间带朋友过去啊。"

"你家孟波不是在王家站上班儿吗？"

"是。"

"狗肉馆叫啥名？"

"金达莱。"

几天后的一个中午，崔大刚果真来了，还带来三个男的。中午客人很多，座位差不多坐满了。刘桂花热情地招呼着几个人："欢迎欢迎，来来来，坐下先喝杯热茶。"

崔大刚安排一个人负责点完菜，说："再来一瓶二锅头。"

此时，孟波正在里屋的房间里看电视，狗肉馆里专门有一间房用来给自己人休息。刘桂花把酒菜上齐了，进到里屋对孟波说："崔大刚他们在外面呢，你别出去了。"

电视里正在播放电视剧《西游记》孙悟空大战红孩儿，孟波眼睛盯着电视，问："你说什么？"

刘桂花见孟波的心思都在电视上，心想干脆就不要告诉他了，免得再生是非，就说："你看电视吧，没啥事儿。"

孟波眼睛还是没离开电视，说："要是忙不过来，你叫我。"

半小时后，孟波出来了。各桌走了一遍，打了几声招呼，转眼就来到了崔大刚的桌前。互相看到对方，孟波和崔大刚两个人同时一愣，好像突然间发生了一场意外似的。孟波刚才还面带微笑的脸，瞬间就冷了下来，在他转身往回走的时候，崔大刚把手里的酒瓶子往桌子上一撮，发出砰的一声响。

刘桂花正在厨房里忙着，没有看到刚才这一幕，她端着一盘凉拌小根蒜走到了崔大刚的桌前，说："这盘凉拌菜是送的，野生的，纯绿色食品。你们几位慢吃啊。"

看到崔大刚的脸色不对，刘桂花急忙反身回来找孟波："你刚才是不是出去了？"

"咋的？我自己开的店就跟自己家一样，你让我在自己家里躲着他呀？"

"他们快吃完了。今天客人多，你忍着点儿，别闹出事来影响生意。"

孟波拿着菜单往外走："怕影响生意，我就给他脸哪？"

刘桂花拼命往回拽孟波："咱俩先把这件事儿想好，该怎么处理。你说，他会不会不付账啊？"

"不付账？他敢不付账，我就让他怎么吃进去的，就怎么吐出来！"

"他们点了八个菜，加上酒，七十多块钱。咱们好汉不吃眼前亏，他要是付账，咱就别找事。他要是不付账，咱就不能放过他。这事儿你先交给我处理，到时候你听我招呼你。"

看到崔大刚他们好像吃完了，刘桂花拿着菜单走了过去："几位，吃得还好吧？一共是七十二块，就算七十吧，零头不收了。"

崔大刚扭头往厨房这边儿看。孟波正倚在厨房的门框上，双手交叉着抱在胸前。崔大刚故意大声说："咋的，还收钱哪？你不是让我带几个兄弟过来吗？"

刘桂花半开玩笑地说："我是说过让你带朋友过来。我这小本生意，别说我没说免费请你们吃饭，就是说了，你们也不可能不付账的，是不是？"

崔大刚说："你要不是免费的，我们就不来了。"

刘桂花的笑容没有了："崔大刚，你不是在开玩笑吧？"

崔大刚点上一支烟，慢悠悠地吐出一个烟圈，说："我认真着呢。我这个人，喜欢抽烟，喜欢喝酒，喜欢打麻将，还喜欢……你知道的，就是不喜欢开玩笑。"

刘桂花脸色也冷了下来，说："你们赶紧付账走人，七十二块，一分不少！"

崔大刚说："我要是不付账呢？"

"孟波，来——"刘桂花的话音还没落，孟波早就旋风般卷了过来，用手指着崔大刚的鼻子："小子，我忍了你好几个世纪了！我就是想看看，你狗嘴里到底能吐出几颗象牙来！"

桌前的几个人同时站了起来。崔大刚说："看清楚了吗？几颗象牙啊？"

孟波说："吃饭付钱，天经地义。你要是承认自己是花子，这顿酒菜我就白送！"

崔大刚摇晃了一下脑袋："我不是花子，我只是花心！"

刘桂花说："崔大刚，你说话别太没分寸了！你要是成心找事，我告诉你，我们也不是好惹的。你听过'铁子'吧？他和孟波是哥们儿。"

"啥'铁子'？我还'钢子'呢！"

"你找死啊！"孟波忍无可忍了，可对方比他还着急，一个小个子手一扬，一个盘子就朝孟波飞了过来。孟波一偏头躲过去了，他也顺手抓起一个盘子，照着小个子的头顶用力砸去，血立刻喷了出来，把孟波喷了个满脸花。手一抹，孟波成了一张血脸，只不过脸是他的，血是别人的。几个人打在了一起，能飞的东西都飞起来了，能砸的东西都砸烂了。客人们惊叫着挤出门去……

混乱中只有帮厨的阿姨还算头脑清醒，她赶紧跑到里间拨打110。

崔大刚和孟波同时被处以行政拘留，崔大刚三天，孟波五天，外带赔偿那个脑袋开花的小个子的医药费和误工费。

拘留结束后，第六天孟波去王家站上班儿时，刚一进门，站长就黑着脸把一张纸拍到桌子上，那是一份处分决定：孟波无故旷工六天，开除。

孟波被开除了，这在孟家上下引起了轩然大波。不但刘桂花成了罪魁祸首，大家还追根溯源，找到了孟福先这个根子上。李秀云与孟福先的冲突比以前更加激烈了，两个人持续了近两年的"回光返照"，随着老崔事件、老崔儿子事件和孟波被开除事件，终于"寿终正寝"了。

老儿子的工作丢了，孟福先这回真着急了，再加上李秀云一天到晚全方位的责备、诅咒和伤心，孟福先有些顶不住了。本来症状就不轻的前列腺炎一下子更重了。孟福先不得不考虑做手术的事情了。

3

被开除的头几天，孟波还挺高兴的，他认为自己是"因祸得福"，早就不想搬道岔了，现在正好顺坡下驴。可一个星期以后，孟波就感觉到了日子的难过，他的好心情一落千丈。

孟波原以为自己没了工作，家里人肯定会积极地帮他找新工作，就像第一次那样。可事实却根本不是这样。李秀云说："你老叔得了肝癌，已经到了晚期了。你也老大不小了，今后你的事儿我一概不管。你们家有狗肉馆，饿不死！"

孟波平时休班儿时去狗肉馆帮忙，图的就是个新鲜，其实他根本不喜欢这种杂七杂八的生意。四面八方来的客人，城里的、乡下的、挑剔的、吝啬的，孟波的急猴脾气经常惹得客人不满意，吵架的事儿也时有发生。特别是跟崔大刚闹了一出后，小县城里一传十十传百，回头客也少了一些。

生意不好，刘桂花也心烦，加上孟波没来由地发脾气，她也不像先前那样逆来顺受了，两个人经常吵架，互相指责对方。在这种风口浪尖上，孟波竟然不识时务，提出让刘桂花超生个儿子，被刘桂花一句话就给顶了回去："就你这德行，有了儿子你也养不起。"孟波当时就举起了拳头。但出乎他的意料，刘桂花迎着他的拳头过来了，说："你是不是忘了她奶说的话了？你再对我用家庭暴力，我就跟你离婚。孩子归我，狗肉馆归我。其他的，都给你！"

孟波一下子给镇住了，顿时人就软了三分。

孟波给远在深圳的孟亚打电话，哭得鼻涕一把泪一把："我一个大老爷们，活得太窝囊了！这个小破县城，我待够了！四姐，你在深圳给我找个活儿吧！"

孟亚打电话给母亲，李秀云也在电话里哭："我真是后悔！要是没生小波，我现在哪能操这么多心？他真是托生错了，根本就不像我和你爸的儿子。你说说，打架、拘留、旷工、开除，这事儿一串一串的，这多少事儿啊，都是他自己找的。"

"其实，这四件事儿就是一件事儿。不打架就不会拘留，不拘留就不会旷工，不旷工也就不会开除。这事儿出有因，现在说啥都没有用了。老崔大儿子也是太过分了，他是故意的，成心的，你想躲也躲不开。"

"你说桂花啊，现在也不像以前对小波那么好了，两个人总吵架，动不动就离婚离婚的。这人啊，腰板不硬就低眉顺眼，腰板硬了就吹胡子瞪眼。本事长硬气，长势力。都会变哪！我跟你爸打了一辈子了，也没天天把离婚挂在嘴边儿上。当初我就不同意他们两个结婚，现在怎么样？一颗老鼠屎，坏了一锅汤。"

"谁是老鼠屎？你说桂花还是小波？"

"没一个好东西，都是老鼠屎。"

"那应该是两颗老鼠屎。"

"都啥时候了，你还有心思开玩笑。"

"妈，其实呀，我看你们也用不着着急上火生气什么的。俗话说，车到山前必有路。不还有那么句话嘛，叫'塞翁失马，焉知非福'，你知道是什么意思吧？"

"不就是跟'祸兮福之所倚，福兮祸之所伏'一个意思吗？我不是文盲。"

"我知道你不是文盲，但你有这水平还是让我挺吃惊的。"

"这还吃惊啊？那祸稀了，福就排第一了；福稀了，祸就浮上来了。不就是这么个理儿？"

孟亚憋着笑说："怪不得记得这么快，原来有窍门啊，挺好的！我是说，小波本来对搬道岔的工作就不满意，就他那个工作态度，我都担心会出事故呢。现在他不干了，也有好的一面，省得我们担惊受怕了。他现在还年轻，年轻就是资本，说不定以后能闯出一条路呢。"

"可现在也只能靠他自己闯了。你老叔在医院都住了好几个月了，也就是这几天的事儿了。"

孟亚吃了一惊："我老叔？怎么这么快呢？"

"那还有啥不快的？你老叔十年前就成了酒鬼，身体早就不行了。退居二线以后，心情不好，那还能不快？他一向觉得自己了不起，六十年代的大学生，是个人才，当县委书记都够料。现在还没到六十岁，就把命闹没了。"

孟亚叹了口气说："我老叔……我听了挺难受的。其实，我老叔也是太傲了，恃才自傲。他在仕途上发展得不好，他自己也有一半的责任。那小波的事儿，现在还能指望我小叔吗？"

"你小叔不是亲的，现在连厂长也不是了，带着小老婆跑了，人在哪儿都不知道。你说咱们老孟家，现在根本就没个顶硬的人！"

"'有山靠山，无山独立'，这不是你常说的话吗？你看我，好好的工作不也停在那儿了？时代不同了，八仙过海，各显神通。你呀，别为这事儿跟我爸吵架了，老吵架不嫌累得慌啊？"

"真是累得慌！这些天，我的失眠症又重了，一宿睁眼到天亮。你爸也是，吃了多少种药都没效果，这几天张罗着要做手术呢。你大姐二姐都不同意，怕手术出意外。"

"那这样下去也挺遭罪的，做了一劳永逸，前列腺手术是个小手术。"

"你爸那个老犟种，他拿定主意的事，谁劝都没用。他根本就不跟你商量，这还是小涛听别人说的，才知道你爸要做手术。"

"我爸做手术，要不要我回来？"

"你回来干啥？这边儿这么一大帮人都用不了。小波的事儿我是没招了，你看深圳那边儿有没有合适的活儿，帮他联系联系。"

"你嘴上说不管，这又管上了。"

"'老不舍心，少不舍力'，有一口气，就不能不管啊！"

4

孟福先的前列腺手术做得十分顺利，三十分钟就下了手术台。主刀医生是徐主任，县医院外科的"一把刀"。

尽管是一个正常的小手术，医生还保证了"一点儿事儿都没有"，但孟家还是感谢了徐主任，又于当天安排了晚餐。席间，高大龙和孟焱唱主角，郑志平和刘金川当配角，众星捧月般地捧着"一把刀"。孟兰和孟涛在医院里照顾孟福先，大家轮换着吃饭。冯燕在家照顾男男和飞飞上学吃饭，刘桂花的狗肉馆离不开人。

孟波是最后一个到的医院，这个时候孟福先已经做完手术被送回病房了。孟波原本不打算去医院的，直到刘桂花发了脾气。

"看你跟没事儿人似的，好像做手术的不是你爸，好像你不是你爸的儿子。"

孟波说："他是我爸，可他不像是我爸。他尿不出来尿，知道憋得难受，我没工作天天憋在这屁股大的狗肉馆里，我难不难受？"

刘桂花懒得再跟孟波理论，直言道："你要是不去，你今天就看店做生意，我去医院。你就是做样子给姐姐姐夫们看，你也应该到场。"

去饭店吃饭的时候，孟波倒是态度积极，对徐主任十分热情，频频举杯敬酒，直到把自己喝得酩酊大醉。徐主任对孟焱说："我知道你爸滴酒不沾，你这老弟弟真不像你爸的儿子。"

尽管三位姐夫加上孟焱都对孟波十分不满，但碍于场面，他们都不好在徐主任面前发作。

吃过晚饭，摆在大家面前的问题来了，谁晚上值班照顾孟福先。孟波是指望不上的，最后还是决定由孟涛和郑志平留下来值第一个晚上。熬夜是个苦差事，还是男人来做比较合适，再说孟涛和郑志平也算是比较心细的。本来坚持要值夜班儿的孟焱也就放弃了，刘金川不会做饭，男男跟着他就得饿肚子。

本以为这一夜会是一个平安夜，但孟福先却意外地出了问题。晚上九点多钟的时候，孟福先小腹内的刀口处开始渗出。把徐主任从梦中叫起来，让他顶着冬天刺骨的寒风赶到医院，孟涛和郑志平实在是不好意思。孟福先也是出于这种考虑，就这样挺着忍着。到第二天徐主任上班儿时，孟福先的阴囊已经肿胀得厉害，尿一点儿也排不出来了，憋得小腹都鼓起来。徐主任一看这种情况，额头上顿时就渗出一层汗珠。他急忙拿来一只五十毫升的大注射器，接上导尿管，给孟福先往外抽尿。

徐主任整整忙了一天，抽抽停停，停停抽抽，但效果一点儿都不明显。孟福先的术后并发症，使得声名在外的"一把刀"徐主任败走麦城，也给孟福先的人生收尾增添了挥之不去的痛苦折磨。

为了防止感染，徐主任给孟福先开了大量的消炎药。孟福先连续用药一个多月，也在床上躺了一个多月。孟福先几十年如一日的好胃口败坏得非常快，什么都吃不下。吃饭成了孟福先和儿女们最头痛的事情。

孟福先回到家后，很长一段时间胃口仍然不好。更糟糕的事情还在后头，当他和家里人都为他能够下床走路而高兴时，却发现了一个令人震惊的问题：孟福先在地上站不住，走不稳。还有，他的听力在迅速下降，几乎成了聋子。

元凶很快浮出水面。孟福先因为庆大霉素使用过量，导致药物性中毒，后遗症就是耳聋和醉酒样步态。而孟福先住院期间的严重厌食，也正是这种药物的副作用所致。

5

一夜之间，孟福先仿佛老了十岁。耳聋眼花，步态不稳，停下来时两只脚在一个地方站不住两秒钟。听力下降以后，别人得喊着跟他说话。他自己听不见，以为别人也听不见，回答或问话的时候也是大着嗓门。

每天晚上看新闻联播是孟福先多年来的保留节目，现在他在客厅看，而且声音很大，李秀云只能躲进自己的房间或者厨房里，而且还得关上房门。本来就怕声音刺激的李秀云快让孟福先给折磨疯了，而突如其来的药物中毒后遗症则让孟福先难以适应。两个人的关系越来越差。

孟福先认为他的后遗症完全是徐主任的责任，或者说是县医院的责任，他要打官司。在此后的一年时间里，孟福先借来了比砖头还厚的医学书，天天戴着老花眼镜看。他还经常跑法院，找一个老乡，向他咨询法律问题，还借法律方面的书回来看。

孟福先要打官司的想法，遭到了北方家里人的一致反对，李秀云更是首当其冲。而随着孟福先打官司的决心越坚定，家里人的反对情绪就越强烈，直至到了剑拔弩张的程度。孟福先天天黑着脸。

孟亚从深圳回来的时候，李秀云和孟福先已经从楼房又搬到了平房。孟兰买的楼房和平房要拆迁了，她又临时给父母租了这间小平房。房子很小，杂物又太多，孟亚回来一进家门，第一眼看到父亲的时候，父亲正坐在里间小黑屋里自搭的小木床上，腰背伛偻，面容枯槁，如同寒风中的一株干草。

外屋也是一张简易木床。李秀云和孟焱坐在床边儿，跟孟亚大倒苦水。孟波站在门口，看着外面的风景——门前是一条砂石铺成的窄窄的马路，对面是一片参差不齐的平房。

孟焱说："咱爸这一年里可没轻了折腾，搅得人人寝食不安。他那两条腿本来就不好使，耳朵又聋，今天这里一趟，明天那里一趟。我们跟他又生气又上火，可谁的话他都听不进去。那官司是那么好打的？"

李秀云说："这个老东西，我看他是走火入魔了。天天捧着这书那书看，就说自己的病是医院的责任。那药是国家生产的，谁用多了都出问题，医生哪知道有那么大的副作用？"

孟亚说："我爸的耳聋不是有检查结果吗？"

孟焱说："是有检查结果。可爸现在已经六十多岁了，人到了这个年纪，就是没有药物中毒，听力也会自然下降的。现在的检查结果，谁能肯定一定跟药物的副作用有关？"

孟波回过头说："是福不是祸，是祸躲不过。这老头儿，没病找病！"

李秀云说："小波这句话说得对，我看就是他自己找的病。那前列腺炎算个什么事儿？有几个做手术的？他就仗着自己是公费医疗，医疗费百分之百报销。我看他是有钱烧的。这不烧出病来了？"

孟亚说："我这次回来，就是想带妈和爸去深圳的。临回来前三姐给我下了死命令，一定要带你们去深圳。在这边儿天天触景生情，情绪哪能好得了？"

孟焱说："爸不会去深圳的。他都说了，官司不打完，他哪儿都不去。"

孟波说："他不去我去。四姐，我跟你回深圳。"

孟波的一个"回"字让孟亚心头起了一个浪头，心想：你以为深圳是你家吗？还"回"。

孟亚说："你再等等吧。你家里孩子小，生意上桂花一个人也忙不过来。再说了，你去深圳又不能出苦力，工厂里的活儿你肯定不愿意干，等有合适的活儿再说吧。"

孟波说："我知道我三姐对我和桂花结婚有意见，她不愿意帮我。"

李秀云说："帮也得能帮上啊！你要文化没文化，要技术没技术，去深圳能干啥？你要是像你四姐似的，有文凭，爱学习，还用别人帮啊？"

孟亚说："我这点儿文化也算不上文化，我这去深圳都一年多了，工作也没进入正常状态，前两份工作都是我三姐帮的忙。想在深圳站稳脚跟，不是那么容易的。"

孟波说："'三个篱笆一个桩，一个好汉三个帮。'"

李秀云说："你就耍嘴皮子行。"

孟亚说："其实我倒觉得，爸可以打这场官司。爸的情况我分析了一下，法律我也懂一些，如果打官司的话，我认为爸能赢。"

孟焱说："就算能打赢官司，那得多长时间哪？再说了，请律师得花钱吧？爸又没有残疾到卧床不起，耳朵也没聋到一点儿都听不见，要是赔个三千五千的，这官司打得有什么意思？你别看爸天天看书跑法院，其实他自己心里也没底。不然，他早去法院起诉了，还能等到现在？"

孟亚去了父亲的小房间。孟福先仍然是先前那个姿势坐在床上，苦着脸一声接一声地长出气。孟亚大声说："爸，咱们去深圳吧。我那边儿时间紧，在家待不了几天。"

孟福先扭着脖子，斜视着墙面："我哪儿也不去。医院不赔钱，我心里窝囊！"

孟亚大声问："那你想要医院赔多少钱哪？"

孟福先也大声回答："最少一万五。做了这个小手术，我得少活十年。我看了差不多一年的书了，法院的人我也问了，像我这种程度，至少是三级医疗事故。"

孟亚说："你当初也是靠关系才找到徐主任给你主刀的，现在你要去告人家，那不把人家的名声给毁了？"

"我管不了那么多。"

"要不这样，你和我妈先去深圳，打官司的事儿在这边儿委托律师就行了，你不用在家里等着打官司。"

“这件事儿不处理完，我哪儿也不去。家里谁都不帮我，还合伙挤对我。”

孟福先不再说话了，嘴巴噘得老高。

孟亚也不想再说什么了，喊着说话她实在不习惯，父亲“啊？”一声，她就得重复一遍，喉咙都喊疼了。

孟亚觉得必须想想其他的办法，尽快把这件事儿处理好，否则孟家将永无宁日。

第二天，孟亚准备去二姐家找孟焱单独商量这件事儿，走到单位的门口时遇到了吴龙。

孟亚先打了声招呼：“吴局长你好！我刚回来，本来准备明天到单位来……看你。”

吴龙表情怪异，说：“不敢当。我你就不必看了，好好照顾你父亲吧。”

“谢谢你对他的关心。”

“跟你父亲学的，他很关心我呀！”

“举报信的事儿，我向你表示歉意。”

吴龙摆摆手：“打住。你不用对我表示歉意，是我对你父亲充满了敬意。”

“我父亲是我父亲，我是我。今天晚上请你吃饭，你有没有时间？”

“可别，可千万别。我怕今晚跟你吃了饭，明天你父亲就举报我乱搞男女关系。他残疾了真可惜，不然还不知道要为反腐倡廉做多大贡献呢……”

见孟亚脸色冷了，吴龙说：“孟亚，你知道我嘴黑。”

“你不是嘴黑，是嘴损！我还记得几年前你评价前任局长的话，你还说过你不会……”

“‘狗尾续貂’，我替你说。你是不是还想说‘多行不义必自毙’啊？”

“我父亲不会再写举报信了，过几天我就带他和我母亲去深圳。”

“别啊，那多可惜啊，我们这个小县城即将失去一位久经考验的正义之神。”

“你什么都变了，就是嘴损这个特色没变。”

吴龙笑了，两个人在微笑中分了手。吴龙的最后一句话是：“孟亚，你什么都没变，又好像什么都变了。过两天，单位几个人聚一聚，听你讲讲深圳，好的话……我也去。”

6

孟亚和孟焱两个人终于想出了一个办法，并且立即付诸行动。

第二天上午，姐妹二人直接去了县医院。徐主任正在医生办公室里，外间是护士办公室，里外有六七个人。

孟焱说："徐叔，找你有点儿事儿。"说着就往外走。徐主任一边问什么事儿，一边跟了出来。

孟亚说："我们姐俩是专门为我父亲的事儿来的，找个安静的地方说话吧。"徐主任就让护士开了一个空病房，并随手关上了门。

孟焱说："徐叔，我父亲做完手术已经一年了，他的手术后遗症您很清楚。我爸一下子老了很多，拄着拐杖都走不稳路，听力也特别差。他现在特别痛苦，天天跟我们发脾气。我妹妹刚从深圳回来，本来是打算带我父母去深圳的，可我父亲说要跟医院打官司，就是不肯去深圳。"

孟亚说："徐叔，我父亲自己原来就是个医生，他懂医。可您的水平比他高，应该更清楚庆大霉素的副作用是不可逆的，他现在的后遗症根本就治不了。我们知道，您也不希望发生这样的事儿，所以，我们一直想办法给我父亲治病，不想把事情闹大。一年了，我们从来没有找过您，就是不想给您和医院造成不良影响。"

孟焱说："我父亲把律师都请好了，说这几天就去法院起诉。您知道我父亲这个人特别较真儿，越老越固执，我们做不通他的工作。"

徐主任一直没有说话，他甚至躲避着孟焱和孟亚的目光。看得出他很紧张，额头已经开始出汗。

孟亚说："说心里话，我们都很尊重您，我们真的不想让他打这场官司。当初我父亲做手术的时候，您也是尽心尽力的。我们这次来，就是想跟您商量一下，看有没有更好的办法来解决这个问题。"

徐主任的脑子好像还没有转过弯，或者，他在等姐妹二人摊牌。

孟焱说："我父亲说了，他要求医院最低赔偿一万五千块钱，低于这个金额，他就起诉上访。"

孟亚说："徐叔，您看我们能不能私下商量一下，不要打官司，私了算了。"

徐主任终于说话了："我……没那么多钱。"

孟焱说："徐叔，如果您同意私下解决的话，咱们就打开天窗说亮话，大家凭良心办事。我父亲确实是做手术出了毛病，我们可以拿市医院的检查报告给您看。"

徐主任说："不用看了，我知道。"

孟亚说："徐叔，您看这样行不行，您出五千块钱，另外一万块钱我们姐俩出。"

徐主任想了想说："五千块钱……我同意出。"

孟焱说："这件事儿还得请我父亲过来，您得亲口对他讲，就说您愿意出一万五千块钱给他作补偿，私下里您给我们五千就行了。"

下午，孟焱孟亚带着父亲到了医院。徐主任先问候了孟福先，问了一下他的情况，随后，向孟福先道了歉。孟福先侧着脸把一只耳朵对着徐主任："你大点儿声，慢点儿说，我听不清楚。"

在孟焱和孟亚的耐心解释下，孟福先终于弄明白了徐主任的意思，心情立刻好了很多，话也顺了："我也知道你不是故意的，以前你可能也没遇到过这种情况。这次手术加上这个后遗症啊，让我遭老罪了，走也走不动，站也站不稳，天天头晕目眩的。这耳朵也不好使了，家里人都不爱跟我说话，觉得太费劲儿了！以前别人都羡慕我身体好，现在完了！我真是太痛苦了！"说着，孟福先的眼睛湿润了。

孟亚大声说："爸，我徐叔都同意拿钱了，这事儿到这儿就了了。以后，咱们再不提这件事儿了。你给我徐叔一个保证吧！"

孟福先说："老徐，这件事儿我倒霉你也倒霉，能解决到这种程度就算不错了。"

孟亚说："爸，那咱们走吧。让我二姐跟我徐叔去取钱。"孟亚搀着父亲先走了。不一会儿，孟焱赶了上来，举着手里的布口袋："钱在这里，回家吧。"

回到家，孟焱拿出一捆钱，那是刚从银行取出来的。她把捆钱的封条扯掉，把这一万和徐主任给的五千放在一起，走进小房间对孟福先说："爸，你看着，我数钱了……正好一万五。"

孟福先长长地出了一口气，脸上终于有了一丝笑意。

孟焱说："这钱现在就给你，还是我给你存上？"

孟福先说："你给我存上吧。"

孟亚说："这回，该去深圳了吧？"

孟福先说："去，去深圳！"

孟焱转身回到外屋，一副大功告成的模样。李秀云高兴地说："都说'三个臭皮匠，顶个诸葛亮'，我看你们姐俩也顶个诸葛亮，还能想出这么好的主意来。"

孟亚说："那我明天就去买火车票？"

李秀云说："这么快呀！这也没准备呀。"

孟焱说："有啥准备的？"

李秀云说："我想把这些东西挑一挑拣一拣，有用的各家分分，实在没用的，再扔。我们走了这个房子就不租了，退给人家。"

孟焱说："你不是说故土难离吗？怎么，现在想在深圳扎根了？"

李秀云说："小亚在哪儿，我就想在哪儿扎根。我就是爱跟老闺女在一起，她最会理解人。你撇嘴也没用。"

孟焱说："我哪撇嘴了？我在替你和我爸高兴呢。"

孟亚说："火车票一般都得提前三天预订。给你三天时间收拾，够用了吧？"

李秀云说："三天？足够用。"

孟亚说："正好，我明天晚上出去吃饭。吴龙说单位老同志聚一聚。我把从深圳带回来的酒送他两瓶。我的人事关系还在单位呢。"

第二天下午，单位的人打电话给孟亚："吴局长下乡了。他让我们先去凯旋酒楼点菜，他回来直接去那里，六点半之前一定到。"

孟亚等一行六人提前来到了凯旋酒楼。

时间已经接近六点半，服务员问要不要上菜。有人给吴龙又打了电话后说："在路上呢。听说话的音，好像还没醒酒似的。"

时间已经到了七点钟，还是不见吴龙的踪影。刚才打电话的人又掏出了手机。那边儿有人接电话，但却是一个陌生的声音："我是县公安局的，吴龙出车祸了。"

吴龙被送到医院两个小时后，被宣告抢救无效死亡。除了吴龙的老婆，单位的人都被请出了病房。吴龙的老婆把孟亚又拉了回来，说："你陪陪我吧！"

两个人给吴龙擦着脸上和手上的血迹。吴龙神态安详，像睡着了一样。

吴龙的老婆看上去没有那么悲痛欲绝，她的坚强让孟亚感觉很异样："孟亚，其实我以前已经想过很多次了，早晚会有这么一天。别人都以为他这么年轻就当上了局长一定很得意，可我知道他活得不舒心。他的性格你知道，他这种人，不当官儿憋得慌，当了官儿我看他更憋得慌……这连命都搭上了！"

"吴龙对你……挺好吧？"

"我没啥文化，我知道自己配不上他。原来在乡下的时候，他还没怎么出息，对我也还可以。外面的事儿他回来也多少跟我说一些，他说最佩服的人就是你，说你可以按照自己的想法生活。"

三天后，单位在县殡仪馆为吴龙举行了追悼会。当致悼词的人读到吴龙为事业"鞠躬尽瘁，以身殉职"时，孟亚听到身后有人在偷偷地笑，低声说："'以身殉职'这词儿用得妙。"

火车在一路向南飞驰，窗外的景物迅速地向后退去。卧铺车厢里，孟亚看着车窗外，神情漠然。吴龙的意外死亡，冲淡了她带父母去深圳的好情绪。

第十章

1

孟美和麦建伟一起到深圳火车站接老爸老妈。

孟美五官精致，肤如凝脂，明眸皓齿，穿着靓丽，衣裤把身体绷得紧紧的，整个儿人焕发着与这个年龄不相符的光彩。

孟美一见到父母，就先跟两位老人分别来了个拥抱。李秀云不习惯三女儿这样的见面礼，她推了孟美一把，说："坐了两天火车，滚了一身的灰，脏。你这衣服，太紧了，肥大点儿好看。"

孟美说："南方流行穿瘦衣服。"

李秀云用手扯着孟美的衣服，把衣服都扯变形了："啊，就跟着流行跑，不管好看不好看？哪有以前你穿肥衣服看着顺眼。"

孟美笑着说："这老娘，好几年没见面了，刚下火车就开始对我进行传统教育。"

麦建伟也笑了，说："妈，你三闺女从来都是她管别人，没有人敢管她。你这次来对了，让她也尝尝被人管的滋味。"

李秀云说："她咋那么厉害呢，还谁都不敢管她？"

坐上车以后，孟美对父母嘘寒问暖：路上累不累呀，冷不冷呀，吃得好不好呀，父亲走路方便不方便呀，等等。

孟福先说："有老闺女照顾，啥都挺好。"

孟美说："你老闺女的使命完成了，现在该我接班儿了。喜欢不喜欢深圳？深圳好不好？"

李秀云说："挺好！外面那么多花草，到处都是树。咱家那儿现在都看不到绿叶了，庄稼也早都收完了。"

孟美又大声问父亲："爸，深圳好不好？"

孟福先侧着耳朵听清楚了，大声说："挺好，挺好哇!"

孟亚说："爸聋得挺厉害的，你说话得大声喊，还得放慢语速，说快了他反应不过来。"

孟美从包里拿出一个小盒子，说："爸，我给你买了个助听器，你试试。"

孟福先没反应过来，看着助听器"啥啥"地问了好几遍，直到孟美把助听器给他戴上。

李秀云说："你想得可真周到，助听器都拿火车站来了。"

麦建伟说："这就是你三闺女的特点，大事儿小事儿，事事周到。"

孟美又跟父亲说话，问效果怎么样。孟福先把助听器往耳朵里按了按："有点儿硌得慌。你们说话我听得清楚一些了。这个车……是借的?"

孟美说："这是私家车，新买的。建伟也配公车了，他是部门领导。"

孟福先说："好哇! 我这个姑爷有出息。这几家，现在属你们过得最好。"

孟美说："现在是要车有车，要房有房，生活已经达到小康水平了。等到了新房子那儿，保证让你们大吃一惊!"

确如孟美所言，进了新房子，李秀云和孟福先感觉有点儿像做梦，就连孟亚都把眼睛睁得大大的。孟美介绍说，这个商品房是为了父母才临时决定买的，之所以选择二楼，是考虑到父母的身体状况。以前打电话的时候，李秀云说过，老人住楼最好就是二层，年纪大了，楼层太高爬不动。美中不足的是，由于时间仓促，房子没来得及精装修。

孟美事先没有告诉父母说买房子了，现在眼看四个卧室加一个书房的新房子从天而降，这对于刚刚搬离北方那个"穷民窟"般的小平房，刚刚南下希望安度晚年的李秀云和孟福先来说，一下子还真找不到合适的语言来评价房子和表达自己的心情。孟福先说："这房子，太大了。这能住得过来吗? "之后他再没有其他的话，被孟美安排冲凉去了。

李秀云倒是各个房间转了一下，最后停留在了厨房里："这厨房够大，我就喜欢大厨房。你这房子买得可真不错，客厅都能放一张乒乓球台了。这么老大的房子，得多少钱哪? 你有钱吗? "

"没钱也不能让你们住露天地呀。"

"量力而行嘛! 你爸总说,看菜吃饭,有多少钱办多少事儿。你没拉饥荒吧? 建伟是个小领导有点儿权,可别……你爸那个老正统……"

"放心,没拉饥荒,也没发不义之财。来深圳打拼了四五年了,连个房子都买不起,那不白来了?"

"来四五年就能买得起这么大的房子? 我和你爸过了一辈子,过到最后,差不多就剩下两个人了。"

"你们生养了六个儿女,这就是最大的财富。从今以后,你和我爸就在这儿好好享受改革开放的成果吧!"

孟亚说:"说点儿实在的吧,房间怎么分? 冲完凉我得睡觉了,好累!"

孟美拉着李秀云的手往最里面的主人房走,李秀云甩开三女儿的手,说:"老拽我手干什么? 热乎乎的。"

孟亚说:"不是热乎乎,是热乎。这是你三闺女在表达对你的感情。"

被甩开手后,孟美不甘心,她又挽起了母亲的胳膊:"妈,里面这间主人房最大最安静,给你和我爸住。"

李秀云瞪起了眼睛:"我跟他住? 北方那么小的房子,我都和他分开住,分住了几十年了,你心里没数啊?"

孟美说:"北方不是房子小嘛,这边儿房子大,床也大,怎么住都够住。"

李秀云说:"怎么住都够住,你干什么非得把我们两个往一个屋赶? 你再这样,我就回北方了。"

孟美赶紧说:"行,听你的。妈,你看,你这主人房的洗手间多大,快赶上北方的一个小房间了吧?"

李秀云高兴了:"除了厨房,这个洗手间我最满意。"

孟美说:"那让我爸住外面这间。小亚,你住客厅旁边儿那间,以后双休日,你就回这边儿陪爸和妈。还得给保姆留间房。"

孟亚说:"我也觉得该请保姆了。"

李秀云说:"请保姆干啥? 家里弄来个生巴愣子,不习惯!"

孟美说："保姆必须得请。麦闯学习住宿条件不好，下个学期我想让她也住这儿。家里人多了，你和我爸年纪又大了，必须得有个保姆。南方的菜跟北方的不一样，你们不认识，也不会做。再说了，这么大个房子，拖地擦灰的也得有个好劳力，没保姆不行。"

李秀云说："请保姆多麻烦。去年从北方好不容易给你找了个保姆，做了一年就让你给打发回去了。又请保姆！"

孟亚说："深圳好多人家都请保姆。你这老观念，该改一改了！"

孟美说："就是。妈，你和我爸都这么大年纪了，该享享福了。有什么要求你就说，生活上的事儿，我会安排好的，你就别操心了。"

2

第二天，孟美就带回来了一个小保姆。孟美的办事效率让父母吃了一惊，李秀云说："这也太快了，说来就来了！"

孟美说："就是特意赶的这个星期天嘛。平时上班儿哪有时间？一耽误又是一个星期。"

小保姆模样不错，脸是圆的，眼睛也是圆的，就是个子不高，看上去也就一米五。

孟美挨个给小姑娘介绍家里人："这是姥姥，这是姥爷。这是四姨。"

小保姆重复了一遍孟美的话。

孟美又反过来介绍："她叫李春，广西人。阿春，先去洗手，用香皂多洗一会儿。"

"李子的李，春天的春。我是春天出生的。"小保姆边说边去餐桌旁边儿的小洗手池洗手。

孟福先大声问："丫头，十几了？"

"十六。"李春回头高声回答。

孟美说："去冲凉，把衣服从里到外全换了。"

李春把她带来的一个大编织袋子拎进了孟美指给她的房间，不一会儿，她拿着换洗的衣服去了冲凉房。

李秀云对孟美说："这么小的孩子，就出来当保姆了？咱家飞飞、男男、麦闯，他们三个也快这么大了，会干啥家务呀？"

孟美说："穷人的孩子早当家。我就是想找个年龄小点儿的，听话，规矩，能多干几年。"

孟亚说："小保姆长得挺好看的。"

孟美说："我就是看她挺顺眼的，一眼就相中了。"

李秀云说："找保姆又不是找对象，还挑长相。光长得好看，不会干活儿，有啥用？"

说话间，李春已经冲完凉出来了。她直接去了厨房，这里翻翻，那里看看，开始找活儿干了。

孟美说："我看人准！这小姑娘，聪明，做事也挺麻利。进来才几分钟，就看得出来。"

李秀云说："我看她挺敢说话的，好像是个'自来熟'。"

孟美和母亲对李春的判断都挺正确，只是都有片面的地方。李春干活儿确实麻利，做饭做菜一教就会，在这方面孟美对她很满意。李春也确实"自来熟"，叫起"姥姥""姥爷"，一点儿都不费劲儿。后来的事实证明，这既是她的优点，也是她的缺点。

新鲜的日子并不等于长久的快乐和幸福。李秀云和孟福先这对大半生的冤家，从来都不知道如何让生活宁静和优雅起来。来深圳还不到一个月的时间，老两口之间的矛盾又开始死灰复燃，只不过冲突的起因既有传统历史的延续，也有与时俱进的创新。

孟美双休日总是想挤时间陪陪父母，比如说带父母去公园转一转，到海边儿看一看，进酒楼吃顿美食，等等。在花钱方面，孟美和麦建伟根本不想节省，只要李秀云和孟福先高兴就行。刚开始还可以，孟美以她不同于孟家其他人的热情与灵活，还真把父母带出去过几次。大家在一起合影时，李秀云和孟福先还戴上了孟美给他们买的太阳镜，老两口看上去挺酷。可出去三次过后，李秀云就开始看啥都没兴趣，吃啥都没滋味。"海边儿有啥看头，就是水呗。海鲜有啥吃头，腥飿飿的？我咬不动，消化不了。"孟福先有庆大霉素中毒后遗症，也没有经常出去玩的兴致。

李春也成了李秀云和孟福先吵架的原因之一。孟福先喜欢跟李春说话，这让李秀云很不满意。李秀云对孟亚说："你看你爸，都那么大岁数了，聋了巴叽的，跟李春总是没话找话，也不看人家烦不烦他。"

孟亚说："不就是随便闲说几句嘛。"

李秀云说："一个老头子跟一个小保姆，有啥闲嗑唠的？"

本来，南方环境优美、空气清新，老两口出去逛一逛是一件很开心的事情。但李秀云不愿意陪孟福先出去，孟福先也就不方便一个人出去了，只能闷在家里戴着老花镜看报纸。到了晚上，孟福先开大音量看电视新闻，李秀云就走过去把音量关小，说："小美不是给你买了助听器吗？戴上！别把电视弄得这么大声，震得我耳朵都快聋了！"

孟福先不高兴了，说："助听器不好使，杂音大，还不如不戴。嫌声音大，你进里屋不就完了吗？"

李秀云说："进里屋？我像你似的，一天到晚咸（闲）肉一块。我这么多活儿，里里外外的，能死巴巴地在里屋待着？助听器不好使，你不会离电视近点儿？那不就听清楚了？"

孟福先说："离电视近了，眼睛能受得了吗？看个电视还得受限制。"两个人经常为看电视的事儿吵架。

深圳的气温也是让孟福先难受的原因之一。各个小房间都装了空调，只有客厅还没装。李秀云不喜欢空调，只用风扇。孟美准备给客厅装空调的事儿被李秀云一个人挡住了，说买台风扇就行了。偏偏这一年的秋天气温偏高，蚊子又特别多，孟美提出要装纱窗，李秀云也不让，说装纱窗不透风。孟福先天天晚上拎着个湿毛巾，左一下右一下前一下后一下地打蚊子，连带着给自己降温。孟福先天天晚上看电视的时候，都是一张十分烦躁的苦瓜脸。

深圳这年的冬天又特别湿冷，孟福先早年留下了老寒腿的毛病，没有供暖设施的南方着实让他不适应。李秀云和孟福先两个人一起后悔没把秋裤带到深圳来。尽管孟美给父母买了好几种保温内衣，但两位老人还是说穿了好几年打了五六块补丁的破秋裤好穿。

3

李秀云和孟福先就这样磕磕绊绊地过着日子，在深圳住了八九个月的时候，两个人终于在一个问题上不磕不绊了：回东北。

除了两个人之间的一大堆矛盾外，南方的酷热和蚊子也让这两位老人难以忍受，此外还有生活和饮食上的不习惯。

"连个刷锅的刷帚都买不着，南方人用的这是啥呀，不是钢丝刷就是什么带毛的，一点儿都不好使！""面起子没有，碱也没有，你上市场问有没有碱，人家好像听你说外国话似的，不懂。"李秀云曾经打电话给孟焱，让她从北方寄来五把高粱穗做的刷帚，还有二斤碱和五包苏打粉。

李秀云和孟福先的关系越来越僵，一吵架就说要回东北。孟美极力挽留父母，把李秀云惹火了："这南方，夏天死热，冬天死冷，有啥待头？故土难离，这次回东北，我这把老骨头就扔在老家了。再有八抬大轿请我，我都不来深圳了。深圳，拜拜了。"

孟美说："人家那么多人从北方往南方跑，来了就不想回去，我有几个朋友的父母都在深圳住好几年了。我这几天正准备装纱窗呢，装了纱窗就没蚊子了。建伟要提副镇长了，快的话也就是一两个月的事儿。以后的条件肯定比现在还好，你回去了可别后悔啊？"

李秀云说："提副镇长算啥？他就是提了市长省长，我也还是要回我的东北。"

孟亚说："北方那几家加在一起，也没有我三姐家这条件，你和我爸回去干啥呀？"

李秀云说："行了，你们都别劝我了，说多少都是废话！"

见父母去意已决，孟美和孟亚只好作罢。但在送父母回东北的问题上，又遇到了难题，姐妹两人都请不了假。让两位老人自己回去，她们又不放心。不放心不只是因为父母年纪大了身体不好，还因为老两口的关系紧张到了水火不容的地步，连话都不说了。

这个时候，另一件事情也让孟亚心急如焚，就是飞飞的转学问题。有一两个月的时间里，每当走过小区附近那座漂亮的中学时，孟亚的眼神里就充满了强烈的渴望，心里却是一阵阵的无奈和惆怅。孟亚硬着头皮跟孟美说了自己的想法，孟美说："也不知道你姐夫有没有熟人，现在转学可困难了，特别是从内地过来的。"

孟亚说："飞飞现在都上初二了，如果转学晚了，这边儿的环境不适应，课程也衔接不上，我怕把孩子耽误了。"

有一天，孟美打电话告诉孟亚："你姐夫说他认识教务处的一个人，是几天前刚认识的，不知道行不行。"

孟亚不知道说什么话合适，担心会给孟美增加精神负担。

孟美说："要不，这个暑假，让飞飞过来，让你姐夫带她去学校看看？"

孟亚的心情相当激动，说："那这样行不行，让志平带飞飞过来。正好他回东北的时候，把爸妈带回去。"

半个月后，当飞飞出现大家面前的时候，这个又瘦又高面无血色的孩子，几乎让所有的人都吃了一惊。连孟福先都说："飞飞咋瘦成这样？吓我一跳。"

孟亚拉着女儿的手，好半天说不出话来。

第二天，麦建伟和孟美带着孟亚一家三口去学校见那位教务处主任。聊了一番后，教务处主任最后说，让飞飞过几天参加学校的测试，如果成绩达到要求，就可以接受转学。

测试只有三科，语文、数学和英语。语文和英语都是飞飞的强项，以飞飞平时的学习成绩，过关根本没有问题。没想到事情会如此顺利，孟亚感觉像做梦一样。孟美也十分高兴，说："飞飞有福！你姐夫刚认识的朋友就用上了。我平时还不让他乱交朋友。他对人特别真诚，容易吃亏。"

孟亚说："我以前没发现我姐夫这么擅长交际。我根本没想到他一出面，飞飞的事儿就成了!"

由于假期里麦闯要参加乒乓球训练,就退了学校的宿舍,搬来新房子住了。人口一下子激增了。家里人多了,老两口的吵架虽然表面上有所收敛,但孟福先的气在心里储蓄着越积越多。

郑志平只能在深圳待上十天左右的时间,孟亚想借这个机会让他试着找找工作,为以后过来做个准备。这几年的时间里,郑志平通过电大学习取得的中文本科文凭,加上编辑的中级职称和一些各种档次的获奖证书,这就是郑志平的全部本钱了。夫妻二人就带着这点儿资本,去了深圳市的人才大市场。

尽管孟亚对这里已经是轻车熟路了,但她每次来仍然感觉不自在。人才大市场是年轻人的天下,年过四十、满脸沧桑的郑志平硬着头皮在一个招聘台前递了一份资料,招聘小姐没看资料先问了一句:"是替子女来应聘的吗?"郑志平刚要说什么,孟亚立即把递的资料拿了回来:"噢……我们再看看。"挤出人群,孟亚说:"可别丢这个人了,走吧。"两个人几乎是落荒而逃。

过了几天,麦建伟通过市里的朋友给郑志平联系了一家传媒公司,那里需要一个写材料的。郑志平当记者也经常写稿子,做文案应该没有大问题。看在朋友的面子上,接待的人倒是很热情,但告诉回去后等消息。结果消息没等来,却等来了休假的最后期限。而这个时候,李秀云和孟福先之间又爆发了一场大战。买火车票回东北老家,是目前唯一能做也必须做的事情了。

送父母去深圳火车站的路上,车里的气氛十分沉闷,六个人各有各的心事,始终挑不起话题。卧铺是两个下铺一个中铺,两个下铺是相对的,中铺则在隔壁。本来这两个下铺是给李秀云和孟福先安排的,但孟福先执意要睡隔壁的那个中铺。孟福先一声不吭,吃力地爬上了中铺,黑着脸,嘴噘得老高,说:"我没事儿,你不用替我操心。谁离开谁都能活。"

郑志平说:"三姐,路上有我呢,放心吧。"

孟美是哭着走下火车走出站台的。麦建伟拍拍她的后背:"激动了?"孟美哭得更厉害了,嘴巴张得很大,全然不顾周围人的眼光。孟亚一声没吭,她强忍着没让眼泪掉下来。

车子返回的路上，麦建伟见孟美还是泪眼蒙眬的，就劝她说："别伤心了。老小孩儿老小孩儿，到东北老家就好了。"

　　孟亚说："爸妈本来就这样，不是一天两天了，我们无能为力。"

　　孟美说："本来，我是接他们来深圳安度晚年的，可谁知道……他们一点儿都不会享福！"

4

　　现在家里就剩下孟亚和三个孩子了。孟亚周一到周五不在家，加上李秀云老两口回了东北，李春好像头上被拿掉了紧箍咒一样，无拘无束的性格更加暴露无遗。做了差不多一年的保姆，她胆子更大了，脸皮也更厚了。三个小女孩儿之间较上了劲儿，确切地说，是飞飞、麦闯跟保姆李春较上了劲儿。

　　李春干活儿虽然比较快，但很粗心，比如菜没择干净，里面缠着一根头发，害得麦闯呕个不停。比如桌子擦得不彻底，地面拖得不干净等，这样的事情更是司空见惯。更让孟亚生气的是，她花十五块钱给飞飞和麦闯买了五个芒果，还没等两个孩子吃，李春就先偷着吃了两个。

　　更无奈的事情还在后面。有一天，孟亚躺在床上看书，李春拿着几卷缝衣服的彩色线过来，坐在孟亚的床前，一边合并各色彩线，一边跟孟亚说话："四姨，你看啥书呢？"

　　孟亚说："你把线都拿出来干什么？"

　　李春说："做五彩线，给手脖、脚脖都戴上，好看。这些线放在家里也没用，也没多少了，我这次用光，省得占地方。"

　　十分钟后，李春的五彩线做好了，她拍拍膝盖上的线头起身走了。孟亚坐起来一看，床上一个线卷，地上三个线卷。孟亚高声把李春叫了回来："你这是等着我给你收拾啊？"

　　李春不以为然地龇牙笑道："我忘了。"

　　李春的大大咧咧和厚脸皮，没有来由地随便出入两个孩子的房间，东一句西一句地问这问那，让正在专心学习的两个孩子不胜其烦。

麦闯和飞飞开始联合抵制李春，直到后来想让李春在她们眼前消失。但要实现这个想法必须得过孟美这一关，偏偏孟美这一关不容易过。

麦闯跟妈妈说："她做的菜不好吃。"

孟美说："你的嘴跟你爸一样刁，只有我能伺候好你。现在也是没办法，你就将就点儿吧。"

麦闯说："她逼我们两个吃剩菜，还像家长似的下命令，我都烦死了！你再不赶她走，我就天天吃方便面。"

孟美就来了个缓兵之计，说："行，妈妈这几天有时间就去找保姆，找到合适的，就把李春换掉。"

麦闯说："时间不等人，越快越好。"

就在麦闯和飞飞为炒掉李春同仇敌忾的时候，孟亚却在为工作的事情举棋不定。做了一年多的办公室文字工作，孟亚感觉压力越来越大。写材料的前前后后，她吃不好睡不好，满脑子时时刻刻都是写材料的事儿。半夜醒来，一想到没写完的材料，她就难以入睡。随着时间的推移，孟亚的状态越发糟糕，一想到随时而来的写材料任务，她就觉得头皮发紧两手发软。尽管经常听到表扬包括上级的表扬，也获得过一些奖励，但孟亚渐渐意识到自己这样做下去是没有前途的。摆在眼前的现实是，孟亚已经过了三十五岁这道"坎儿"了，考公务员连报名的资格都没有了。

其实说孟亚举棋不定，也不过只有两周左右的时间。这样一个特别好的单位，多少人天天羡慕，她孟亚却要主动离开，确实有点儿舍不得。离开以后，自己想做什么，能做什么，孟亚心中的目标并不十分清晰。

一天，孟亚在报纸上看到一则广告，一家新成立的律师事务所正在招聘律师助理。孟亚心里一动，立即打电话过去。律师事务所主任告诉她，有意向的话可以星期六去面试。第二天刚好是星期六，孟亚带着材料迫不及待地去了市里。

主任说："你有律师资格证，可以先给我当助理，实习满一年就可以申领律师执业证，有证后，你就可以独立办案了。当助理期间你跟我学业务是没有工资的。

你有案源的话我带着你做，六四分成，我六你四。"

孟亚环顾着这个刚装修完的律师事务所，吸着装修材料刺鼻的气味，说："我通过律师资格考试虽然好几年了，但从来没办过案子，我就是想实践一下，积累点儿办案经验，至于分成多少我不在意。"

主任看了孟亚一眼："那就七三分成，我七你三。"

孟亚把自己要辞工的事先跟孟美说了，又打电话告诉了郑志平。南方的孟美和北方的郑志平意见一致：这份工作不能辞。

孟美的理由是：你的性格不适合做律师——没资源又不善交际，况且以前也没做过律师，这个年纪从零开始，太难了。目前的单位工资待遇不算低，说不定以后还有好机会，这么急急忙忙跳槽未免草率。

郑志平的理由是：我正跟单位办停薪留职手续，到了深圳还不知道能不能找到工作，或者找到一份什么样的工作。你现在辞工去律师事务所，不但没有收入还要倒贴钱。这不是两个人在经济上都没有保障？你现在的待遇还可以，过年过节多多少少还有奖金发。关键的问题是，目前需要稳定，至少有一个人是稳定的，不然心里没底。

孟美和郑志平的意见对孟亚的决定没有产生丝毫影响，这倒不是因为孟亚固执，而是因为孟美和郑志平的想法，孟亚全都考虑过了，而且她考虑的还不止这些。最为重要的是，孟亚清楚地认识到，以自己目前的情况，她应该开辟新的事业，不管将来能否成功或者这个过程有多难多苦，她现在都应该忍痛割"爱"。梁园虽好，终非久留之地。

孟亚的突然辞职让单位领导大感意外，直到孟亚已经离开一周了，领导还差人打电话过来真诚挽留。直到确信孟亚不是在闹情绪，不是在欲擒故纵，领导才无奈罢休，并决定组织全单位的员工共聚一餐，为孟亚送行。

辞职的第二天，孟亚就去了市里的律师事务所。再没有了单位饭堂里花样翻新的饭菜，再没有了一人一间宿舍、冷水热水哗哗流的好条件，生活上的事情一切自理。孟亚每天早进城晚出城，路上六次上车六次下车，中间要过沙湾关口下车验证，一天至少四个小时在路上颠簸。中午就趴在办公室的桌子上休息，一分一秒地熬时间。为了省钱，孟亚尽量压缩吃饭的开支，吃五块钱的盒饭或者五块钱一碗的桂林米粉，这是最便宜的中午饭。晚上七点钟到家的时候，她经常是饥肠辘辘、人困马乏。

不只是孟亚这样。律师事务所新来的七八个律师助理，几乎是跟她差不多时间进到这个律所的。有来自安徽的、浙江的、江西的、山东的，学中文的、学管理的、学财会的都有，年龄四十多、三十多、二十多的都有，还有一个原来在内地国企当司机的。孟亚找房子的时候去过他们的出租屋，有几个人是合租的房子，屋子里连一张床都没有，旧床垫随便铺在地面上，几件旧衣服随便丢在床垫上。这一职业的刚需是人手必备一台电脑和几本法律法规汇编。

偏偏在这困难时期，麦闯和飞飞再也无法忍受李春了。这一次的导火索是李春做菜时放了葱花，麦闯不吃葱。麦闯四五岁的时候，有一次看到了葱里流出的透明黏液，像鼻涕一样，她恶心得吐了，从此得了"厌葱症"，对绿色的大葱小葱一概排斥。李春知道麦闯不吃葱，这次做菜放了葱是故意还是疏忽，只有她自己知道。

孟亚打电话给孟美："李春干了一年了，有点儿老油条了，还是换个保姆吧。麦闯每天的运动量那么大，这样下去怎么行？"

孟美说："让李春到我这边儿来，在我眼皮底下，她不敢不听话。她现在是熟手了，换个新保姆又得从头培训。我们哪有时间教？"

李春去了孟美家以后，麦闯准备参加全市举办的青少年乒乓球比赛，学校要求队员一律吃住在学校，麦闯就暂时又住到学校去了。家里只剩下飞飞了。双休日的时候，孟亚要么蒸一锅馒头，要么就出去买些方便食品，留给飞飞平时吃。她把飞飞领进厨房，告诉她煤气怎么用，饭菜怎样加热，又告诉她不要给陌生人开门，不要随便出去，等等。

早饭和晚饭都由孟亚负责，只有中午饭孟亚让女儿自己对付吃饱。没想到就在麦闯去学校住后没几天，孟亚有一天晚上回到家时，飞飞正在厨房里忙碌着。两个菜已经做好了，一个是炒土豆丝，另一个是西红柿炒鸡蛋；大米饭也用电饭煲焖好了。

飞飞说："别的菜我不会做，这两个菜简单。"

孟亚说："不错啊！我女儿会做饭了，饿不着了！"

事实上，米饭水多了，黏牙；土豆丝切得粗细不均，炒得还有点儿生；西红柿炒鸡蛋上面有许多小黑点儿，那是锅没刷净的残渣。

受到表扬的飞飞虽然很受鼓舞，但并没有沾沾自喜："做得不好，我知道。可我看你天天这么辛苦，这么晚回来还得给我做饭，就想学着做，反正也没有麦闯那么高的要求。"

"麦闯要求高吗？"

"还不高？她吃的那些东西，可怪了，什么薯条啊果冻啊海苔呀，什么干吃方便面呀，还有大米粥上放鸡精，她就是不爱正常吃饭。"

"她爱吃肉。我刚来深圳的时候在你三姨家住，有一次麦闯一顿饭吃了六个鸡腿。"

"六个鸡腿！吓死人了！"

"当然，那鸡腿是小了点儿，可也不算太小。我都吓着了。可你三姨说没事儿，说麦闯经常这样吃。麦闯喜欢运动，消耗大，是个食肉动物。"

"可能也就我三姨能伺候得了她。其实，我觉得李春做菜还行，我就是烦她总是打扰我学习。"

"还有将近一个月才开学呢，你现在有没有压力？"

"肯定有压力了！不过我在北方的时候，我们老师都说了，南方的教学与北方的有差异，第一次去学校测试的时候我就感觉出来了。我现在比较担心的就是英语，这边儿比北方学得多。"

"你三姨不是把初一初二的英语书都给你借来了嘛，我帮你突击一下。"

"你天天早出晚归的，哪有时间？"

"星期六星期天有时间。我用录音机把书里的单词和课文录下来，你反复听就行了。"

"妈，我真的挺佩服你的！"

"你妈现在都成无业游民了，有什么值得你佩服的？"

"你身上有一种精神，目标明确、勤奋努力，太可贵了！"

"咱们都是普通人，在人生高山的谷底，不脚踏实地地努力攀登，就永远看不到最美的风景。我给你展示一下我的小资本。"说着孟亚站起身，从书柜里拿出来一个文件盒，"这些是我留存的文章，各种报刊上发表的，有一百多篇了……这些是我的证书，获奖证书和毕业证。"

飞飞一边翻看，一边嘴里念叨："……卫校护理专业中专毕业证、英语大专毕业证、行政管理本科毕业证、带学士学位的法学北大本科毕业证、会计证……我的天哪，妈妈，你也太棒太厉害了，我都不知道你拿了这么多证。"

孟亚说："这些都是努力的结果呀，我还考上了中国政法大学和北京法官学院联合招考的研究生班，成绩比录取分数线高出了九十六分，考虑到只有毕业证没有学位证，三年时间里还得去参加六次面授课程，我也没有那么多时间跑北京，后来我就放弃了。"

"那你为什么参加考试呀？就为了证明自己吗？是金子在哪里都会发光的！"

"参加考试确实是想圆研究生的梦，同时也看看自己有几斤几两。是金子在哪里都会发光，这句话很励志。你觉得这种说法成立吗？"

飞飞想了想，说："可能主要是指人的意志品质吧。妈妈，你是一颗照亮自己人生的太阳！"

孟亚的眼神瞬间变成了一束光，说："哇，飞飞有作家的潜质呀，你这句话总结得好极了，诗情画意里面还有哲学高度。"

飞飞说："我要向你学习！……我爸要是像你这样就好了。你奔波这么多年，辛苦这么多年，本来……这些事儿应该是他做的，就像我三姨父那样。"

"人和人能一样吗？我不这样想。你爸不是也有优点吗？这些年我四处奔波是挺辛苦的，可你爸那个记者的工作也是没白天没黑夜的。他一个人照顾你四五年，也不容易啊。没有几个男的能做到这一点。"

"我爸有优点我知道，他照顾我是不容易。"

"你看，现在又把他一个人扔在北方了，你以为那日子好过呀？我们家三口人，分分合合的，都五六年了。"

221

"我记得可清楚了，你去南京上学的第一年，快要过春节的时候，有一天我爸给我买了一张大饼，就忙春节晚会节目去了。我站在他们单位的走廊里，看着西边儿快要落山的太阳，一边吃饼，一边听他们演播室放张也唱的歌曲，就是那句'红灯照，照出全家福，红烛摇摇摇，摇来好消息'。我觉得那首歌好像专门给我放的，可刺激人了！"

　　"那个时候想我了，是吧？"

　　"是啊。当时感觉挺凄凉的！"

　　孟亚笑着说："八九岁就知道凄凉？有歌曲听，有大饼吃，还凄凉？多幸福啊！"

　　飞飞也笑了："我记得特别清楚，那首歌一遍一遍地放，那张饼越来越凉，那是冬天啊！"

　　"那你就进你爸办公室呗，非得站在走廊里制造悲剧气氛哪？你呀，从小就心事重，这种性格不好，太累了！你白姥就是悲剧性格，咱们都应该注意。太敏感了只能给自己增加不必要的压力，不好。"

　　"我知道。我这不也就是随便说说嘛，都过去了。"

　　飞飞进了自己的房间。孟亚把孟美的那本诗集拿过来，翻到了《让风吹过来》这首诗，怎么看都觉得这首诗像是为自己写的。

　　　　……
　　　　有过天真烂漫的岁月
　　　　也有过千千心结无绪的忧伤
　　　　有过流血流泪的昼夜
　　　　也有过跌倒爬起后的坚强
　　　　有过喟叹自忖怀才不遇的不平
　　　　也有过苦中作乐的歌唱
　　　　有过挑起眉毛无视一切的冷漠
　　　　也有过缱绻拳拳的柔肠
　　　　有过患得患失的进退踌躇

也有过"前面是个天"的信仰

让风吹过来 吹过来吧

终究躲不掉一场伤筋动骨的较量

……

5

李秀云和孟福先决定回东北后，首要大事儿就是解决房子问题。北方的两女两儿四个家庭，正为这个大难题闹得一波未平一波又起。

孟焱和刘金川最先闹僵了。其实，孟焱知道刘金川肯定不会同意她给父母买房子，但她还是得走个过场说出来。原因很简单，在房子的事情上孟兰和高大龙已经做过巨大贡献，就是排号也轮到他们了。

刘金川当然不同意孟焱的观点："哪有这样排号的？他们贡献大我承认，可你那两个弟弟呢，他们有啥贡献？是老人反过来为他们做贡献。你妈当时卖房子的那笔钱，要是自己留着不给小波，现在回来买个平房不是正好吗？"

"那三间小平房才卖一万五千块钱。现在的好房子多贵你不知道啊？两万五也下不来。"

"我知道下不来，可也差不了多少吧？你爸工资那么高，再攒点儿就够了呗。"

"那父母把我养这么大，我就一点儿尽孝的义务都没有吗？你怎么闭口不谈做儿女应有的孝道？"

"我说你长没长脑啊？家里的钱都押在这辆新车上了，本钱还不知道能不能回来呢。再说了，男男是男孩儿，长大了你得给他买房给他娶媳妇吧？你现在不攒钱，到时候来得及吗？就你儿子那样的，学习不好，身体不好，再穷光蛋一个，将来还不得打光棍？"

"我头一次发现你这么关心儿子。钱是真好使，怕我给我爸妈买房子，你一下子成好父亲了。"

"我知道，你就是想给你爸妈买楼住。"

"我没那么想，我也不敢那么想。就你这小抠儿样儿，一分钱都能攥出水来，我想啥都是白想。"

"拉倒吧。你是个大孝女，这么顾娘家，往那边儿拿多少，谁知道啊？"

孟焱火了："我拿多少了？你这小心眼儿，比女人还女人。照你这么说，我还就是要给我爸妈买楼住，好好孝顺孝顺老人给你看看。"

"我看你才是比女人还女人呢，一天到晚这些事儿呀，不够你作的了，我看这日子你是不想好好过了。我爸活着的时候，我哥跟他打架都抄板凳了，我啥时候对我父母大声说过话？你孝顺你父母我不反对，但得量力而行吧？俗话说'养儿防老'，你们老孟家要是没有儿子了，我没的说。"

"你说啥呢？你诅咒我们家人？你再说一句！"

"我没诅咒，我那只是假设。"

"你们老刘家人六亲不认，就认钱，个个都是抠门儿，心眼儿往里勾勾着。"

"你们老孟家好，放着好好的日子不过，北方南方、南方北方地瞎折腾，早晚得折腾出事儿来。"

"你放屁！"

"你才放屁！"

两个人你一句我一句，男男过来劝架根本就没有用。

孟涛和冯燕倒是没吵架。孟涛和冯燕去大姐孟兰家的时候，孟兰提到了父母要回来的事，说："听你四姐说，你三姐可伤心了，说爸妈不会享福。"

孟涛说："我看也是。那边儿一百六十平方米的大房子不住，这边儿连个六平方米的小房子都没有，还非得回来。我真不知道他们咋想的。"

孟兰说："没房子也得有地方住啊！"

冯燕悄悄捅了一下孟涛的腰，孟涛说："我那儿就两小间卧室，一庶又这么大了，现在他自己住一间呢。老太太肯定嫌挤巴，让她去住她也不能去。"

事儿后高大龙对孟兰说："你大弟弟，心眼儿太多了，事先就把门封上了。"

"他买楼的时候我妈没出钱，人家到现在还记着呢。"

"买楼没出钱，娶媳妇钱可没少花，弄得你老弟弟现在还牢骚满腹呢。"

"小焱和刘金川前两天也吵架了。小焱说要给爸妈买房子，刘金川不同意。"

"真吵还是假吵啊？做样子谁不会，来点儿真格的。"

"你净说屁话，谁给你做样子了？小焱好脸儿，样样都不想落在别人后面。"

"那么贵的车，至少能买三套房，还是有钱哪。好脸儿好啊，咱们左一个房子右一个房子，给老两口住了好几年，一分钱房租都没要。要不是赶上拆迁，他们想住到啥时候就住到啥时候。你们家姐弟六个，咱家又不是大户，排号咱们都排过了。"

"这有排号的吗？亏你说得出口。你是你家的老大，我是我家的老大，咱俩加一起还是老大。谁不管都行，咱们不管不行。"

"咋的，还讹上谁了？你一个月就几百块钱的工资，我现在也不养车了，还得治病吃药，就指着以前那点儿老底儿。这不是坐吃山空吗？小雪再有两个月就要结婚了，你说要拿五万块钱，拆迁补偿款才两万多块钱，还不够给小雪的呢。你拿啥买房子？"

孟兰的脸上就有了山雨欲来风满楼的迹象，要哭似的。高大龙笑了，赶紧说："刚才都是跟你开玩笑呢，你一点儿都不识逗，连个笑话都听不出来。你可别生气，心脏病气犯了，谁养活我呀!"

孟兰还真就哭了："我爸我妈辛苦一辈子了，到头来连个住的地方都没有。"

"你看你，哭啥呀，你一哭我就害怕，我最见不得女人的眼泪。爸妈有这么多儿女，你还有两个有本事的妹妹在深圳。你放心，肯定不能让老两口住露天地。实在没人管，咱们管，谁让咱们是老大呢，就这命了!"

到了孟波和刘桂花小两口这里，刘桂花知道自己现在没有能力接公婆过来住，但依她的想法，能力不够没人怪你，但心意不到就说不过去了。所以，刘桂花要求孟波跟几个姐姐把这个意思说出来，或者直接给当时还在深圳的老两口打个电话。可孟波死活不肯："我不说，你也不许说。让他们也尝尝没房没家的滋味儿!"

"果果她爷奶都是奔七十的人了，你咋这么没人情味儿呢？"

"狗拿耗子多管闲事，我们家的事儿你少管。我告诉你，我要儿子，你一心一意给我生个儿子，这才是你的本分。"

"生了儿子又能咋样儿？你不是你爸妈的儿子？如果生了儿子像你一样，还不如不生。"

孟波气得举着拳头冲到了刘桂花的面前。刘桂花后退一步，先抓起一个盘子摔在了地上："告诉你，姓孟的，你敢我动一下，我立刻跟你离婚！"

孟波也开始摔盘子："离就离！你不愿意给我生儿子，有人愿意给我生。"

"就你？要工作没工作，要本事没本事，一天游手好闲好吃懒做，不是骂老婆就是打孩子，除了我，谁愿意跟你遭这份洋罪？你看看几个姐姐，包括你哥，谁家都是两口子拧成一股绳，想着怎么能把日子过好。老孟家就你格色，三十来岁了还没正事儿。"

"你跟我遭洋罪？要不是找了你这么个乡巴佬，我结婚家里能给这么点儿钱吗？要不是你开了这个破狗肉馆，我能被开除吗？我现在活得这么窝囊，就是你这个丧门星带来的晦气！"

"你才是丧门星！你根本就不像个男人。我是农村人没错，可我实话告诉你，我瞧不起你这个不会正经过日子的城里人。"

孟波气疯了，伸手想打刘桂花。这时，刘桂花的母亲抱着果果进来了。刚才还满脸怒气的刘桂花，一下子就变出了一张笑脸，从母亲手中接过女儿。

看着一地的碎盘子，刘桂花的母亲说："这是咋回事儿啊？"

刘桂花亲亲女儿的小脸蛋，笑着说："地太滑，我一摞盘子没拿住，摔了。这不，小波心疼打了东西，跟我生气了。"

孟波跟岳母打了声招呼，转身进里屋了。刘桂花的母亲说："盘子摔了，还值得生这么大气啊？小波是不是经常跟你发脾气啊？"

刘桂花说："不是，我们俩平时好着呢。他这个人性子急，发脾气三分五秒就过去了，不来真的。"

其实，就在北方这几家为老两口住房问题闹腾的时候，深圳的孟美早已未雨绸缪了。父母回东北之前，孟美给了母亲一个存折，里面有三万块钱。孟美说："妈，这笔钱给你和我爸买房子。"

李秀云说："你这刚买这么大一套商品房，加上我和你爸在深圳住这一年，也花了你们不少钱。现在又拿出来三万……"

孟美说："没事儿。三万块钱买房子够不够？"

李秀云说："买平房用不了，我愿意住平房。"

孟美说："要不先让我大姐二姐她们在那边儿看看房，有合适的先买下来，你们回去直接就能住。"

李秀云说："那不行。我这个人要求高，以前你大姐拆迁的那个楼，我就没看上。我自己看中了才能买。回去再说。"

李秀云和孟福先准备回东北的头天晚上，孟兰来电话了，李秀云说出了心里话："这几年住楼住习惯了，我不想住平房了，天天弄那些煤呀灰呀的，太脏。我没跟小美说想买楼，不想花她太多钱。"

孟兰说："我现在倒想住平房了，住楼费用太高。大龙现在在家里当保姆，杂活儿都是他的。前几天我刚看了一个平房，前后都有院儿，前面还有一个小门市房，能出租给人家做小生意。要不你住我的楼，我买个那个平房。就是那个平房要价太高，要七万，我看最少也得六万五。"

李秀云说："你现在的这个家属楼，我还真就挺喜欢的。结构好，两个卧室都在阳面，房间可亮堂了。那我就把这三万块钱给你，我和你爸住你的楼。"

本来，依孟美的意思，给父母出钱买房子的事先不要告诉北方那几家，她想看看几个姐姐弟弟对老人回去是什么反应。孟美对李秀云说："不要告诉他们，特别是两个小的。小波不是说天天做梦都想上深圳吗？如果这次表现不好，就别做白日梦了！"

可现在情况又变了，李秀云说要住孟兰的楼房。孟美知道后说："行。那我大姐买平房如果缺钱，缺多少我来出。"

房子问题在李秀云和孟福先回到东北时已经解决了，孟兰和高大龙搬进了平房，李秀云和孟福先上了楼。孟兰原来有几万块钱借给了高大龙那边儿的亲戚，人家知道他们买房子等用钱，就及时还了。再加上李秀云带回来的钱，已经足够用了，只是给小雪的钱还有缺口。孟美就想再给大姐孟兰汇两万块钱。

星期一上午，孟美抽空跑到银行把款汇了孟焱。孟焱有银行内部员工卡，能省五十块钱的手续费。

孟焱告诉孟美说:"小雪下个月结婚,大姐要给小雪拿五万块钱。大姐可犟了!"

孟美说:"嫁姑娘又不是娶媳妇,有必要拿那么多钱吗?再说了,大姐也没多少钱,就别硬撑着了。"

孟焱就把这话转给了李秀云。李秀云也不同意孟兰这样财小气粗。话传来传去,"别硬撑着了"就变成了"瘦驴拉硬屎"。

孟兰听了,脸就青了:"我家的事儿,用不着别人操心。小雪结婚要买房子,她老婆婆还出十万块呢。小美不就是怕我用她的钱还不起吗?她汇来的钱我不用。吃人家的嘴短,用人家的手软,我不想听别人说三道四的。穷要有个穷志气!"

孟焱给孟亚打电话说:"本来是好心,没想到弄成这样,我们跟大姐很难沟通。"

孟亚说:"不管大姐想给小雪拿多少钱,那毕竟是她自己家的事儿,咱们就别管了。大姐现在经济本来挺困难的,这样弄误会了,她心里肯定难受。"

孟亚告诉孟美说,以后如果打电话给大姐,一定不要提给小雪拿钱的事儿。孟美问:"怎么了?"

孟亚就把事情经过简单讲了一下,说:"你说大姐给小雪拿钱是'瘦驴拉硬屎',这句话把大姐伤了。"

孟美睁大了杏仁眼,说:"我也没这么说呀!我就跟二姐说,大姐本来就没有多少积蓄,就别硬撑着了。我一片好心。你姐夫家老的少的六七口在这边儿,啥说道都没有,我咋说咋是。咱家人这都是啥性格呀?事儿也太多了。"孟美气得快要哭了。

孟亚说:"其实也简单,别人家的事儿,能帮忙的就帮忙,不该管的就不要管,毕竟还是得靠自己过日子。"

孟美生气地说:"你们家的事儿我也没少管,以后我也不管了!"

孟亚没想到孟美突然间把矛头指向了她,第一次听三姐说这么重的话,孟亚有点儿受不了,她机械地跟了一句:"那你就别管了。"还没等放下电话,眼泪已经出来了。

第十一章

1

就在李秀云和孟福先坐着火车打回老家去的时候，他们的"老疙瘩"孟波却轰轰烈烈地向南挺进着——孟波就像一年前的父母一样，南下直奔经济特区——深圳。突然间接到了三姐孟美的电话通知，孟波刻不容缓地立即起程。

这个电话实际上是刘桂花打给婆婆李秀云的，但老两口此刻已经在火车上了。孟美接的电话，刘桂花开口就叫"三姐"，叫得甜且自然，就像叫自己的亲姐姐一样。刘桂花说："三姐，小波这几天一直催我给爸妈打个电话，问哪天能回来好去接站。我也是瞎忙，电话打晚了。"

孟美说："我正想给你们打电话呢。小波在吗？"

刘桂花说："他……出去办货去了。开这个狗肉馆，店不大事儿不少，他主外我主内，他一天晚到在外面跑。要不，这个电话他早就打了。小波还说，爸妈要是不嫌弃，就住到我们家里来，他知道妈喜欢住平房。"

孟美听了心里很舒服，说："你们现在条件也不是很好，能有这份心思就够了。小波不是一直张罗想来深圳吗？你三姐夫现在需要一个司机，我想让他给你三姐夫当司机，一个月工资一千块，政府发工资。"

"三姐，小波要是知道了，还不高兴死了！"

"小波如果来了深圳，你一个人，孩子又小，狗肉馆忙得过来吗？"

"没事儿，'有山靠山，无山独立。'小波原来当铁路工人的时候，狗肉馆就是我一个人管。现在干了几年了，熟了，没事儿。就是小波……他是家里的老疙瘩……三姐你对他管严点儿，你和三姐夫有文化，你们的话他肯定听！"

事儿后孟美对孟亚说："桂花会说话，挺明白的一个人。生在农村，可惜了！"

孟亚说："要不是生在农村，也成不了你的弟媳妇。"

孟美正在大房子的各个房间里窜来窜去，量着每个窗户的尺寸，准备装纱窗。她没听出孟亚的话外音。

孟亚的心里有一种隐隐的担忧。孟美和孟波好几年没见面了，依孟亚的感觉，姐弟两个这几年变化都很大，还有三姐夫麦建伟。孟亚很希望孟波能有个正常的工作，但潜意识告诉她，孟波来深圳不一定是个很好的选择。

而此时火车上的孟波却是心花怒放。坐在火车上，孟波真有点儿做梦的感觉。刘桂花给他带了一大包吃的东西，狗肉馆里能吃的东西差不多带全了。

孟波太兴奋了，如果坐两天的火车一直一个人绷着这种兴奋劲儿，那他会憋得扁桃体肿大。他现在最希望有一个人说说话，让这种快乐像花儿一样开放——墙里开花墙外香。

睡在孟波上铺的也是个小伙子，比孟波还年轻，一听说话就是东北人。他有时就坐在孟波的铺上，或者坐在靠窗的小椅子上，车里车外东看看西看看，也是一脸的兴奋。小伙子自我介绍叫李大为。他买酒请孟波喝，孟波请他吃东西。两个人一边吃喝一边聊，很快就熟得跟老朋友似的。

李大为问孟波去深圳干什么。孟波早就等着有人问他这句话了，说："我去给我姐夫当司机。我姐夫是镇长，处级领导。我亲姐夫！"

"当司机呀？"李大为又对孟波上下打量了一番，"西装配领带挺有派啊。我还以为你是大领导呢……你家兄弟几个呀？"

"两个。我有个哥，我是家里的老疙瘩。"

"老疙瘩吃香。你姐对你真好，这么好的事儿先想着你。你姐夫是镇长？镇长官儿也不大呀，咱们县十九个乡镇呢，乡长镇长一大堆。"

"还官儿不大？我姐说深圳是什么……副省级，镇长的级别跟咱们的县长是一样的，一个县不就一个县长吗？关键是深圳是啥地方，咱县是啥地方。"

"那这官儿是不小！咱那儿是'蚂蚁穿豆腐，提不起来'呀！"李秀云喜欢说这句话，现在从李大为的口中听到了，孟波心里特别舒服。

"一万个幸福县也赶不上一个深圳，经济特区，招商引资跟国际接轨，GDP老厉害了！"

"鸡的屁？啥意思啊？"

"就是经济发展得快发展得好呗，钱多多，满地都是钱，一搂一大把！"

"那咱们也赶紧过去多搂几把！你真有好命，亲姐姐在深圳。"

"我姐夫对我更好了！头几年他们没结婚的时候，我姐夫第一次来我们家，就给我买了一辆自行车，三百多块钱呢，用了他半个多月的工资。他还帮我给自行车平圈，弄这弄那的。只可惜，那辆自行车我还没骑热乎呢，刚买几天就丢了，被人偷了。"

"人家能偷，你就不能偷？"

"我？我哪敢偷啊……你敢吗？"

"我……这也是说说气话，替你生气呗。那你去深圳当司机，每个月工资多少钱哪？"

"一千块。"

"才一千块？"

"咋的？听你的话，好像少了？"

"不多。我听说，深圳政府的人一个月开六七千呢。"

孟波吐了一下舌头，说："那么多钱？那你知道北方的公务员工资有多少吗？才六七百，还不如我这个小轿车司机呢。"孟波把"小轿车"三个字说得很重。

"你去深圳，开的是啥样儿的小轿车？"

"别克，听说是进口车。"

"那是好车。"

"你懂车？"

"我……啥都懂一点儿。"

"那你是做啥的？"

"我？……钳工。"

"在老家的工厂里做钳工？"

"我们那个厂子大，相当大。"

"那你现在去深圳干吗？不是还当钳工吧？听人家说，咱们北方人很少有去

231

南方进厂当工人的，太辛苦了，没人愿意干。"

"我也有个姐姐在深圳，不过是表姐。我姨妈在我表姐家，这不，住够了，想回东北看看。我表哥忙脱不开身，让我过去接她。"

"你结婚了吗？"

"儿子都两岁了。咱是一家之主，得赶紧抓钱。没钱的日子没法儿过。"

"你说得对。大老爷们，赚不到钱，腰板儿不硬，啥都不硬。"

"你说对了，没钱啥都不硬。咱俩留个电话吧，以后要是真能在深圳混的话，咱们就是真老乡。你别看在老家谁都不愿意搭理谁，离开家乡就不一样了。'老乡见老乡，两眼泪汪汪'嘛。"

这话正合孟波的想法，他便把孟美家的电话号码留给了李大为。孟波记得小的时候，家里人喜欢猜字谜，母亲李秀云最爱说"人穷双月少，衣破半风多"，前一个字是"朋"，后一个字是"虱"。孟波更喜欢"在家靠父母，出门靠朋友"这句话，多一个朋友多一条路，总归不是什么坏事儿。而李大为留给孟波的是手机号码。孟波把李大为的手机拿过来，翻来翻去地看："我的手机扔给我老婆了。我姐说了，他们政府的小车司机都是公家给配手机，不用自己买。"

李大为一脸的羡慕："那你太厉害了！"

麦建伟临时在单位找了司机阿旺，开着别克车去火车站接回了孟波。阿旺是广东人，二十八岁了还没结婚。这个后生仔的普通话虽然带广东口音，但说得还算流利，跟孟波的话也挺多。只要孟波感兴趣的话题，问什么他答什么，还会主动介绍一些具有地域特色的事情，听得孟波耳根发热。高楼大厦、车水马龙、碧海蓝天、莺歌燕舞，让孟波两眼放光。车子开到孟美家的小巷前停下来的时候，孟波热血沸腾的情绪仍停不下来。

阿旺帮着孟波把大包小包提上了楼。孟波没少带东西，朝鲜咸菜一大包，哈尔滨红肠一大包，还有松子、瓜子、榛子、木耳、蘑菇等，都是北方特产。十来瓶擦脸用的甘油，是孟美特意要的。还有几条棉线床单被罩，也是孟美专门要的，说深圳这边儿不好买，有的话也贵得要死。本来还想带些黏玉米、汤子面这些北方特产，这两样东西孟亚喜欢吃，可天气太热，这些东西坚持不到深圳。

麦建伟西装革履，孟美粉黛娇颜，一副要出门的样子。麦建伟第一句话是问阿旺的："怎么用了这么长时间？路上塞车了吗？"

阿旺说："没塞车。就是不认识阿波，多等了几分钟。"

孟波脑子转了一个弯，才明白自己就是"阿波"。

孟美的第一句话是对孟波说的："你姐夫都等着急了。……怎么这么大烟味！你抽了多少烟？"

孟波说："在火车上闲着没事儿……"

孟美说："从今天开始戒烟，一口都不许抽了。你姐夫最讨厌烟味。"

孟波愣了一下，说："我在北方都抽十来年了。"

孟美说："这里不是北方，是南方，是深圳！"

孟波机械地哦了一声，一时不知道说什么好。

孟美又问："你累不累？累了就在家休息。不累的话，就跟我们一起出去，去区里见几个朋友。"

孟波说："不累，在火车上都睡了两天了。这些东西……"

孟波本来想介绍一下他带来的东北特产，可被孟美截住了："李春，过来把这些东西放起来。小波，给你五分钟时间冲个凉，换套衣服。快点儿啊。"

李春跑了过来，翻看着大包小包，叫道："又是这些东西！以前别人送的，还有好多呢。这往哪放啊？"她又看看孟波那一身皱巴巴的衣服，"你太脏了！直接去洗手间，别把沙发弄脏了！"

孟美说："这样，把这些土特产给你四姨他们拿去，红肠也拿过去一半儿，家里人少吃不了这么多。李春，你赶紧拿塑料袋把东西分好。"

孟波的心里突然间感觉有点儿失望，老家人精挑细选买回来的土特产，自己肩扛手提万里迢迢弄到了深圳，竟然成了姐姐家的累赘和负担。

直到出门走近轿车的时候，麦建伟才跟孟波说了一句话："你开车，行吧？"

孟美说："他不熟路。今天赶时间，还是你开吧，明天让他正式上岗。小波，你坐副驾，注意看路牌。你姐夫性子急，刚才那个阿旺给你姐夫开过车，他脑子可笨了，不记路，经常被你姐夫骂。"

孟波说:"我看他挺聪明的,可爱说话了,路上……"

孟美说:"这个南方仔人品不太好,你以后少跟他来往。"

孟波还想说什么,孟美已经跟麦建伟谈起了中午吃饭的事情,她问吃海鲜还是吃山珍。麦建伟说:"山珍。"

孟美在手机里查电话号码,麦建伟说:"你直接打韩老板的手机,留个位置最好的包房。"麦建伟随口说出一串号码。

打完电话后,孟美对孟波说:"以后这些事情都是你的。你姐夫外面应酬多,场面上迎来送往,酒桌上斟酒倒茶,你必须得有眼利见儿,机灵点。你姐夫嘴狠,说人能扒层皮,你得有心理准备。还有,当司机的,穿得休闲一点就可以了,但必须上档次。下午如果有时间,我带你去商场买衣服。你姐夫做事情都是高标准,你必须跟他步调一致。"

孟波有点儿蒙了,刚才还热血沸腾的他,现在一下子变得手足无措。麦建伟居高临下的严肃和令行禁止的威严,让孟波觉得眼前的三姐夫是如此的陌生,根本就不是几年前给他买自行车的那个人。就连三姐孟美,老孟家公认的性格最好最没脾气的人,现在也变得这样说一不二威不可测了。还有,孟美学广东人说话,舌头不打弯,硬得像块木板,比如把"机灵点儿"的儿话音去掉了,说成"机灵点",孟波感觉真是别扭。孟波一时接受不了这些事实,他的脑子有点儿乱,想不明白这到底是怎么回事儿。

麦建伟请了三个朋友,都带着老婆,还有一个带了孩子。麦建伟的朋友都是有官职的,一个是处长,一个是局长,另外一个是镇长,都是东北老乡。客人到了以后,孟美给大家介绍了孟波:"这是区领导的亲戚,给阿麦当司机。"路上孟美已经叮嘱过孟波,以后不许管麦建伟叫姐夫,要叫"麦副",就是麦副镇长。家里外头都要这样叫,养成习惯。北方叫领导都是全称,广东却把"长"字去掉了。

孟美一边征求客人们的意见,一边向服务小姐报菜名,点了十几道菜,孟波一个也没听懂。然后孟美问喝什么酒,几个人提议喝红酒,孟波在旁边儿却突然冒出了一句:"喝二锅头,有劲儿。"

孟美看了孟波一眼："你以为这是北方乡下啊？还二锅头有劲儿。"

一个朋友笑着说："以前在东北还真的经常喝二锅头，有时醉得一塌糊涂。想想那些年的生活状态，真是不堪回首啊！"

孟美说："我原来以为广东人不喝酒，其实不然，只不过跟东北人的习惯不同。广东人是能喝的不少，想喝的不多，喝醉的更不多。东北人是能喝的不多，敢喝的多，被逼喝酒的更多。"

"这里除了结婚、孩子满月，摆酒外，其他几乎没有摆酒的。哪像北方，找个理由就想收钱。北方的工资还低，一个月的收入都不够随礼的。"

"南方人也不是什么都好，就说开年的利是包就是一大陋习。我说的是单位同事之间要红包。我这几年春节后上班儿第一天被人家索要的红包，加在一起都有几千块钱了。凡是没结婚的，有的偷偷领了结婚证的也藏着不说，都跑到我们已婚人士这里要红包，而且理直气壮的。你说都是有工作的人了，有的还是公务员，工资比那些临时工高几倍，还反过来跟人家要钱。"

孟美说："广东这个风俗应该是在家族里开的先河。结了婚的长辈逢年过节给晚辈利是包，后来不知怎么就在社会上流行开了，单位也跟着这种风俗跑。"

麦建伟说："我最受不了北方人拖泥带水的工作作风，说话啰唆，办事拖拉，就连走路都慢腾腾的。总之一句话，效率太低。"

孟美说："建伟这性格，来深圳是最合适的，他工作恨不得连轴转，一天二十四小时不睡觉。可深圳人也不都像他这样，他手下那些人又服他又怕他，我都担心他得罪人呢。"

另一个说："得罪人也得这样。就是因为不想混日子过，咱们才孔雀东南飞嘛。要是没能力、没水平、没上进心的，深圳凭啥养你东北二大爷啊！你看深圳这几年发展得多快，简直是天翻地覆，哪还能看见二十年前那个小渔村的影子。"

"深圳现在的户籍人口不到两百万，流动人口却达到了八九百万，整个儿倒过来了，这在其他城市是根本没有的事儿。都看深圳发展得又快又好，都想跑这儿来淘金发财，不管自己是半斤还是八两。"

"谁说不是呢。我家从内地来深圳找工作的人，最多的时候有四十多人。我家那房子一百八十多平方米，够大了吧？晚上全都躺满了，看不见别的，就是横躺竖卧的人。有的一待就是几个月，好工作干不了，赖工作不愿意干，就在你家白吃白住，还眼气你家有车有房有钱。"

"东北人就是这毛病，眼高手低，大事儿做不来，小事儿又不想做，不愿意吃苦。当年温州人东南西北闯天下，多少人从几块钱的小买卖开始，谁能想到现在温州的生意人名传天下？"

孟美说："当初深圳提出来'时间就是金钱，效率就是生命'的观点，还差点引发一场全国性的大讨论，说这种提法不正确。现在，"深圳速度"名扬天下。就说我家阿麦，提了副镇长以后，工作更忙了，一天接上百个电话，夜间从来不关手机，刚开始我还不太习惯。"

从客人陆续到场，到酒桌上的推杯换盏，麦建伟和孟美不时差孟波给客人倒茶斟酒，或者出去找服务员安排大事儿小事儿。这餐饭吃了快一个小时，孟波感觉自己的肚子还是空的。

坐在评时事、聊生活的深圳东北人当中，一句话都插不上的孟波小声跟孟美说自己吃完了，想去外面待一会儿。孟美瞪了他一眼："客人还没吃完，你怎么能下桌呢？"

孟波捂着肚子说："我……肚子疼。"

孟美说："那你去车里休息一下吧。如果没事儿的话，把东西给你四姐家送去，我们这饭局一时半会也不会结束，时间应该来得及。刚才来的时候，我指给你的那个路口，进去就是那个小区了。不要超过半个小时，不然小区收停车费五块钱。"

孟波立刻站起来，像被大赦了一般逃离了酒桌。

孟波提着大包小包到了孟亚家，孟亚往他身后看："怎么，就你一个人？"

孟波说："我三姐三姐夫他们请朋友吃饭，在酒店呢。"

孟亚赶紧接过东西："怎么拿了这么多？"不等孟波回答，又回头喊，"飞飞，你老舅来了，快出来。"

飞飞从自己的房间里走了出来，冲孟波笑笑："老舅来了。"说完，又回屋学习去了。

孟波穿着拖鞋四下看看，说："这房子也太大了，快赶上我们家的房子三个大了。"

　　"你上午才到深圳，也没休息一下，就开始新生活了？"

　　"新生活？噢，还真是。"

　　"感觉怎么样？"

　　"不怎么样。"

　　孟亚用疑问的眼神看着弟弟。孟波说："我怎么觉得我三姐三姐夫他们两个好像换了一个人似的，噢对，是换了两个人似的。我不习惯。他们过去不这样。"

　　"过去是过去，现在是现在。这里是深圳，不是东北，你不习惯也得习惯。不然，你很难在这里混下去。"

　　"我有这个思想准备。只是我刚来，我三姐他们……对我一点儿都不亲。我来之前就听人说过，深圳的人情味儿很淡，就连他们家那保姆都……狗眼看人低。"

　　"你这次来深圳给三姐夫当司机，是三姐给你争取来的。三姐夫原来打算公开招聘司机，他的要求是大专以上学历，文字功夫要好，还要会电脑操作。你高中都没正经学完，不符合他的要求。"

　　"怪不得一见面就对我那个态度呢。三姐还给我立规矩，又让我戒烟，又让我跟麦建伟叫麦副，不能叫姐夫，一副公事公办的架势。不就是开个车嘛，还非得要大专文凭？这架子摆得也太大了吧？"

　　"三姐夫性子急，做事特别讲究效率。这也是深圳这座城市的特色。"

　　"我看，没人情味儿也是深圳的特色。"

　　"那也不是。深圳人的生活节奏快，压力大，大家很少有时间在一起慢慢聊。当然主要是从内地过来的人差不多个个都是拼命三郎。哪里像北方，一个话题扯来扯去能说上好几天。你看，我这正看法律书呢，过几天还得参加自学考试。我跟三姐离得这么近，却很少见面，打电话也是有事说事，简明扼要。他们两个特别忙，三姐夫是个工作狂，他以前的部门年年都是先进，现在他又提了副镇长，管的事儿更多了。家里大小事情都交给三姐，外面应酬方面的事儿也少不了三姐，周六周日都很少在家休息。"

孟波提高了调门："啊？那他们不休息，我……"

孟亚说："你就是给他们开车的。他们走到哪儿，你就得陪到哪儿。他们家里的活儿，你有时间也得帮着多做一些。"

孟亚又问孟波的住处安排好了没有，孟波说："三姐说了，政府有宿舍，住她家也行，随我挑。"

"那你想住哪儿？"

"当然是住宿舍了。我可不愿意住他们家，我怕憋死。"

这时，孟波的手机响了，是孟美打来的电话，催他回去。

孟亚说："你什么时候买的手机？"

"我三姐刚才给的，他们用过的。我原来以为她能给我买个新的呢。"

"不管新的旧的能用就行。你快回去吧，以后有时间再聊。"说完又冲里屋喊，"飞飞，你老舅要走了。"

飞飞刚走出房间门口，孟波已经下了楼。孟亚说："你动作太慢了。"

飞飞说："人家学习呢。"转身又进房间了。

2

回到北方后，李秀云的"三大顽症"越来越明显：吃不下，睡不着，便不出。

李秀云知道自己身体不好，多年来在饮食上一直在自我调理，豆浆、牛奶、蜂蜜、大枣这些健康食品，被她轮换着坚持吃了好几年。她吃这些东西量比较大，有时甚至代替了吃饭。李秀云还经常买药，觉得哪里不舒服了，就跟着电视上的广告跑，她从来不去医院看病抓药。

睡眠不好，胃口就不好；胃口不好，就吃得少；吃得少，肠蠕动减少，就容易便秘。从科学角度讲，这三者之间似乎存在着因果关系。知道了病因，却未必能够对症下药。李秀云想从治疗失眠入手，安眠药从一次一片增加到一次两片，可她还是睡不着。李秀云的心理负担越来越重，精神状态也越来越差。

而孟福先的情况也没有好到哪里去。回到东北以后，他把注意力都集中在了治疗腿疾和耳疾上来，与李秀云的关系稍稍有了缓和。孟福先每天跑中医院，针灸、烤电和按摩，一做就是几个月。配合医院的治疗，孟福先在家里也给腿部和耳部做按摩。

孟福先坚持治疗，一方面是对后遗症确实不甘心，另一方面也是为了打发时间。而孟家人都认为孟福先看重的是后者。在深圳的时候，孟美带着父亲看过专家，专家说庆大霉素中毒是不可逆的。不过李秀云倒是希望孟福先经常出去。

郑志平停薪留职一事已经得到单位领导的批准，但因为快到年关了，每年都要搞春节电视晚会，一忙活就是一两个月。还有，郑志平是专题部主任，平时也出去采访录像，身兼二职的他得带个徒弟出来，等有人接班儿了他才能走人。这样下来至少也要两三个月的时间。领导已经很照顾了，郑志平也就不好再提过分要求。

郑志平和孟亚商量后决定，利用这一段时间把房子处理掉，免得以后两个人都在深圳，对这边儿的事情鞭长莫及。由于经济不景气，这几年县城里的房子交易并不活跃。但偏偏就是这么巧，郑志平单位同事的一位亲戚看上了房子，三天之内就把楼款付了。

楼房卖得这么顺利，郑志平反倒没地方住了，就去岳父母家过渡了。

孟兰的那套楼房只有两个卧室，被李秀云和孟福先分别占据着，郑志平在小客厅里搭了张床，一米八的大个子只能委曲求全了。客厅里天天夜里横着这样一个庞然大物，孟福先只能按兵不动。有事的是李秀云自己，晚上睡不着，半夜起来弄弄冰箱弄弄厨房，像个夜游神似的。睡眠不好的郑志平心里很烦，但只能忍着。直到因为一件小事儿，这个平时蔫了吧唧的姑爷和丈母娘吵了一架。

一天早晨，李秀云做饭时发现插座不好使了，就让姑爷过来修一下。郑志平正急着出门上班儿，早饭都不打算吃了，听了李秀云的话，便拉下电源总开关，反身进了厨房。郑志平刚拿起插座，李秀云就阻止说："别动，得先把电闸关了。"

郑志平说："我已经关了。"

李秀云又说："你先别动，我去看看。"

郑志平就显得有点儿不耐烦："你就别跟着掺和了，这么点儿事儿我还不懂？"

李秀云被姑爷的抢白惹火了，说："我跟着掺和啥了？这是我家，我一天三顿饭供着你，还供出冤种来了？这么点儿事儿你就跟酸脸猴子似的，这个家没请你来，你给我滚蛋！"

郑志平也急了，说话有点儿语无伦次："你当老的就这么说话啊？你让晚辈怎么尊重你？"

李秀云说："你要是懂事的晚辈，你能这么跟我说话吗？我注意安全有啥错？不是为了你好吗？"

郑志平说："你认为你是为别人好，别人就得听你的？你总是把自己的标准强加给别人。"

郑志平三下五除二把插座修好了，冷着脸拎起工作包走了。李秀云不领情，打电话给孟焱。孟焱说："你呀，'老不舍心，少不舍力'，你是啥都不放心，你有时候也是操心过了头，省着点儿吧！志平就快去深圳了，别弄得都不高兴。"

李秀云说："那个酸脸猴子，我巴不得他明天就滚蛋！"

这个春节，留在北方的人又少了一口——孟波没有回来。孟美说，孟波刚来，又是第一个春节，得熟悉一下环境。过了这个春节，孟家又会少一口——郑志平要去深圳了。依李秀云的想法，春节就不吃团圆饭了："有啥聚头？这楼上地方这么小，哪转得开？"

孟兰坚持要聚一聚："不吃顿团圆饭，好像这年没过似的。人越来越少，更应该聚一聚。要不，在我家吃也行。"

孟焱说："不就一顿饭吗？俺们又不是在你楼上住，吃完就走了，还用多大地方？做菜的事儿就交给你大姑爷和四姑爷，也不用你动手，到时候你只管吃就行了。"

李秀云说："吃我也吃不动。我嫌闹得慌。"

刘桂花说："如果嫌地方小，就去狗肉馆做。我包了。"

李秀云说："我谁家也不去，还是在这儿做吧。现在也不缺吃喝，简单点儿，要不弄一大堆剩菜没地方放。"

初二晚上六点钟，准时开饭了。

李秀云在厨房里拨出两个半碗菜。

往年吃团圆饭的时候，李秀云也是自己在厨房单吃，但那时人多桌子小，大家也就不勉强她。可今年不同，孟波在深圳，郑志平也马上要去深圳了，这个春节多多少少有点儿离愁别绪。大家都劝李秀云上桌吃饭，哪怕就端上她给自己准备好的那两个半碗菜都行。可李秀云怎么劝也不上桌，直到后来她快发脾气了，大家只好作罢。

高大龙悄悄对孟兰说："我怎么看这老太太有点儿不正常。"

孟兰说："放屁！你才不正常，精神病！"高大龙被骂得龇着牙乐了。

孟涛的儿子一庶问："大姑夫你笑啥呀？"

高大龙说："你大姑骂我精神病。"

一庶说："骂你精神病你还笑，我看你是有点儿傻。"

孟涛说："儿子，怎么说话呢？"

一庶冲爸爸做了个鬼脸。这回孟兰乐了，说："我大侄儿真聪明。你大姑夫就是有点儿傻。"

孟福先自己要了半杯啤酒，孟涛也喝啤酒。高大龙举着一盅白酒对孟福先说："爸，过年了，我们几个晚辈敬您一杯，祝您健康长寿。"

孟福先喝了一口啤酒，发牢骚似的大声说："现在健康没有了，长寿也没有了，啥都没有了！"

刘金川也冲孟福先举起了杯："爸，我妈不会喝酒，一个人在厨房吃呢。这一杯，祝你们二老晚年幸福，您代表我妈喝一口。"

孟福先没有举杯，说："我代表不了她，我算老几！"

刘金川说："咋代表不了呢？能代表。您喝吧，我妈肯定没意见。"

孟焱说："你不知道爸不能喝酒啊？"

刘金川说："爸不是自己要的啤酒吗？在自己家里喝点儿酒，又是啤的，醉了还能咋的？是不是，爸？"

冯燕对孟涛说："爸身体不好，这杯酒你替爸妈喝了，你是儿子。"

这时，李秀云一下子冲了进来："替什么替？喝别人的酒，多不卫生。自己喝自己的，别敬了，哪来那么多节目。"

孟焱对刘金川说："听见没？别整那么多节目。"

郑志平说："敬到是礼。咱们晚辈的喝一杯吧，小波那杯，就让桂花代了。"

刘桂花很爽快地举起了杯："行，我替小波。祝姐姐姐夫哥哥嫂子新年快乐发大财。"

冯燕说："祝四姐夫和小波在深圳发大财。"

大家碰杯喝了，白酒、啤酒、饮料，各饮所喜。

郑志平说："我哪儿敢说去深圳发财？到了那边儿还不知道怎么回事儿呢。"

一庶突然说："爸，你咋不去深圳呢？我老叔都去了。"

孟涛说："你爸没本事。"

刘金川说："我看也快了，小波不是说去就去了嘛。才学了一个星期的车，花钱买了个驾照，就敢去深圳。我这七八年的老司机了，也没这福气呀！"

孟焱说："你又来节目了，是不是？"

刘金川笑笑说："说说有啥呢，大家好不容易凑到一起。你以前不是说啥'排号'吗？这回咋不排号了？姐夫就是没有弟弟亲。"

高大龙说："你这么说话就不对了，小波不是比你年轻吗？"

孟焱带着气说："小波不但比你年轻，还比你英俊潇洒。"

刘金川说："是。谁都比我年轻，谁都比我英俊。"

郑志平说："你要是愿意去深圳，随时都可以去的，那里是流动人口的天下。小亚现在差不多是把工作辞了，她有胆儿！"

这句话孟福先听清楚了，说："光有胆儿也不行，还得有能力。我老姑娘学习上就是有股劲儿，你们谁都比不了。小涛，特别是你，一看见麻将就走不动道了。你得向你四姐学习。"

孟涛有点儿不高兴了："就打麻将这么点儿事儿，总是拿我当反面典型。我不是也拿了个中文本科文凭嘛。"

刘桂花说："最不爱学习的是小波。咱们这个家，属他文化低。"

高大龙说："文化低咋的，兴许以后还真就出息了呢。现在这年头，当老板的没有几个是大学生出身。就说咱县那个张百万，小学还没毕业呢，这几年搞房地产，赚成啥样儿了。咱县房地产业要是好的话，他说不定早就是千万富翁了。"

郑志平说："现在可不是这样说了。这形势发展得多快呀，没有文化不行。上次去深圳，我去过人才大市场，人家问我是不是给孩子找工作。"

冯燕说："四姐夫，那你到底想不想去深圳啊？"

郑志平说："不去也得去，没有选择的余地。"

这时，李秀云进来了："我看你还是早点儿走，我不想给你当老妈子。"

郑志平的脸上有点儿挂不住了："你不用撵我。你就是留我，我也待不了多长时间。"

李秀云说："留你？谁我都不留。快点儿吃，吃完回家扯皮去，我嫌闹得慌！"

刚才还算热闹的气氛一下子冷了下来，大家勉强维持着，吃完饭很快都走了。李秀云果真谁也没留，一大堆盘子碗她自己稀里哗啦地收拾着。

3

从到深圳的第一天进了孟美家门起，孟波的心里就一直不痛快。

上班快一个月了，陪着麦建伟跑东跑西，今天开会，明天下乡，加上孟美家里的事情多，他早晨一睁开眼就像一台机器一样开始转，晚上十一点之前都停不下来。按照孟波的感觉，他是司机、秘书、保安、保姆，啥事儿都管啥活儿都干，但麦建伟还是嫌他进入角色太慢，眼不到，手不到，脑子更不到。

上班儿第一天，麦建伟让孟波到一楼取一份文件，孟波来回用了十分钟，麦建伟发火训斥说："你三十不到的年龄，却是六十岁的速度。取一份文件，三分钟就够了。"孟波说："等了一会儿电梯，没等来，我就走楼梯了。"麦建伟说："一楼到三楼，坐什么电梯？你这种懒人，就适合在北方混日子，穿个破棉袄，倚着墙根儿晒太阳。"孟波气得肺里都快喷火了。麦建伟又说："怎么样？电脑学会了吧？"孟波心里说："你才给我三天时间，鬼才能学这么快呢。"嘴上却说："会了，就是慢点儿。"麦建伟说："把这份材料打出来，下班儿之前交给我。"麦建伟说完就走了。孟波坐在电脑前，十个手指在键盘上找不准二十六个拼音字母，十分钟过去了，还没敲出来二十个字。孟波急出一脑门子汗，突然间想出了一个主意，他找阿旺去了。阿旺带他去打字室找打字员，很快就把材料打完了。阿旺对孟波说："这本来是打字员的工作，你是司机，不关你的事儿。"孟波说："他让我打，我哪敢说不关我的事儿？"阿旺就拍拍孟波的肩膀，阴阳怪气地笑了一声，递了一支烟过来。孟波摇摇头说："我不抽烟，戒了。你以前给他当司机的时候，他也这样？"阿旺说："对你够客气了，你是区领导的亲属。他告诉你做什么事情，你必须快，不能走路，要跑！"材料交到麦建伟手上时，麦建伟说："这个速度还差不多。你跟着我，就是一个字：快。"孟波嘴上说"是"，心里却恨恨地说："我看是死得快！"

麦建伟还嫌孟波车开得不好，不只是技术不熟练，更关键的问题是孟波不熟路。麦建伟说："走过的地方，还用人家告诉第二遍吗？深圳这么简单的地形，看看地图就全明白了，你就是不用心。浪费别人的时间等于谋财害命，这是鲁迅说的，你知不知道？"每次车子一启动，麦建伟就开始说话，一会儿嫌车慢，一会儿嫌车快，要么就是口无遮拦地说他懒嫌他笨。

孟美一见孟波的面，也是耳提面命指指点点，什么哪次酒桌上有点儿木了，哪次出去办事动作慢了，等等。更可气的是，有时候回来晚了，赶不上政府饭堂的开饭时间，在孟美家吃几顿饭，还会被李春没头没脑地奚落几句。终于有一天，孟波想出了一个报复李春的好主意。

孟波这次从东北拿来的东西，麦闯唯独喜欢吃的就是辣菜。看到麦闯一口接一口地吃，一改往日用筷子在菜盘子里的挑挑拣拣，孟美十分高兴，说："你老舅这趟没白来。辣菜也是菜，你好歹不像以前那样，眼睛专往肉上盯了。"

麦闯说："那辣菜吃完了呢？"

孟波马上接话，说："让李春给你做。"

麦闯现出了不屑一顾的表情。孟美说："她哪里会做？她在广西老家的时候，可能连辣菜都没见过呢。"

孟波说："不会就学呗，要不怎么给人家当保姆？"

"就是。"麦闯附和了一句。

孟美说："那得有人教她，我也不会做辣菜。"

孟波说："我会呀。我那狗肉馆开了几年了，我是做辣菜的高手。"

孟美说："那行，有时间你教教她。"

说着容易做着难。李春根本听不明白，也不想听明白。因为孟波一说到需要用手搅拌红彤彤的辣椒面时，李春就吓得直摇头，说："我不会做，你自己做吧。"

孟波说："你咋这么笨呢？我这水平，一般人我还不教呢。你太笨了！"

李春说："你才笨呢。我三姨都说了，你车开得不好。"

孟波说："你饭菜做得还不好呢。麦闯宁可吃大米粥拌鸡精，也不吃你炒的菜。你都笨死了！"

李春说："那是她吃饭挑剔，是我三姨太宠她了。要是饿她三天，看她还吃不吃我做的菜？"

孟波再见到麦闯时，故意在饭桌上装作无意地重复了李春的话。还没等麦闯说话，孟美刚才还笑呵呵的表情就变了，说："这小丫崽子，越来越不像话了！"

麦闯说："她说你太宠我了，我看是你把她宠坏了！"

孟波去市场买回了一小颗白菜和一大包辣椒面，说先教李春从最简单的辣白菜做起。他让李春把白菜洗了切成段，把辣椒面用热水烫了倒在白菜上，说："放上盐，用手拌。"

李春战战兢兢不敢下手，孟波一下子把李春的手按到了盆子里："就这样拌！真是太笨了！"

连辣带委屈，李春的眼泪下来了。

孟波说："你就是吃这碗饭的，不愿干你就滚蛋！"

李春说："我是三姨请来的，你说了不算！"

孟波用鼻子"哼"了一声，说："连你我都治不了？想跟我斗！"

又到了一个星期日，麦闯回来了。孟波吩咐李春："把你做的辣白菜盛一碟，给麦闯尝尝。"

李春把辣白菜端了上来。孟美说："看上去还不错嘛！"

麦闯夹了一块放进嘴里，嚼了一下就跑到洗手间去了。孟美尝了一口也吐了，说："这哪是辣白菜呀，都成臭酸菜了。白白浪费材料。"

孟波问李春："你把辣白菜罐儿放哪儿了？"

李春说："就放在厨房下面的柜子里。"

孟波："怎么能放在柜子里呢？我不是告诉你放在冰箱保鲜格里吗？温度不合适，材料再好也没有用。"

李春说："你让我放在柜子里，没说放在冰箱保鲜格里。"

孟波说："你怎么瞪着眼睛说瞎话呢？这么小的年纪撒谎都不脸红。"

李春说："你才撒谎呢。你有什么资格骂我？"

孟波说："这不又说瞎话了？我这是骂吗？"孟波明知道南方的"骂"和北方的"责备"是一个意思。

孟美说："李春，你怎么能这样跟老舅说话？真是越来越不像话了！"

李春哭着跑进自己的房间，不出来了。

麦闯坐回到桌前，又开始一片一片地数菜叶。孟美说："这是我做的菜。这么多肉呢，你大口吃。"

麦闯说："没胃口了。我不想以后在咱家看到她。"

孟美说："那你什么意思？炒了她？"

麦闯说："除非你愿意让我以后还吃大米粥拌鸡精。"

孟美呼出一口气，终于下定了决心："让她走人。"

第二个保姆是孟亚领回来的。这个时候麦闯和飞飞马上就要开学了。

孟亚在市里工作（虽然没有收入，但也算工作），而家政公司主要集中在市里，她请保姆自然方便些。孟亚晚上坐着公共汽车到处跑，几天里看了好几家，总算找到了两个觉得还可以的，便决定领回来试用一下。

孟亚自己想留的这个保姆叫张小萍，十八岁，也是广西人。小姑娘个子不高，皮肤有点儿黑，没有李春长得好看，但是初中毕业，字写得不错，学东西上手也比较快。更主要的是，这个女孩子比较明事理，不像李春那样没深没浅不懂规矩。虽然饭菜也是做得好一顿差一顿，但有李春在那儿比着，麦闯和飞飞对张小萍已经是"心满意足"了。

另外一个保姆叫李玉芬，是给孟美请的，替代李春的位置。李玉芬个子比张小萍还矮，但是模样好看，皮肤白，眼睛大，还有两条粗粗的过肩辫子。孟亚把李玉芬在自己这边儿留了一个星期，这是孟美的意思，让孟亚一起培训两个保姆。孟美说自己实在没时间请一个保姆从头来一次，比自己亲自干活儿还累。一个星期后，李玉芬去了孟美家，长相这第一关算是过了。又过了一个星期，孟亚打电话过去，孟美说："没有李春聪明，不过还行，凑合吧。"

开学后的两个月里，飞飞的学习一直很紧张，特别是英语，学新的赶旧的，差不多近三年的英语课程一下子压在身上，还有其他的课程跟北方的也不相同。压力的直接结果是飞飞嘴里起了溃疡。溃疡似乎不算个病，但却是令人不易摆脱的烦恼，辣的、热的不敢吃，刷牙时不小心碰到了，立刻痛得泪眼蒙眬。

看得见的另一个结果是，一次一次的测验，飞飞的英语成绩一次比一次好。而她的语文水平，刚到新班级就已经脱颖而出，被选为语文科代表。只是这个科代表她当得并不开心，两个月后因为一个事件而易作他人。事情起因是飞飞跟语文老师起了冲突，她公然在课堂上把语文书摔在了桌子上。

飞飞对孟亚说："我们开学才两个多月，这是第二个语文老师，还是个病人。他整堂课都坐在椅子上讲。按道理来说既然你有病，你就更应该节省力气讲课，把课文的精华讲出来，可他不是，话翻来覆去地说，不该开玩笑的地方还开玩笑。这样上课，我的语文肯定完了！"

孟亚说："深圳发展太快，各行各业都缺乏人才。人才引进需要一个过程，有时候可能有点儿青黄不接。哪个老师都想把课讲好，只是水平有限，这也是没办法的事儿。你们班上那么多同学，别人都不提意见，就你这么激进，不好。别人会以为你很另类。"

"我就不明白，他们怎么一点儿都不在乎。按说，这个学校是区里的重点学校，学生都是优中选优进来的，人人都应该很在乎老师的水平。对自己负责嘛。"

"南方人和北方人的性格不一样。北方人性格太耿直、太急躁。你这样做不但解决不了问题，有时候还可能把自己搞得很孤立。要学会改变，改变也是为了自己。"

"现在已经是这样了，这件事儿都反映到学校去了。有一次学校开大会，校长公开说了这件事儿，说有的学生不尊重教师，学校绝对不允许这种事情发生。虽然没有指名道姓，但我们班上的同学都知道说的是我，他们都看着我。当时我的头轰的一下就大了，差一点儿晕倒。"

"要不要我去找一下你们班主任？"

"不用，事情都过去了。以后，我不会这么傻了。"

想到这两个月里，女儿一下子经历了那么多的事情，孟亚的心瞬间变得很沉。

4

郑志平到深圳以后，孟亚陪着他去市里找了多家公司，都是与电视采编制作有关的，像影视、传媒公司之类的，但递过去的资料都是泥牛入海。一个月后，麦建伟给郑志平联系了一家杂志社，虽然还是当记者，但文字记者与电视记者有很大的区别，而且月工资只有一千五百块，仅是正式员工的三分之一。在这么短的时间内能找到一份工作，对于年过四十岁的郑志平而言实属不易，孟亚已经相当满足。

孟亚说："我来深圳三年多，换了四次工作，搬了九次家。直到现在，我不但一分钱的收入都没有，每个月还要倒贴一千多块钱。我跑法院立案，公交车票都得自己出钱。我们律所主任是个生意人，一分钱都能算计到骨子里。"

郑志平没说嫌工资低，也没说对这份工作满意不满意，只是说："这段时间，老是尿黄尿，尿都跟酱油的颜色差不多了。"

"你多喝点儿水。"

"不是喝水的事儿。"

飞飞每天时间很紧，但她做事的动作却很慢。刷牙慢，洗脸慢，梳头慢，吃饭更慢，一口一口地细嚼慢咽。郑志平在一旁看得着急，有时脸上就带出了不高兴。有天晚上吃饭的时候，郑志平催了女儿一句，把飞飞惹不高兴了："催啥呀？我自己的时间，我会掌握。"

郑志平说："天天说时间不够用，就这么磨蹭，有多少时间能够用？"

孟亚说："她嘴里溃疡了。"

郑志平说："不溃疡也这样。在北方就这样，多少年的老毛病了。"

飞飞气冲冲说："老毛病你还说啥？你没有老毛病？"

郑志平说："我有啥老毛病？我伺候你这么多年，你对父母就这个态度？"

飞飞说："这个态度咋了？你是伺候我了，可你也是迫不得已。这些年，我妈比你辛苦多了！"

孟亚说："打住。我把你们弄到深圳来，不是听你们打架的，都有点儿样儿。"

飞飞的眼泪下来了，把筷子重重地放在桌子上，起身回了自己的房间。

孟亚说郑志平："这么点儿事儿，说话也不分场合，酸鼻子酸脸的，就不能好好说吗？

郑志平的脸色仍然难看："就是惯的。"

孟亚说："惯也是你惯的。现在想教育，也得注意方法啊！"

郑志平说："一句都不让人说，跟你一样。"

孟亚有点儿不高兴了："像我还好了呢！"

郑志平听出了这句话的意思，他没吭声。

张小萍笑着说："叔叔对飞飞真好！"

孟亚说："你在家敢不敢跟你爸这样顶嘴？"

张小萍摇着说："不敢。不过，我爸对我们挺好的，不打人。"

吃完饭，张小萍把活儿干完，在自己房间里的窗台前坐着，看到孟亚走过她的房门口，张小萍叫了一声"四姨"。孟亚走了进去，张小萍说："我买了两瓶化妆品。"

孟亚随便看了一眼。张小萍说："一瓶是美白的，一瓶是缩毛水，收缩毛孔的。我黑，胳膊上有汗毛。"

孟亚说："女孩子大了，知道美了。"

张小萍歪着头，不好意思地笑笑。张小萍笑的时候喜欢歪着头。

过了几天，飞飞和郑志平的关系缓和了。孟亚见缝插针地说："飞飞，你那天态度不对啊，应该给你爸赔礼道歉。你看你萍姐，比你也大不了几岁，多懂事。"

张小萍捧着饭碗歪着头笑："飞飞有福。"

飞飞说："以后谁错谁道歉，不管大人小孩儿。"

孟亚说："对。错误面前人人平等。"

飞飞说："那我爸应该向你道歉。他在北方的时候，有一次喝酒喝多了，还骂你呢。"

孟亚说："骂我啥了？"

飞飞说："他骂'孟亚，你这个王八蛋，一走好几年，这个家你就不管了'。"

张小萍看到孟亚有点儿要笑的样子，她先哈哈地笑出了声。

孟亚笑着说："骂就骂呗。人家一个大老爷们，你那么小，带你好几年，一肚子委屈，骂几句是正常的。换了别的男人，说不定把我休了呢。"

飞飞说："你倒是挺有心胸的，我还真没想到。"

郑志平说："我哪敢休你。我要是休了你，你女儿准得跟你，我就成孤家寡人了。"

飞飞说："这话没错。"

孟亚说："别这么没良心。没你爸，也没有咱们的今天。"

飞飞说："看看，还是我妈水平高！"

郑志平不说话，只是咧着嘴笑。

5

就在孟亚盼望着自己能够早日独立执业的时候，一天，孟美一大早打来电话，说母亲病了，得马上动身回东北。

孟美说话时的情绪非常不好，让孟亚感觉孟美说的"母亲病了"实际上等于噩耗。孟亚想问得更详细些，孟美说："大姐来的电话，只说妈病了，好像是吃药吃多了，咱俩最好能回去一趟。其他的，问她也不说。我让你姐夫订机票呢，飞飞回不回去？"

孟亚说："回去吧，正好放假。"

孟美说："那就带飞飞和麦闯她们两个回去。等一会儿小波过去接你们，中午的飞机。"

到了孟美家，孟亚一看三姐的脸色，就知道问题很严重。孟美的脸色蜡黄，头发蓬乱，正收拾着行李，眼泪一个劲儿地往下掉。麦建伟不时拍拍孟美的后背，一句话也不说，最后跟孟亚说了一句："照顾好你三姐。"飞飞和麦闯不知道是怎么回事儿，小姐俩表情严肃一声不吭地看着大人们忙来忙去。

孟波说："那我回不回去啊？"

孟美说："你就别回去了。你姐夫最近特别忙，我不在家，你再走了，不行。"

飞机刚一起飞，孟亚的流泪一下子就冲了出来，一路上泪水不断。孟美和孟亚心里十分清楚，如果不是天大的事情，两个姐姐不会让她们千里迢迢赶回北方的。

飞机在晚上九点半到达了哈尔滨，麦建伟早已通知表哥前来接站。在表哥家里几乎是睁眼熬到天亮，第二天早上四点多钟，表哥开着车带着四个人往家赶。

终于到达县医院，进了县医院大门，孟亚一眼就看见了老婶，她抱着老婶哭，老婶也流泪了，说："快去看看你妈吧。"

这时，孟兰和高大龙也过来了。孟兰泪眼蒙眬，边带路边说："抢救了二十多个小时，刚醒过来。"

直到看见躺在床上两眼空洞无神的李秀云，孟美和孟亚才终于有了一种起死回生的感觉。

孟美抓着母亲的手，脸几乎贴着母亲的脸，眼泪哗哗地往下流："妈，你快把我吓死了！去年的这个时候，你还好好的，你看你现在……你太傻了！"

孟亚还是不太敢相信眼前的事实，仿佛做梦似的。飞飞和麦闯站在一旁，两个孩子只是无声地流泪。

李秀云浑身上下都插着管子，鼻孔吸着氧气，嘴唇干燥得已经裂开了血口，脸像一张白纸那样苍白。李秀云有声无力地说："就你爱哭。活够了……这么多年，太痛苦了……活够了！"

由于三人间病房人太多，孟亚和孟焱商量了一下，找到医生要求换一间病房。医生说："病房基本上都有患者，只剩下一个单间了，不过可贵呀，一天十三块钱。"

孟亚赶紧说："行，就要这个单间了。"

看着李秀云已经脱离危险，大家才放松下来。在孟兰家里，高大龙讲述了事情的经过。原来，李秀云对自杀早有准备，她事先买好了一百片安眠药，准备好了寿衣，还买了顶新帽子。这段时间，李秀云和孟福先两个人还时常一起出去买菜。自杀的前一天晚上，李秀云还对孟福先说："明天早上你叫我。"

第二天早上四点钟，孟福先准时起床了。走到李秀云的房门口，发现门是关着的。孟福先推开门，见李秀云穿戴整齐地躺在床上，身上没有盖被子。孟福先开始没觉得有什么问题，当他看到李秀云头上戴的那顶帽子和脚上穿的鞋时，才觉得事情不对劲儿了。孟福先走过去推李秀云，"秀云""秀云"地叫着，李秀云没有任何反应。孟福先摸了摸李秀云的脉搏，感觉还在跳动，便拖着两条颤抖的老腿去客厅打电话。几分钟后，几家儿女都跑来了。孟兰和孟焱哭喊着拼命地呼唤母亲，高大龙说："现在不是哭的时候，快送妈上医院。"孟涛说："我去找车。"刘金川说："我车就在下面呢，快把妈抬下去。"几个人七手八脚地抬起李秀云，人太多，出不了门。孟涛说："我一个人来吧。"他双臂抱着母亲，吃力地下了楼。

医院的医生护士人手不够，又临时打电话叫了人。洗胃、导尿、吸氧、输液，李秀云总算被抢救过来了。

深圳回来的四口人，飞飞和麦闯不愿意分开，两个人一块去了孟兰家睡火炕，孟美晚上留在楼上照顾父亲，孟亚则留在医院。孟亚是李秀云的专护，其他人就轮换着，保证医院一般情况下有两个人。

孟亚这个专护是李秀云的指令，哪个人不在她身边儿都行，唯独没有孟亚陪着不行。孟亚的风湿病是多年的老毛病，即使是在夏天，到了阴冷的房间里，她都会很难受。李秀云住的这间病房在阴面，晚上尽管盖着很厚的被子，孟亚还是感觉浑身上下都是风洞。

几个儿女中，孟焱是最积极要求留在医院护理的，天天晚上都说要在医院睡。李秀云拼命地往回撵她，孟焱说："咋的？你烦我呀？"脑子还处于病态中的李秀云也不掩饰自己的想法，说："我烦你。"孟焱不生气，硬是留在了医院，第二天早晨四点钟就起床往家赶，说："回去给他们爷俩做饭，晚了不行。"孟亚说："你这样折腾没必要啊，医院又不是没有人。你都瘦成一根刺了，逞这强干啥呀？"

孟焱说："你二姐夫出车，他那份活儿我替了，我们不能少做。"

孟亚说："你们没少做啊。那天我二姐夫在这儿的时候，正赶上妈要大便，我们两个人架着妈。妈又便秘，我和二姐夫架了半个多小时，人家一点儿都不嫌累不嫌脏。一个姑爷，能这样真是可以了，儿子都没做到。"

孟焱说："一个姑爷半个儿，那是他应该做的。"

几个人都有工作，家里还有孟福先需要照顾，还有飞飞和麦闯也得安排好。孟美负责在家做饭，又要安排人往医院送饭，一天三顿。白天高大龙和孟涛过来看着，晚上基本就是三个女儿轮着来了。

每天晚上，李秀云都得吃安眠药，孟亚像监狱里的管教一样，控制着母亲的药量。李秀云经常用哀求的眼神看着孟亚，说："再给两片……太少了，不够！睡不着！"孟亚就说："够了。医生不让多吃，吃多了就把脑子吃坏了。"

一天晚上，孟涛来了，刚好李秀云要小便。孟涛立刻起身往外走，说："那我回避一下。"

孟亚说："你出去干啥？妈前天大便，二姐夫跟我托着妈，托了半个多小时。"

孟涛噢了一声，触到门的手又缩了回来。看着弟弟那副样子，孟焱姐妹两人心里很不舒服，但谁也没再说什么。

李秀云在医院住了十天就回家了，但这并不等于康复出院，真正的康复不是十天八天能够恢复过来的。药物中毒太深加上年纪大了，李秀云虽然被抢救过来了，但她的四肢运动能力已经倒退到五六个月婴儿的状态。走路必须有人搀扶，坐在床上后背得有东西靠着，胳膊无力撑住身体。有几次她想用胳膊支着床坐起来，结果整个儿人一下子扑倒在床上。

十天后，麦建伟从深圳来电话了，说他准备出国考察，还说孟美的部门工作很忙，问她近几日能不能回深圳。家里人都催孟美回去，孟亚说："你带飞飞和麦闯回去吧，快开学了。现在妈的情况稳定了，用不了那么多人，人多了反倒不方便。"

其实，两个孩子早就度日如年了。另外，洗澡也成了大问题，在南方每天睡前一定要冲凉的，可北方洗澡得去公共澡堂子。大庭广众之下裸着身子给别人随便看，两个女孩子早已不适应这种生活了。更重要的是，麦闯和飞飞的学业都很紧张，飞飞还面临着即将到来的中考，在北方根本无法安心学习。

县城里特别缺水，每天早晨有一次集中供水，其他时间水龙头滴水不漏，几年来一直都是这样。

这种生活环境和生存质量，让孟美和孟亚感觉特别沉重。孟亚曾在这样的环境里生活过许多年，现在回过头看一看，她觉得自己当时就应了那句话，"如入鲍鱼之肆，久而不闻其臭"。

回深圳的前一天，孟美提出带母亲去洗澡，李秀云懵懵懂懂地表示同意。又有三天没洗澡了，飞飞和麦闯感觉皮肤都快风干了，没办法只得忍着去了。说实话，就连孟美和孟亚都很不习惯这种洗澡的方式了，只有李秀云没有感觉。

孟美临走之前，多次劝说母亲去深圳。李秀云双眼直勾勾地盯着孟美，说："我死都不去深圳。"李秀云有一次大发雷霆了，孟美便不敢再劝了。

尽管大家都催孟亚跟孟美她们一起走，但孟亚还是坚持留下来。李秀云的眼神让孟亚看着实在可怜，那是一种求救般的渴望。其实，孟亚本来也没打算跟孟美一起回深圳，一来因为她目前是律师实习阶段，工作不工作她可以自己决定，而现在家里的其他任何一个人都有自己的事情做。二是她确实放心不下母亲。而此时的李秀云根本不会考虑谁该走谁该留，她只想要自己喜欢的人留在身边儿。

6

这顿最后的晚餐是大家动手。孟美、孟亚是主力，孟涛打下手，姐弟三个人在厨房摆开了阵势。孟家人这一次的聚会虽然人也不齐，但因为有孟美和麦闯在，气氛自然会热烈许多。

孟涛在收拾一条鲤鱼，他一边刮着鱼鳞，一边说："我还记得小雪很小的时候，有一年冬天我大姐家拉煤，我和我四姐四姐夫在她家帮着倒腾煤。那天晚上可冷了，还下着小雪，可一家人在一起干活儿，感觉挺温暖的。"

孟亚说："十几年前的事儿了，你还记得这么清楚。"

孟涛说："也没特别记，就记住了，可能是咱家让我感觉温暖的事儿太少了吧。……就说爸妈，一辈子的心思都在自己身上，跟人家父母比，差远了。"

孟涛这突如其来的话让孟亚感觉非常诧异，几乎接近于惊呆了。考虑到两个人在厨房里干着活儿，孟美在阳台里收拾鸡，客厅里还有一大帮人，孟亚才压着心里的火，装着平静地说："你怎么这么说呢，平白无故的？"

孟涛说："我说的是实话。老太太要是替儿女着想，也不能整这么一出啊。"

孟亚说："妈这一辈子活得多痛苦，你应该清楚。她现在睡不着觉吃不下饭，这不都是让病给磨的吗？"

孟涛说："现在有病，以前没病又怎么样？再说老头儿，他什么时候关心过儿女？妈总说爸重男轻女，我怎么就没看出来呢。看看我岳父，小燕每次回家，她爸都盯着她的脸看来看去的，想知道女儿有没有不高兴，身体有没有不舒服。人家那才叫父母呢。"

孟亚简直要发脾气了，但她从小到大没跟孟涛吵过架，此时此地，她觉得说气话更不合适，想了半天，才说："你这些话让我挺吃惊的，你今天到底是怎么回事儿啊？"

孟涛说："我也知道今天说这些话不合适，可这些年发生的大大小小的事儿，我觉得该说一说了。正好你和三姐都回来了，把话说明白也好。"

孟美进了厨房，问："你们两个说啥呢？"

孟亚说："没事儿。开炒吧，几个小家伙都饿了。小涛，晚上我去你家。"

这是一次难得的聚会，虽然无法做到全部成员都在，但已经是多年来人数最多的一次了。以往人一多就心烦的李秀云，此时也没有力气发表意见，过度消耗了十几天，饿极了的身体终于出现了开始恢复的迹象，胃口也比服毒前好多了，吃什么都说香，大家都很高兴。

孟美不断地给李秀云夹菜，极其耐心地为母亲挑着鱼刺。孟美的这种细心劲儿，也多多少少给了其他人一些影响，连孟涛都问了一句："老太太还有几颗牙？"

孟亚一听弟弟管母亲叫"老太太"，又完全不知道母亲的牙齿早就掉光了，便有点儿噎住了，半天才说："妈现在是全口假牙，都镶好几年了！"

这顿晚餐太丰盛了，又是一大家人聚在一起，孩子们特别高兴。一庶大口大口地吃菜，一个劲儿说好吃。

孟兰说："一庶他爸妈平时太节俭了，看把孩子吃得。"

冯燕说："是三姐做的菜好吃。"

刘桂花说："三姐真能干，这么短的时间就做出这么一大桌子菜。三姐要是开饭店肯定行。"

孟美说："我觉得我干啥都应该没问题。"

孟亚说："所以我叫她'撒切尔夫人'，特能干。"

孟焱说："妈以前说过，她三闺女属穆桂英的，阵阵落不下。"

大家都笑了，孟美笑得最得意。

一庶最先吃完饭，坐到客厅里的床上去了，嘴里还说个不停："今天晚上真高兴，真呀真高兴！"

一庶的"快板书"又把大家都给说乐了。高大龙说："平时聚在一起的时间太少了，孩子喜欢热闹。"

一庶又说："三姑你多吃点儿，老姑你多吃点儿，你们都多吃点儿。"

孟兰说："看我大侄儿多懂事，个个都不落。"

孟美说："嘴好，喜欢说话，像老冯家人，不像小涛。"

刘金川说："嘴上不说，心里有数就行呗，人家小涛就是这种人。"

孟涛咧嘴不自然地笑笑："这咋又整我这儿来了？"

孟亚原以为孟涛心里虽然有疙瘩，但并不是很大的一件事情，可她很快就发现自己的想法太简单了。孟亚去了孟涛家以后，冯燕把一庶领到另一个房间里去了，特意留出清静给这姐弟俩长谈。

孟涛盘着双腿坐在床上，双手重叠搭在左侧膝盖上，一副一吐为快的架势。

"俗话说，不行春风，难得春雨。没结婚之前没有比较，我以为天下的父母都大同小异，现在感觉越来越不同。我觉得老头儿老太太太自私了，也太偏心了。就说一庶小的时候，老头儿老太太都在家闲着，可就是不愿意照顾孙子，爸还来了那么一句，'一个月给二百块都不哄'。都说隔辈亲，老孟家又只有这么一个传宗接代的，可他们都不愿意管。冯燕她爸妈身体不好，又有一个孙子在那儿，两个孩子一见面就打架，可人家二老还是硬撑着给我们哄孩子。你说这两家老人能比吗？"

"爸那性格你还不知道？他心粗，一辈子从来都是妈伺候他，他哪会哄孩子？妈身体不好，一天天又是那种精神状态，根本没有能力哄孩子。"

"飞飞小的时候老太太不是也哄了一两年？外孙女能哄，孙子就不能哄了？"

孟亚没想到，孟涛早就跟她对比上了，一时还真让她不知说什么好，想了一下才说："……情况不一样。飞飞比一庶大七八岁，妈以前的身体还可以，八年前和八年后能一样吗？"

"我刚结婚的时候，家里连米都没有。妈用小口袋给我装了二十多斤米，再就不管了。二姐给我租的那个房子，冬天可冷了，墙角都是霜。小燕挺着个大肚子，挨了一冬天的冻，缺煤少柴的没人管也没人问。二姐天天下班儿路过我家门口，都不进去看一看。"

孟涛这陈年老账翻的，不只是针对父母，还有几个姐姐，几乎一个都没放过。孟亚看着眼前的弟弟，感觉越来越陌生，说："你的心可真够细的，这都是些小事儿，记了这么多年？"

"细微之处见真情。居家过日子不就是这些儿事吗？小事儿不小，能说明大问题。"

"小涛，你结婚的时候已经二十八九岁了，不是小孩子了，怎么能什么事儿都觉得应该别人替你做？你几个姐姐结婚的时候条件比你差多了，都是自己克服困难。你挑二姐的理儿就更不对了。你和小燕是二姐介绍的，对象还没影大彩电就买回来了，结婚的时候也是她最能张罗，房子也是她给租的，你挑谁的理儿也不应该挑她的理儿啊。"

"我说话是有根据的。你们几个属她心眼儿最多，总是喜欢搞一些小动作。反正就是这么回事儿。女儿是娘贴心的小棉袄，我这个当儿子的没位置。就说老太太的那些存款，就在二姐那儿存着呢。妈手里有多少钱，你们做女儿的都知道，就是背着我这个儿子。"

"妈手里有存款吗？我也不知道啊。知道不知道有什么关系呢，我从来不关心这些事情。我觉得你想得太多了。父母再怎么样，把我们养这么大，已经付出很多了。他们是有缺点，但我们做得就一定好吗？就说那天，看妈吃东西费劲儿，你问妈还剩几颗牙了，我说妈几年前就换了满口假牙。你做儿子的，如果真的关心妈，能问出这种话来吗？"

"你这个问题提得挺尖锐。"

"不是尖锐，是事实。小涛，咱爸妈这一辈子感情不好，矛盾挺大的，咱们做儿女的，即便不能帮助解决什么，也不应该制造新的矛盾出来。你如果能换个角度想想这些事情，你就不会有什么怨言了。你现在也做了父亲，应该知道做父母不容易。"

"正因为我结了婚做了父亲，我才知道父母应该怎么样对待子女。"

李秀云的身体恢复得非常慢，出院一个月了，虽然能下地走路了，但两腿发软吃不住力。还有她的精神状态，仍然不是很正常。

孟亚每天早晨起来，第一件事儿就是跟父亲忙着抢水。水接完了，她就做饭，一日三餐。平时出去买东西的时候，孟亚叮嘱父亲在家看着母亲，有事等她回来再出去办。孟福先虽然身体不方便，但他在家里待不住，有时候拄着拐杖出门消遣。

家里只有两个寝室，现在李秀云睡客厅里的小床，把她原来的房间让给孟亚了。晚上孟福先在客厅看新闻联播的时候，李秀云就把小床上的行李搬进孟亚的房间，不让孟福先碰她床上的东西。李秀云坐在房间里，让孟亚把门关上，神情麻木地听着客厅里传来的声音。新闻联播一结束，孟福先准时关电视，回自己的房间睡觉，李秀云这才搬着自己的被褥去客厅。每天都是这样的流程。孟亚有时候看看法律书，累了就早睡了。每天晚上不超过八点钟，全家人基本就关灯睡觉了。此时孟亚的生活处于一种封闭状态，她有时甚至忘记了一个月前自己还在深圳。

孟亚所在的律师事务所来电话了，通知她赶快回深圳申办律师执业证，一旦错过机会，至少要晚半年才能等到下一批。孟美走后，孟焱一直催孟亚早点儿回深圳，说："医生都说了，妈这种情况可能要恢复几个月，你在这儿熬不起。你走吧，这边儿有我们呢。"

孟亚说："你们都有家，也没有那么多时间照顾妈。再说，妈也不让我走啊！"

孟焱说："妈现在都糊涂了，你别老依着她。我前几天在一本书上看到一个故事，一个儿子为了照顾他的父亲，最终把自己弄得妻离子散，事业也受到了影响。你深圳那边儿还有两口子呢，志平又是刚刚过去。你走也就走了，妈很快会习惯的。"

几个儿女私下里又开始做李秀云的工作，李秀云最终表示同意，她对孟亚说："你走之前，有一件大事儿，你得让我了了这块心病。"

"啥大事儿？"

"拔罐子。你有风湿病，不是天天说哪儿都疼吗？我给你多拔几罐子，就能好。"

"行，你说拔哪儿就拔哪儿。"

三天后，孟亚的腹部有十来处又圆又紫的罐子印，上百个小水泡闪闪发光。孟亚本来不想拔罐子，但她拗不过母亲。李秀云说："拔，狠狠地拔。老话说，'扎针拔罐子，不好也去一半子'。拔起泡了，寒火就出来了。"

孟亚抽时间把玻璃擦了。擦玻璃的时候，高大龙过来帮着修理窗户拉手，李秀云在一旁指手画脚。

　　高大龙让孟亚给他找钳子。孟亚拉开了阳台柜的一个抽屉，发现里面有几只装着淡黄色液体的玻璃管。高大龙说："那是啥呀？没用的话就收拾扔了吧。"

　　李秀云说："不能扔，那是葡萄糖。"

　　孟亚说："葡萄糖？都发黄了，时间太久了也不能用了。"

　　李秀云说："再放几天，到时候我扔。"

　　这几天里，李秀云总是吵着要出去走走。孟亚怕她走不动，说坐倒骑驴，李秀云就瞪起了眼睛。孟亚说那就走路，我陪你慢慢走。李秀云还是瞪眼睛："你跟着我干啥？那我不去了。"孟亚只好投降。

　　李秀云刚一出门，孟亚就悄悄地跟在了后面。李秀云有时候去市场转转，但去得最多的还是药店，孟亚看了就有点儿担心。等母亲从药店出来，她就跑进药店，问刚才那个老太太有没有买药。

　　其实，不管孟亚是走还是留，她一天二十四小时里神经都是高度紧张的。特别是晚上，没有一天能够踏踏实实地睡觉。孟兰的楼在四层，下面全是坚硬的水泥。孟亚夜里差不多是留着一只眼睛和一只耳朵，用来观察母亲的动静。外面有时嗵的一声响，她的脑子就轰的一声炸了，人瞬间就不清醒了，好像自己的脑袋砸到了地面似的。孟亚担心母亲会想其他办法再寻短见。就在孟亚准备回深圳的前一天，李秀云又寻短见了，服了剧毒农药。

　　夜里的时候，孟亚突然被一种声音惊醒了。她仔细听听，发现是母亲的呼吸声。那声音又粗又重，像有很多痰液堵住了气管。孟亚感觉不对，不知怎么，她一下子就想到了阳台柜子里那几管淡黄色的液体。她跳下床，光着脚丫子跑到阳台上，打开阳台的灯拉开抽屉一看，果然，那几只药水不见了。而厨房里多了一只矿泉水瓶子，里面还剩下一点儿乳白色的液体。孟亚打开盖子一闻，一股农药味儿呛得她喘不过气来。

　　孟亚慌了，迅速跑回客厅。她把母亲扶起来，一边叫着一边将手指伸进母亲的嘴里，扣着她的咽喉处。"妈，你吐，你快点儿吐！"李秀云没有反应，只有艰难的呼吸声。

孟亚跑到父亲房间推醒父亲，又跑回客厅给孟兰打电话："大姐，妈又喝药了。你告诉我二姐和小涛他们，快点儿过来！"

孟焱知道催吐是一种急救的方法，她用手指刺激母亲的喉咙。半晌之后，李秀云终于哇的一声吐出来一大口胃容物。

半小时后，李秀云再次被送到县医院进行急救。躺在病床上的李秀云浑身抖个不停，洗胃机哗哗地响着。不一会儿，一股浓重的气味充斥着整个儿抢救室，熏得人透不过气来。孟兰蹲在抢救室的门口，手捂着胸口，表情痛苦，满脸都是泪。

在给李秀云用药治疗的方案上，两个医生迟迟没有开出处方。他们问李秀云喝的是什么药，孟亚说："那药瓶上没有字，我闻这味道，应该是乐果吧。"

医生说："看患者这种症状，好像喝的不是乐果。她身上没有汗，如果是乐果，应该大量出汗才对。"

孟亚说："那你们快点儿化验哪，这不是已经洗胃了吗？"

孟涛也急了："人都这样了，连用什么药都不知道。病人要是有什么意外，你们要负全部责任。"

两个医生都很年轻，工作经验不足，只能在态度上让步，一个说："我马上给主任打电话，让他过来看看。先进行常规输液排毒吧。"

第二天早上，李秀云醒过来了。最要紧的是先问清楚她到底喝的是什么药，李秀云说："敌敌畏。"

科主任不认同李秀云的说法。为了查清楚到底是什么药，高大龙和孟涛回到李秀云的楼上，见冯燕正在收拾房间，高大龙问："有没有看见厨房里那只矿泉水瓶子？"

冯燕说："让我顺垃圾道里扔下去了。"

高大龙和孟涛赶紧下楼，找了一根棍子在一楼的垃圾堆里翻。楼上的冯燕吓得两腿发软，已经下不了楼了。

还好，再晚一点儿，瓶子就有可能被捡垃圾的人捡走。经过化验，确定李秀云喝的农药是敌杀死。敌杀死的毒性比敌敌畏小得多。不法商贩以假充真救了李秀云的命。

但孟福先仍然以为李秀云喝下的是敌敌畏，他知道喝下这种农药能活过来的可能性不大，心里便对抢救李秀云不抱希望了。第二天，孟兰回来给母亲拿生活用品，见父亲一个人笨手笨脚下地摆弄着又大又沉的床单，就把活儿接了过去。孟福先问李秀云怎么样，孟兰说："还没脱离危险。"孟福先就说："我看好不了了，不行的话，就别勉强了，别折腾你们了。"

孟兰顿时脸就青了，直到哭出来声来，憋着的话才说出来："我妈的事儿，不用你管。那是我们的妈，我们没长你这么狠的心！"

孟兰的强烈反应让孟福先感觉很意外，他说："我也没说啥呀。这怎么都对我有意见，我说啥都不对。"

李秀云的二次服毒让孟家老少有了永无宁日的恐慌感。孟兰心脏病发作，休息了好几天，天天吃药，还差点儿住院。冯燕也被吓着了，她母亲给她请了个符，让她缝在裤衩上天天戴着。刘金川也冲孟淼发牢骚："你妈一个多月整两次事儿，两次都用我的车。现在的活儿本来就不好找，这人要是死在车上，我这车卖给谁去？"

内科一位临床经验丰富的老主任对孟亚他们说："你们的母亲得的是抑郁症，而且症状比较重，需要对症治疗观察一下效果。"

一听"抑郁症"，大家一下子就想到了"忧郁"二字，这是人人都熟悉的一个常见词。医生说，长期的"忧郁"积"忧"成疾，就会患上"抑郁症"，这种病不是心情好不好这么简单。"抑郁症"患者自杀率很高。医生开了一种叫多虑平的药，让李秀云服用一段时间，这种药一天得吃三次。

孟亚把多虑平拿在手上，看了说明书后，心里对这种药就不抱多大希望了。李秀云懂点儿医，她绝不会给药就吃。孟亚把一粒药咬碎尝了一下，药味儿很苦，想把药放在饭里或者水里，也是行不通的。更让孟亚担忧的是，这种药的不良反应很大，嗜睡、口干、视力模糊和便秘等，这些都是常见的副作用。说明书中还特意强调，严重心、肝、肾功能损害，青光眼、严重脑器质性疾病者禁用。李秀云本来就有严重的便秘，服用这种药物无异于火上浇油。

李秀云这次抢救后恢复得比较快，三天后就出院回家了。但是由于药物的腐蚀作用，李秀云的食道和胃黏膜被烧坏了，很多天不能吃东西，喝水都困难。十几天后，李秀云可以进食了，多半是稀稀软软的饭菜。李秀云的身体虽然一天天见好，可大家却跟第一次不一样，根本就高兴不起来，倒是担心和忧虑在一天天增加。

高大龙对孟亚说："你已经够尽心尽力的了，可还是又出事儿了。这么个大活人，谁能一天二十四小时不错眼珠地盯着？现在房子本来就不好卖，这老太太要是在楼上再出点儿事儿，这楼咋整？"

孟亚打电话给孟美，没敢说母亲二次服毒的事儿，只说恢复得不太快，可能还得一段时间。孟美说："辛苦你了。深圳这边儿的事儿你放心，你也注意身体。"

第十二章

1

李秀云两次服毒，而且情况这么严重，深圳的孟波却毫不知情。大家担心孟波知道事情真相后会影响行车安全，所以统一口径不告诉他。孟美回到深圳后只对孟波说母亲看错了说明书，吃的药量大了些，已经没有危险了。至于李秀云第二次服毒，连孟美都不知道，更不可能让孟波知道了。这种有着良好初衷的隐瞒，却直接导致了变本加厉的不良后果——孟波对父母更加不满了，同时还有对三姐孟美的不满。

当初得知母亲李秀云生病的消息时，孟波很想借着这个机会回一趟东北。到深圳一干就是一年多，天天像"奴仆"一样为三姐和三姐夫服务，不但没有得到好评价，反而经常遭到批评和训斥。心里有话总想找个人聊聊。跟阿旺喝了两次酒，不知怎么被孟美知道了，又把他没鼻子没脸地刮了一顿。在北方，他孟波可以跟家里的任何人发脾气使性子，但是在三姐孟美面前，他连吵架的机会都没有，他没有这个勇气和胆量。孟美的批评永远是对的，她不允许别人辩解或者反驳。

李秀云的这次折腾，由于时间赶得紧，光来回的飞机票就差不多两万块。孟波相当心疼这一大笔破费，也相当气愤不平，他对三姐孟美说："老太太这不是成心糟蹋钱嘛，两万块……"孟美说："钱是我出的。"孟波后半句话"干点儿啥不好"就噎在了嗓子眼里，噎得他好几天都在不停地打嗝。

"我能想到最浪漫的事儿，就是和你一起慢慢变老。直到我们老得哪儿也去不了，你还依然把我当成手心里的宝。"现在的孟波最喜欢这首歌的后半句歌词，"手心里的宝"，这是孟波来深圳后逐渐感受到的。虽然没有说出来过，但在心里，他已经对老婆刘桂花说了很多次了。找小姐虽然偷偷为之，但短暂的贪欢之后却是长久的渴望、不安和愧疚。

来深圳一年多了，各种生活的体验和经历，让血气方刚的孟波备受精神和肉体的双重折磨，他终于知道了老婆刘桂花的种种好处。刘桂花的勤劳、善良、宽容、体贴，让孟波思妻情切。而越是想回一趟东北老家，对自己周围环境的感受就越强烈，那是一种既排斥、反感又渴望融入的矛盾心理。爱与恨、虚荣与不甘、吸引与逃离、堕落与挣扎，种种体会和想法不断增多，交织纠缠在一起，剪不断理还乱。

他实在难受了还是忍不住要给刘桂花打电话。孟波不敢也不愿意用三姐孟美家的电话，又嫌到外面的电话亭打电话丢面子，就用自己的手机打，付着昂贵的电话费。

刘桂花在电话里对孟波说："当初是你自己要出去闯的，可没人逼你去深圳啊。你看三姐和四姐一家，以前不也是南一个北一个的，两地分居了好几年吗？到了你这儿，怎么就这也不好那也不行了？你要是真的不愿意在深圳干，那就回来，咱俩继续经营狗肉馆。"

孟波说："你知道政府机关的人一个月开多少钱吗？少的六七千，多的八九千。可我呢？一个月才一千块钱，干的还是当牛做马的活儿。我不是不愿意在深圳干，我是这么干心里憋屈！"

刘桂花说："想挣大钱，得有挣大钱的本事啊！哪有天上掉馅饼的好事儿？就说四姐，人家在学习上付出了多少精力，光毕业证就拿了好几个，去深圳奋斗好几年了，现在还没工资没收入呢。这次又回来照顾果果她奶，一耽误又是好几个月。人家啥都没说，你还有啥说的？慢慢来呗。三姐是你的亲姐姐，对自己的亲弟弟还能差了？她对你严格要求，都是为了你好。人家发展得这么快，是因为人家努力了。你就按三姐三姐夫说的做，他们不会给你亏吃的！"

孟波说："一年多了，我也没占着啥便宜啊！我算看明白了，这年头，啥兄弟姐妹的，有权有势就是高人一等。像我这种平头百姓的，在人家眼皮子底下就得低三下四。哼，等我有出头之日那天了，我谁都不尿！"

孟美回来的第二天，麦建伟就出国了。麦建伟出国的半个月时间里，孟波在单位里除了临时给其他领导出几次车，没有太多的公差干。但孟美家里的事情多，接送麦闯参加乒乓球训练和比赛、参加文艺演出，还有孟美一周至少有三个晚上要去区里研究生班上课，双休日几乎是全天学习。这个家的人早出晚归是家常便饭。

孟波虽然心里不高兴，但脸上一点儿都不表现出来，还是按照三姐的指示让干啥就干啥。平时越是紧张辛苦，孟波想放松下来的想法就越是强烈。他忙里偷闲，偶尔和阿旺一起出去喝酒打麻将，直到后来去了歌舞厅，再一次接受了阿旺给他找的小姐。

孟美像长了第三只眼似的，没过几天，她把孟波叫到了家里，第一句话就是："这个司机你别干了。我给你订飞机票，三天之后你给我回东北。"

孟波心里慌得不行，但表现出来的却是一脸的委屈："我又哪儿错了？你告诉我，我改。我一定改！"

孟美怒斥道："你怎么改？你把你姐夫和我的面子都丢尽了，你改得过来吗？"

孟波装作浑然不懂的样子："啥面子？我又咋了？"

孟美说："你和阿旺出去找小姐，你……"

孟波冲进厨房，抓着一把匕首一样的尖刀出来了："我没有。你要是不相信我，我就用这把刀证明给你看，我……死！"

孟美被孟波突然的举动惊住了："你……真的没有？"

孟波说："是谁不安好心，诽谤我？诽谤我姐夫？我找他们算账去！"

孟美说："你把刀给我放回去！以后，少给我动刀动枪的！"

孟波装出乖乖听话的模样，把刀送回了厨房。

孟美说："我告诉过你不要跟阿旺来往，你是怎么做的？"

孟波说："我跟阿旺在一起有过一两次，可是绝对没有你说的那种事儿。我以后再也不跟他来往了，免得被人家利用。我说到做到！"

孟美说："小波，你知道我的性格，吐口唾沫都是钉。你要是再有下次，别怪我不认你这个弟弟。这里的官场是广东人的天下，我和你姐夫是内地来的，一无社会关系，二无经济基础，就靠自己踏踏实实地干才有了今天。你姐夫这几年里连着读了两个研究生，是个'学习狂''工作狂'，经常累到快要吐血了。你根本就不知道我们有多不容易。我实话告诉你，我现在真是后悔，后悔当初让你过来给你姐夫当司机。深圳，根本就不是你这种人来的地方！"

孟美喘了口气，又说："我给你报个中文班，先拿个大专文凭，学费你自己出。老孟家，就你文化水平最低，还自我感觉良好。妈都这么大年纪了，还经常学个成语什么的。不奋斗天上能给你掉馅饼吗？光是一副人样子有什么用？金玉其外，败絮其中。好好掂量掂量，看看自己几斤几两！"

这个晚上，孟波在自己的宿舍里一夜未睡。他用小刀在自己的脚脖子上割了一道一寸多长的口子，泪眼蒙眬地看伤口处的血慢慢往外渗。

2

孟亚回东北的这段时间里，小保姆张小萍有了巨大的变化。

突然跟郑志平单独生活在一个空间，正值青春期的张小萍在感情上渐渐地有些不能自持了。从这个女孩子开始想改变黑皮肤和粗毛孔开始，潜在的诱惑和诱因就或多或少地存在了。而现在，孟亚和飞飞都回了东北，郑志平的一日三餐、衣物清洗、床铺整理，等等，完全由张小萍一个人料理着。早上看着郑志平出门，中午和晚上迎接郑志平回来，这是一种什么感觉——妻子对丈夫的感觉？

张小萍很快就让自己进入了角色。除了白天晚上坚持不懈地往脸上抹美白珍珠霜，往身上特别是胳膊上涂缩毛水外，小姑娘还把额头前原本直直的刘海烫弯了，是用铁丝在液化气上烧热了烫的。孟亚的头发有点儿天生的自然卷，她经常嫌自己是一头乱发，可郑志平却说卷曲的头发好看。这话被张小萍记在了心上，本来有心去理发店，可她舍不得钱，只好在家里土法上马。张小萍还买了一件紧身的花短袖衫，突出了女性的特征。

郑志平跟张小萍基本上是没有交流的，除了张小萍叫"叔叔吃饭"时他应一声，平时几乎是毫不相干。

郑志平晚上睡觉前的时间几乎都用来看电视，看的几乎都是同一个节目——新闻。别人看电视是看热闹或者随便接收一些信息，郑志平看电视是内容和形式兼收并蓄，从节目内容到拍摄的角度以及剪辑水平等，他都要观看琢磨个透。

看到前面的一些努力都没有达到预期效果，张小萍又想出了一个办法。她去商店买了一件淡粉色的睡衣，天天晚上冲完凉后穿上，然后慢慢地走回自己的房间。她的房间正对着客厅，坐在沙发上看电视的郑志平，转一下脸一眼就可以看见她。有时候，张小萍还会穿着睡衣出来，弄弄冰箱或者整理一下沙发上的垫子，希望能够引起郑志平的注意。

张小萍当初是跟李玉芬一起被孟亚领回来的，两个远离家乡的小保姆一下子就熟悉了。李玉芬去了孟美家以后，平时趁主人不在家的时候，两个小保姆有时会偷偷地打电话，但孟美很快就发现这种情况并且制止了。后来她们就想到了写信这种方式，把自己的心里话说一说，让精神生活多一点儿快乐。但寄信是很麻烦的一件事儿，邮局有些远不说，还要花八毛钱的邮费。不知道这两个小保姆谁更聪明一些，反正这种当邮差的差事很快就落到了孟美头上。因为孟美经常两边儿走，她当邮递员是再合适不过了。

但孟美可不会这么容易被两个小毛丫头利用。有一件事儿她连想都没想就做了，那就是检查小保姆往来的信件。这一检查不要紧，收获还相当大：两个小丫头嫌工资低、日子闷；小区里的小保安追求李玉芬；张小萍暗恋郑志平以及付出的种种努力……

3

李秀云的身体在一天天慢慢恢复，而孟亚的思维却似乎处在了停滞状态。

每天的生活相当机械，几乎都是围绕着父母转。至于回深圳，那只是一个朦胧的念头。在李秀云能够接近正常思考的时候，孟亚又试探性地提出要带母亲回深圳，几次努力均遭到了李秀云的强烈拒绝。家里人谁都不敢再说什么了，怕李秀云再受刺激。

李秀云白天待着无聊，总想琢磨点儿事儿出来打发时间。孟亚买了一套西装回来，按照自己的尺寸把裤腿缝了边儿，这套衣服是为以后做律师出庭准备的。

李秀云说裤腿太长了，都扫地了。孟亚说穿西服得配高跟鞋，裤子太短了不好看。李秀云却反复说好看。没办法，孟亚只得把裤腿折缝起来，然后穿着"吊腿裤子"给李秀云看了个满意。过了两天，趁李秀云昏昏沉沉睡觉的工夫，孟亚偷偷地又把裤腿边儿拆了，将长度恢复原状后藏了起来，等回到深圳再穿，以免被李秀云发现了生气。

过了两天，李秀云又琢磨出了另外一件事儿，要给孟焱和孟涛每家打一个自流水桶，就是一只安装了水龙头的小储水罐。李秀云说家家都用大桶装水，平时停水根本用不上自来水——水龙头不出水，用水时就得用瓢在桶里舀水，这样很不卫生。如果做一只小储水罐，放在水池子上方，一开上面的水龙头，就跟自来水一样，又卫生又方便。

李秀云的这个想法遭到了孟焱和孟涛的一致反对，说家里没地方放这个东西，还得在墙上钻孔挖洞的，那是一种破坏。但这个时候，李秀云已经去了好几次五金铺，早跟那两个工匠把自己的想法说明白了，甚至还让孟亚画了一张"图纸"，就等着取货了。

几天后，李秀云亲自登门，监督着两家把储水罐装上了。然后装满水后，把水龙头开关打开关上关上打开地演示了好几遍，说："看看，这多方便。是不是好？"孟焱连说："好好，是好。"可在孟涛家，李秀云还是这样说的时候，孟涛却不吭声，其实他心里气着呢。这个储水罐就像一个不速之客硬是闯到家里来了，把好好的墙面瓷砖都搞坏了。

李秀云天天这样琢磨和折磨，让孟亚无可奈何，只能顺着母亲，至少在表面上是这样。她也不知道这种日子还要坚持多久，不知道自己有没有能力改变这一切。没事儿的时候孟亚还是坚持跟母亲聊天，故意装着无意地聊到深圳，问母亲到底为什么不喜欢深圳。有一天，聊天时，孟亚说："我单位都打过好几次电话了，有个大案子是我一手负责的。现在对方当事人上诉了，那边儿等着我回去开庭呢。"

"我是不愿意让你回去，可我也知道你早晚得回深圳。"

"你说深圳不好，那么多人都往深圳跑，你的六个孩子去了一半儿了。你第一次去深圳的时间太短，不太适应。我就喜欢深圳，就是在深圳讨饭，我都不会再回到这个小县城。太脏了，太乱了，太破了，还经常停水。专家都说了，咱县的水质不好，癌症发病率高。"

"你年轻，有发展。我这一大把年纪了，不想把这把老骨头扔在南方。癌不癌的，我不怕，活几天算几天。"

"其实，扔在哪儿有什么区别？关键是你觉得在哪里生活对你有好处。"

"我不喜欢南方，我去深圳对我有什么好处？"

"你不是喜欢我吗？你不是就愿意跟我在一起生活吗？"

"这倒是。我就愿意跟你在一起，不愿意跟别人在一起，更不想跟你爸在一起。"

"那你就跟我去深圳吧，不带我爸去。"

李秀云有点儿松动："不带他去？那他要是跟着咋办？"

"跟也不带。我爸也不能跟。他现在天天去医院做理疗，医院又近人又熟，去深圳没有这么方便的条件，享受不到这边儿的公费医疗。"

"那我就说我去深圳看看飞飞和闯闯，过两个月就回来。"

孟亚眉头一展："行啊。你说的是真的？"

"真的。我去深圳，你走到哪儿我跟到哪儿。"

孟亚大喜过望，赶紧给深圳的孟美打电话。孟美也不相信，听了孟亚的解释后，说："你可是立了一大功。妈这块顽石能被攻克，真是难以想象。"

李秀云同意去深圳了，接下来就是要安排好孟福先，他不可能一个人住在楼上。尽管北方的这几家都说让孟福先搬过去住，但孟福先重男轻女的思想，这时候有了充分的体现，他要跟儿子孟涛住。

做出去深圳的决定后，李秀云像小孩子一样变得迫不及待。家里人赶紧订飞机票。三天后，当飞机起飞后，孟亚又开始流泪，时断时续又哭了一路，只不过这次哭不是为母亲的疾病，而是为父母的分离。孟亚的脑海里一直闪着父亲年迈老弱的身影。临行前，孟福先流泪了，孟亚拉着父亲的手哭成了泪人。孟涛在一旁说："一会儿就把爸搬我那儿去。四姐，你放心，老头儿在这边儿受不着屈。"

李秀云第二次踏上深圳的土地，对孟美来说好像天赐洪福一般。一见到李秀云，孟美立刻跑过去，紧紧地抓住母亲的手，说："你赶上王母娘娘下凡了，这面子给得可够大的！"

李秀云不让孟美抓她的手，一个人表情木木地往前走，孟美又赶紧过去挽住母亲的胳膊。上车后，孟美又情不自禁地去抓李秀云的手，又被李秀云拨拉一边儿去了。孟美笑着说："记不住呢。"说着，将手搭在李秀云的手背上，又突然移开，说："哎哟，有电！"连情绪一直不好的孟亚都笑了，可李秀云还是没有表情，眼睛直勾勾地盯着孟波的半张脸，说："小波会开车了？"

从见到母亲那一刻起到现在，孟波几乎没说什么话，一点儿高兴的表情都没有。还处在疾病状态中的李秀云，此时根本就没有能力对儿子察言观色。因为是第一次看见孟波开车，感觉有点儿新鲜和突兀，就问了一句。

孟美把话茬接了过去："开车谁都会，关键是开得好不好。"接着，孟美对李秀云一会儿问冷不冷热不热，一会儿问渴不渴饿不饿，一会儿问累不累有没有不舒服，李秀云不愿意说话，摇摇头或摆摆手算作回答。

到了房子，孟美问李秀云想吃什么。孟亚说："三姐你回去吧，看我姐夫再有什么事儿。这边儿有我，还有保姆，你不用管了。"

此时的李秀云倒是有点儿习惯孟美的热乎劲儿似的，她躺在床上，看着坐在床边儿笑容可掬的三女儿，听着她一句接一句地嘘寒问暖。到后来，孟亚发现，母亲的手被孟美抓着拍着，她不再往回缩了。

孟波坐在客厅里的沙发上，已经打开了电视。孟亚把刘桂花和果果的照片递给了他，说："现在怎么样？忙不忙？"

"你看三姐那眼观六路耳听八方的架势，她能让我闲着？不怪老太太十几年前就说她是属穆桂英的，阵阵落不下，真是没说错。"

"你在妈面前可别叫老太太，妈不爱听，别惹她不高兴。"

"哪那么多爱听的？这个不爱听，那个不高兴，一天到晚考虑的都是别人的感受，谁替我考虑过？"

"你这是怎么了，这么大的情绪？妈这边儿的事儿还没落地呢，你又是咋回事儿啊？”

“我没事儿。别人的事儿都是大事儿，到了我这儿，根本就不算个事儿了。”

“你是不是想家了？今天过年，跟三姐说说，让你回去看看。果果现在可懂事了，还说想你了呢。”

孟波不说话了，把目光移向了电视。孟亚发现弟弟的眼里闪着泪光。

孟美走的时候，把孟亚叫到楼下，说：“这两个小丫头，开始作妖了！”

孟亚问是怎么一回事儿，孟美就把事情经过简单地讲了一下，末了说：“前天阿萍又给阿芬写了一封信，话说得可露骨了。信就在我包里，你看不看？”

“不看。”

“你可真够……我不行！”

孟美说完，坐进车子走了。

4

孟涛家的两间卧室都不大，孟福先来了以后，一庶被挤到了客厅，临时搭了一张小床。

情况完全不像孟福先当初想象的那么乐观和美好，或者说，因为孟福先从来就没有像李秀云那样，看清楚住在儿子家里的种种问题。以前孟福先多次说过要跟大儿子孟涛一起住的话，李秀云就说孟福先是“搬着屁股亲嘴——不知香臭。”这不，刚搬过去没几天，矛盾就来了。

冯燕是个特别爱整洁的人，在她的影响下，孟涛对自己的小家庭也是珍爱有加。可孟福先的醉酒样步态，首先就降低了这个家的卫生清洁度。由于无法稳稳地站在地上，孟福先外出回来进门后，孟涛家门口的那块脚垫子的面积相对而言就不够大了。孟福先带着泥的两只脚左移一下右蹭一下，垫子范围外一尘不染的地面砖上就会出现泥脚印，或者一层砂粒。孟涛忍了几次，有一次终于忍不住了，冲着刚进门的孟福先说：“爸，你以后注意点儿，脚别站到垫子外面去。冯燕天天收拾卫生，挺辛苦的！”

孟福先的脸一下子就拉下来了："我不是站不住吗？又不是故意要弄脏地！"

孟福先天天早上四点多钟就起床，用将近一个小时的时间做按摩。按摩需要大力气，整个儿床都跟着他摇，碰到墙上会发出嗵嗵的响声。冯燕本来就有点儿神经衰弱，孟福先每天一大早这么一通折腾，孩子大人都睡不好，精力和体力都受影响。

还有一件更麻烦的事情，最终成了孟福先搬走的重要原因。孟涛家洗手间的门正对着厨房，孟福先的习惯是每天早上都要解大便，尽管关着洗手间的门，还有排气扇在抽风，可臭味还是会钻出洗手间，直接影响到厨房正忙着做早饭的两口子。因为这件事儿，气愤不平的孟福先吃力地爬了五层楼去孟焱家诉苦："他让我改个时间。我这四十多年的老习惯了，能改时间吗？这不明摆着，就是嫌弃我！"说这句话的时候，孟福先掉泪了。

半年之后，孟福先去了二女儿孟焱家。对于孟福先来说，能从儿子家搬到女儿家，应该算是破天荒的事情了。几十年重男轻女的老观念，半年就被迫改变了，谁都说不清楚这里面有多少无奈。

孟福先并没有直接住在孟焱的家里，而是住在了孟焱的楼下，那是临时租的房子。孟焱家的楼房比孟涛家的还小，小到客厅里根本摆不下一张床，再加上孟福先嫌孟焱的五楼太高。刚好住在四楼的同事要出租房子，孟焱对同事说："我爸还不知道住多长时间呢，你房子里的东西不用动，他除了床和电视，其他的基本用不到。吃饭在楼上。"

其实，孟焱给父亲在自己楼下租房子，还有另外的考虑——孟涛的前车之鉴让她不敢掉以轻心。男男马上就要升高中了，本来孩子的成绩就不是很好，一家三口人时常因此吵架生气。孟福先有看电视、听收音机等习惯，这让孟焱不只是担心男男的学习会受到影响，更担心她和刘金川之间会引发新的矛盾。

为了父亲去二姐家的事儿，孟涛特意给远在深圳的四姐孟亚打了电话。孟涛也是一肚子怨气："老头儿在我这儿住了半年，老太太以前说的话句句都应验了。他的注意力全在自己身上，对别人一点儿都不关心。"

孟亚觉得应该利用这个电话跟孟涛好好沟通一下，在东北的时候有些话她还没说出来。孟亚说："爸是心粗，不会关心人，可能是这一辈子被妈照顾习惯了。你这样说爸，我也没意见。但你对妈始终耿耿于怀，这就是你自己的原因造成的。妈一点儿都不偏心。养了那么多年的猪和鸡，好不容易攒点儿钱都给你结婚用了。因为这事儿，小波对爸妈一直有意见呢。"

孟涛说："他永远都有意见，那也是他自己的原因造成的。不好好学习，不好好工作，不好好过日子，他能怪到谁？要不是老头儿老太太宠他宠过了头，他能打架惹事把工作丢了吗？今天这种父母不像父母，儿女不像儿女的局面，就是他们自食其果。"

孟亚实在忍不住了，气得一边哭一边说："小涛，我真没想到你会这样。我一直以为，你是男子汉，有男人的思维和胸怀，没想到你的想法比女人还过分。上次回东北时，你就一肚子牢骚一肚子怨言。你好好想想，你对这个家有多少贡献？你说妈有钱瞒着你，我告诉你，我也是听了你的话之后问了二姐，才知道妈手里有点儿钱。可你想过没有，妈手里的钱有你几分几毛？妈的钱都是女儿给的，大部分是三姐给的。你有什么理由盯着老人手里的钱不放？你为她做过什么？你的儿子都八九岁了，你就想指望老人的钱活着吗？"

"我没想指望老人的钱，我只是想讨个公道。我看他们对待我的态度，好像我就不是这个家的人。"

"你这句话说对了，你真的不像是这个家的人。就说在东北，当时家乱成那样，我们大老远地从深圳赶回去，什么都放下了，全力以赴为了妈的病，可你竟然节外生枝，无端地整出这么一出来，见缝插针地编排老人的不是。我到现在都不敢相信，我会有这样一个弟弟！"

听到孟亚越哭越厉害，孟涛说："也没你说的那么严重，我就是随便说说。"

"我希望你是随便说说。你也是父亲，你将来也会老，可能你现在觉得你对一庶比爸对你强多了，但是我告诉你，未必！时代在发展，二十年后，你儿子可能对你也是一大堆意见。现在有多少人都到南方闯荡打天下，可你呢？在那个小县城混日子过。你儿子将来会怎么看你？"

"行了四姐，你也别哭了。我就是跟你说说，以后不说了。"

"你知不知道，妈现在的情况根本就不好。咱爸咱妈这辈子就这样了，我们做儿女的，不应该再给这个家添乱了。我们六个姐弟之间其实没有什么大不了的矛盾，应该多想想别人的好处。你对父母的意见不是一天两天了，如果我还是说不通你的话，那你就做个样子出来给你儿子看吧，但愿将来他会说你是个好父亲！"

5

孟亚返回深圳还没到一个星期，张小萍就提出回家。孟亚听出来了，张小萍说的"回家"就是辞工不做了。孟亚明白，张小萍辞工不仅仅是因为孟美发现的那个情况，还有李秀云的原因。

孟亚说："你想好了？"

张小萍低着头说："四姨，我想好了。家里有事……"

孟亚立刻说："那你过两天走吧，星期六，我有时间送你去长途汽车站。"

张小萍说："行。谢谢四姨。"

张小萍走后不到半个月，孟美把李玉芬也给辞了。张小萍辞工的原因以及之前游走在悬崖边儿上的暗恋，孟亚没有跟郑志平透露过分毫信息。而郑志平一门心思都在工作和找工作的路上，他自己本身就在另一种悬崖边儿上游荡。

李秀云目前的这种状态，家里离不开保姆。没过两天，孟亚就领回来一个新保姆，叫阿桂。孟美说她那边儿先这样，找不找保姆过一段时间再说。"这保姆换了一个又一个的，整得我好累！"孟美说。孟美说出了孟亚的心里话，但孟亚还有不能没说出来的话："我比你还累呢！"

孟亚回来后，隐约感觉飞飞有了一些变化，似乎比两个月前更加沉默了。问她什么，回答能用一个字的绝不用两个字。每天学习的时候，都是把房门关得紧紧的。这个年龄段的孩子正处于青春期，但孟亚没有时间过多地关注她。

带母亲回深圳的时候，孟亚悄悄地把治疗抑郁症的多虑平也带了回来，同时还带了一大包中药朱砂，共六十小包。朱砂是李秀云特意要的，说治疗失眠，是孟亚的三叔孟福生给开的。

李秀云服用朱砂特别上心，一天一遍记得清清楚楚，尽管服用一段时间后，感觉胃里有点儿烧灼，但她说"恨病吃苦药"。而孟亚想让母亲吃多虑平就完全不同了，她一直在想办法让母亲服用这种药，但一直没有想出好的办法来。

李秀云每天晚上还按时服安眠药，只是药物量控制在孟亚手上。孟亚把一瓶安眠花分成好几个小包，分别藏在家里的几个地方。孟亚给母亲拿安眠药的时候，有时把多虑平也拿出来两粒，一起递给母亲。李秀云用手指拨拉着那两粒多虑平，脸上现出看到怪物一样的表情："这是啥药？"

孟亚说："你的胃都烧坏了，这药是修复胃黏膜的。"

李秀云说："不吃，我胃没病。药不能乱吃，是药三分毒，没病都吃出病来了。"

后来孟亚就直说了："医生开的治疗抑郁症的药，我从北方特意带过来的。"

李秀云说："医生懂啥？忧郁吃药还能治好？我这病是从你爸那儿来的，啥药都治不好。把药拿一边儿去，我不吃！"

一想到这种药的副作用，孟亚也不想再勉强母亲了，以免顾此失彼。

李秀云到深圳没几天，就打电话给孟美要敌敌畏。孟美吓了一跳："干啥呀？"

"药虫子。"

"药啥虫子？"

"南方一年四季虫子不断，大蟑螂，小蚂蚁，还有蚊子……"

"敌敌畏也不药蚊子。"

李秀云就生气了："不是我自己喝。我要是想死，你们还能看住是咋的。我不会再服毒了，对不起儿女。"

"这边儿有专杀蟑螂和蚂蚁的药，我给你买。"

"那些药不好使，我就要敌敌畏。你不买拉倒，我自己'打的'出去买。"

孟美赶紧说："行，我买。过两天买到了就给你送过来。"放下母亲的电话，孟美赶紧给远在市里的孟亚打电话，说："我看妈的想法没断，可别再整出事来。我害怕！"

孟亚说："不买也不行，妈那性格哪里挡得住。以前在北方她经常满屋子喷药水，这次可能真是为了药虫子。"

孟美就想出了一个办法，把敌敌畏买回来之后，用一个瓶子装一小部分，兑好水稀释后再拿给李秀云，说："这是按比例兑好的，你直接用就行了。"

　　李秀云把瓶子拿到鼻子下闻了闻，没再说什么。每天早晚两次，李秀云用小喷壶往床单上喷敌敌畏，喷得孟亚一家三口直皱眉头。特别是飞飞，最怕怪味儿，李秀云一喷床，她就皱着眉头躲到客厅里或者阳台上看书。

　　孟亚说："妈，你这又不是消毒水，不能往床上喷。敌敌畏有毒，晚上把床喷得湿漉漉的，都被皮肤吸收了，会中毒的。"

　　李秀云说："你们小的时候，咱家住的是土房，屋里潮，跳蚤多，不是经常用敌敌畏？我还给你们往腿上身上抹呢，什么时候中过毒了？"李秀云明明看见了郑志平的脸色不好，但她也不理会，仍然天天坚持早一遍晚一遍到处喷敌敌畏。

　　虽然看着李秀云天天到处喷敌敌畏，但孟亚还是担心，说不定哪一天母亲会把它喝到嘴里去。李秀云晚上睡得晚，服用了安眠药后，早上起床的时间不固定，九点到十一点不等。早上只要李秀云的房门没开，孟亚的心就一直吊着，不时瞥一眼那扇紧闭的门。

　　有一次飞飞看出了孟亚的紧张，说："你老看啥呀？要不就开门看看。"

　　孟亚说："你白姥好不容易睡点儿觉，别把她吵醒了。"话是这样说，孟亚还是不放心，走到母亲的房门口，趴在地上把鼻子贴近门底缝，闻闻有没有敌敌畏的味道。

　　飞飞和郑志平也被孟亚给弄紧张了，一起走了过来，傻傻地站在她的背后。孟亚挥挥手赶他们走，小声说："好像没啥事儿。"

　　飞飞说："都快让你给吓出精神病来了！"

　　过了几天，李秀云又提出要买笼屉，说家里的笼屉太小，附近买不到大的，让孟亚陪她走得远一点儿，结果一下子就跑了几十公里出去。走了三个市场，最后总算勉强买了一个大笼屉。笼屉十二块钱，车费是笼屉的三倍，还浪费了孟亚一上午时间。

　　终于到了春节，这是孟亚一家分离了几年后过的第一个团圆年。孟亚和郑志平去市场买回了几个"福"字，还有一个漂亮的"春"字——制作非常精美，字面闪着紫红色的亮光。

李秀云一看见这些喜庆的字符就生气了，说："'福'字儿这么大，不好看，换两个小的。'春'字儿更不好看，锃亮锃亮的，晃眼睛。"

孟亚说："我是往阳台的门玻璃上贴的，也不往房门上贴。再说了，谁也不是总盯着看，怎么能晃眼睛呢？"

郑志平和飞飞都说那个"春"字太漂亮了。

李秀云说："就是晃眼睛，我不爱看！"

孟亚就有点儿气闷，想了一下说："那就贴大门的外面。这是我们第一个团圆年，得有点儿气氛。"

李秀云的眼睛就瞪起来了，咬牙切齿地说："哪儿都不能贴。你贴，我就给你撕了！"

孟亚的眼泪当时就下来了，她犹豫了一下，把那个"春"字塞进了抽屉。郑志平和飞飞的脸色也不好看了。这是大年三十下午发生的事情，本来期望过一个幸福快乐的团圆年，却被李秀云搅和得谁都没有了好心情。

6

孟亚对当律师做案子充满了热情，尽管她不会特别外露这种情绪。第一次在律所看到别的律师和当事人谈案件，第一次坐在法庭旁听席上听案子，孟亚都有一种展翅欲飞的感觉。

尽管多年前就已经通过了律师资格考试，但孟亚对实际办案却是一无所知。

几个新来的律师助理和孟亚一样，天天捧着三寸厚的法律汇编看。主任瞪着眼说："这样看书有什么用？办案子才能学到东西。"

孟亚说："法律规定都不知道，怎么办得明白案子呢？"

主任说："我说的话你们不信，那你们就在这儿浪费时间吧！"

孟亚有自己的观点，她坚持认为，办案固然可以学到业务知识，但自己对法律法规早都生疏了，现在连纸上谈兵都谈不上，更遑论在实践中办案了。所以，现在必须把两者结合起来。

孟亚写的第一份法律文书是一份行政起诉状，涉案标的额一百多万块，算得上是一个大案子，而且是通常说的"民告官"，孟亚精神高度紧张。

主任说："我这里有办过的案子，你参照着格式写。"

主任说完任务，再也不理她了。孟亚看看周围其他几位律师，都各自忙着自己的事情，也不好前去请教，毕竟不是人家的业务。何况那些律师当中，有几位也是刚拿到执业证的，比自己的水平高不到哪里去。倒是有两位资历老一些的律师，但也是律师事务所合伙人，更不可能给主任的助理当免费教授。

孟亚硬着头皮把当事人提供的证据反复看，那些材料足有一公斤重。她又查阅了国家、广东省和深圳市与此相关的法律规定，硬是把一份行政起诉状写满了八页纸。主任扫了一眼，说："你看行就行，找当事人过来签名。"主任的话把孟亚吓了一跳，她一时无法判断主任是对她高度信任，还是对当事人高度不负责任。

这个案子比较复杂，这不是以未出茅庐的孟亚的能力和水平为标准的，就连主任都不敢轻易对这个案件发表意见，而是多次征求孟亚的看法，因为孟亚对于案情以及相关的法律规定用的时间比他多。好多天下班儿后，孟亚独自一个人在律师事务所里研究案情到深夜，有一次她甚至累得晕了过去，不知过了多久才慢慢醒来。夜里十二点钟出了律师事务所，在灯火阑珊的夜色中，孟亚的心中感到空荡荡的，生存的茫然和恐惧感紧紧地攥住了她的心。

传票通知开庭时间是在一个月之后。在这一个月的时间里，孟亚反复研究案情，分析被告提交的材料，梳理原告的证据材料，归纳法庭提问要点，直至开庭的前一天，主任都没有很认真地研究过案件，又是一句话："开庭以你为主。"孟亚说："这是我执业的第一个案件，一点儿经验都没有，法庭上我都不知道该怎么说。"主任就来了第二句："你想说啥就说啥，怕什么！"

开庭的时候，孟亚情绪饱满，滔滔不绝。一是案件事实及法律依据等都是对原告有利的。二是孟亚以事实为依据，以法律为准绳，每一句都是法言法语，言之有物。加上孟亚是个敏感敏锐之人，法庭这种唇枪舌剑的场合，她的反应一下子就调动起来了，主任反倒成了她的陪衬。

　　阿桂虽然替代了张小萍的保姆位置，但与张小萍却无法相提并论。在确定阿桂之前，孟亚已经去了好几家家政公司，看得见的保姆多之又多，看得上的保姆却少之又少。李秀云第二次来深圳后，由于家里急需保姆，孟亚也只好快刀斩乱麻把阿桂带了回来。

　　阿桂十七岁，个子较高，喜欢穿牛仔裤。刚刚做了半个月保姆，阿桂就提出不做了。李秀云对孟亚说："这个爱哭啊。说她一句，就哭了。"

　　孟亚说："你说她啥了？"

　　李秀云说："你没看见她的'牛奶裤'裤腿都扫地了？我告诉她把长出来的那一块剪了，她不肯剪，折起来了。折有什么用，还不是往下掉？"

　　孟亚说："就为这事儿哭了？"

　　李秀云说："就这么点儿事儿，那还能有啥大事儿？也太爱哭了，没见过这样的！"

　　郑志平私下对孟亚说："那能不哭吗？眼睛瞪得那么老大，手指着保姆的裤腿下命令，说'你再穿这条裤子，我就给你剪了'。那么小的女孩子，能不害怕吗？"

　　除了牛仔裤的事儿，阿桂的手又出了问题。沾水多了，手指根就开始发炎，一层层掉皮。这是关键问题，保姆的工作接触最多的就是水，自己有这种毛病还敢出来做家政工作。李秀云跟孟亚说了这个情况后，孟亚当即就把阿桂送回了家政公司。

　　后来请的保姆叫阿静，也是十七岁。如果找对象，她的模样和身材没的说。孟亚晚上下班儿时把阿静带回了家。想到保姆刚进门应该照顾一下，吃饭的时候，孟亚给阿静夹了一个炸鸡腿，阿静一声未吭夹着鸡腿就大口啃了起来。过了一会儿，郑志平又给阿静夹了一只鸡腿，阿静又一声不吭地吃掉了。一桌子人个个都有点儿傻了，因为盘子的几只鸡腿怎么分是明摆着的，一共才做了六个。麦闯和飞飞每人只吃了一个，孟亚和郑志平也每人吃了一个，阿静却一下子吃了两个，她把李秀云不要的那一份给代劳了。好在李秀云坐在自己的房间里吃饭，没有看到这一幕，不然又会生出一些矛盾。

飞飞私下对孟亚说："这个保姆，有点儿不知深浅。"

孟亚说："刚出来，不懂规矩，得训练。你爸也是，我都夹给她一个鸡腿了，他还给夹。"

刚好郑志平进来了，说："我想她不是刚来嘛，怕她拘束。"

飞飞说："还拘束呢，比我都大方。我看就得靠我白姥了，给她好好拘束一下。"

孟亚说："可别指望你白姥。弄不好拘束过了头，又给吓跑了。"

事实上，李秀云的功力也不够了。过了两天，孟美来了，拿来了几个大苹果。李秀云一看苹果的个头，好像被吓住了似的："这是苹果啊？快赶上小孩儿脑袋大了。"

孟美说："我也是第一次看到这么大的苹果，太漂亮了，才买了三个。一个差不多就有一斤重，八块钱一斤呢。"

李秀云说："这么大的苹果咋吃呀？吃它不用吃饭就饱了。"

孟美说："分着吃。一个苹果能吃全家。"

等不到"吃全家"了，过了两天，李秀云发现冰箱里的苹果只剩下一个了。问遍全家人之后，谁都说没吃，两个孩子说根本就不知道冰箱里有大苹果。

这次李秀云没有直接质问阿静，而是打电话告诉了孟美。孟美说："我就买了三个，自己都没舍得留一个。那么大的苹果，一个人能一次吃掉两个？"

李秀云说："非得一次吃两个呀？肯定是一天吃一个，晚上偷着吃的。白天我都不离开屋，她得不着空。"

孟美说："我还是有点儿不相信。是不是你把苹果换了地方，忘了？"

李秀云不高兴了："你以为我老糊涂了？苹果不放冰箱里，还能放哪儿？放鞋柜里呀？"

孟美说："等小亚周五回来，你告诉她。她请的保姆，让她处理吧。"

偷着吃大苹果，两天就消灭了两个，再加上鸡腿的事儿，孟亚觉得这不是个小事儿。通过几天的观察，大家一致认为这个保姆还有一个大缺点：懒。"阿桂手还烂了呢，都比她勤快。"李秀云说。

就在孟亚犹豫着要不要将阿静退回家政公司的时候，又一个新的情况出现了，阿静竟然有严重的狐臭。这一不幸的发现，送保姆回家政公司就成了刻不容缓的头等大事儿。孟美立刻把孟波派了过来。为了一个保姆也要专门开车跑市里一趟，来回两三个小时，这让一直不舒心的孟波更加气闷，他把车开得飞快。阿静很快就晕车了，不时捂着胸口大口小口地呕，而她一冒汗，浓重的狐臭味就一股一股地往外窜，在空间狭小的车内肆意弥漫，把孟亚也熏恶心了。孟波把车窗打开，埋怨孟亚说："你这运气，可真够背的，连我也跟着倒霉！"

其实，请保姆有两个目的，一是做家务，二是盯住李秀云，防止她再寻短见。刚来深圳的时候，李秀云没有力气出去走，人也蒙蒙的头脑不太清醒。十几天后，情况慢慢好转了，李秀云隔一两天就想出去，不让出去她就瞪眼，还不让人陪，只能远远地偷偷跟着。请保姆的事儿是不敢耽搁的，但把阿静送回去的同时，孟亚却没有看上合适的保姆。这两次请的保姆真让孟亚有些怕了，这样折腾别说她受不了，家里人也受不了。

过了两天，孟亚又去了那家家政公司，因为前两天公司的经理说又要来一批新保姆。经理一见孟亚就说："新保姆到了，有几个年龄小的。"

孟亚进来的时候，看到另外一个房间里挤了二十几个人，但没看到阿静的面孔。经理说："你送回来的那天，她就被新雇主领走了，就住在我们公司楼上。刚才我还见到那个雇主了，她对阿静挺满意的。"

孟亚说："是不是我们家的要求太高了？"

经理没有正面回答孟亚，说："我给你带几个新保姆看看。"

孟亚看了问了，然后冲经理摇头。经理笑着说："我看这几个小姑娘都不错，刚从老家出来，都没见过世面，好调教。"

孟亚也知道这次一定得挑一个了，剩到筐里就是菜吧。她看着年龄最小的叫四妹的小姑娘："十六岁？"

四妹点点头。

"读了三年书？"

四妹又点点头。

"愿意去我家做保姆吗？"

"愿意。"

"家里有姥姥。老人家年纪大了，你烦不烦？"

"阿姨，我不烦。我家里也有姥姥。"

孟亚当下决定，就要这一个了。

四妹很懂事，吃第一顿饭时，刚好家里又做了炸鸡腿，孟亚给她夹了一个，四妹立即送回了盘子，说："阿姨，你们吃吧。"四妹的这种反应，让全家人一下子就对她产生了好感。很快大家又发现，四妹很勤快，话虽然不多，但她会看着你的眼睛跟你说话或者听你说话，并且面带微笑。

可四妹这么低的文化水平让孟亚实在有些担心，一是怕她出什么意外，比如出门走丢了，或者被人拐骗了。另外，当保姆的几乎天天都要花钱买东西，连个清单都列不下来，记一本糊涂账肯定不成。

孟亚就提出教四妹识字，找出了一大堆田字格本给四妹用。四妹倒是挺用心，干完活儿就照着孟亚事先写给她的字练字。考了几个字就试出来了，四妹连二年级的水平都达不到，白菜、茄子、萝卜、土豆儿几乎都不认识，教了半个月后，还是把"油"读作"盐"，把"豆角"蒙成"芹菜"。

麦闯到市里学校读书去了，加上双休日基本上是孟亚两夫妻掌勺，四妹的工作量不是很大。对她而言，最难应付的是李秀云。

四妹是广西人，不会做面食。孟亚家里喜欢吃包子、饺子，孟亚边做边教四妹。四妹虽然文化水平低，但学东西还是挺快的。包包子的时候，孟亚和郑志平是主力，李秀云闲不住，也凑过来要干活儿。可李秀云手里包着包子，眼睛却盯着四妹手里的包子，冷不防就把包子嗖的一下夺了过去："包子哪有这样包的？我八岁就会做饭，你都十六了，包子还包不好，太笨了！"

四妹被吓到了，神情怯怯的。她学着李秀云的手法又包了一个，刚包到一半，李秀云又嗖的一下夺了过去："手把手教都学不会，你真是笨！就是笨！"

四妹人战战兢兢，沾着面的一双手不知道该放哪儿。

孟亚看不下去了，说："四妹包得已经不错了。你包的那个样儿我也包不来，能吃就行呗!"

李秀云说:"包子褶多了不好熟!"

孟亚说:"不好熟就多蒸一会儿。你一个接一个地抢,她还敢包吗?"

郑志平说:"妈,你进屋待着去吧,这儿用不了这么多人。"

李秀云说:"保姆比你妈都高级,拿块板供起来得了!"

四妹听不懂李秀云后面这句话,但知道肯定不是一句好话,低声说:"姥姥,你别生气了,是我不好。"

李秀云把手里的包子捏得面目全非,往面板上一摔:"你以为我愿意干还是咋的?要不是想帮你们减轻点儿负担,我扯这王八犊子!"说着,转身离开了厨房。

李秀云这些不讲道理的做法,让孟亚更担心了,担心四妹扛不下去。这个一点儿都不好看的农村小姑娘,有着这个年龄段的孩子少有的一种灵性——善解人意。见孟亚坐在沙发上,四妹会问"四姨你喝不喝水"。有时孟亚坐在地中间的椅子上看电视,四妹就走过来说"四姨我给你按摩肩膀吧"。孟亚真的担心母亲的指手画脚,会把这个好不容易才找到的小保姆给吓跑了。从回东北开始直到现在,孟亚的情绪一直不好,但她很少批评四妹,虽然有时表情比较严肃,但那也不是冲着四妹去的。相反,孟亚尽量帮四妹做些事情,比如去邮局替她往家里汇款,帮她往家里打电话,等等。孟亚看得出,四妹很明白别人对她的好。但二次服毒后的李秀云,性格变得越来越乖戾,似乎执意要让这个家不堪重负。于是风云渐起。

两个月后,四妹已经能够独立蒸玉米面发糕了,虽然不能保证蒸得百分之百好。但自从李秀云往玉米面里掺蜂蜜后,发糕就蒸得百分之百不好了。这种情况足足持续了三个月。家里的那六瓶蜂蜜是孟美拿过来的,她说别人送得太多了,吃不了。整整六个白酒瓶子的蜂蜜,这个总量是够大的,就连孟亚家一时半会儿也吃不动。想到这六个齐刷刷的瓶子将长期直挺挺地立在家里,李秀云就无法忍受了。她想出了一个能快速消耗蜂蜜的好办法,就是和玉米面时往里掺蜂蜜。这样一来可以消耗蜂蜜,二来也可以节约白糖。但蒸发糕放糖和放蜂蜜的效果完全不同,放了蜂蜜的发糕颜色发黑,最要命的是口感不好——黏牙。但能快点儿把蜂蜜吃光，这是最重要的。李秀云不考虑黏牙的问题，因为她不吃发糕。而原本喜欢吃发糕的孟亚和飞飞也不吃了，刚刚开始喜欢吃发糕的四妹也不吃了，只有一个人必须吃，就是郑志平。郑志平皱了三个月的眉头，吃了无以数计的黏牙黑发糕，直到三个月后李秀云向大家宣布说："谢天谢地，这六瓶蜂蜜终于吃完了。"拿着最后一块黑发糕，郑志平对孟亚说："我是你们家的猪，好喂。"

孟亚说："我也没让你吃啊。我说偷偷扔掉，你不同意嘛！"

郑志平说："扔掉多浪费？你知道这边儿的玉米面多少钱一斤？你以为在北方啊？好在有我，不然，还不知道你老娘想出啥招呢。"

孟亚说："也真是难为你了。要是换在三姐家，三姐夫一口都不会吃的。"

飞飞说："我三姨父？你咋想那儿去了？"

郑志平说："就是，你可真敢想。跟人家比，咱们家个个都是猪，包括你。"

孟亚后来把这件事儿在电话里告诉了孟美，并转述了家里人议论麦建伟和麦闯吃饭挑剔的话，孟美同意这个结论："我都说了，下辈子我喂猪都不喂他们两个。"

李秀云虽然从来不吃炒菜，但却关注别人吃什么样的炒菜。孟亚家经常吃一种叫春菜的青菜，炒熟之后有一点儿苦味，北方没有这种菜。李秀云翻冰箱时看到了春菜，拿出来瞪着眼说："这菜是谁买的？以后不要买这种菜，臭！"

孟亚说："又不是给你吃的，我们吃。"

李秀云剧烈地抖着手里的菜，说："这么臭，我不爱闻。以后不许买，不许吃！再让我看到了，我就给你们扔了！"

从此以后，又便宜又好吃的绿色春菜，再没有登过孟亚家的门。

7

李秀云现在越来越喜欢西巷这个地方了。

西巷是城市里的一大片村落。在这个不到半平方千米的地方，差不多可以买到衣食住行所需的任何东西。与大商场相比，西巷更像一个纯粹的自由市场。比如这里的猪肉一定比商店里的便宜，有时一斤要便宜两块钱甚至更多。

既然是"自由市场"，在服务态度以及环境卫生等方面，当然也自由了许多，比如短斤少两以次充好，比如污水横流活禽腥臭等。对生活品位和档次讲究一点儿的人，一般是不愿意光顾这种鱼目混珠的小地方的。

　　但西巷这几年也在变化。两年前李秀云初次来深圳的时候，西巷虽然也是卖着那些粮油酱醋等，但那条近两百米长的小巷却是地地道道的村巷。特别是东边儿进入小巷的入口处，一个高高的大土堆挡在那儿，旁边儿只剩下一条山间小毛道似的小路，下了雨以后更是难走。在这样一座快速崛起的城市里，这样比北方乡下还差的环境并不少见。

　　两年时间，西巷两边儿建起商住楼，那座"小山"终于变成了一条平坦的水泥马路。商铺也比以前多了，唯一没变的是最"繁华"的那一块地段，仍然是农村市场的模样，落脚之处几乎都是水渍，各色的垃圾袋触目可及，说不清道不明的地摊游戏层出不穷。西巷里偶尔会看到挂在半空中的横幅，写着一些十分醒目的标语，比如"'六合彩'是'六害彩'""坚决打击非法传销"等。

　　凡是在西巷买的东西肯定是最便宜的，李秀云就是冲着西巷的便宜货来的。年近古稀的李秀云，一辈子对几毛钱都要精打细算的人，有一天却对着一个小地摊做起了发财梦。那里经常有一个中年男子坐在地上摆西瓜子，小罐子起落之间，两个西瓜子变成三个西瓜子，三个西瓜子又变成两个西瓜子——猜对了你赢钱，猜错了他赢钱。

　　李秀云先是跟着一帮人看热闹，没过几分钟手就开始痒痒了，十块二十块地往里下注。兜里的五十块钱输光了，旁边儿早有一个中年女人盯上她了，主动说："阿姨，你用钱，我借给你。"李秀云迫不及待地说："借我五十，一会儿就还你。"

　　几分钟时间，身上的钱和借来的钱全输光了，李秀云一步三回头，心有不甘地离开了地摊。那个女人跟着她，问："阿姨，你家有多远？"

　　李秀云说："不远，过了这条马路就到了。"

　　女人又问："那你家有几口人？"

　　李秀云的脑子清醒了一些，说："我家人可多了。你就在小区里等着，别跟我进屋，要不我就叫警察了。"

女人说："阿姨，我不是坏人。坏人能借钱给你吗？"

李秀云瞪着眼说："我知道你不是坏人，我就是不喜欢别人上我家。"

女人跟着李秀云进了小区，在李秀云指定的地方停下了脚步。不一会儿，李秀云拿着钱出来了。

过了几天，李秀云才跟孟亚说了这件事儿，因为她想明白了一个道理："我猜那个女的跟那个男的，他们是一伙的。"

孟亚说："你一个老太太，这种事儿你也跟着掺和？现在才想明白他们是一伙的，当初要是有几个人跟着你进了家门，你怎么办？"

李秀云眯着眼睛说："那他们不敢，小区里有保安。"

孟亚说："保安也没站在你家门口。我真没想到，这种钱你也想挣！"

李秀云说："哎呀，眼瞅着三个西瓜子让他扣上了，拿开罐子一看，就剩俩了，你说怪不怪？我看得清清楚楚的！"

孟亚说："要是看不清楚，你还不会上当呢！"

西瓜子的风波过后，李秀云又盯上了"冬虫夏草"。孟美有一次拿过来一些虫草，总共也不过二两，说："这东西可珍贵了，好的几万块钱一斤呢，比金子还贵！"李秀云和孟亚被这个价格吓了一跳。看着虫草怪怪的形状，真的就像是一条条虫子，孟亚便问起它的来历。孟美说："据说这是一种名贵的补品，有人说它是药物，有人说它是食物。虫草据说长在高山上，是虫子和真菌的结合体。"虫子和真菌能够互相依存或者转化，真是让李秀云开了眼界。孟美拿的虫草是专门给母亲吃的，说煲汤喝："一次放十根就行了，多了浪费！"

这么"名贵"的东西李秀云却不屑一顾："骗人！深圳人就是有钱，钱越多人越傻！"

没过多久，李秀云却对虫草倾注了百倍的热情，在地摊上一下子就买了五斤，六十块钱一斤。孟亚回来后，李秀云兴冲冲地把一塑料袋"虫草"敞开给她看，说："你三姐拿来的那是什么破玩意，干巴巴的跟虾米似的。你看我买的虫草，又大又肥，快赶上小手指头粗了，还便宜！"

孟亚说："你又给人骗了！这哪是虫草，这是麦冬，广东本地产的。这里的人喜欢用它做汤喝，顶多十几块钱一斤，便宜的可能就几块钱。"

李秀云说："这不也跟虫子一样吗？弯弯巴巴的。人家说是冬虫草，反正能吃。"

孟亚说："一个地摊上的东西，你发那么大狠买这么多干啥？好东西能在地摊儿上摆着卖？你也不好好想想，就算能吃，这东西没滋没味的，这么多咋吃？过不了两天就烂了。"

李秀云说："你们不吃，我吃。我手里的东西还能让它烂了？不是有冰箱嘛！"

李秀云把冰箱里的东西都倒腾出来了，就为了放她的"虫草"。孟亚心里生气，但也不再多说什么，就当没看见。

过了一个星期，李秀云的"虫草"果然少了一些，家里也没有人问及原因，倒是李秀云主动对孟亚说了："我把'虫草'拿到西巷卖了，卖了不到两斤。我一说是虫草，人家就摇头。我就贱卖，三十块钱一斤。"

孟亚说："三十块钱也不少了。搭着工夫，还赔钱，好在你有的是时间。"

李秀云说："卖东西挺有意思，就是有点儿晒！"

孟亚心里说："赔钱还有意思，你真够有意思的了！"

第十三章

1

星期五上午，孟美打电话给孟亚，说晚上要给麦建伟的母亲过生日，问她和郑志平能不能过来。

孟美说："基本上就是自己家里人，你姐夫那边儿的亲戚十来口，还有我的两个同学，加上单位几个关系比较好的同事。很多人你们都认识。"

孟亚打电话给郑志平，郑志平说："晚上有一个采访，三姐那儿可能去不了。"

孟亚说："那我一个人去吧。"

晚上到了下班儿时间，孟亚坐上了去关外的长途公共汽车，两个小时后才到酒店。

麦建伟安排了两桌酒席，亲朋好友陆续到了。人们互相寒暄说笑着，在给老人家祝寿的同时，也传递着政治和生活信息，巩固着所需要的社会关系。

总的来说，麦建伟的母亲是今天这场宴会的主角，但她却滴酒未沾粒米未进。这是一位笃信佛教的老人，她的习惯是晚上不进食，已经坚持很多年了。现在，她只是像弥勒佛一样，笑眯眯地看着众人吃喝说笑。有人过来敬酒，一律由麦建伟的父亲代饮。

被祝寿的老人不吃不喝，幸福地坐了两个小时，其他的人按照自己的方式，释放渲染着各自的快乐。这是一种奇特的场面，但生活却又如此真实。此时，只有一个人难以适应这种"真实"——孟亚。

场面上的每个细节，每个人的表现，都在孟亚的面前被放大了。孟亚感觉自己就是一个看客，眼前的这一切与她有关却又无关。鲜花与笑脸，红酒与蛋糕，沟通与表达，真诚与虚伪，谦卑与傲慢……

宴会上最忙碌的是孟波，一会儿出去接人，一会儿出去拿东西，迎客、催菜、倒茶、斟酒，有客人中途有事先走了，他还得开车东送西送。生日宴会历时两个多小时，孟波坐下来吃饭的时间只有几分钟。

孟亚在生日宴会上的木讷表现，令孟美大为光火。宴请结束后，本来孟亚说自己坐公共汽车回去，但孟美坚持要开车送她，一是确实担心时间太晚了，坐公共汽车不安全；二是孟美心里憋了很久的话，今天不说出来会难受到失眠。孟波心里不痛快，谎称说自己喝多了开不了车，孟美就说："你坐副驾驶，我来开，回来你给我做个伴儿就行了。"

孟美已经拿到了驾照开了几次车，但孟亚第一次坐她开的车，感觉还是很特别，一时适应不了。但很快，更适应不了的事情跟着就来了。车子一上路，几分钟前在酒店里还笑容可掬的孟美，一下子就变得严厉起来，说："要知道你今天这个样子，我根本就不会让你来。我那些同学同事都比你热情主动，你比客人还客人！"

孟美的指责，让孟亚有点儿发蒙，说："场面上的事儿，我确实做不来！"

孟美说："谁做得来？不都是锻炼提高的？就说我那两个同学，人家几年前来深圳的时候，除了我和你姐夫没有任何熟人。可现在，人家什么样的朋友都有，想办什么事儿都有路子。你知道我为什么不愿意让咱家人来深圳？就是因为你们要能力没能力，要性格没性格，什么都指望我。我还不得指望你姐夫？你们家飞飞转学是你姐夫办的，志平的工作也算是你姐夫给找的。你知不知道你姐夫一天工作压力有多大？人还不到四十岁，就血糖高、血压高、眼压高，不是喝酒喝的，是工作累的。谁都帮不了他的忙，只会给他增加压力。你们家一把年纪的郑记者找到工作了，这不是他的福气，是我的福气，这是老天爷照顾我呢。这两年，我累得都快长白头发了，谁对我说过一句感谢的话？"

孟亚从来没有被人这样奚落过，更是头一次亲身领教孟美性格的另一面。刚来深圳的时候，只是听三姐夫麦建伟说过一句"你三姐说人，能把人剥一层皮下来"，而这句话她也从孟美嘴里听到过，是用来形容麦建伟批评别人的。现在，孟亚终于对这句话有了深刻的感受。孟美劈头盖脸的一阵轰炸，让孟亚的头嗡的一下就大了，她一句话也说不出来。

孟美随即又把矛头指向了孟波："来深圳快两年了，场面上那点事儿还是整不明白，总得让人提溜耳根子，一点都不积极主动。来深圳的第一天，我就告诉你学电脑，到现在了你一分钟连二十个字都打不出来，玩游戏可是高手，不用谁教无师自通。电子邮件也不会发，硬说学不会。我看你就是成心不想学。你姐夫一天天忙成什么样了，让你帮着拟个简单的通知草稿，像要你的命一样难。那些材料照理说应该是打字室的打字员打，可各个部门的材料那么多，不得先来后到排号吗？你姐夫做事像火箭一样快，特别讲速度讲效率，你总是给他当绊脚石。你们俩这性格，根本就不适合来深圳。你姐夫家的人，人家也是从北方过来的，可到了深圳马上就能适应环境。咱们老孟家的人，我就是想不通这都犯的什么病？"

　　一路上，孟美想到什么说什么，想说什么说什么，孟亚和孟波一句话也没有。

　　到了房子，孟美说着急回去，孟波说他要上洗手间。孟美说："那我也上楼，看一眼老娘。"

　　李秀云一看到孟美，眼睛立刻就定在了她的身上，第一句就说："你这衣服也太瘦了，小肚子都箍出来了，不好看！我喜欢肥大的衣服，穿在身上有点儿余逛。"说着，伸手去扯孟美的衣服。

　　孟美耐着性子说："我婆婆、我小姑子她们，还说我穿啥都好看呢。我在她们眼里像一朵花儿，在你眼里我是豆腐渣！"

　　李秀云说："那是人家会说话，不愿意得罪你。"

　　孟美说："就你老太太不会说话，你这帮孩子也不会说话。"

　　李秀云说："跟自己的孩子，说那些假话干啥？我说好的东西它就好，我的标准最高了。小亚穿衣服就好看，不像你总是露骨露相的。"

　　孟美不高兴了："她好看你就看她，反正我也不在你身边儿。"

　　洗手间里，孟波嗷嗷地呕，却什么也吐不出来。孟亚走过去问："是不是晚上吃什么东西不对劲儿了？"

　　孟波说："一直都不对劲儿。积食，两年了。寄人篱下，这滋味儿太难受了！我看这人一到深圳就变了，这是想把我逼疯啊！"

　　孟亚说："受人恩惠，不想给人家说，自己就得长点儿志气。"

这时，孟美在客厅里叫："走了，走了。你姐夫明天去香港学习，回去还得帮他收拾东西。"

李秀云说："你可真忙。哪次来都忙三火四的，屁股都坐不稳当。"

孟美还是不悦的表情，说："谁让老孟家就你三姑爷一个能人呢！"

李秀云终于看出点儿眉目来了，说："听你这话，你好像有点儿怨气？"

孟美假笑了一下："老娘你别多心，为你做多少，你三闺女都心甘情愿。走了，走了，没时间说那么多。"

李秀云趴在窗口冲已经下楼的孟美喊："慢点儿开车！"转过身，开始跟孟亚唠叨："一天天这家伙忙得啊，就没看过她有闲着的时候。咋就那么忙呢？南方北方这几家，人家也都有工作，谁也没像她，火燎屁股似的。原来说你二姐性子急，这回来了个更急的，看她像刮旋风似的，我都头晕！"

孟亚进了小书房，打开电脑开始准备一个案件的材料。李秀云手里拿着一页纸进来了："有时间把这个帮我打打。"

孟亚接过去扫了一眼。李秀云说："我看你经常写稿，隔三岔五就来一张汇款单，我也想挣点儿稿费。"

孟亚确实时不时就能收到稿费。除了在报纸上投一些文学稿件，像《中国妇女报》《南方都市报》《深圳法制报》等，她还是《深圳特区报》的"律师信箱"专栏撰稿人。报社编辑经常把读者提出的法律问题转给她，一年下来孟亚已经解答了四五十个法律问题了。有的读者看到了孟亚的法律解答，就通过报社找到孟亚，请她做代理人。孟亚的一部分案源就是这样拓展来的。这些当事人来的时候，手里都会握着一张报纸，那上面有孟亚的"律师信箱"，当事人对律师有信任感，孟亚既欣慰也很有成就感。

孟亚皱着眉对母亲说："我那是给读者解答法律问题，不是随便乱写的。你这样投稿人家能用吗？"

李秀云说："我就是不懂，你懂，才找你嘛。你帮我试试。"

孟亚说："试试倒行，可你也不能弄个《盼儿叫我一声妈》呀。这要是真登了，让小涛、小波他们两个知道了，不又弄出一大堆儿事来？"

李秀云想了想说："那……我用个假名，叫李云。把两个儿子写成一个儿子。这样行了吧？"

孟亚说："你老太太都成精了，还知道用假名。这也不好啊，真名假名也是那么回事儿，自己家人一看就知道。"

李秀云说："求人真难！我要是自己会电脑，能这么低三下四地求你？我不就是想挣点儿稿费吗？我没有工资……"

孟亚只好同意，说："行行行，明天吧。今天太晚了，这都快十一点了，我没时间。"

李秀云高兴了，说："明天后天都行，只要你帮我打就行。"

夜里，孟亚躺在床上翻来覆去睡不着，好不容易刚有点儿迷糊，她听到了一阵窸窸窣窣的声音，是母亲又在客厅里翻冰箱。天天晚上都有剩饭剩菜，李秀云差不多天天夜里这样折腾。塑料袋那种细小琐碎的声音特别折磨人，孟亚的失眠症状越来越严重。飞飞双休日在家也休息不好，早晨起床后经常噘着嘴不高兴，洗漱的时候一句话也没有。孟亚有一次问她怎么了，飞飞说："我白姥咋回事儿呀？天天半夜折腾，人家一点儿都睡不好。"郑志平说："我比你们觉大，我都睡不好。"孟亚说："你白姥不是有病嘛。"飞飞说："我都快有病了！"

李秀云半夜起来折腾冰箱的事儿，以前孟亚一直忍着没说，现在飞飞和郑志平都有反应了，特别是考虑到飞飞的身体和学习，孟亚觉得不说不行了，便下床进了客厅。

李秀云一听孟亚的话就瞪起了眼睛："我就往冰箱里放点儿东西，咋就能让你们都睡不着觉了？真能夸张！我一天到晚这么伺候你们，还连个好都没赚着！找病，我看就是找病！"

郑志平和飞飞都起来了，看到孟亚的手势，他们两个人面色不悦，但都没有说话。看到女儿疲惫的状态，孟亚的心像被是被火烧了一样。孟亚知道小保姆肯定也给吵醒了，只是不敢出来。

孟亚说："谁也没让你当保姆啊！以前是你不让请，现在不是请了吗？"

"请保姆干啥？全家人都帮着她干活儿，她还不满意，不是这事儿就是那事儿，动不动还撂挑子。我想我能帮你们点儿就帮你们点儿！"

"我们也没指望你干什么，不然就不会一个月花五六百块请保姆。这个家根本就用不着你干活儿。"

"得了，我看你们就是挑毛病。以后，我啥都不干了！"

"那最好！"

"我知道，你们现在翅膀都硬了，不像小时候围着我要吃要喝了。我现在没什么用了，开始烦我了！"

孟亚带着哭腔说："妈，这几年我可累了！你就别再说那些没边儿的话了！"

2

就在李秀云与孟亚一家三口的关系日趋紧张的时候，北方的孟福先从孟焱家又转移到了孟兰家。孟福先搬家的原因一是嫌楼层高，二是寂寞，三是他有老寒腿，想睡火炕。还有一个原因是大家后来才知道的，孟焱患上了严重的溃疡性结肠炎。患了这个病后，孟焱的体力日见不支，所以父亲提出想换个地方的想法时，她也没有过多阻拦。

孟焱打电话给孟亚说："我那班儿，可赶点儿了。男男上学，你二姐夫出车，爸到点儿就过来吃饭。爸的饭量比你二姐夫还大呢，我烙的饼也不算小，有碗口大，他一次能吃四张。我都怕他吃撑着，又不敢说怕他多心。有新做的，爸从来不吃剩的，剩的都是我吃。"

孟焱还告诉孟亚一个消息——刘金川已经去了广州。孟亚有些吃惊，觉得这么大的一件事儿，孟焱事先总该透露点儿消息。孟焱说："这边儿的活儿太不好干了，前几天你二姐夫把车卖了。刚好有个老乡在广州开车，你姐夫是奔他去的。开货车跑长途，工资一个月一千五。"

孟福先搬到孟兰家住，这是谁都想不到的事情，包括孟福先自己。李秀云第二次服毒的时候，年老体弱的孟福先已经有点儿不堪重负了，加上看到儿女们也被折腾得几乎人仰马翻，更主要的是，他当时真以为李秀云喝下的是"敌敌畏"，不可能有救治的希望，就说了一句放弃治疗的话。这句不恰当的话，加深了孟兰对父亲的成见。但不满归不满，当孟福先提出来想睡火炕的时候，孟兰还是毫不犹豫地就把父亲接进了家门。

这回，高大龙成了这父女俩的专职保姆。孟福先每天早晨起床后的第一件事儿就是大便，然后照样儿做一个多小时的耳部和腿部按摩，白天照样去中医院做他的理疗，晚上照样开大音量看新闻联播。但由于他自己住一个房间，厕所又在室外，他在孟涛家住和在孟焱楼下住的那些种种不便，现在似乎都不存在了。

但孟福先一点儿都不开心，他的脸上很少有笑容。耳聪目明的时候，孟福先并不喜欢与人沟通，但那个时候他没有感觉到与这个世界存在什么障碍。而现在，视力有时模糊不清，再加上腿脚不好，孟福先一向良好的健康状态，遭受了致命性的打击，手术后遗症这种人为原因的衰老让他倍感痛苦。

更让孟福先没有幸福感的是，李秀云去深圳一年多奔两年了，到现在丝毫没有回来的意思。老弱无力，孤独难耐，年逾古稀的孟福先越来越感到生活的苦闷、孤独和无助。在家里，他大部分的时间都用来看《老年报》，上面有很多养生保健知识、偏方等，现在的他越发地希望自己能够健康长寿。孟福先还注意到报纸上的一个法律小栏目，是律师对于读者问题的解答。孟福先把这些小文章一篇不落地剪下来，积累到够装一个信封了，就给远在深圳的四女儿寄过去，一个月至少寄一次。尽管孟亚从来没认真看过一篇文章，有时候甚至连信封都不拆，但当父亲在电话里问那些文章有没有用时，孟亚还是说有用。有一次李秀云拿着几封鼓胀的信问孟亚："我看没用，跟废报纸一块儿卖了吧？"孟亚说："别卖。"孟亚觉得，让父亲有点儿事儿做，让他觉得自己还有能力帮助子女，或许会给他寂寞的生活带来一丝乐趣。

对于白天无事儿可做的大块空闲，孟福先慢慢找到了一个消磨时光的好去处，就是去县里的客运站。客运站离孟兰家不远，孟福先拄着拐杖走路大约需要二十分钟。那里人来人往，虽然没有什么特别的热闹好看，但人多的地方本身就是个热闹，能让害怕寂寞的人感觉到一点儿充实。来客运站解闷的老人越来越多，基本上都是老头儿，等到孟福先加入进来的时候，每天下午至少有二十个老人会到这里报到。

但眼前的这种生活方式依旧单调，不能满足曾经认真工作了几十年的孟福先。谁都想不到的是，孟福先竟然又开始写投诉信、举报信，反映的问题也是一大堆。比如客运站的小偷多，工作人员态度不好；县城的环境脏乱差，卫生清扫不及时；新搬来的乡下邻居有三个孩子，怀疑是超生；等等。更为严重的是，他还要反映孟涛单位新领导的老问题——大吃大喝、打麻将。

这些投诉信、举报信是高大龙在打扫房间的时候无意中发现的，发现了以后他就第一时间告诉了孟兰，孟兰气得饭都吃不下去了。见孟兰只会生气却毫无办法，高大龙决定亲自出面跟老岳父谈一谈。

虽然听力不好，但孟福先听明白了大姑爷的意思，他明确表示绝不会屈服于家人的阻挠和反对。高大龙又气又急，立即把事情告诉了孟焱。孟焱一听也火了，可是还没等她有所行动，孟福先倒自己找上门来了。

孟福先说："我老了，信也写不好了，你帮我看看哪里写得不顺。要是还行的话，就帮我投出去。邮局太远，天冷路滑，我走不动。"

孟焱灵机一动计上心来，立刻答应了孟福先的请求，她想正好可以用这种方法，把父亲的投诉信、举报信截留下来。

但高大龙却不放心，他对孟焱说："是，你现在能截留这些信，可老爷子也不是不能动弹，要是举报没有结果，他还不是照样写吗？等春暖花开天气好了，他自己把信送出去，到时候肯定得罪人。咱们的日子还过不过了？……不行，我得给小亚打电话，让她好好说说老爷子。一天天这么伺候他，他还不消停，这老人咋么能作呢！"高大龙说这话的时候表情相当难看。

孟亚给父亲写了一封信，长长的三页纸，是边哭边写的。这些年奔波闯荡的艰难和压力，这些年家事儿不顺的悲戚和酸楚，一股脑地涌上了她的心头。父母之间的矛盾现在不但没有化解，反而殃及到了子女。而自认为为人处世都很超脱的孟亚，现在却觉得自己不但对这个大家庭的种种矛盾无能为力，反而被深深地卷进去了。除了大家庭的问题，还有自己在事业上毫无建树，不但没有呼风唤雨的本事，连避风避雨的本事也没有。生存的这种无力感，对孟亚的打击是巨大的。

她觉得自己的人生正在迅速地走向失败——曾经的想法，曾经的希望，曾经的信心，在这一刻开始土崩瓦解。

在批评父亲的同时，孟亚觉得这个家是彻底地乱了。

看了孟亚的来信，孟福先连着好几天都没消气，他对高大龙说："都对我有意见，我这个做父亲的，从来就没有人尊重过。这么多年，家里的大事小情，没有人跟我商量。我举报有什么不对？还把深圳的老三也搬来了！"

事儿后孟兰打电话给孟亚说："咱爸都糊涂了，老三老四谁写的信都没看明白。爸太气人了！你姐夫这个专职保姆伺候得可周到了，今天要吃炖大鹅，明天要吃炒大肠，想吃啥就给买啥，可爸一天到晚还这么没事找事瞎折腾。多亏妈不在这边儿，要不还不知道吵多少架呢。这也就是自己的父亲，没办法，换个人我早把他撵出去了！"

这次举报信事件以后，让孟兰对父亲更加不满了，高大龙对岳父的态度也不似从前了。

高大龙情绪不好的时候，就喜欢做金瓜炖土豆这道菜。夏天市场上的南瓜便宜得差不多白送，秋天的时候买一整车，用草帘子包一层装在大塑料口袋里，留着冬天慢慢吃。高大龙对金瓜情有独钟，这道菜好做好吃、绵软甜香，孟兰和父亲也都爱吃。

高大龙喜欢做金瓜这道菜还有一个原因，是瓜里面有质地饱满的白瓜子，这才是高大龙的精神寄托。这些白瓜子就像高大龙的老情人，他把金瓜瓤掏出来放进水盆里，把其中的白瓜子一颗颗地挤出来，洗干净捞出后，新鲜润滑的白瓜子让他看不够爱不够。高大龙经常一边在水盆里抓着那些金色的瓜瓤往外挤白瓜子，一边自言自语："金瓜又称南瓜……全国各地均可栽培种植，多生于温暖肥沃之地。味甘，性温。偏方一……"高大龙也不是一字不差地记住了这些偏方，就大致内容反复地说，有时候说得颠三倒四的。

孟兰听烦了，嫌高大龙唠叨："老爷们长个老娘们嘴，天天叨咕你那个破白瓜子。饮料公司早都破产了，你天天穷念经，有啥用？"

高大龙说："就剩这么点儿念兴了，叨咕叨咕还不行啊？白瓜子饮料这么好喝，小亚他们也都爱喝。我真是不甘心哪！"

孟兰说："别做梦了，现实点儿吧。你把金瓜炖土豆这道菜做好了，把白瓜子晒干了给爸吃，治他的前列腺炎，这才是你的本分、你的正业。"

高大龙说："看来我也就是这个命了，伺候你一个不够，还得伺候你爹，还不让人省心！"

孟福先看得出来大女儿和大女婿对他的态度，他的情绪也是越来越差，但情绪不好挡不住想吃想喝的念头，孟福先想提什么要求就提什么要求。有一天，孟福先说又想吃鹅肉了，要去市场买大鹅。鹅不好炖，孟兰又不吃肉，高大龙就装作没听见，没有吭声。孟福先看大姑爷没有同意的意思，就找孟焱去了。孟焱说："要不我去买鹅，我在家做，你过来吃。"

孟福先说："你大姐夫做的菜比你做得好吃，还是让他做吧。"

孟焱想想也是，如果在自己家做鹅的事儿被孟兰两口子知道了，反倒更不好。孟焱去孟兰家的时候，装作不经意间提到了父亲想吃鹅肉的事儿，高大龙只得顺口答应："买呗，做。你和男男过来一块吃。"

孟焱开玩笑地说："我也正这样想呢，俺们吃蹭饭，跟着借点儿光。"

一只大鹅炖了三个小时，从下午炖到晚上。孟福先边吃边说香。男男说："香是挺香，就是咬不动。我黑姥咋爱吃大鹅呢，哪有红焖肉好吃。"

孟福先听清楚了，说："啥玩意啥味儿。你们得注意爱护牙齿。我晚上吃完饭，三分钟之内就刷牙，刷完牙后啥都不吃。我现在一颗牙没掉，连龋齿都没有。"

高大龙笑了，小声说："老爷子可会爱护自己了。爱护自己还嫌不够，还要求别人也爱护。孟兰，我也爱护爱护你，给你夹块鹅肉。"

孟兰瞪了高大龙一眼："上一边儿扯犊子去！"

男男不解地问："大姨，我大姨父关心你，你咋还骂他呢？"

孟焱说："你大姨不吃肉。"

高大龙说："她就会吃凉菜。"说着，把一盘凉菜往孟兰跟前挪了挪，"多吃点儿。你大姨属羊，喜欢吃草。"

这时，家里的电话响了。高大龙接完电话对孟福先说："你儿子的电话，说明天领你去商店买裤子。"孟福先套棉裤的外裤旧了，孟涛说他小舅子刚进了一批裤子。

"亲戚远来香。"这是李秀云常说的话，这话放在父母子女之间也适用。孟福先从孟涛家迁居已经一年多了，孟焱和远在深圳的孟亚不时提醒父亲，要注意关心下一代特别是孙子辈，孟福先就在年节的时候给过一庶两次钱，一次也就一百二百的。钱虽然不多，但一向感情细腻的孟涛却是被触动，他也想尽一点儿儿子的孝道。这是孟涛头一次想给父亲买东西。李秀云不在孟福先身边儿，生活上的事儿基本上都是孟兰和孟焱操心。

第二天下午，孟涛带着父亲正在商店里挑裤子时，他的手机响了，是冯燕打来的，问他在哪儿。孟涛说："我在商店，帮老头儿买裤子呢。"

冯燕担心孟涛不懂行，她弟弟的铺头又是新请的售货员，想过来帮着选一下。

孟涛说："行。那你过来吧，我和老头儿就在这儿等你。"

孟涛打完电话，发现父亲不见了。他东张西望了半天，却看见冯燕远远地走了过来。孟涛说："这老头儿不知道去哪儿了。"

冯燕也跟着东张西望了一番，说："会不会去别的铺头看裤子去了？"

孟涛说："不会。这些东西他从来不自己买，他根本不懂。"

还是冯燕反应快，说："是不是你刚才说啥了，惹他爷不高兴了？"

孟涛说："我也没说啥呀，就是接了你的电话，你问我在哪儿呢，我说陪老头儿在这儿挑裤子。"

冯燕说："肯定是你这句话说错了。你跟他叫老头儿不叫爸，他肯定为这句话生气了，可能自己回家了。"

孟涛也不高兴了："一个称呼犯得着生这么大气吗？连裤子都不买了。这老头儿，毛病太大了！"

后来，冯燕向孟兰问了孟福先的尺寸，还是把裤子买了回来。孟福先看着裤子，仍然一脸的不高兴："我连个身份都没有了，一口一个'老头儿'，连一声爸都不叫，我就那么不招人待见？"

高大龙笑着说："你这老爷子，就爱挑邪理儿。老头儿老太太，北方人不都习惯这么叫吗？他嘴上管你叫老头儿，心里还是承认你是他爸，不然能领你去商店买裤子？他咋没领别人家老头儿买裤子呢？"

孟福先还是不高兴："我呀，在老的面前没地位，在小的面前也没地位。行了，啥也别说了，谁都不是白给，心里都有数。等我老儿子回来，我去他们家住。"

孟福先根本不知道孟波对他有天大的意见。这两年里，他对老儿媳妇刘桂花倒是挺满意的。刘桂花时不时地送些辣菜过来，这对孟福先的胃口起到了良好的刺激作用。孟福先经常说："人老了，舌头上的味蕾功能退化了，吃啥都没味儿。"孟福先有时候还会直接去刘桂花的狗肉馆，吃一碗热面或者喝一碗狗肉汤，刘桂花一向都是笑脸相迎，走的时候还会给他拎几样儿小菜。孟福先喜欢笑脸，在这个大家庭里，他能看到的笑脸太少了，老儿媳妇的热情让他感觉格外亲切。

孟兰听了父亲又想住下一家的话后非常生气，对孟焱说："你说咱爸多不知足。在小涛家住半年，在你家楼下住半年，在我这儿都快一年了，这又来事儿了。你姐夫自己的父亲一天都没伺候过。咱爸一天天这么能作妖惹事，人家该咋伺候还咋伺候。哪个姑爷能做到？可他还不知足。他以为他老儿子怎么好呢。让小波回来，让爸现在就搬过去，俺们不稀罕他那三百块钱。"

孟福先在孟涛和孟焱家住的时候，每月拿三百块出来做伙食费，其余的工资除了留一点儿零花钱，剩下的都交给孟焱存进银行。孟福先把钱看得很紧，他的工资不但不给李秀云寄一分一毛，相反，他说李秀云走的时候把几万块存款都带深圳去了，那是夫妻共同财产，有他的一半。实际上，李秀云一分钱也没带走，那笔钱早就被孟兰借用了。几年之间孟兰折腾了好几套房子，赔进去一两万块，加上高大龙治疗腰病也需要钱，对孟家贡献最大的这两个老大早就坐吃山空了。之所以不敢公开李秀云手里那几万块钱的事儿，是怕孟涛和孟波知道了又生出事端来。

孟焱一看孟兰的态度，立刻去了孟涛家。孟焱说："大姐家现在一个人上班儿，经济上也挺紧张的，要不让爸再加两百块钱伙食费？"

孟涛说："当初老头儿拿三百块钱都不太愿意，说根本用不了。现在加到五百块，他要是不同意咋办？"

孟焱说："爸的工作我去做，咱俩得先统一意见。"

孟涛说："老头儿每个月退休金一千多块，除了伙食费，其余的钱不都在你那儿嘛！"

孟焱听了这话就感觉不太舒服，说："是在我那儿。不过这个钱我也不想管，我还想让爸找别人管呢。"

孟涛说："那倒没必要，有数就行呗。"

孟焱说："妈还打电话跟爸要生活费呢。爸这两年的工资一点儿都没给妈，妈在深圳所有的费用都是你三姐和四姐承担的。"

孟涛说："这老头儿老太太，一天天就跟钱较劲儿。那边儿拿走好几万，这边儿存了好几万。钱真有用啊，比亲情比儿女重要多了！"

孟涛的话让孟焱很生气，但她不能发作。事儿后，孟焱打电话给孟亚说："小涛可关心爸妈的钱了。"

孟亚听了也生气了，说："自己不要强，没本事赚钱，就会盯老人的口袋，他这辈子也就这样了！"

3

从雪花飘飘的北方来到鲜花盛开的广东羊城，对于刘金川来说，尽管工作奔波辛苦，但一切确实很新鲜，只是说不上有几分快乐。

靠着老乡的关系，刘金川在广州当了六个月的长途汽车司机。吃简单的大锅饭，住光棍汉的集体宿舍，八个人一间房。与来自内地不同省份的打工者在一起，重新过上了单身生活。这种生活与在北方开出租车的感觉完全不同。

刘金川早就向往南方生活了，特别是在孟亚去了深圳以后，对他南下打工的想法更是一个刺激。孟焱原本不同意刘金川南下，说："你一没文化，二没文凭，年龄又老大不小了，去了能干啥？"

刘金川不服气地说："我是没有小亚有文化，可去南方的人就个个都是大学生？个个都有水平？你四妹夫不是也过去了吗？我只是想找一份工作挣点儿现钱而已，也没想坐办公室当白领。现在车也卖了，不出去找点活儿，在家里坐吃山空啊？我要是像人家老爷们似的，喝酒打麻将不务正业，你就高兴了？我想出去闯一闯，这不是正事儿吗？"

其实，孟焱的心里早就承认刘金川说得对了，只是她不想让刘金川去深圳。一是孟美到深圳六七年了，除了让孟波过去当司机，从来没邀请过家里其他人去深圳。二是孟焱也觉得刘金川在为人处世方面差得太远，在两个妹妹妹夫面前只会给她丢脸。孟焱是一个自尊心非常强的人，正是在这种想法的影响下，刘金川去广州打工的事儿她事先没告诉任何人，也不许刘金川对外讲。她的考虑是，不知道刘金川在广州能干多长时间，如果干几天就被炒掉了，给深圳的妹妹们知道了会被笑话，那将是她和刘金川的耻辱。如果干的时间长赚到钱了，终于有一天被深圳的妹妹们知道了，那将是她和刘金川的骄傲。后来孟焱跟孟亚说刘金川刚刚去了广州，她以为刘金川正干得顺风顺水呢，而实际上却是公司正准备开除刘金川。

刘金川被公司炒鱿鱼是因为跟经理吵了一架。刘金川开的车被别人的车剐了一下，经理说属于安全责任事故，要从工资里扣一百五十块罚款。刘金川觉得不合理，刚好给他介绍工作的那个老乡又不在，他就直接找经理理论去了，说："我的车当时是停在路边儿，被别人不小心剐到了，我一点儿责任都没有。你当领导的应该把情况了解清楚了再作决定。"经理当时就说："你结算工资，收拾东西走人。"

老乡知道这件事情后，很不满意刘金川的做法，说："你这东北人的脾气。你以为是在北方啊？人家新来的都给经理上礼，你不但舍不得花钱，还为了这么点儿小事儿顶撞领导。"

刘金川也有点儿后悔，说："我也没顶撞他呀，你说他的罚款合理不合理？……那我现在再去找他，行不行？"

老乡说："你空着手去找？趁早别去！"

刘金川说："上钱？那得多少啊？"

老乡说："你现在得罪了他，又想吃回头草，我看拿多少钱都够呛。再说了，拿多了你也舍不得。就算他这次收下钱给你个面子，下个月再找个理由把你炒了，你不是更亏了？"

刘金川的脾气又上来了："大不了不干了呗，有啥了不起！我深圳有好几个亲戚呢，此处不留爷，自有留爷处。"

老乡也有点儿不高兴了："我知道你有本事，那当初你直接去深圳多好啊，干吗不找亲戚找老乡呢？"

知道刘金川在广州打工，孟亚的心里一直不舒服，甚至有点儿难受。她的理由与刘金川和老乡的那几句对话大同小异。深圳有两家近亲属，却跑到广州打工，过着背井离乡无依无靠的生活，这实在有点儿说不过去。

孟亚把自己的感受跟郑志平说了。有一天郑志平突然说："你让二姐夫过来，我给他联系当大巴司机。"

孟亚说："我看三姐他们对这事儿也没态度，就别指望他们了。我们自己想想办法，让二姐夫过来。"

孟亚以前往北方给孟焱打电话的时候，就说过类似的想法，现在正是个机会。三天后，刘金川就从广州来到了深圳。孟亚催郑志平赶快联系活儿。郑志平打了一个电话后说，那边儿回话让等一等。可这一等就没了下文。孟亚就生气，说郑志平能请神不能送神，然后她就自己冲到了第一线，天天看广告、打电话，给刘金川找工作。

刘金川也是今天这里明天那里四处面试，有一天差一点儿成为一宗抢劫杀人案的被害人。后来看了报纸上的报道，孟亚判断刘金川的那次应聘，遇到的应该就是这伙歹徒，只是刘金川凭着自己的经验和机警，在不知不觉中躲过了这一劫。当时恰巧与刘金川同时应聘的还有一个人，当问到是否有驾驶证的时候，那个人说忘记带了，招聘的人就说没关系，以后拿过来就行了，当下就安排那个人去"公司"见老板。刘金川感觉不对头，他觉得这个"公司"太不正规，便起身迅速离开了。没过几天，报纸上就曝出了抢劫大案，犯罪团伙假借招工之名连续杀了几个人，有的被害人身上只有几十块钱。孟亚没敢跟家里任何人提到这件事儿，也不想给刘金川增加精神负担。

孟亚后来通过朋友得知，一家大巴公司正在招聘司机，月工资三千块左右。这个机会非常好，但刘金川只开过大货车。为了让刘金川能够快速掌握客运技术，孟亚通过广告找到了一个大巴驾驶培训班，让刘金川学了三天，还给教练拿了两大包干虾和海苔。那也是之前孟美拿过来的。考试那天，孟亚陪刘金川去了大巴公司。一个小时后刘金川回来了，说被淘汰了，原因是技术不过关。其实还有另外的原因，刘金川的身高不够，年龄也超了。

为了刘金川的事儿，孟亚把郑志平狠狠地责备了一顿，说他办事有头没尾。郑志平一天天气闷闷的，比以前话更少了。

家里这几口人，倒是刘金川的话比较多。吃饭的时候，一只脚支在椅子上，边吃饭边讲他在广州的所见所闻。

李秀云盯着刘金川的脚，说："脚踩在椅子上，这样得劲儿啊？"孟亚很希望借助母亲的这句话，让刘金川从此能改一改这种不太好的习惯，但刘金川冲李秀云咧嘴一笑，脚不动话题继续。

飞飞不太习惯刘金川话多，对孟亚说："我二姨父挺能说呀，我爸要是这样，我可受不了！"

孟亚说："你二姨也受不了，经常因为他话多的事儿生气，说他有时候说话不经过大脑。"

李秀云对孟亚说："刘金川那小短腿儿，晒得那么黑，腿上还长了那么重的毛，非得支着脚吃饭。我都说他两次了！"

孟亚说："习惯不好改，你说了两次了，他也没啥反应。他是客人，你别说太过了！"

李秀云说："是。他那裤子脱下来不往墙上挂，就往窗台上一堆。你看他穿的那几件衣服，颜色没有一个好看的，还有一个金黄色的，太土了。"

听了母亲的话后，孟亚抽时间去商店给刘金川买了两套衣服，花了三百多块。刘金川嫌贵，不想穿，被孟亚硬逼着穿了。换了新买的衣服后，刘金川看上去顺眼一些了，李秀云却仍然不满意，说："老话常说'人靠衣服马靠鞍，兔子打扮赛天仙'，刘金川咋打扮都不行，就是没样儿。"

飞飞上高中后住校，星期六晚上才回来。为了节省出更多的时间来学习，每个星期天晚上重返学校时，都要带上大包小包的方便食品和生活用品。加上刘金川来了，孟亚和郑志平经常挤时间去商场，一次次买回几大塑料袋东西。这让刘金川很受刺激，这种刺激与孟亚、孟波刚来深圳时的感受类似。但孟美和麦建伟的社会地位和经济收入在孟家是尽人皆知的，而孟亚和郑志平在北方基本上属于贫困户，现在到了深圳竟然也"花钱像流水一样"，这是刘金川在精神上难以接受的。刘金川给北方的孟焱打电话时说："这也太能花钱了，趁多少啊？一点儿都不会过日子！"

孟焱说："你管那么多干啥？又没花你的钱！"

刘金川说："变了，真的变了！我发现人家说得真对。人一到深圳，什么都变了，不光能花钱，连人情味儿都淡了！"

孟焱说："你别说话没良心。你在小亚家都住了快两个月了，给人家添了多少麻烦，你还挑人家的理儿。我当初就不同意你去深圳，是你让我跟小亚说你非要去，你还说回东北就是死路一条。"

刘金川说："住了快两个月咋的？待了这么长时间，工作也没找到。早知道这样，我还不如留在广州。是，小亚和志平两口子没多大本事，可你三妹妹呢？一点儿反应都没有，这叫啥亲戚啊？"

就在刘金川说这话的第二天，孟美就有反应了，她在电话里跟孟亚吵了起来，虽然来回只有几句话。孟美从母亲那儿知道刘金川来深圳了，她星期六打电话找孟亚，第一句话就像急风暴雨似的，给孟亚来了个劈头盖脸："这么大的事儿，你们经过谁了？先斩后奏！"

孟亚没想到孟美会这么不高兴，说："原来也没想让你知道，志平说他给联系活儿。"

孟美说："你们有本事就安排，别跟我说这件事儿。能耐那么大，先把自己的事儿整明白，咋来的深圳不知道呀。"

孟亚有点儿受不了了，情绪一下子激动起来："你总是居高临下的。不用你行了吧。我给二姐夫找工作。"姐妹两个几乎同时摔了电话。

此时，刘金川就坐在沙发上，说："你看这事儿整的。我来了，还让你们姐俩吵起来了。"

孟亚平息了一下情绪，说："没事儿。我三姐就这种性格，刀子嘴，豆腐心。"

被孟美奚落了一顿，孟亚一肚子的火转到了郑志平头上："你办的什么事儿？一大把年纪了，简直就是没长脑子。让人家过来了，你倒没事儿了。不是你一句话，能弄到今天这个地步？我和三姐以前从来没吵过架。"当然，这种责怪是私下里的，没让刘金川听到。郑志平一言不发。

刘金川在孟亚这边儿住到快三个月的时候，所有找工作的尝试都失败了。几日后，刘金川去了四川，他母亲在四川跟女儿一起生活，老人说想回老家看一看。刘金川从四川带着母亲回了东北。

刘金川的深圳之行，让孟焱本来就极强的自尊心大为受挫，她和刘金川暗暗发誓，再也不想跟深圳的两个妹妹有任何瓜葛。

4

过春节的时候，孟波回东北了，孟美给他特批了两周假。

从阳光明媚、绿意葱葱的南方，到天寒地冻、白雪皑皑的北方，坐在火车上仅仅两天时间，曾经长久生活在北方的所有记忆，都因寒冷而苏醒了，而在深圳两年的生活经历，又让孟波有了一种重生之感。此时回家的喜悦虽然占据了上风，但作为一个"深圳人"，得意和傲慢却紧紧地包裹着这份喜悦，时不时地就要膨胀一下。

久别胜新婚。孟波和刘桂花之间的恩爱甚至比新婚时的"蜜月"还蜜。

已经四岁的女儿果果出落成了一个小美女，非常乖巧懂事，完全可以跟孟波正常沟通了。这让孟波对家庭有了新的感受，"金窝银窝，不如自己的狗窝"，这是一种踏踏实实的温暖。

孟波对刘桂花说："要不是北方冰天雪地的，我真不想去深圳了。在自己家里，我才像个人！"

"那你打算在深圳干多长时间啊？果果都这么大了，该上幼儿园了。我妈身体也不好，我有点儿忙不过来。要不你回来算了，二姐夫都回来了。"

"我跟他能一样吗？"

"有啥不一样？都是靠一身力气干一份工，也不可能在深圳扎根。"

"谁说的？我就是要在深圳扎根。在深圳，最没本事的人才当公务员，没文化没学历的人都当大老板。我那个好朋友，政府的司机阿旺，他爸原来就是一农民，拆迁补偿补了一大笔钱，现在搞房地产开发呢。"

"人家是当地人，咱们是内地人，没赶上那好时候。别看人家有钱就眼红，还是踏实点儿好。你回来得正好，我想跟你商量一件事儿，咱们买楼吧，让果果享点儿福！"

"买楼？你当是吹气哪？现在房价看涨，手里没有六万七万，你敢张罗买楼啊？"

"你不是拿回来两万嘛，我这两年也挣了几万，再借点儿就差不多了。我就是看房价上涨才想赶早的，过几年肯定更贵。"

"跟谁借？你看谁有钱？就是有钱，谁愿意借给你？现在都是跟钱叫爹的主。哥哥姐姐哪个你都想别指望。在深圳待了两年，我真是看透了——人不为己，天诛地灭！"

"深圳有那么可怕啊？"

"深圳可怕，自家人更可怕。咱们这回就要长点儿志气，你再等我一年，一年之后咱们再买房子。"

"那也行。今天过春节，就在咱家的狗肉馆聚一次吧。你刚回来，大家热闹热闹。"

"你跟我想到一块儿去了，我巴不得热闹呢！"

大年三十晚上六点钟，人都到齐了。冯燕帮着刘桂花做了十个菜。孟波把从深圳带回来的东西一一给各家分了，那都是孟美和孟亚给准备的，主要是孟美买的东西。大家看着这些东西，特别是海产品，好多都不认识，孟波一一做着解释。高大龙对孟波说："你成南方人了。"孟波的脸上就有些得意，而刘金川的表情则冷冷的。

孟福先问孟波："你妈现在怎么样？睡觉怎么样？"

"吃我三叔给开的朱砂，现在不失眠了。"

"大便怎么样？"饭菜都摆上桌子了，孟福先这句话问的不是时候。

"不便秘了，吃木瓜吃好了。"

"吃饭怎么样？"

"还那样。"

"'老三样'好了两样，也不错了。"

"还添了一样呢，现在会看电视了，天天看天气预报，有时候还能看点儿其他节目。"

"那可是一大奇迹，她都几十年不看电视了。你妈有没有说啥时候回来？"

"没说，你自己打电话问她吧。"

孟福先"哼"了一声："人家也不跟我说呀！"

"那你就多打几次电话呗，功夫不负有心人。你现在听力这么好，跟你说话也不咋费劲儿了。"

"我的听力现在已经基本恢复正常了，全靠我坚持治疗和按摩。"

就在大家准备就餐的时候，果果拿着一个信封跑到孟涛跟前："大爷，我奶给你。我爸从深圳带回来的。"

这封信对所有的人都是一个小意外，一庶一下子把信抢了过去："我看看写的啥。"

高大龙开玩笑地说："里面装的是钱吧。这老太太，偏心眼儿。"

里面是一张《深圳晚报》。按照李秀云把报纸折成的痕迹，刚好露出来一篇完整的小文章。一庶随口读了起来："儿啊，你为何只会要钱不叫妈……爸，这也不是信呀，这是说谁呢？"

所有的人脸上的表情都僵住了，除了孟波。他躲在厨房里，耳朵听着外屋的动静，一脸的幸灾乐祸。孟涛扯过报纸摔在桌子上，猛地站起身，说："走，回家！"

一庶不肯："我不回家。还没吃饭呢，回家干啥？"

孟涛瞪起了眼睛："回不回？找揍啊？"一庶不敢吭声了，乖乖地去拿帽子，一脸的不情愿。冯燕也是要哭的样子，她扯着一庶的手，三个人转眼之间就消失在寒冷的黑夜里。

报纸很快在众人手里传了一遍，高大龙笑着说："这老太太，不糊涂啊！"

刘金川故意说："孟焱，到底是不是这么回事儿啊？我咋不信呢！"

孟焱说："是不是都跟你没关系，你少掺和！"

孟兰生母亲的气："自己家这点儿事儿，往外折腾啥呀？她怎么会写稿呢，是不是小亚他们帮着写的？"

刘桂花大声质问孟波："你为啥把这张报纸拿回来？你走到哪儿，事儿跟到哪儿，你看热闹不怕乱子大是不是？"

孟波走出来说："本来就是这么回事儿嘛。不拿回来给你们看看，老太太不是白写了吗？也起不到教育作用啊！"

孟焱说："别忘了，你也是妈的儿子！"

孟波说："二姐说得没错。从现在起，我不用别人一分钱，咱们走着瞧。老太太说的可不是我，我当她面从来都叫妈，叫得可甜了！"

孟福先说："写写也好。有则改之，无则加勉嘛。开席吧，吃完了好回去看春节联欢晚会。"

大家就一起动手端碗拿筷子，但情绪显然都受到了报纸的影响。孟福先发着感慨说："这过年哪，一年比一年人少，也不知道还能一起过几个年啊！"

男男说："以后咱们都去深圳，在我白姥和我老姨家过年。"

刘金川说："你学习就是个大白给，还深圳呢。在北方能不能混口饭吃，还不一定呢。"

孟焱说："他爹是不是白给？说话咋那么没水平呢。"

高大龙说："'当面教子，背后教夫。'大过年的，说点儿开心的！"

果果说："看小品最开心。我爱看赵本山，拐了拐了！"

大家都笑了，有点儿故意捧场的味道。孟兰说："还是我侄女可爱，就像你爸从深圳拿回来的开心果。"

5

不知从什么时候起，李秀云爱上了捡废品这个行当，天天出去在小区里转悠，回来的时候从不空手，什么矿泉水瓶子、旧报纸、废纸壳，甚至还有封装完好的面包、馒头以及小塑料袋装的东北玉米粒，等等。有一次，李秀云把一张废报纸捡了回来，报纸里裹着一堆啃过的骨头，很快就有黑黑的小咬飞在空中。

孟亚说："一张烂报纸能卖几分钱？小咬都来了，要是落到饭上菜上，多脏啊！"

"小咬大咬的，你没见过呀？"

没过几天，李秀云又拎回来一只纸壳箱子，里面沾了一层鸡屎。孟亚说："你这……多恶心啊。"

"妈，你以前要多干净有多干净，现在怎么跟最脏的垃圾较上劲儿了。我看你捡垃圾上瘾了！"

"是有点儿上瘾了。南方人有钱，啥都往外扔，还没等过完年，那些大花盆儿带着花儿和橘子就扔出来了。要是在北方，一个花盆就得值几十块钱。我昨天捡了一堆发泡塑料，直接卖给小区门口收废品的，转手就挣了两块钱。这钱来得多容易！"

有一次孟美来了，刚好碰到李秀云在书房里摆弄垃圾。孟美心里有点儿不高兴，但脸上还是带着笑，说："咋弄这么脏的东西呢？太恶心了！妈，你以后别捡垃圾了，你需要多少钱我都供着你。"

李秀云说："不是钱的事儿，我是闲着没事儿活动活动。再说，捡废品来钱挺快的，我觉得有意思。你要是嫌脏，以后就别来了。"

孟美说："我的房子还不兴我来啊？我爸以前不是说你有洁癖吗？你咋变了呢？"

李秀云说："脏啥，收拾完多洗几遍手就行了呗。"

孟兰打电话给孟亚的时候，李秀云正在小书房里整理废品，地面上一堆垃圾。

孟兰说："到底咋回事儿啊？小波大老远地从南方带回来一张报纸。小涛对钱是挺认真的，可家丑不可外扬，弄到报纸上去有啥意思？爸在这边儿举报的事儿还没消停呢，也不知咋又想起给妈找工作的事儿来了，说要找我同学程立英，她现在提副县长了。这个家，就没有消停的时候。"

孟亚说："妈看我写稿有稿费，她非逼着我帮她投稿。那篇文章我也不知道小波带回北方去了。是不是他偷着拿回去的？"

孟兰说："我也不知道，你问问妈吧。"

一听到有电话，李秀云立刻停下手里的活儿，朝电话奔了过来，把耳朵凑近电话筒，差不多跟孟亚脸贴脸了。

李秀云来深圳后就有了这个毛病，只要家里一有电话，不管是找谁的，她都跑过去旁听。

李秀云听见了孟兰的话，大声说："不用问了，就是我让小波带回去的。带回去咋的，我还怕得罪谁呀？"

孟兰连说"没事儿了"，赶紧撂了电话。

孟亚看着李秀云说："这是得罪不得罪的事儿吗？你根本就不应该这么做。你儿子还没差到这个地步，弄到大家面前，一点儿面子都没有。小涛是有点儿小心眼儿，可他不招灾不惹祸的，也没让你操过什么心。再说了，冯燕是正经过日子的人，不但不嫌弃你儿子没能耐，还把你儿子打扮得流光水滑的，一庶教育得也挺好。咱们有能力就帮，没能力就拉倒，别弄得一家一家跟仇人似的。你当老人的，应该把子女往一块拢才对啊！"

"自己过自己的日子，往一块拢啥？我不指望他们！"

"一个大家庭四分五裂的，谁都不关心谁，那你生这一大帮孩子干啥？就为了自己过自己的日子啊？

"我愿意生这一大帮孩子呀？你爸他又不是和尚。当初哪像现在这样有的是招？要不是你爸重男轻女，哪轮到你跟我讲什么大道理？"

"能生就得养，能养就得教。做父母的，不能只是在生活上照顾孩子，还有义务让孩子在思想上、精神上健康成长！"

"哪管得了那么多？那个时候能吃饱穿暖就不错了！"

"现在早就吃饱穿暖了，你也该想想了，不然你们就太糊涂了，一辈子都没懂怎么做个明白家长！"

　　"你做明白家长了？你也有孩子，你以后看着，有你打脸的那一天！"

第十四章

1

执业差不多两年的时候，孟亚决定买车。孟亚所在律师事务所的同事，凡执业在两年以上的，个个都有车。而那些做了五年以上的，大多有几十万块的好车。孟亚在市里做律师业务，没有车来回实在不方便。同时，车也是律师身价的一个重要标志。郑志平同意给孟亚买车，十几万块的车，靠着这几年的积蓄可以说绰绰有余。

开着车跑在路上，孟亚和郑志平恍恍惚惚地感觉像是在做梦。飞飞更是一脸的兴奋："明年我就要考大学了。我十七岁咱家就有车了，真好哇！"

孟亚说："这就是回报。咱们一家三口付出了这么大的代价，现在总算看到一点儿收获了！"

飞飞说："你们俩都有驾照了，我什么时候也能考驾照啊？"

孟亚说："你大学毕业前一定得考取驾照，找工作有优势。我看报纸上的招聘广告，好多招文秘的都要求有驾照。"

郑志平说："如果在北方，这辈子也不可能有私家车。"

孟亚说："飞飞，现在让你回北方生活，你回不回去？"

飞飞说："不回去。有一年冬天特别冷，雪到膝盖这么厚。我的脸就是那年冻坏的，到深圳的前两年，还年年冬天犯病呢，青一块白一块的。"

李秀云看到买回来的新车也十分兴奋，下楼围着车看来看去的，高兴地说："这车可真带劲儿！"

孟亚说："才十几万块的车。咱们小区里好车有的是，车多得都没地方停。"

李秀云说："就停家门口，一眼就能看见。"

说话间，李秀云径直朝另一个方向去了。飞飞说："白姥，家门口在这边儿呢。"

李秀云说："我去找楼下那家，他们家在装修。"

一楼住户姓黄，夫妻俩是广东潮州人，生了六个孩子，一家人在小区门口开了个食杂店，生意不错。

孟亚说："快跟过去。你白姥不太正常，别跟人家吵起来。"

果然，李秀云一见到那个姓黄的中年男人，开口就说："你们家不就是开小卖店赚了钱吗？有钱有什么了不起。天天咣咣砸墙，电锯吱吱叫，中午也装修，晚上十点多还装修。我失眠，你们装修闹得我根本睡不着觉。"

黄老板看上去还算和气，但他的老婆却一脸横肉，瞪着李秀云说："你都来过好多次了，我屋装修不关你们的事儿。你不要在这里闹。"

孟亚说："什么叫不关我们的事儿？装修是有时间规定的，中午两个小时和晚上八点以后必须停止。你们都搞了二十多天了，天天这样，影响其他业主休息。你们要是这种态度，咱们就去找物业。"

李秀云说："听见没有？我们家有律师，不怕跟你打官司。"

黄老板说："不要吵了。再有几天，我屋装修就搞定了。"

郑志平说："几天？你这装修再有半个月也搞不完。你们要是还这样搞，可别怪我们不客气。"

黄老板的老婆说："不客气，怎么样，你们想打搞（架）啊？"

李秀云说："我看是你们想打搞。告诉你们，你们再影响我睡觉，我就端一盆屎从楼上扣下来。"

黄老板夫妻两个一下子傻眼了，看着李秀云一时没有话说。孟亚拉着李秀云往外走，边走边说："我妈可是说到做到。你们要是不怕，你们就一天二十四小时装修。"

回到家里，孟亚感觉自己的腿在打战，她发现郑志平的脸色也有点儿发白。孟亚说："咱们也不会吵架呀。人家没怎么样，倒把自己气得够呛。"

飞飞说："看你们吵架，挺吓人的！"

李秀云说："他们家的孩子都挺老实的，要是个个都像小流氓似的，我也不敢去。都什么年代了，还生那么多孩子——六个。"

飞飞吓了一跳："六个？天哪！"

孟亚说："潮州人就这种习惯，生了女孩儿要男孩儿，一般农村家庭都生三个以上。"

李秀云说："他们普通话说得不好，我都没太听懂，打搞是不就是打架？"

孟亚说："是。"

李秀云说："我说扣屎盆子，他们听懂了吧？"

孟亚说："听懂了。你说律师，他们也听懂了。"

飞飞说："我白姥还挺厉害呢，律师都给你用上了。"

李秀云说："我也不知道怎么想起来的，一着急逮着啥说啥。"

转眼间，买车的喜悦就被一场关于装修的吵架冲淡了。而第二天，新的事情又发生了，这一次与车有关。

这是个星期六的晚上，飞飞也在家。孟亚和郑志平去商场给飞飞买完东西回来，说要去看一个朋友，张罗着说赶紧吃饭。本来，孟亚不让李秀云做菜，告诉她把饭焖好就行了，可李秀云不听，还是按照自己的老做法炖了一锅白菜土豆，还有切得像饺子馅似的青菜，一看就没胃口。

孟亚说："我说我做，你非得抢着做。炒菜三五分钟就好了，多简单的事儿。你这白菜土豆放了这么多花椒面，黑乎乎的一层。上海青你也不吃，切得这么碎干啥。"

李秀云说："伺候你们，还净事儿。"

孟亚说："四妹是专职保姆，她什么都做得好好的，谁也没让你伺候啊。你最好不伺候，两全其美。"

李秀云说："我待不住，闲着难受。"

郑志平说："吃饭吧，吃完饭好走。"说着打开了电视，走回饭桌前坐下了。

李秀云不高兴了："昨天晚上又没关电视开关，直接关的电源，是吧？关电视的时候，要先关电视，后关电源。开电视的时候，要先开电源，后开电视。东西到了你们手里，就是坏得快。我天天这么叨叨，赶不上放屁好使。"

郑志平不耐烦了："不好使你就别叨叨了。你懂啥呀？先开电视后开电视能怎么的？"

李秀云开始借题发挥："屁大个事儿就酸脸子。在北方也是，因为修插座的事儿，跟我酸脸子。一天总是气儿气儿的，像个大冤种！"

飞飞的脸色也变得不好看了，她看了一眼在客厅里转着圈儿发脾气的李秀云，不耐烦地说："吃饭！吃饭！"

孟亚和郑志平都不想吃了，两个人几乎同时放下了筷子，出门下楼开车。

郑志平一上车就开始打方向盘，车头右前方一下子就挤在了旁边儿一辆车的车门上。地方太小，等郑志平把车稍稍开离那辆车时，又给两辆车增加了新的创伤。

孟亚吓得头发都竖起来了，说："你应该直接往后退呀，怎么一上来就打转向？"

郑志平说："刚才停车的时候，旁边儿也没车呀！"

孟亚说："还刚才。这么大个车放在这儿，怎么都看见了，天还大亮着呢！"

那是一辆蒙迪欧，新车，还没上牌。孟亚说："也不知道这是谁的车，这么倒霉，刚买回来就让你给剐了！"

郑志平也有点儿傻了，站在车旁边儿一副束手无策的样子，半天才悻悻地说了一句："都是你妈给闹的！"

孟亚说："去物业问问，找一下车主。"

很快就查出来了，是孟亚三楼的邻居。孟亚跑上楼去敲门，三楼夫妻迅速下了楼，女的穿着税务制服。孟亚忙不迭地道歉，话说得又多又快，说了好几分钟，发现对方两个人竟然一句话都没说，只是绕着自己的车左看右看。

这时，楼里的李秀云也发现了情况，穿着一件破旧的背心就出来了，脸上的表情十分兴奋，她盯着女车主的脸问："你这啥车啊？多少钱哪？你在哪儿上班儿？我见过你。"

女车主没有回答李秀云的话，问郑志平车辆有没有保险。

孟亚把李秀云拉到了一边儿，小声说："别那样问，不礼貌。"

这时，郑志平已经开始给保险公司打电话，那边儿答应马上赶过来。郑志平拿出一张名牌递给女车主，女的说："我见过你，你去我们单位采访过。"

郑志平说："你是地税的还是国税的？"

女业主说："地税。"

过了二十多分钟，保险公司的人来了，又是拍照又是画图又是解释，忙了半个多小时。李秀云一直跟着看热闹，孟亚几次让她上楼，她都不肯。

去看朋友的事儿早泡汤了。自己的新车和别人的新车都剐坏了，郑志平十分地懊恼，但知道自己有错，也就不好说什么，只是躺在床上生闷气。

孟亚说："剐也剐了，心疼也没用，过两天就修好了。是有她白姥的原因，可你也太容易受情绪影响了。你没看她白姥刚才那样，精神有点儿不太正常。她不会将就你，只能你将就她。"

正说着，李秀云进来了："那个女的真牛，问她话爱理不理的。有钱的人就是牛。她家两台车，她一台她老公一台，她老公那台没有她这台好。她家肯定是她说了算。她老公老实，没话。"

孟亚说："你刚才问完这个问那个，都是不着边儿的话，还穿个破背心。"

李秀云不高兴了："问问还不行啊？她家有啥保密的？你们事儿也太多了，净屁事儿！"

听李秀云这样说，孟亚也生气了："也没你啥事儿，你跟着瞎忙活啥呀？净帮倒忙！"

这时，飞飞从房间出来了。李秀云问："飞飞，吃水果吗？"

飞飞冷着脸说："不吃。"

孟亚对飞飞说："还说去看朋友，在楼下忙了一个多小时，你爸把人家二十六万的新车给剐了。"

飞飞问："严重吗？"

孟亚说："保险公司的人说，大约得三千块钱修理费，不算严重。"

飞飞"唉"了一声，又进自己房间学习去了。

李秀云说："我知道，我老了，遭人硌硬。你们一家三口热热乎乎的，我是臭狗屎！"

孟亚说："那是你自己说的。"

李秀云说："我就是你们家的臭狗屎，你们嫌弃我，我偏臭着你们！"

孟亚进了自己房间，李秀云跟了过来，站在门口用眼神杀人。

孟亚说："你堵着门干啥呀？还找上门来吵架呀？你现在睡眠好了，便秘也好了，你有福不会享。在北方跟我爸吵，在南方跟我们吵，你一辈子吵了多少架，还不嫌累啊？"

李秀云说："我享着什么福了？我这心里多痛苦，谁知道？"

郑志平说："你痛苦你就折磨别人？"

李秀云说："我折磨别人？我怎么折磨别人了？是你们找碴找病！"

李秀云哭着进了自己的房间，砰的一声关上了房门。

孟亚也哭了："我自己找倒霉，把她从北方带过来！"

整个儿晚上孟亚都睡不着，后半夜她从床上爬起来，去客厅里翻抽屉，找出了两年前给母亲准备的抗抑郁药多虑平，这一次是她自己吃。

第二天孟亚给孟焱打电话时，突然想起了一件事儿，那就是大姐二姐两个人上初中时不说话的事儿。谁知孟焱一口否定，说从来就没有过这种事。

孟亚回头又去问母亲，李秀云撇着嘴说："哎哟哟，真能瞎扯。我的孩子谁跟谁不说话，我还不知道？你这脑袋有问题了。" 孟亚觉得自己的精神可能真的出了问题。

第二个星期天，孟亚和女儿飞飞吵了一架，吵得非常凶。

李秀云偷偷告诉过孟亚，周日上午飞飞的一名男同学来了，两个人关着门在一起待了两个小时。郑志平加班儿去了单位，孟亚有案子也在律师事务所忙，两个人都不知道这个情况。李秀云还说，那个男同学已经来过一次了，那次是在一个星期以前。孟亚说："那你咋不早点儿告诉我？"

李秀云说："你们的孩子，我说多了你们又不高兴。这么关着门儿唠……"

孟亚敲门，飞飞隔着门不耐烦地问："干啥呀？"

孟亚说："你开门，我有话跟你说。"

飞飞说："我没时间！"

孟亚开始用脚踹门，郑志平走了过来。李秀云和四妹站在客厅里，远远地看着。

飞飞终于把门打开了，瞪着孟亚一言不发。

"你同学上午来干啥？"

"聊天。"

"你怎么能把男同学领家来？还关着门聊天？现在学习这么紧张，哪有时间闲聊？"

飞飞不耐烦地说："我知道时间紧张。我的事儿不用你管！"

孟亚就火了："你以为我想管呀？你同学都来过两次了，这么大的事儿，你连个招呼都不打，你眼里还有没有父母？你做事太过分了！"

"你愿意你女儿一个朋友都没有啊？"

郑志平说："你交朋友就这样交啊？往家里领？是什么样的同学，值得你这样没有规矩？"

"我不想听你说这种话。你出去，我要学习了！"

孟亚说："你再说一句？你敢再这样说一句，我就扇你嘴巴子！"

"出去，我要学习了！"

郑志平怒吼道："你对父母就这个态度？你必须尊重父母！"

飞飞哭了，冲孟亚和郑志平喊道："你们不值得尊重！"说完把门关上了。

晚上，孟亚对郑志平说："这是不是上行下效？咱们跟老人吵架，孩子都跟着学会了！"

2

几个月后，孟亚和郑志平突然决定买房子，这个决定是李秀云大骂之下的"即兴之作"。

在这次吵架之前，矛盾已经积累到了一定程度，孟亚一家三口在精神上已经不堪重负。分歧是随时随地都会发生的，比如洗餐具时李秀云规定用小苏打，说洗洁精有毒。这等于增加了洗涤的工作量，同时降低了洗涤效果。拖地的时候，李秀云规定先用笤帚把地面扫一遍，说不然灰尘等脏东西会沾到拖布上。而孟亚的做法正相反，她认为先扫地会把灰尘扫起来，不科学不卫生。孟亚用手洗衣服的时候，李秀云站在洗手间门口盯着，说衣服最少要用清水过四遍，孟亚说自己用的是流水，没有几遍之分，洗干净算。李秀云嫌对门邻居家关门声音太大，让飞飞帮她写一封信送过去，结果这封信把对门家的老太太惹不高兴了，后来送去了一篮水果才使关系正常化。另一栋楼里有一家人在厨房里装了紫外线灯管，李秀云说晚上晃眼睛，硬是让那家人用东西把灯管盖了起来。不知道哪里来的公鸡，一大早就开始打鸣，搅了李秀云的觉，孟亚和郑志平就去找物业管理处。管理处也搞不清楚是怎么回事儿，孟亚和郑志平就溜墙边儿翻旮旯，折腾了好几天也没见到公鸡的影子，直到半个月后打鸣声突然消失了。

还有一件事儿更让人哭笑不得。郑志平赶时间想早点吃饭，可李秀云偏要坚持把饭菜多热一会儿，说没到她规定的二十分钟。郑志平急了就开锅往外端饭菜，李秀云一气之下提出要去养老院。明知道李秀云是故意磨人，晚上下班儿回来，郑志平和孟亚还是开车带着她去看了一家养老院，来回折腾了三个小时。

孟亚有时甚至认为，自己好像命中注定要有这么一劫，母亲如同鬼上身一样地缠着她折磨她，不知何年何月是个尽头。

这个时候四妹跟孟亚说"想家了"。孟亚知道，这个好不容易找来的小保姆又要一去不复返了。四妹看上去也有些恋恋不舍的样子，拉着李秀云的手一口一个"姥姥"。李秀云说："回去待半个月就回来，我挺喜欢你的。要回来啊！"四妹就满口答应："回来。"孟亚心里很难过，她甚至偷偷哭了一次。孟亚认为，四妹的离去不只是这个家的损失，也给了这个家所有成员一个否定性的评价。四妹说过，她的父母从来不吵架，父母的父母也不吵架，整个儿大家族特别和气。四妹还说，一看别人吵架她就害怕得发抖。

四妹走后，孟亚突然意识到自己的人生太失败了。你大学毕业又怎么样？你走南闯北见多识广又怎么样？你从北方人变成南方人又怎么样？你现在比以前富贵了又怎么样？你不如一个几乎目不识丁的十六岁的乡下小姑娘做得好，你的家庭没有她的家庭和睦幸福……

这次跟李秀云的激烈争吵，导火索是绿色的葱花。李秀云有个习惯，不管做什么菜，都放很多葱花。而孟亚炒菜则因菜而异，有时少放或者根本不放葱花，李秀云切的葱花有时就用不了了。用不了也不能扔，李秀云把葱花放进冰箱里，过了一两天想起来还用，而切碎的葱此时已经发出了难闻的味道。母女二人经常为这种小事儿闹得不愉快。这一次李秀云切的是新葱，半个小时前就切好了，可孟亚没看见，她自己又切了一点儿葱。要炒菜的时候，李秀云进来了，把装葱花的小塑料罐举到孟亚的面前，说："我切的葱咋的，臭啊？"

孟亚说："我没看见你切的葱啊！"

李秀云说："没看见？这葱罐子就摆在你眼皮子底下，你没看见？你就是不想用我切的葱，故意说没看见。"

孟亚早已不胜其烦，脱口说道："我瞎，行了吧？"

这时，李秀云去端炉灶上的锅，她先前热了一锅剩饭菜。她把铝锅盖拿下来，扣在另一个炉灶上。那个炉灶孟亚刚打着火。孟亚一把把铝锅盖掀翻在地，锅盖上的塑料把手已经被烧得熔化了一半，周围处也变成了烧煳的颜色。

孟亚说："这给着火呢！"

李秀云说："我没看见！"

"你也有没看见的时候，别人没看见就不行。"

"你行，你啥都行。我上半辈子是你爸的奴隶，下半辈子是你的奴隶，天天奴打奴揍，也累不出个好来！"

"不让你做饭做菜，你说闲着难受。你做的饭菜不好吃，我们都忍着，你还没完没了地诉辛苦。不能理都让你占着吧？"

"我本来就有理。你跟我借了多少光？占了多少便宜？我要是不来深圳，你三姐这房子能给你们住？你想得美！你们回东北，来回花了两万多块钱，都是你三姐出的。你一天天花着人家的用着人家的，你臭不要脸，不嫌砢碜！"

"我三姐对我好，跟你有啥关系？你还好意思提那两万多块钱，你如果不是……不整那么一出，那两万块钱能花出去吗？我为了照顾你，那两个月我都累病了，律师证也耽误了大半年。你还让我咋的？"孟亚气得差一点儿就说"你如果不是要死要活的"。

"两个月你有啥抱屈的？我伺候你好几十年了。从小你就懒，十五岁了衣服都不会洗，灶坑也不会烧。你爸总说我惯孩子。你结婚没房子，在我那儿住了两年，我给你哄了两年孩子。要不小涛能有意见？"

"住你房子你当时也是不情愿，哄孩子你也不是自愿的。这几十年你一直都想用自己的权威统治别人。你知不知道你根本就没有这种水平？你以为你是母亲，就有资格让别人服从你。你的想法根本就是错误的。你知不知道我现在过的是什么样的生活？是一种倒退的生活。我都快让你磨出精神病来了！"

"你得精神病才好呢！你不孝敬老人，活该！"

不知什么时候飞飞站在了厨房门口，郑志平也过来了。飞飞快要哭了，说："白姥，你咋能这样说我妈呢？"

李秀云说："你们家还有几口，都上来！我怕过谁？"

郑志平说："你能怕谁？老孟家你一手遮天，谁不顺着你都不行，都是别人不对。"

李秀云说："我什么时候一手遮天了？我哪件事儿不是为你们好？"

郑志平说："你为谁好？我大姐那年给老头儿买了一顶帽子，让你给数落的，什么颜色不对了，样式不对了，最后我大姐哭着走了。我大姐都快五十岁的人了，你想想你做的事儿对吗？"

李秀云说："就你好。这么多年没听你叫过几声妈，你以为你是什么好人哪？"

郑志平说："在你眼里就没有好人。"

孟亚说："要知道你这样，我当初就不该带你来深圳。这三年，我过的根本就不是人过的日子。"

李秀云说："我来深圳是奔小美来的。你有啥能耐？要钱没钱，要房没房。这房子是小美给我买的，你们趁早给我滚蛋，快点儿滚！"

孟亚再也忍受不住了，歇斯底里地冲母亲喊道："我一天都不想待在这儿。是你让我走的，别说我不养你老。买房子！买房子！这哪里是家，简直就是地狱！"

半个月后，孟亚和郑志平就买了新房子，四十万。孟亚和郑志平的积蓄不够，找银行按揭供楼贷款期五年。

准备买楼之前，孟亚给孟美打了电话，边哭边说："妈来深圳这三年，发生的事情太多了，我很少跟你们说。我就想我一个人多承担一些，别人的负担就能轻一些。现在是妈赶我走，不是我不管她。在一起天天没个好气氛，我怕影响飞飞高考。我现在心理状态特别不好，一想起这事儿就想哭。"

孟美说："有合适的房子你就买吧。你好好调整一下，也让妈自己待一段时间试试。实在不行，让她过我这边儿来。"

孟亚说："妈不会去你家的。她以前常说，跟你在一起的时间短，有点儿不习惯。"事实上李秀云的原话是"我跟小美不亲，感觉她不像我的孩子"。

孟美说："以后我抽点时间，每个星期过去看看妈。飞飞本来心事就挺重的，你和郑志平照顾好她，别影响高考。"

孟亚也给孟焱打了电话。孟焱说："妈都给我打好次电话了，我知道她是一面之词，我也不信她的。我们离得远，遇到事儿只能靠你和你三姐了。"

孟亚说："谁养老人谁就是罪人。现在说这个好那个好，要是真有那么好，她为啥第二次服毒？为啥不留在北方非得跟我上南方？她第二次服毒要不是我发现及时，现在还有这个人吗？她现在的命是我给的，可她都快把我磨得没命了！"

孟焱听孟亚说话这么刻薄，又哭得伤心欲绝的，也不好说什么，只是说："妈的性格我知道，可她确实挺痛苦的。"

孟亚说："我知道她痛苦，这么多年来才一直顺着她。可她从来不考虑别人的感受，把自己的痛苦都转嫁到别人身上了。我去南京脱产学习两年，现在到深圳又好几年了，我吃了多少苦，受了多少委屈，我很少跟别人说，都是一个人扛着。"

孟焱说："我知道你不容易。你二姐夫经常跟我说，他挺佩服你的。妈的事儿现在也没啥好办法，让她自己住住看吧。你也别想太多了，没人说你不孝。"

一听房子的价格，孟焱吓了一跳，说："四十万？哎呀妈呀，咋那么多钱呢？那得什么时候能还上啊？我手上还有几万，你用不？"

孟亚说："不用，我贷款了。三姐那儿我都没跟她借钱。"

孟焱说："你可得考虑好，把握点儿，别给人骗了，现在骗子太多了。我感觉你这房子买得太草率了！"

孟亚说："必须得买！"

装修非常简单，只用了二十八天时间。一是因为孟亚和郑志平本来就不喜欢花哨烦琐，二是出于财力上的考虑，三是为了抢时间，还有六个月飞飞就要高考了。搬家那天，孟亚坐在车里一路流泪，没有一点儿乔迁的喜悦和快乐。郑志平也是一言不发。

孟亚搬走后的第一个星期，李秀云的日子过得度日如年，她头一次感受到孤独是如此可怕难耐。面对空荡荡的大房子，从早到晚只有自己面对自己，李秀云的心像被揪起来一样难受。这七天的时间，她是靠着天天给孟焱和孟美打电话撑过来的。

一个星期以后，李秀云的精力再次集中到捡废品这项事业上来了。小区里的垃圾被几个人承包了，主要是小区里的清洁工。李秀云抢了人家的生意，那些人自然不乐意，跟李秀云交涉了好几次："你们住楼的都是有钱人家，还跟我们这些打工的抢这几个钱。"李秀云就白天捡得少一些，早晨五六点钟或者晚上六七点钟的时候多捡点儿，这个时间段里比较少遇到清洁工。

李秀云以前出去的时候，偶尔也会忘记带钥匙，那个时候家里人多，郑志平的工作单位离家又不远，回来开门还算方便。为了提醒李秀云带钥匙，孟亚特意画了一张画，在白纸上画了一把红色的钥匙，贴在房门的拉手处。可这一次李秀云又忘记带钥匙了，而且是在下午四点钟。郑志平刚好采访去了，孟亚又在市里办案，李秀云只好到对门邻居家给孟美打电话。孟美让孟波带着钥匙开车过来开门。李秀云坐在楼梯口等了将近一个小时，孟波才赶过来。

没过几天，李秀云一大早出去时，又忘了带钥匙，捡了一堆废品回来，才发现钥匙没在身上。她想到对门邻居家打电话，但楼梯口的大门她也进不去，便伸手按三楼邻居家的门铃，也就是半年前被剐了车的那位业主。税务官在睡梦中被惊醒，不耐烦地给李秀云开了大门，上班儿后一个电话就打到郑志平那里去了。郑志平回家对孟亚说："你老娘，早晨五点多钟就把人家给吵醒了，人家可不高兴了，说摊上这种邻居真倒霉。"

孟亚说："是挺倒霉的。不过，她怎么知道你的手机号码？"

郑志平想了想说："不是那次剐车的时候，给了她一张名片嘛。"

孟亚就打电话给母亲，告诉她以后不要去打扰人家。

李秀云不高兴了，说："邻居之间谁还不用谁？开个门还能累死她啊？"

"那也得分个时候，你一大早五点多钟就去按人家门铃，人家觉都睡不好。南方人习惯晚睡晚起。"

"哟哟哟，真能扒瞎。我多暂五点多钟按她家门铃了？那个时候都六点多了。"

"六点多也很早啊。你睡得正香的时候，被别人吵醒了，你烦不烦？"

"就她家事儿多。我去对门家打电话，人家都没说什么。"

"那不一样。对门住的也是老年人，北方来的，老人觉少，习惯早起。"

李秀云不耐烦了："得了得了，以后就当三楼那家人死光了，我不用她。"

孟亚打电话给孟美说："妈也不讲理啊。跟她住一起吧，天天吵架。不在一起吧，又替她担心。她现在这么糊涂，万一哪天煤气灶上做着饭菜，她再把自己锁在外面，那还不得出大事儿？"

孟美说："那么大个房子她一个人住也挺浪费的。现在房子的价格涨得很快，我想把房子租出去，以这个理由让妈过我这边儿来。"

孟亚说："那你试试吧。"

李秀云坚决不去孟美家，她让孟美给她在小区里租个小一点儿的房子。李秀云说："我就在这个小区住，哪儿也不去。你那乡下旮旯大个地方，哪儿有废品捡？"

"你捡废品一个月能卖多少钱？"

"一两百块呢。"

"你知道小区里最便宜的房子租金多少钱？一千多！"

"反正我不走。不捡废品，活着没意思！"

孟美只得就在小区里租了一个房子，一楼，还有一个七八平方米的小院儿。业主要求租期至少一年，先预交半年租金，每个月租金一千三。

李秀云特别高兴，说："这下捡的废品可有地方放了，还不用上楼。"

孟亚对孟美说："这算的是什么账？大姐和小涛在北方，一个月的工资还不够交这个房子的租金呢，有钱没钱也不该这么花呀。北方人有句话，也是妈常说的话，这不是拿钱砸鸭脑袋吗？"

"没办法，只要老娘高兴，就随她去吧！"

"那租金咱俩一人一半吧！"

"不用你，我自己包了！"

消息传到北方，孟焱在电话里对母亲说："我爸不管住谁家，每个月都拿伙食费。你在深圳，你三闺女啥都供着你，还花那么多钱给你租房子。刘金川以前在广州打工的时候，一个月工资才一千五。老三两口子也不容易，又不是做生意的大老板，你得多替他们考虑考虑！"

李秀云说："我这一辈子净替你们考虑了。我屎一把尿一把把你们伺候大了。我现在土都埋脖梗了，该替自己考虑考虑了，谁我也不考虑！"

3

刘金川的母亲在北方住了几个月，被检查出了肺癌。老人家白天晚上咳个不停。孟焱本来身体就不好，房子又小，几个月下来她快支撑不住了。老人家提出要回四川，刘金川就又陪着母亲上路了。到了四川以后，刘金川与姐姐商量着下一步该怎么办。姐姐虽然没有工作，但这时刚与人合伙开了一个小吃店，她想让弟弟留下来。刘金川算得上是个孝子，虽然急于出去找工作，但眼看着母亲时日不多了，征得孟焱的同意后，便决定留下来照顾母亲。借此机会，刘金川也想看看能不能在四川找点儿活儿干。四川的气候阴冷潮湿，人们闲来无事的时候都喜欢在外面晒太阳，但刘金川要照顾母亲，白天户外活动很少，晚上也休息不好。三个月后，母亲去世的时候，刘金川没有找到工作，却患上了风湿。他带着身体上的额外"收获"回到了东北。

刘金川人在家里心却不在家，四处打电话联系工作，后来一个在南昌的老乡说，给他联系到了当司机的活儿。可就在刘金川已经买好火车票准备启程的时候，孟焱却突然决定要去北京看病。她的溃疡性结肠炎加重了，最近经常有血便。

刘金川还在四川照顾母亲的时候，孟涛请假陪孟焱去了哈尔滨一家大医院，连检查带住院治疗有十天时间，结果还是不见好转。其间两个人还吵了一架，原因是孟焱不想耽误孟涛工作，到哈尔滨的第三天就让孟涛回家，而孟涛以为二姐嫌他照顾得不周到。孟焱一看孟涛不高兴，以为孟涛想回去，两人就误会了。孟焱说："你照顾得不好，你走吧。"孟涛说："我二姐夫交代过我了，我得完成任务。"几天后，医生建议孟焱做手术切掉溃疡面以防癌变，但又对手术结果不持乐观态度，说许多病人做手术后效果不理想，后来都进行造瘘术，那时候人就成了不折不扣的废人。孟焱特别害怕，思想负担越来越重，就决定出院回家观察一段时间。现在症状越来越不好，刚好三叔和三婶要去北京看病，他们在北京一家大医院联系了一个熟人。孟焱觉得这是个难得的机会，是生是死就看这次北京之行了。刘金川决定陪孟焱去北京看病，便把去南昌的火车票退了。

就在孟焱一行在北京一家医院里辗转的时候，深圳的麦建伟也突然住进了医院。麦建伟是在工作岗位上发病的，晕倒在一条在建公路的现场。麦建伟的血压高得吓人，医生说不住院治疗，随时可能有生命危险。麦建伟分管全镇建设、安全、卫生等多个部门工作，这次突然血压飙升也是积劳成疾导致的。正值八月份的高温季节，学校开学之前这条公路必须交付使用，偏偏今年夏季高温时间长，雨多，延误了工期。麦建伟经常到工地检查工作，了解建筑工人的工作生活情况。他晒成棕黑色的皮肤，穿着一身蓝色的工服，头戴一顶黄色的安全帽，坐在工地旁边儿树荫下的马路牙上，跟工友们一起吃盒饭聊家常，若不是鼻梁子上那副近视镜，活脱脱就是一个攒不下脂肪的建筑工人。钢筋班班长张新生是黑龙江人，整个儿工地上百号人中就他一个人来自东北，而来自河南、四川、贵州这些省份的，在深圳任何一个工地都能找出一二十个来。张新生说："我瞧不起一些家乡人……典型的'大事儿做不来，小事儿又不做'，宁可守着火炉打麻将、猫冬，也不愿意出来打工勤劳致富。东北人不改变这些旧观念，还不得被南方甩得越来越远……我参加过深圳国贸大厦的建设，五十三层，三天一层楼，深圳速度，太开眼界了，太过瘾了！"麦建伟冲张新生竖直大拇指，说："好样的！毛主席说了，

'一万年太久，只争朝夕！'"公路交付剪彩暨表彰会那天，麦建伟亲手给张新生戴上了大红花，但张新生却把大红花摘下来，戴到了麦建伟的胸前，两个人从握手变成了拥抱，现场顿时掌声一片。

医院在病房十分紧张的情况下，仍给予麦建伟特殊照顾，安排了一个单人病房，还给孟美留了一张床。上级领导也亲自或者安排人前来探望。麦建伟交友很广，加上同事下属，每天来病房看望的人络绎不绝，鲜花和水果堆满了病房，笑脸和问候接连不断。孟美担心麦建伟休息不好，经常站在走廊里挡驾，谎称麦建伟睡着了。孟波除了负责一日三餐的买和送，其余时间几乎都待在医院里，被孟美指使得团团转。最有营养的、最好吃的、最有效的食物，这是孟美唯一需要为丈夫考虑的，至于花多少钱不在考虑范围。

与此相反，在北京住院的孟焱却是另一番景象。奔波和等待了两天之后，孟焱才住进了医院。这两天是在外面住廉价旅店。刘金川一次又一次地跑医院取各种检查、化验结果。孟焱住的病房有六张床，白天家属和护理人员来来往往的，她精神负担又重，根本无法正常休息。晚上医院不允许家属留宿，刘金川只得回到廉价的小旅店休息。吃饭要么在医院里买病号饭，要么刘金川到外面买点儿廉价的小吃。

看到有的患者床头柜上摆着花篮，刘金川受到了启发，在医院门外的一家花店给孟焱买了一枝玫瑰花，花了三块钱。为了这三块钱，孟焱跟刘金川生了两天的气，她说："看见这枝花，我心里就扎得慌！"

刘金川说："你真不懂浪漫。在南方，逢年过节、看病人啥的，都时兴买花送人。"

孟焱说："浪漫得用钱撑着，你浪漫得起吗？净整这些没用的东西，实在点儿得了！"

过了两天，刘金川给孟焱买回了一个木瓜，说："木瓜实在吧？小亚总让你吃木瓜，说木瓜改善肠道功能，对你的溃疡有好处。"

孟焱说："买木瓜比买花实在，可不知道咋吃呀。你把手机给我，我发个信息问问小亚。"信息内容如下：我们买了一个一斤多重的木瓜。此物是削皮生吃吗？

可以一天吃完吗？

孟亚当时正坐在车子里，跟郑志平去医院给麦建伟送饭。她回了信息：洗净后切成两半，用勺刮着吃。皮不宜吃。最好先吃一半，观察有无不良反应。

为了不给南方的母亲和北方的父亲增加精神负担，孟焱去北京看病之前就想好了理由，说刘金川要去漠河找工作，她不放心跟过去看看。只有孟兰和孟亚知道真相。麦建伟和孟焱一个在深圳住院，一个在北京住院，同时知道这两件事儿的人只有孟亚，但她对两边儿都封锁了消息。远隔数千里，知道不如不知道，还是先自己顾自己吧，这是孟亚的想法。她打电话给孟焱说："你如果做手术的话，通知我，我来北京照顾你。"这句话让刘金川很感动，他抢过孟焱的手机，说："小亚，谢谢你！"

孟亚说："谢啥，那是我姐。"孟亚想，三姐夫麦建伟虽然也在住院，但毕竟有那么多人，众星捧月似的，少了自己这一个没什么大关系。而孟焱就完全不同了，她知道此时二姐和二姐夫的压力有多大。

几天之后，刘金川给孟亚发来信息：肠镜检查结果出来了，病理也出来了，溃疡性结肠炎。医生不主张做手术，说做完还可能复发。现在只能保守治疗，我们过两天就回家。

火车不能从北京直达县城，中途需要转车。在市里的候车室等车的时候，孟焱、刘金川意外地和孟兰、高大龙相遇了，后两位也在等车，准备去乌兰浩特看小雪。孟兰说："小雪怀孕反应太大，她婆婆又得了皮肤病，让我们过去看看。"

孟焱说："爸呢？"

孟兰说："都安排好了，让小涛过去照顾爸，一天做三顿饭，晚上住我家。"

孟焱说："那你们什么时候回来？"

孟兰说："我快，一个星期就回来，这边儿的工作撂不下。你姐夫看情况，可能得待上一段时间。"

高大龙说："我去给人家当保姆，我就这命了。你咋样儿啊？"

孟焱说："诊断还是溃疡性结肠炎，回来保守治疗。不过我这心里踏实多了。"

孟兰说："那挺好。这几天我可担心了，就怕有啥不好。"

孟焱说："你们去乌兰浩特能待就多待几天。我回来了，爸那里我照顾。"

刘金川说："现在又成好人了，不需要我照顾了？"

孟焱说："你这话啥意思？嫌我耽误你出去挣钱了呗？"

刘金川说："那不是，你的命比钱重要多了。你让我在家待着我就在家待着，听你的。"

三天后，麦建伟也出院了。孟美不同意麦建伟这么快出院，医生也建议他休息两周。麦建伟对孟美说："我什么时候这样待过？再住下去，我就成老朽了！"

孟美说："我看你再这样不要命地工作，老朽得更快！"

麦建伟说："不忙不累我不习惯。工作的时候，我有一种神圣感。"

孟美说："你都神圣出亚健康了。医生说了，你才四十岁出头，不抽烟、不喝酒、不打麻将，又没有家族病史，这高血压完全是累出来的。"

麦建伟说："一万年太久，只争朝夕。"

孟美对孟波说："小波，听见没有？这就是深圳精神。你要是有你姐夫十分之一的劲儿头就够了，不用你哭着喊着要求调工调干，人家自然就用你了。你踏踏实实地再学几年吧！"

孟波弓腰点头："是、是、是！"

孟美又说："咱们国家现在是真正的'赶英超美'，闯闯现在在在国外，她的同学也有出国的。我们不出国的，在家里也不能浑浑噩噩地混日子，对家庭对社会也要贡献力量。"

孟波弓腰点头："是、是、是！"

从北京回到东北之后，孟焱的心理负担减轻了很多，但刘金川的情绪却越来越不好。有一次给孟亚打电话的时候，趁孟焱不在家，刘金川说出了心里话："小亚你都没看见，这一年我的头发白了多少。跟你二姐可累了！我一个大老爷们，天天待在家里陪着她，她还老发脾气。你说我跟谁说去？"

孟亚说："我知道你不容易，这两年挣的那点儿钱，都变成路费了！"

刘金川说："我这两年南一趟北一趟的，一点儿钱都没攒下，都在路上折腾没了。你二姐这次去北京看病，又花了一两万块钱。我老这么待着也不行啊，我想我还得出去找活儿干，要不非得憋出病来！"

这时，孟焱回来了，接过了电话。孟亚说："你说你心情好多了，那你也该考虑一下别人的情绪。我二姐夫天天这么陪着你，一个大男人，不容易，你应该对人家好点儿。"

孟焱说："刚才又告我状了？"

孟亚说："你这话就不好听。这两年他四处奔波，挣的钱不多，遭的罪不少，你就别再给他压力了。你是个聪明人，我也不想多话，你总劝我处理好家庭关系，我想你应该会比我做得更好。"

孟焱说："我知道他不容易。你二姐夫挺孝顺的，他妈去世对他打击挺大的。我知道他着急出去挣钱，我支持他出去。现在不是没有合适的活儿嘛，要是联系好了，他随时可以走。"

孟亚说："那你行吗？"

孟焱说："我没事儿。我现在感觉好多了，真的！"

4

麦建伟出院没过一个星期，孟波就惹出了一场大祸。挨了孟美一个耳光之后，孟波被扫地出门了。

麦建伟住院期间，方方面面的啰唆事儿让孟波身心疲惫，心情越来越压抑。他本想借三姐夫生病的机会好好表现一下，等三姐高兴的时候再提一下招工的事儿，可孟美借着表扬丈夫的机会告诫弟弟"再学几年"，这句话让孟波的心凉到了底。老婆孩子丢在北方，自己在南方辛辛苦苦地干，付出的多得到的少，想在深圳扎根的目标遥遥无期。每当孟波提着一篮篮水果，捧着一束束鲜花时，他的心里就拧着劲儿的不舒服。

麦建伟出院后，当阿旺又来找孟波时，他正求之不得，想放松一下。阿旺带着他去了一家娱乐城。就在阿旺、孟波在包房里和两个服务员放肆调情的时候，警察进来抓了个现行，把他们一同带到了当地派出所。还没等警察开始讯问，阿旺就抢着说："他是麦建伟……副镇长……放过我们这一次吧！"

警察说："让他自己说。"孟波就照着阿旺说的重复了一遍。

警察说："把身份证拿出来。"两个人都摇头，说没带身份证。

警察说："按照法律规定，嫖娼每人罚款五千块。"

阿旺说："没嫖娼……罚款我们交。但求求你们，这件事情不要宣扬出去。他是副镇长，要是给单位知道了，影响太坏了。给个面子行吗？"

警察说："怕影响，别出来找乐子啊。"

阿旺说："我们现在先交一部分，没带那么多钱，剩下的明天一定补齐。"

警察说："想玩猫捉老鼠的游戏？这种小把戏我们见得多了。"说着，连续拨了两个电话，一个是114查号台，一个是麦建伟单位的值班电话。放下电话后，警察说："明天上午九点钟准时过来交钱，逾期后果自负。"

第二天上午，麦建伟正在自己的办公室里看文件，两名警察推门而入："你是麦建伟吗？"

麦建伟以为警察是来办公事的，很热情地伸出手："你们好。请坐请坐。"

警察不跟麦建伟握手，而是用疑惑的目光上下打量着麦建伟："昨天晚上，在娱乐城嫖娼的……也不是你啊？"

"嫖……娼？"麦建伟瞪大了眼睛，他以为自己听错了，但脸色已经变得难看了。

这时，孟波推门进来了："麦……"看到有警察在，孟波转身就想往外跑，被警察一把薅住了脖领子。

在孟美家里，孟美用足全身力气给了孟波一耳光，含泪说了一句话："我……养虎为患，不，就是一个只配滚驴粪的屎壳郎。滚！"

孟波倒是出奇的平静，站在房门口一板一眼地说："我不是虎，我是奴隶！我早就想走了，但是在走之前，我要把心里话说给你们听听。三年前，我还把你们当作自己的亲姐姐亲姐夫，但是来到深圳以后，我发现我大错特错了，我是剃头挑子一头热。你们是官和官太太，你们是奴隶主，我是你们的奴隶。我想穿西服打领带都不行，非逼着我穿休闲装，就怕我的形象太好了，盖过你们的风头。……

我从你们身上发现了一个真理，就是官越大话越少，官越大心越狠。我跟桂花结婚的时候，你们就说我是'金玉其外，败絮其中'。我知道你们瞧不起我，嫌我没文凭、没水平，嫌我不会溜须拍马。我恨有钱的人！我恨有权的人！你们太虚伪了！太势利了！不懂感情！不念亲情！我现在老后悔了，为什么不早点儿离开这里。……我就不信，我闯不出一条路来！深圳这座地狱，我一辈子都不想再来了！"

孟波这一大段话不像是随口说出来的，倒像是在脑子里酝酿了很多个日月，时刻准备着上台演讲似的，现在终于找到了机会一吐为快。

孟美跌坐在沙发上，看都不看孟波一眼，感觉他说完了，挥挥手做了一个手势。孟波冲出门去……

5

为了满足日益增长的交通需求，县里的客运站已经拆除准备重建。孟福先这些老人的日常活动场所也随之"搬迁"，转移到了县里的文化广场。文化广场几年前就有，但当时由于缺乏资金、管理不善等原因，场内没有任何休闲娱乐设施，就像是一片荒草甸子，春夏季的时候，甚至能在这里挖到婆婆丁、苣荬菜等山野菜。

现在的文化广场修整得平平坦坦，好多地方都铺上了地板砖，公路边儿还竖起了高高的塔灯。不论白天晚上，这里都人流不断。群众自发组织了一支秧歌队，每天晚上都扭秧歌，冬季里也是如此。孟福先这些老年人主要是白天来，他们坐在广场的台阶上，看看热闹、聊聊天，慢慢地打发着时光。

最近一年来，为李秀云"找工作"又成了孟福先生活中的一件大事儿。李秀云去深圳已经三年了，她再没有提过"找工作"的话题。相反，得知孟福先旧事重提，李秀云还骂他是"扯王八犊子"。李秀云反对继续找工作劳民伤财的态度，孟焱早就转告给父亲了，但孟福先不为所动。孟焱也反对父亲再这样徒劳无益地瞎折腾，她三番五次地跟父亲讲道理。

孟福先说："程立英现在是副县长，正好又主管文教卫生，对口。"

孟焱说："我妈都奔七十岁的人了，这离职都已经几十年了。为了找工作的事儿，以前咱们也没少折腾，要是能成的话，还用等到现在？"

孟福先说："那不一样。以前那些领导一是官僚，二是不懂业务。现在风气正了很多，英子这丫头聪明。"

孟焱看实在说不通父亲，就说："那这件事儿你就交给我办吧，你别老往县政府跑，那儿认识你的人多，给人家知道了，会说你是走后门搞不正之风。再说，你听力也不好，说话费劲儿。"

孟福先说："那行。我说话倒不怎么费劲儿，就是跑不动了，最近这两条腿像灌了铅似的。我知道你朋友多，这件事儿就交给你了，办成了我出钱奖励。"

孟焱打电话给孟亚说："我想来想去，觉得还得用老办法，一个字：骗。先拖一段时间，给爸传递一些假消息，过几个月再告诉他一个假结果。"

孟亚说："也只能这样了。"

孟焱又打电话给母亲说："你是真的不想'找工作'了？那我可想招了，不能让我爸再这么折腾了，他总是为这事儿找我。"

李秀云说："你快点儿想招。用你原来骗我的那招就行。就说工作找回来了，让他别到处瞎折腾了！"

孟福先隔三岔五就问孟焱找工作的进展情况，孟焱就不断编出一个比一个令人振奋的消息。两个月后，孟焱来到了孟兰家，递给父亲一个信封，说："爸，你交给我的任务完成了，这是一次性补偿金两万六千块。你都不知道我费了多大的劲儿，这件事儿纯粹是走后门办成的。你对谁也不能说，家里人也不能说。别给领导添麻烦，再招来举报什么的。"

孟福先特别高兴，问："这个数跟我想的差不多，求人办事花钱没有？"

"那能一点儿不花吗？"

"花多少钱，你别从这两万六里扣，从老徐赔我的那一万五里扣吧。"

"不用扣了。都是朋友，也没花多少钱，吃了一顿饭，送了点儿烟酒，这钱我出了。"

"那我请客，咱们去饭店吃一顿。"

孟福先的这一提议得到了北方孟家人的一致响应。除了孟焱，其他人都不明就里，以为孟福先想热闹一下，大家就一块去饭店高高兴兴地吃了一顿。

高大龙开玩笑地对孟涛说："老爷子现在变了，出手大方了。"

孟涛说："是变了一些。"

两天以后，孟福先拄着拐杖来到了孟焱家，说有事跟孟焱商量。孟焱吓了一跳，以为孟福先看出了什么破绽，便故作镇静地问："又啥事儿？你也不让我喘口气！"

孟福先说："我想跟你妈来个了断。"

孟焱愣了一下，问："了断？怎么了断？"

"我昨天给你妈打了电话，我说把找工作的钱给她寄去，她一点儿也不领情，让你把钱存上，说她不回来了。我们的婚姻名存实亡，该了断了。"

"都这么大岁数了，你还有啥想法啊？"

"那你就别管了。"

"男男马上就要高考了，我一天吃不下睡不着的，你能不能再等一两个月？"

"一两个月，那我能等。"

孟焱赶紧在深圳的母亲打电话，把孟福先要离婚的事情说了。李秀云说："男人就是不要脸，都要进棺材了，还想找小老婆。"

"我爸说一打电话你就不耐烦，不愿意跟他说话。"

"有啥说的？你爸一来电话，就是吃得怎么样？拉得怎么样？睡得怎么样？老三样。就那几句话，听够了！"

"这老三样，对你来说不是最重要的三件事儿吗？我爸这是关心你，你就是烦了，也得应付他几句呀。你也可以问问他大事小情的，让他觉得你也挺关心他的。"

"那我也问他吃得怎么样？拉得怎么样？睡得怎么样？他一天能吃能睡的，我这不是废话吗？"

"这是有用的废话，必要的废话。你总拒绝人家，现在麻烦来了吧？你遇事脑子也转个弯儿。他问你回不回来，你就说过几个月等天气暖了就回来呗。"

"我也没想那么多呀，我哪有你那些心眼儿。"

"那我跟我爸说你不同意了断。他要是再给你打电话，你就拖着他。"

"行。"

李秀云放下电话，又去门前整理垃圾。小院儿里摆满了各种废品，有成捆的塑料和一大堆纸壳。这时，孟美来了。李秀云低着头忙得正起劲儿，没注意到孟美不悦的表情。

孟美皱着眉头说："别忙了，准备搬家吧。"

"搬家？往哪儿搬？"

"你天天弄这些垃圾，熏得四邻不安，人家都找物业投诉了。房东刚才打电话给我，都骂祖宗了！"

"管她骂啥呢。给她租金了，我愿意怎么住就怎么住。"

"她老公是混社会的。她说这个月底必须搬走，不然她就过来打人。"

"让她打吧，我不怕死！"

"你不怕死，我们还怕死呢。月底搬家，剩下的租金我也不要了！"

"不要不行。你交了半年的租金，我才住了四个多月。"

孟美高声说："不是我不要了，是人家不给了。你现在就是不捡垃圾了，人家这房子都不给你住了！"

半个月后，孟美找了一辆车，带着几名工人过来了。东西装到一半的时候，孟亚和郑志平也来了。孟亚说："这个折腾，不到一年，搬了两次家了。"

孟美说："这老娘，真不让咱们省心！"

孟亚说："北方的老爸也一样。咱们老了可别这么多事儿，就一个孩子，扛不住。"

孟美说："我肯定不会。"

孟亚没接话，心里却说："老孟家姐弟六个，事儿最多的，标准最高的，你数一数二。"

第十五章

1

孟亚的律师业务逐渐步入正轨，虽然十分辛苦，但经济上的回报令人欣慰。孟亚做事踏实，待人真诚，这是她开启事业之门的金钥匙。

之前的那宗行政诉讼案虽然败诉了，但当事人又委托她代理了一宗其他诉讼，并且还给她介绍了朋友的案件。老百姓打官司喜欢找熟悉的人，很多律师的业务都是这样或快或慢地"滚雪球"。行政案件败诉在诉讼时效上，这是当事人自己的原因造成的，他对孟亚的工作态度和能力十分认可。孟亚觉得最初是律所主任的案源，就想让当事人再委托主任来做，她当助手，这样不至于让人认为她是在"撬行"。但当事人不同意委托主任代理，孟亚只好私下跟主任说明了情况。主任说："案源确实是从我这里来的，你独吞全部律师费，不合适吧？""独吞"二字让孟亚感觉特别刺耳，她之前还有的一点儿不安顿时云散，说："那我就不接他的案件了。"主任说："那不行，这会影响律所的业绩……这么着，你可以独立办案，但律师费咱俩六四分成，你六我四。"孟亚看着主任不说话。主任又说："要么七三分成也行，你七我三。只是有言在先，你别跟我讨论他的案件。"孟亚起身走了，留给主任一个手势：中。

在杂志社工作快两年的时候，郑志平失业了。准确地说，是在孟亚的逼迫下，郑志平不情愿地失去了这份工作。这一事件成了夫妻二人矛盾升级的导火索。

郑志平在杂志社的三个月试用期满后，工资从一千五百块涨到了两千块，到他失去这份工作时，一个月已经有二千五百块的收入。尽管飞飞高考前的生活如同炼狱，但她的成绩让孟亚两口子心里还是比较踏实的。眼看着上升期的日子越过越有希望了，可一个看似好机会的来临，却让这个三口之家的生活出现了危机。

突然有消息说，杂志社的领导争取到了一批指标，可以安排部分招聘员工调干或者调工。郑志平下班儿后告诉了孟亚这个消息，说："听说调干有三个条件，一是在杂志社工作两年以上，二是要有中文本科学历，三是中级职称。"

孟亚听了非常高兴，说："这三个条件简直就是为你量身定做的。你就是命好，什么事儿都赶点。当年回县里当记者的时候，老叔跟你们局长是朋友，一句话就搞定了。你第二次来深圳才一两个月，三姐夫就帮你找了这份工作，现在又赶上了这么好的调干机会。我来深圳多少年了，阴错阳差的，到现在还是自己打天下。"

郑志平说："现在还说不准，都是大家私下里传，还没有正式公布呢。"

郑志平的这句话简直就是对自己命运的一句谶语。几天后，单位开会公布了调干的条件，第四个条件把郑志平卡住了：年龄。文件要求年龄在四十五周岁以下，郑志平超了一个月。

得知了这个结果之后，这个三口之家充斥着压抑的气氛。那两天，郑志平更是处于失语状态，回到家里除了做饭、吃饭、做家务外，一闲下来就是看电视，遥控器在手里一握就是几个小时。

郑志平现在似乎对任何一类电视节目都感兴趣，几乎是来者不拒，就连烹饪节目他也看得津津有味，有时候还在本子上记一些配料和烹饪方法什么的，可孟亚从来没吃过他照样学样做的菜。郑志平气定神闲地看着电视，全然没有注意到孟亚早就变了脸色。

有一天，孟亚终于忍无可忍了，说："天天看电视，看了二十年了，还看不够。现在都什么时候了，你就不能看看书？天天掐着遥控器盯着电视看，你怎么就坐得住？一点儿上进心都没有！"

郑志平的视线终于离开了电视机，表情变得十分不悦，说："谁没上进心？在北方，我差不多年年都是先进工作者，获奖证书一大堆。你说话别这么不负责任。"

"那些先进工作者和获奖证书谁都有，我的比你的还多呢，可这些东西现在一文不值。在北方的时候，你就是这么不紧不慢得过且过，还说什么'顺其自然'。你顺了二十年，就顺出今天这么个结果。"

"顺其自然咋的？如果不来南方，你最低是副主任，我也早就是电视台的副台长了。要不是你瞎折腾，能有今天？"

"我瞎折腾了吗？南方不好吗？深圳不好吗？飞飞喜欢深圳，我也喜欢深圳。北方那个小破县城，冬天连个树叶都看不见。飞飞得过肺病，需要呼吸新鲜空气，现在她的脸也不犯冻疮了。得过且过地苟活着，有意思吗？你要是觉得有意思，你现在可以回去，没人拦着你。要不是我拼命地往外逃，咱们家能有今天？"

看到孟亚哭了，郑志平不说话了。

孟亚说："你活得太被动了，什么事儿都靠别人牵着，从来就没见过哪一件事儿是你自己主动做的。跟你在一起，我太累了！"

郑志平又说话了："我没让你累，是你自己找的。该做的事儿，我都做了！"

"你做什么了？该说的话都不会说，一天到晚不知道你心里想些啥。"

"沉默是金。"

"天天沉默，那是哑巴。你的工作和飞飞转学都是三姐夫帮的忙，人家的房子我们白住了好几年，你一句感谢的话都没有。你知道人家多大意见吗？你要是一个顶天立地的男人，我能这么累吗？出来打天下，应该是老爷们的事儿，可咱家反过来了。我身体都累出病来了，还咬着牙在外面闯荡。这么多年我吃了多少苦？承受了多大的压力？我忍着不说，你现在还反过来埋怨我。你嫌飞飞吃饭慢做事磨蹭，你知不知道毛病就是从你这儿来的？就连走路你都没有我走得快，每次都是你跟着我走。还有早晨做饭，本来时间就紧张，应该把饭下锅后再洗脸刷牙什么的，你非得反过来，弄得紧紧张张的。要不就是饭没熟，要不就是烫嘴吃不下去。"

"你以为别人都得跟你一样啊？你咋那么多破事儿呢？你这性格跟你妈一样……"

孟亚怒发冲冠："你放屁！说白了，你就是自私！连飞飞都嫌你没有上进心。你这种人，根本就不应该来深圳。要不是三姐夫给你找了这份工作，你能干什么？你会干什么？你说给我听听！"

郑志平的自尊心受到了极大的伤害，提高声音说："干啥不行？我还能饿死啊？"

"我看你当保姆行。深圳保姆荒，男保姆更少，像你这样的，会做饭炒菜蒸馒头，还会开车，去富婆家里当保姆最合适！"

"不用你给我安排。以后不要对我指手画脚，我不靠你养活。"

"你那么有志气，咋还在杂志社干呢？给你找这份工作的是麦建伟，他是我姐夫，他帮你就等于我帮你。你不靠我靠谁？等那些员工正式调进来了，杂志社分分钟都会把你们这些临时工扫地出门。你现在是停薪留职，北方又涨工资了，你要是回原单位，一个月能开一千多呢……"

郑志平说了句"你别放屁了"后，生气地关了电视，把遥控器摔在茶几上，进房间躺下了。

过了一会儿，郑志平又从床上起来了，拿着车钥匙出了门，去学校接飞飞。高考前的两个月里，心理压力大加上严重失眠，飞飞已经出现了体力透支的问题。在与学校领导和班主任沟通，并出具了医院开出来的病情诊断后，飞飞被批准回家住宿。飞飞每天晚上十点钟下晚自习，回到家差不多十点半。孟亚和郑志平有分工，一个去学校接飞飞，一个在家里给飞飞做夜宵。

飞飞回到家时，孟亚已经准时把饭菜摆上了桌，这是一条严格的规定。吃饭当作休息，吃完饭冲凉，然后还要看书到十二点钟才能睡觉，天天如此。

飞飞坐下来吃饭的时候，孟亚和郑志平也坐在桌前看着她吃饭，表现得跟平时一样若无其事，飞飞也没有发现父母之间有什么异常。

孟亚的手机响了，她拿着手机进了自己房间，边走边说："……你要不要再考虑一下？噢……好好，明天去，我在律所，见了面再详谈……"重新回到桌前时，郑志平到阳台洗衣服去了，飞飞刚拿回来要洗的校服和床单。

飞飞问："又是当事人的电话？"

孟亚说："是，一个当事人要离婚。"

飞飞一向对案子比较感兴趣："男的女的？"

"女的。做生意的，很有钱，至少有上千万吧。他老公有单位，工作挺稳定的，一个月工资五千块。她嫌她老公不上进，她老公嫌她太能赚钱，两个人现在经常吵架。以前他们的感情很好，大学同学，郎才女貌，那个男的在内地时是大学教授。"

"人真是越好越想好，这么好的条件还闹离婚。"

"你小的时候，在北方，咱家没房子住，你大姨大姨父看不下去，把他们家新盖的房子西头贱卖给咱们。我和你爸工资低，这个月还一百，下个月还五十，还了好几年呢。那个时候我就想，等我还清了房款没有饥荒那天，我一定在地上蹦三个高，好好喊一嗓子。"

"那后来呢？蹦了吗？喊了吗？"

"好像没有。生活在变，很多东西都在变。"

"我们班有好几个同学的父母都离婚了，差不多有十个吧。"

"你怎么知道的？"

"学校有统计。"

"你看他们怎么样？学习和精神状态方面有没有影响？"

"也没太看出来，好像都还可以。可这事儿上哪儿看去？他们心里肯定不好受。"

"那也不一定。我看过一篇文章，是一个中学生写的，还是个女孩子。她说她父母经常吵架，可为了她，他们却没有离婚。女孩子说，她希望父母离婚，吵架让她更难忍受。"

"所以说，人是不一样的嘛。"

孟亚笑着说："如果我跟你爸离婚，你会怎么样？"

"那你们先把我杀了。"

第二天，在自己的办公室里，孟亚与董女士进行了一次关键性的对话。董女士已经到了"不惑之年"，但穿戴时尚前卫，低领衫超短裙，纹了眉眼漂了红唇，金黄色大波浪披肩发，一对硕大的红色耳环……

"人生太漫长了，我们缺乏足够的耐心。我们还需要培养强大的心灵，来对抗死亡时时带给我们的颓废念头。家庭是什么？爱情是什么？一场游戏一场梦！要想保持所谓的家庭稳定，我们必须对人生有足够的张力，对生活有足够的毅力，对感情有足够的耐力，对失望有足够的忍受力。我们很多人不具备这种能力，或者不想具备这种能力。繁花似锦也就意味着百花凋零。因为我们活得太久了，一定会面对这种结果。只不过有的浮现在表面，有的潜藏进内心而已……"董女士一开口，孟亚就对她的穿着打扮比较容易接受了。

"你不是说你们曾经恩恩爱爱十八年，还有一个聪明可爱的儿子？"

"那又怎么样呢？他是有很多优点，比如聪明好学，尽管是曾经好学；比如年轻英俊，即使现在，他看上去也比我年轻；比如体贴周到，这十八年来我没下过厨房；等等。他的优点确实不少，但他的缺点也一样多……我也不想说了。反正现在的情况就是这样，优点看够了，缺点受够了，都够了，那就算了！"

"如果生活可以重来，你还会是今天这种选择吗？我是说，还会来深圳吗？"

"会，一定会的。生活奔腾不息，脚下永不停步。"

"那如果你不是今天这样富有，你们可能不会离婚，是吗？"

"这个有可能，极有可能。"

"那你后悔有钱吗？"

"后悔有钱？如果你现在有二十万，而你知道你可以有两百万两千万，你不想吗？"

"既然你有那么多钱，你们就不能和平分手吗？毕竟共同度过了十八年的美好岁月。"

"和平分手？不可能啊！对他不可能，对我也不可能了！我本来是打算和平解决的，可现在，他已经起诉在先了，并且查封了我的部分财产，我也只能战斗到底。"

这的确是一场战斗——从花好月圆，到刀光剑影，人世间的爱恨情仇都被婚姻设下的迷魂阵暗算了。

观点、态度和情绪是可以传染的，董女士对婚姻的一些感受引起了孟亚的共鸣。几天以后，孟亚和郑志平又连着吵了两架，两次都与车有关。

第一次是因为郑志平在加油站打手机。给车子加油时，郑志平下车准备交钱时手机响了，他掏出手机就接通了电话，在加油站里转着圈说话。坐在车里的孟亚感觉头皮都要炸了，她推开车门冲郑志平喊了一声"别打电话"，加油的那名员工也冲郑志平做了一个停的手势。可郑志平还是在加油站里晃晃悠悠地说个不停。孟亚的火气一下子就上来了，等郑志平交完钱坐进车里时，孟亚厉声说："怎么能在加油站打手机呢？飞飞她白姥经常告诉我们不要在加油站打手机，说打手机会引起爆炸。七十岁的老太太都知道的常识，你不知道吗？"

孟亚的态度让郑志平吃不消，他没好气地说："爆什么炸，这不没爆炸吗？"

"那万一要是爆炸了呢？"

"爆炸了就死，有什么了不起的！"

"你死你是自作自受，让别人也陪着你死算是怎么回事儿？对自己不负责任，对别人也不负责任。这件事儿就像一面镜子，能看到你无所谓无所求的生活态度。你简直就是没长脑子！"

"你长脑子了，一天净屁事儿。"

孟亚虽然气得要死，但她不想再说什么了，她担心一旦郑志平气昏了头，开车会出意外。

第二次是因为停车。飞飞说手上在用的电子词典词汇量不够，想换个好一点儿的，孟亚和郑志平就去一家电子商场买电子词典。为了走捷径，车子可以从一家小区穿过，孟亚提议把车子停在小区里，走几步就到商场了。郑志平一下子就火了："停什么小区，就停商场门口得了呗。"

郑志平的突然变脸让孟亚始料未及，她随即也火了："停小区里不是安全吗？"

"停哪儿不安全？小区里收费。"

"不就五块钱吗？"

"五块钱不是钱啊？多此一举！"

"什么叫多此一举？最近一段时间附近丢多少辆车了，你没听人家说吗？"

"我们的车装 GPS 了，丢了有人赔。"

"就算有人赔，那得折腾多长时间才能拿到赔款？就为了五块钱，看把你算计得，小事儿往死里认真，大事儿一塌糊涂！"

方向盘在郑志平手上，尽管孟亚气得要命，可郑志平还是拗着把车开出了小区，停在了电子商场门口。孟亚下了车，郑志平锁好车也跟了过来，被孟亚一顿抢白："连二十六个英文字母都不认识，你来有什么用？别跟着我，我自己走路回家。车上少一个人，还能给你省点儿油钱！"

郑志平气得转身就奔车子去了。孟亚连头都没回，一个人进了电子商场。她的脑海中突然又冒出一句话：对于生活或者对于很多人来说，所谓的爱情和写作一样，只是杯底的那几粒砂糖，绝对不能当饭吃。

2

经过炼狱般的折磨，飞飞和男男终于完成了高考。飞飞考取了广东某医科大学，成绩高出录取分数线三十多分。男男报考的是美术学校的服装设计专业，他的成绩刚到录取分数线。孟焱说她这么多年来信佛行善，在儿子高考这件大事儿上终于得到了大回报。

这一年也正是一庶即将升入初中的关键时期。每年的这个时候，找人托关系把孩子分到一个好的班级，有一个好的班主任，都是许多家长心头的头等大事儿。孟涛和冯燕平时就对一庶的学习抓得很紧，他们分析了儿子的各科成绩后，希望把孩子分到一个数学和英语老师都比较强的班级。

一庶上学的事儿几乎全放在了二姑孟焱身上，她四处奔波找关系，终于把一庶安排到了最理想的班级。孟涛和冯燕自然感激不尽，姐弟关系渐趋融洽。但同时，另一件迫在眉睫的事情又出现了。为了让一庶上中学后回家方便，孟涛和冯燕决定在中学附近买房子，但这里的房子价格是县城里最贵的，也就是所谓的"学区房"。

孟焱给孟亚打电话的时候，无意中说了孟涛想买"学区房"这件事儿。孟亚随即又给孟美打电话，有意地说了这件事儿，还说孟波和刘桂花也有买楼的想法。孟亚想给孟涛和孟波一点儿帮助，但她自己能力有限，每个月还在按揭供楼。孟美给孟亚的答复是："以后再说。"

李秀云也知道了孟涛想买楼，打电话给孟亚说："我在你三姐跟前都提两次了，你三姐都没搭腔，我猜她可能是不愿意出钱。这些年来，你三姐东一抿子西一抿子，没少给这几家花钱。"

过了半个月，孟美打电话给孟亚，说："我想给他们三家平均分配，每家三万。

这个想法我以前就有。大姐欠我的那几万块钱我也不要了，算我送她和大姐夫的。爸在他们那儿，他们挺辛苦的。"

孟亚吃了一惊，说："你……这也太多了吧？我也想拿，可我没有这么多啊！"

孟美说："你就别拿了，房子还没供完呢，别'瘦驴拉硬屎'了。以前我没这样说过大姐，现在这句话给你补上。"

孟亚说："那不行，瘦驴也得拉点儿硬屎，我先给小涛和小波一家一万吧，他们都急着买楼。大姐和二姐那儿我估计她们不要。去年小雪结婚的时候，你想拿一万，我想拿五千，大姐都没要，只收了一千块。"

果然，孟焱坚决反对孟美汇钱。她不但自己不要这笔钱，也不让汇钱给孟涛和孟波。孟焱很少给孟美打电话，这一次竟然单刀直入了，说："我告诉你，钱的事儿免谈。我不给你账号。"

孟美说："我现在有这个能力，你何必这么强撑着呢。你不给我账号，我就直接汇给小涛和桂花，大不了花点儿邮费。"

孟焱说话就有点儿不好听了："我知道你有钱，可我们也没到活不下去的地步。你们拿钱也太不当回事儿了，小亚都让你给带坏了！"

孟美哪里受过别人的指责，一下子就急了，说："怎么是我把小亚带坏了？是小亚把我带坏了还差不多！你们要是不说，我怎么知道小涛和小波要买房子？我不是地主老财没有金山银山，我一片好心拿出这么多钱来，你们还七三八四地说一大堆。行了，别说了，没意思！"

孟焱又打电话给孟亚，说："你三姐让我给得罪了，我没想到她会生那么大的气。"

孟亚说："这就是老孟家人的特点，心肠不坏，脾气不好，好事儿往往都办不好。"

孟焱笑了，笑得有点儿无奈："我也不会说话呀，那咋整？不过我告诉你，这钱绝对不能汇，而且根本就不应该汇。"

之后的一天，孟亚去孟美家看母亲，孟美抱怨说："咱们家人可真是让我开了眼，我拿钱出来还成了罪人似的，我这两天心里憋屈得要命！"

孟亚笑着说："其实都是好心。二姐总说你们也不容易。"

孟美说："那她说话也不能那么冲啊，可难听了！"

孟亚说："这南方北方的，隔着几千里远呢，在电话里都能打起来。"

孟美说："可不是嘛，电话里都能打起来。咱们家人这种性格，真闹心！老麦家没一个这样的。"

孟亚推了孟美一把，半开玩笑地说："那你是老孟家人，还是老麦家人？"

李秀云说："她是老孟家人。"

这时，电话响了。孟美接完电话说："你姐夫又催了，让回去吃饭。他一回家就找我，像小孩儿找娘似的。"

孟亚说："那好啊，说明他依赖你嘛。"

孟美说："小亚，你要不要去看看我婆婆的房子？你还没去过呢。"

孟亚听出孟美话里有话，就说："我去，正好看看麦叔麦婶。"

李秀云搬来孟美家以后，就把三女儿两口子赶到她公婆那边儿住了。李秀云是人多嫌吵闹，人少又嫌寂寞。麦建伟是领导，家里免不了电话不断、宾客不断，李秀云不喜欢，孟美就依了她，把房子让给她一个人住了。

孟美并没有带孟亚去看房子，一坐进车里孟美就说起了母亲的事儿。孟美说："妈刚来的头两个月还挺好，现在垃圾捡得是越来越厉害了。她把我们撵走，其实就是为了方便捡垃圾。现在我每次回去，阳台里都臭烘烘的。不光捡垃圾，人家扔的不爱吃的那些东西，包子馒头什么的，她都往回捡，在锅里热一热就吃了，她也不怕被毒着。"

"妈捡垃圾早都成瘾了，怕是改不了了。"

"你是知道我干净到什么程度的。我一看见那些垃圾，回家饭都吃不下去。她咋就缺那几个钱了？"

"妈早就说过了，不是钱的事儿，她闲着难受。再说，自己挣的钱，不管多少，她心里舒服一点儿。后半辈子没有工作，她太痛苦了。我倒是挺理解的。人如果经济上不独立，人格就无法独立，人格不独立，精神就会痛苦不堪。这是这么多年我从妈身上悟出来的真理。"

"别跟我在这里夸夸其谈。妈只会考虑自己，不会考虑别人。现在她连饭都不用做，都是我公婆我小姑子他们送。可她事儿可多了，炒土豆片没放芹菜了，葱花切顺丝没切横丝了，饺子馅肉太多了，反正一点都不将就。你说人家有啥义务伺候你呀，还不是看在我的面子上。我都不知道我哪辈子修来的福，找到了这么好的婆家，个个都宠着哄着我和你姐夫，从来没有半句不知轻重的话。"

"咱那是问题母亲，问题的祸根三十年前就埋下了，不论走到哪儿都会有问题，不是这样的问题就是那样的问题。你就知足吧，妈还没跟你住一起呢，要是在一起吃住，还不知道还有多少事儿呢。当初和我一起住的时候，那些花样翻新的事情你想都想不出来。"

"我现在可担心了，说不定哪天她就把贼给招来了。她要卖废品的时候就把收废品的人领家来了，房门大敞四开。现在坏人这么多，我告诉过她多少次了，等我回去的时候再卖，怎么说都不听。还有一次她忘带钥匙了，我回来给她送钥匙，刚走到楼梯口，就听她跟对门说咱爸的事儿。"

"妈的精神不太正常，现在都有点儿糊涂了。我都跟她说过几次了，不让她跟外人说家里的事儿。"

"我和你姐夫在外面都可好脸了，你姐夫现在又是提拔镇长的候选人，一天都能干出四十八小时的工作效率，就是这老娘总是给我们扯后腿。有好几个人跟我和你姐夫说，你们是不是虐待老人啊，老人没钱花只得出去捡垃圾。她现在一点都不关心我，这个缺钱了，那个找工作了，什么事儿都找我。"

"她是看你有能力嘛。"

"我看她是有仇富心理。你劝劝她吧，再捡垃圾，我真受不了了！"

"行。那你给北方……钱还汇不汇了？我好像有二姐的账号。"

"汇。要是不汇，我看你都不能放过我。北方的事儿你变着法地跟我说，不就是这个意思？二姐还说我把你带坏了！"

"你哪儿坏了？这是好事儿。你一说拿那么多钱，都把我吓了一跳，特别感动，血缘亲情啊！"

孟美不领情，带着半嘲讽的口气说："啊，是吗？头一次听你说这么好听的话。"

孟亚趁机拥抱了一下孟美，做出要亲她的假动作。孟美连忙说："你可是抓住我的软肋了，我最受不住别人的温柔以待，你要是再亲我一口，说不定你就像那'拍花'的，我就迷糊了。这法律学得长能耐了！"

"我可不敢亲你，亲之前还不得刷三次牙呀！"

"你这不是嘴巴挺灵活的嘛，怎么一到交际场合就呆了呢？"

"我是社交恐惧症，适合单打独斗。"

"什么叫适合，什么叫不适合？还不是环境造就人。人要总是迁就自己，到最后这个世界就不迁就你了！二十年前你姐夫什么样，像个小娃娃似的，现在……我都可崇拜他了！虽然心疼他工作太拼，但来深圳想干一番事业的，有几个不是拼过来的？这不，硕士研究生毕业了，现在又开始读在职博士了。"

孟亚嘴唇颤抖了一下，说："……真是太强了！"

孟美说："镇领导还想提拔我当办公室主任呢，你能想到吗？我要是当领导，能力水平也不比你姐夫差，办事的严谨周到可能比他还强呢。"

孟亚说："我也觉得你是个全能型人才，文笔好，口才好，组织协调能力超强。办公室主任的工作是眼观六路耳听八方，你一定能胜任的！"

孟美说："我对仕途没有任何想法，再说你三姐夫这么忙，家里的大小事情全都是我操心。一边是理想信念，一边是人间烟火，总得有所牺牲才能有所平衡。我现在的目标就是当个"三好学生"——好妻子、好母亲、好女儿，前两个好我早就达标了，就是老娘不肯给我打满分。你赶紧去开导一下老娘，她都快把我整冒烟了！"

孟亚又返回了母亲家，说了孟美不让她捡垃圾的事儿："我三姐都哭了。你住得离他们单位这么近，天天捡垃圾，单位的人都知道了，对他们的影响可不好了。"

"哎哟哟，捡废品又不是偷，又不是抢，咋就给他们丢脸了？还哭了？你扒瞎！"

"我三姐那干净劲儿，像你，像以前的你，不是现在的你。其实她比你还干净呢。你现在弄垃圾把人家家里弄成这样，我这邋遢人都觉得脏，你说她能受得了吗？"

"受不了就不来了呗，她又不是没地方住。"

"这是她的家，她能不来吗？人家一家三口都喜欢看书，书房里那么多书，也搬不走啊。你看你现在多享福，吃的穿的都是现成的，没事儿你就擦擦灰，或者出去溜达溜达。他们一天可累了，你帮不上什么忙，就别给他们添心烦了。这两三年，我三姐都有白头发了。垃圾就别捡了，行不行？"

"行吧，我不捡了。我这两天感冒了，饭也吃不下，浑身没力气。到时候了，干不动了，不捡了。"

"真的？"

"真的。你告诉你三姐，我不捡了！"

孟亚走的时候，告诉李秀云把门关好。李秀云说："你走吧，我去开信箱拿报纸。"

李秀云从信箱里拿出了报纸，还有一封信。一看落款，是北方来的。李秀云拿着信进了阳台，戴上老花镜，坐在小凳子上，慢慢地看信。

秀云：

听孩子们说你的失眠和便秘都好了，我很高兴。我现在的身体却是一天不如一天了。原来你常说要走在我的前面，现在情况可能要反过来了。

你在深圳一待就是三年多，现在也没有回北方的意思，看来我们的夫妻情分真的尽了。我写这封信的意思就是想告诉你，我们还是有个名正言顺的结束为好。

你我虽然夫妻一场，共同生活了四十九年零六个月，但我知道，你恨了我几十年。1962年时逢国家"精兵简政"政策，我作为院长以身作则让你退职了（用今天的话叫"下岗"），这是你恨我的主要原因。你还嫌我不懂夫妻感情，性格不好。我承认，我有很多缺点。我的缺点就是你的优点：你干净勤快，老实本分，过日子精打细算。这几十年，如果没有你对这个家的无私奉献，没有你对我和孩子们的精心照顾，没有你对孩子们一丝不苟的严格教育和管束，我们就不会有今天的好生活，孩子们也不会个个都有正事儿，有出息。你劳苦功高！

　　现在我们都老了，晚年生活虽然孤独寂寞，但这样的日子也不多了。很多事情即使后悔，也没有多少时间弥补纠正了。唯一能够让我感到安慰的是，在我有生之年，我终于对你的工作问题有了一个交代。县里一次性补助了两万六千块，小焱替你保管着。这封信，算是我的《忏悔书》吧，对过去所欠你的一切，做一个形式上的弥补。

　　……

　　李秀云把那封信丢进眼前的废纸堆里，哼了一声自言自语道："你个老东西，跟我来这套。嘴甜心苦，一辈子了，我还不了解你？"

3

　　刘金川去南昌打工是奔老乡孙世民去的。都说"老乡见老乡，两眼泪汪汪"，但料想不到的是，刘金川尝到了打工生活的另一种辛酸。

　　这是一家私营长途货运公司，在南昌和西安两地往返。刘金川这次开的大货车是以前从来没有开过的，车身有十四米之长，往前开当然没问题，但倒车的时候对技术的要求就相当高了，加上公司储货的场地不大，更是增加了倒车的难度。第一次倒车的时候，刘金川倒了五六把才把车倒进院子里。许多工人在旁边儿看到了这一幕，脸上什么表情的都有，而孙世民那张脸更是难看，他当时就把刘金川狠狠地损了一顿："就这水平，还让我给你联系活儿，净给我丢脸，你让我跟马老板怎么交代？"

　　刘金川脸红耳赤浑身冒汗，说："第一次开这种大长车，以前的那些货车我开得很熟，带干不干的也有两年了。"

　　孙世民不爱听了："说这些屁话有什么用？这事儿要是给马老板知道了，要炒你的鱿鱼我可帮不到你。手把这么差，还敢出来混！"

　　刘金川比孙世民大六七岁，被小老弟这样没脸没皮地一顿数落，刘金川的心里难受得不得了。在北方的时候与孙世民有过一面之交，加上孟焱和孙世民的老婆曾经是同事，哪里想得到孙世民这么不讲情面。刘金川担心会因此丢掉这份来之不易的工作，那些天里他吃不好睡不着，连做梦都是倒车的时候东碰西撞，一身的热汗接一身的冷汗。

没过几天，这件事儿就传到了马老板的耳朵，但万幸的是老板没有明确表态。孙世民对刘金川说："马老板是看我的面子才没有炒掉你。我在这儿干了三四年了，谁也不敢小瞧我！"

事实上也确实如此。刘金川很快就发现，孙世民的本事确实不小。一是孙世民会处理人际关系，他见什么人说什么话，这一点刘金川到死都不可能学会。二是孙世民鬼心眼儿多，会揽私活儿赚外快。工资之外的其他进账，差不多赶上半个月工资了。三是孙世民不是个贤良之辈，管不住自己也不想管住自己。在外面又嫖娼又养小妍，用的就是揽私活儿赚来的钱，而工资一分不少都寄回北方了，他老婆还以为自己找了一个好丈夫。

更要命的是，孙世民跟小姐或者小妍厮混的地点就在宿舍，那也是刘金川的宿舍。每当孙世民大张旗鼓地把女人领回来的时候，刘金川就得找个借口躲出去，一躲就是半天，直到孙世民打电话给他，说："你回来吧，完事儿了。"有时候孙世民出车跑长途都带着小妍，本来刘金川是副驾驶，硬是被孙世民给撵跑了，刘金川只得求别人的车带他一段路。

孙世民对刘金川生气，不只是嫌他不灵活，更主要是嫌他不听话。刘金川刚来的时候，孙世民一往宿舍领女人，就半玩笑地对刘金川说："给你也找一个玩玩？"刘金川吓得赶紧摇头摆手："拉倒拉倒，我不来！"孙世民说："咋的，害怕呀？"刘金川就支支吾吾地说："不……是。"孙世民说："到底是……还是不是啊？"刘金川就憋出一句话："我没你那本事，有魅力，又有钱。我啥都没有。"孙世民说："你不是男人啊？找小姐没钱，找大姐还没钱？"

刘金川觉得孙世民实在太不像话了，如果自己不想出个好办法来，很难躲过他的步步紧逼。有一次，刘金川装作痛苦万分的样子对孙世民说："老弟，有件事儿我憋了十来年了，可一直说不出口，太丢面子了。"

孙世民一下子来了兴趣似的："真的？怪不得我玩女人的时候，你一点儿反应都没有呢。那你的儿子哪来的？"

刘金川说："原来好使，可好使了。后来不是辞职自己整车了嘛，从那以后就不行了，越来越不好使。"

孙世民说："你呀，心理素质真不咋的。"

倒车技术不过硬，已经让刘金川如履薄冰，再加上孙世民变化无常的性格，更是给刘金川雪上加霜。刘金川打电话给孟焱说不想干了，孟焱说："你先说说活儿累不累吧。"

"活儿倒不咋累，比我以前在广州的时候强，每个星期都能休一到两天，工资也比以前高点儿。说实话，这份活儿我倒是挺想干的。"

"那就干，咋不干呢？倒车倒不好，你就继续练呗。遇到这么点儿困难就打退堂鼓，你还能干啥？"

"孙世民现在让我都有点儿捉摸不透了，我感觉他希望我走，可能有点儿后悔给我介绍了这份工作。"

"他是不是怕他的那些丑事儿被老婆知道了？"

"应该是吧。在这儿打工的，就我们两个是老乡，别人知道他的那些事儿，他也不怕。"

"你不要想那么多，就专心干你的活儿。只要老板不炒你，咱就一直干下去。另外，你也得学着会来点儿事儿，别没啥本事还老想打抱不平啥的。管住你自己那张嘴，别乱说话！"

"我在外面闯荡了好几年，现在这些事儿我都很注意了。我想你在家里也跟孙世民老婆拉拉关系，给她买件儿衣服什么的。"

"这边儿的关系我会处理，关键还是你跟孙世民的关系。他不是抽烟吗？你买两条烟直接送给他不是更好？"

第一个月开支的时候，刘金川给了孙世民三百块钱。孙世民平时抽的都是中华烟，刘金川虽然不抽烟，但他知道这种烟很贵，一条软中华七八百块，一条硬中华也要三百块。刘金川担心万一买到假烟就亏了，所以决定直接给钱，既方便又好看。孙世民当时把钱接了过去，连客气话都没说一句，但第二天又把钱给刘金川退回来了，也没做任何解释。

孙世民这种又收又退的奇怪行为，让刘金川更摸不着头脑了，他打电话给孟焱。一向有主张的孟焱这一次也分析不明白了，不知道孙世民是嫌钱少，还是觉得这钱不应该收。这样一来，刘金川在孙世民面前更加谨小慎微了，平时生活上是孙世民的服务员，出车的时候，基本上都是刘金川开车，一开就是十一二个小时。孙世民发脾气的时候，刘金川尽管心里憋得快要爆炸了，诅咒孙世民快点儿死，可他表面上既不辩解也不生气，除了点头就是笑，一副无比恭敬顺从的样子。刘金川只有一个心愿，什么时候能跟孙世民分开，不做他的副驾驶了，自己的苦日子就到头了。

孟亚经常给二姐孟焱打电话，担心她的身体，又怕她孤单寂寞。当年自己在外闯荡四五年，一家三口聚少离多，孟亚知道这种日子的滋味，何况孟焱现在的情况还不如她当年。

孟焱跟孟亚讲了刘金川的情况，说："这份活儿真不容易干，一天到晚像小媳妇似的伺候人家，人家还不满意，抽风似的说翻脸就翻脸。我和你二姐夫结婚快二十年了，他在家里没干过多少家务活儿，出门在外低三下四干点儿活儿，都是为了那三五斗米啊！你二姐夫这个人遇事没扛头，后面得有个人给他拿主意，这事儿要不是我这么顶着，干不上三天他就跑回来了。"

"那这份活儿能不能长干啊？如果不行，我就在深圳这边儿想办法，这几天我正跟一个朋友联系呢，看能不能让我二姐夫开大巴。这边儿的条件是身高一米六五以上，年龄四十岁以下，现在都是这条件，我得找关系靠人情。"

"干长干不长不好说，公司约定的期限是一年，可以单方面随时炒人，但员工要是提出来不干的话，押金就拿不回来了。你二姐夫现在一个月能挣两千块钱，这份工资对我们这个家来说是个不小的数目。我一个月退休金才六百多，男男的学费和生活费都指望你二姐夫了，不然我们就得吃老本。先让他在那儿干吧，不到万不得已不去深圳。"

"我二姐夫在外面，跟孙世民这种人在一起，你放心吗？"

"不放心也得放心，再说也没啥不放心的。你二姐夫每个星期都给我发信息，有时候还打电话。孙世民的事儿他能跟我说，这证明他不是那样的人，至少现在还不是。"

"挺难得啊，守身如玉。"

"啥守身如玉！不是舍不得身子，是舍不得票子。他知道钱挣得不容易，舍不得往那上面花。"

"人都有一念之差的时候，男人就更容易冲动。咱家谁不说志平老实本分不招惹是非？可谁真正了解谁？"

孟焱有点儿吃惊，说："你……咋的了？有啥事儿啊？"

"我刚到深圳的时候，你不是提醒过我吗？你当时为什么不把真相告诉我？"

"啥事儿啊……你知道啥了？"

"郑志平自己都承认了。"

"我也是听的风言风语，谁知道真的假的？再说都过去多少年了。你当时说得那么轻松，说自己开明什么的……现在怎么整这些陈芝麻烂谷子了？"

"这根本就不是陈芝麻烂谷子，这是原则问题。"

孟焱一下子紧张起来，说："你真是奇怪，当初不认真，现在秋后算账，这是啥逻辑啊？"

"我当时没精力理会这些事儿，说白了，就是掩耳盗铃，不然我可能就垮掉了。现在情况不同了……"

"你们两个是不是闹矛盾了？小亚，我告诉你，你也老大不小了，处理问题别太冲动啊！就算志平出了点儿问题，也像你说的是一时冲动。虽然这些年你在外面吃了不少苦，但志平为这个家也付出了很多。你二姐夫要是能像志平那样，我都乐死了。现在志平有一份好工作，待遇也不错，你别不知足。日子刚刚稳定下来，你千万不要瞎折腾，不然，你还不如留在北方。如果你和志平之间发生问题，你的责任比他大。能忍的就得忍，该让的就得让。"

"天要下雨，娘要嫁人，什么事儿都不能勉强，我的事情我会处理。"孟亚的"攻心术"把孟焱给绕进来了。现在，根本用不着跟郑志平求证了。

离婚有两种方式，一是到原结婚登记机关办理离婚手续；二是在住所地起诉离婚。前一种方式孟亚和郑志平都不愿意，后一种方式孟亚提议由郑志平起诉，郑志平也不同意，说："是你要离婚，我起什么诉？你自己起诉去吧。"但孟亚不想让法院替他们处理离婚官司。身为律师，自己起诉离婚是一种耻辱。

一周后，孟亚与郑志平达成了《协议书》，郑志平是甲方，孟亚是乙方，主要内容如下：

一、甲方离家不离婚，与乙方保持名存实亡的婚姻关系；

二、甲方现有工资存款五千块归甲方所有，作为当前及今后生计之费用；

三、女儿郑飞飞的教育等费用由甲乙双方共同负担，各承担一半；

四、在甲方离家期间，一方如需要组成新的家庭，另一方应无条件配合对方办理离婚手续；

五、离婚时甲方放弃与乙方分割夫妻共同财产（房子按揭还贷由乙方负责），只保留甲方自用的生活用品。

......

这份《协议书》的内容是郑志平拟定的。孟亚坚持要给郑志平五万块钱归他自由使用，被郑志平坚决地拒绝了，说："我倒要看看，甲方离开乙方会不会饿死。"

看着郑志平出门远去的背景，他鬓处的丝丝白发一直留在孟亚的眼中。孟亚咬着牙恨恨地对自己说："出来混，迟早要还的！"

4

二〇〇四年九月二十九日，孟亚接到了深圳某派出所的电话，对方说："孟波因涉嫌团伙盗窃车辆被刑事拘留了，需要你过来办理手续。"

孟亚第一时间告知了孟美，孟美一听就哭了，说："当初要不是他太气人了，我也不会赶他走。咱们这个老弟一身的毛病，我有心好好改造他，可没想到……真是扶不起来的阿斗！"

孟亚说："也许当初小波来深圳就是个错误，不是人人都可以拿青春赌明天的，赌不明白就是眼前一片漆黑。"

孟美说："我早就后悔让小波来深圳了！我当初让他说是区领导的亲戚，一是怕他一旦表现不好，给你三姐夫和我脸上抹黑；二是想用身份给他提提气，免得被别人欺负。别以为德才兼备就都是鲜花、掌声和笑脸，羡慕嫉妒、心术不正的人随时都有，不得不防！可小波却让我防不胜防！……他现在有老婆有孩子，不管怎么说，也不能眼看着他……这是法律问题，法律上的事儿你负责，钱的事儿我负责！"

孟亚说："现在具体情况还不是很清楚。如果真的盗了很多辆车，赃车又追不回来的话，连赔偿加上罚金，说不定要十几万甚至几十万呢！"

孟美说："不是说主动退赃，态度好的话可以轻判吗？只要对小波有利，需要多少钱我拿多少钱，不行的话就卖房子！"

在看守所过了层层的安检和登记，值班警察问："你是孟波的亲姐姐？"

孟亚说："是。"

警察表情怪异地笑了，说："弟弟是犯罪嫌疑人，姐姐是辩护律师。有点儿意思！"

孟波一见到孟亚就开始哭，大喊"冤枉"。孟亚冷眼看着他，一副不为所动的表情。通过孟波的哭诉，孟亚大致了解了孟波这一年多来的所作所为。

被孟美炒掉后，大家都以为孟波离开了深圳，后来刘桂花说孟波在武汉找了一份活儿。而事实上，孟波哪儿也没去，一直住在深圳的宝安区。孟波让刘桂花给他汇了五万块钱，加上自己手里还有一点儿积蓄，求阿旺帮他买了一辆二手小轿车。孟波在宝安区租了一间房子，一直开着蓝牌车非法营运。孟波不让刘桂花告诉家里人他在深圳，刘桂花就一直替他隐瞒着这件事儿。孟波之所以想在宝安区落脚，是因为有个老乡李大为在宝安做事，老乡之间好有个照应。李大为有两个好朋友，很快与孟波也熟悉了。开着蓝牌车非法营运，孟波虽然整天提心吊胆的，但还是能赚到一些钱，比给麦建伟当司机收入还高一些。当然，吃住就没有以前那么好的条件了。李大为他们三个人有时候也用孟波的车，每次都给车费。而孟波为了拉关系，每次收费都很优惠。平时有时间的时候，大家也在一起吃吃喝喝，关系越混越熟。孟波问过李大为他们三个都做什么工作，他们就说合伙开店做五金生意。孟涛后来发现，他们三个人特别喜欢逛大商场，说是去了解市场行情。但奇怪的是，去商场的时候他们一起坐孟波的车，从商场出来时，却往往是李大为一个人坐孟波的车，说另两个人办事去了。孟波也没有往坏处想，直到自己突然被抓进来时，他还以为是因为非法营运问题。

孟波一把鼻涕一把泪地说完了，可怜巴巴地看着孟亚："四姐，你相信我！我说的全是真的，我是被冤枉的！"

孟亚说："小波，一年多没见，你演戏的水平提高得真快！哪天你出来了，我建议你去做群众演员。我已经看过你们四个人的讯问笔录了，公安机关认定你们是团伙盗窃，你开车在外面望风，他们三个人进商场偷事主的车钥匙。钥匙得手后，两个人开着偷来的车，你和李大为开着你的蓝牌车，四个人一起去外地销赃。"

孟波急切地说："他们说我是同伙？这绝对是诬陷！我根本就不知道他们偷车，更没有跟他们去销赃。……他们偷了几辆车？"

"查实的有两辆车，评估价是二十五万。"

"那得判多少年啊？"

"五年以上。"

孟波的眼泪又下来了："四姐，我真是冤枉的！我交友不慎，我被人坑了！"

"你不是交友不慎，你是生来就有犯罪基因。你好好想想，在北方的时候，你就被行政拘留过。来深圳的这几年，你又干了些什么？嫖娼、非法营运、盗窃，哪有一件好事儿？你知道桂花一个人在老家开店带孩子，有多不容易吗？你还像个男人吗？你根本就不是孟家人。你总是抱怨说父母如何如何对不起你，可你的所作所为，对得起父母吗？对得起桂花和果果吗？

我再告诉你一个消息，小慧上个月得乳腺癌死了，就在同一个月，小勇心情不好跟别人打架，也被人一刀捅死了。因为从小失去了父亲，他们的生活一直不快乐。而你呢，却是身在福中不知福。老孟家五姐弟加在一起，也没有你一个人给父母造的孽多。你以为你自己有多大本事吗？老叔比你的本事大不大？早早退居二线，得了肝癌，一生就这么完了。

如果在社会上摆不正自己的位置，不懂得老老实实做人，不会踏踏实实做事，你永远都不可能有真正的成功。人的这一生是悲剧还是喜剧，很多时候命运就掌握在自己手里。其实你走到今天这一步，也在我的意料之中。我觉得这次对你来说是好事儿不是坏事儿。你就老老实实地在监狱里改造几年吧，好好反思一下。但愿你出来以后能够重新做人，不再到处惹是生非，别让一家老小跟着你遭殃！"

隔着会见室的隔离窗，孟波跪在了地上："四姐，以前是我不好，是我不懂事，我以后一定改！可这一次你一定要救我，我真的是被冤枉的！如果我真的被判了刑，我就不活了！四姐我求求你，你跟爸妈还有三姐三姐夫说说，一定要想办法救我。四姐……"

孟亚说："法律是讲证据的，除了证据，谁都帮不了你！这件事儿我不会告诉爸妈的，他们这一辈子已经很不幸了，你没有资格再给他们雪上加霜。"

在孟波捶胸顿足的痛哭中，孟亚从玻璃缝下面推过去一张报纸，毫不迟疑地走出了律师会见室。那是一份《深圳特区报》，上面刊登着孟亚的文章：《莫拿青春"赌"深圳》。

就在孟波被关押在看守所的时候，果果却意外出了车祸。为了冬天里也能有生意，刘桂花的狗肉馆增加了火锅，一天到晚忙个不停。一天下午，刘桂花被生意耽搁了一下，去接果果的时间晚了一些，结果果果在幼儿园门口被一辆摩托车撞倒了，导致左小腿骨折。

果果在医院里治疗，孟波这边儿又出了事儿，孟兰和孟焱让刘桂花把狗肉馆关停一段时间，等果果病好了再重新开业。刘桂花不肯，说眼下正是需要钱的时候，而且生意又不错，如果关了门，以后回头客就没有了。大家都认为刘桂花说得有道理，北方这几家就轮流照顾果果，有时间还到狗肉馆帮忙。现在除了高大龙还算半个闲人，孟焱刚刚办了病退手续外，孟兰、孟涛、冯燕都有工作，再加上孟福先也需要照顾，大家忙得不可开交。

看到果果躺在医院里，有时哭着说想爸爸了，孟福先的心里非常难受，对刘桂花说："给小波打了电话没有？让他回来！"

刘桂花说："小波在武汉干活儿呢，公司不给假。他要是硬回来的话，工作就丢了。"

孟福先生气了："他又不是正式的，就是个临时工，工作丢了能咋的？你一个人忙成这样，我孙女又想他爸，他早该回来了。开狗肉馆就够好的了，非得撇家舍业地跑到外面挣钱，我真是想不明白。"

孟波被抓的消息最终还是被孟福先知道了。一天，刘桂花在狗肉馆里给孟亚打电话的时候，孟福先刚好过来了，他来给果果拿吃的送到医院去。刘桂花哭着对孟亚说："四姐，我总觉得小波不会干这样的事儿。他以前每次打电话，都说让我放心，说赚够了买楼的钱就回来，跟我一块经营狗肉馆，他可能是真的被那几个人利用了。四姐，法律上的事儿我也不懂，就全靠你了！"

孟亚说："证据材料我基本看过了，对小波很不利。另外三个人中有两个人说小波不知情，为首的李大为却死咬着小波不放，说他是同伙。这个姓李的是小波几年前在火车上认识的老乡，真是'遇人不淑'。小波平时开私家车非法营运，很容易给人先入为主的坏印象。我也不太相信小波有这么大的胆子，但是现在找不到对他有利的任何证据啊！"

刘桂花抽泣着说："四姐，你告诉小波，他如果真的有事判了刑，就让他在里面好好改造。我等着他，多少年都等……"

孟福先当时就站不住了，要不是刘桂花及时过来扶住了他，老人家非摔在地上不可。电话还通着，孟福先让刘桂花把电话拿出来，对孟亚说："小亚，小波绝对不会干偷车那么大的坏事儿，我的儿子我清楚。我有五万多块钱，都在你二姐那存着呢，我让她取出来，你给小波请最好的律师，一定要打赢这场官司。"

父亲的声音突然出现在电话里，让孟亚吃了一惊，说："爸，你女儿就是律师。这个案件的结果我不敢乐观，执法部门不会乱抓人的。小波的性格你清楚，这几年没少惹麻烦。"

"我知道你是律师，可你是自己的刀削不了自己的把。小波有的时候是不听话，但他没有这么大胆子偷车。我现在就去找你二姐，让她把钱给你汇过去。"

"爸，你别操心了！我三姐和三姐夫都说了，钱的事儿他们负责。如果你确实想出钱，就等小波的事儿有了结果，到时候一块算吧！"

"那你们请了律师没有？"

"已经请好了！"

"我要去深圳，亲自监督你们。我一定要把我的儿子救出来！"说后半句话的时候，孟福先的声音哽咽了。

"爸，你现在的身体连飞机都坐不了，到了深圳万一病了，大家还得照顾你，不是分散精力影响小波的案子吗？你放心，小波是我亲弟弟，我和你一样关心他！"

"那我……暂时不去深圳了，但钱一定要给你汇过去！"

孟福先放下电话对刘桂花说："果果的饭装好了吗？"

"装好了。爸，还是我去送吧！"

"我去。这客人都开始来了，你招呼吧。我行！"

"爸，外面雪大路滑，您小心点儿！"

在漫天飞舞的雪花中，孟福先右手拄着拐杖，左手抱着保温饭盒，踩着厚厚的积雪，向医院的方向一步一步艰难地走去。

就在北方的孟福先拖着病弱的身体送饭的时候，身在广东的郑飞飞回到了深圳。这几天正是国庆黄金周，飞飞说想家了，坐着广州到深圳的专线长途车就回来了，到家的时候已经是晚上八点多钟。

飞飞一进门就问："我爸呢？"

"出差了，去……国外了，陪领导采访，可能需要一段时间。"

"国外？我爸一个小记者，还有机会出国啊？"

"有。以前他们单位旅游，不是也去过新马泰嘛。"

"我爸昨天还发短信给我，问我回不回来过节。在国外能发短信吗？"

"应该能吧，但可能很贵。"

"那太浪费了。可他也没说他出国呀？"

孟亚赶紧转移了话题，问起了女儿学习生活上的事情。飞飞显得很兴奋，冲完凉后边吃饭边讲学校的事儿，精神状态跟在高中的时候有了很大的不同。孟亚很高兴，觉得女儿仿佛一夜之间成熟了许多。

第二天上午，飞飞出门了，说找高中要好的同学上街逛逛。两个小时以后，飞飞给孟亚发来短信：妈妈，中午不要做饭了，我打包回来。孟亚以为飞飞和同学在外面吃饭，顺便给她带点儿吃的回来。

过了一会儿，飞飞回来了，手里拎着一个塑料袋，里面是一堆包子。孟亚吃惊地说："你这是干啥呀？在学校饿崩溃了？"

飞飞没有说话，从厨房里拿过来一个盘子，把包子全部拿了出来，递给孟亚一个，说："尝尝好不好吃。"

飞飞一进门，孟亚就发现女儿的神情不太对劲儿，再看看包子，她突然脱口道："这好像是你爸包的包子！"

"我爸包的包子，你能看出来？"

"能啊！你爸包的包子，收口这里有一个特别的小面饼，又扁又圆。"

"是我爸包的包子。你尝尝，看他靠着这个小生意，能不能养活自己？"

孟亚咬了一口包子，在嘴里慢慢地嚼着，点点头说："挺香的！你爸开了包子铺？在哪儿呀？"

"就在咱家原来住的小区门口旁边儿，生意挺好，还雇了服务员。"

"铺面……叫什么名字？"

"上岗包子铺。"

孟亚的眼泪一下子就流了出来，飞飞一声不响地进了自己的房间。

5

李秀云打电话给孟亚，说让她过去一趟有事说。孟亚心里就咯噔一下，想是不是母亲知道了孟波的事情。

一见面，孟亚就先摆了个难看的脸色："啥事儿非得当面说？电话里不能说吗？"

"电话里能说。我就是想……看看你。我也知道你忙，可我……寂寞，总想找个人说说话。你三姐好几天没来了！"

"我三姐夫工作那么忙，我三姐家里事儿也多，咱们少添点儿乱，就算是帮他们了。"

"……你三姐跟我生气了，嫌我捡废品。"

"你不是说不捡了吗？还向我保证过。"

"南方废品多呀，一出门就能捡到钱，不捡多可惜呀！我的工作让你爸给弄没了，我捡点儿废品卖，挣点儿钱我心里高兴！不干点儿啥，待着太难受了！"

"其实你捡废品，我挺理解的。我知道工作的事儿让你痛苦了半辈子。你看我大姐夫二姐夫都下岗了。我大姐夫腰不好，现在干不了什么，只能在家闲待着。我二姐夫这两年走南闯北吃了很多苦，找一份活儿都不知道能干上几天。替他们想想以后的事儿，这心里真是空落落的，不敢想！"

"就是啊！我这一辈子活得窝窝囊囊，我希望儿女们能理解我同情我。可你三姐呢，她不理解我，还挑邪理说我不关心她，说她来了我不给她洗水果拿饮料，那说道可多了。她一来就挑病，嫌冰箱里的东西太多了，喊里咔嚓往外扔。台面上临时放点儿东西也不行，她说看着闹心，都塞巴起来了。"

孟亚就笑了，说："我三姐过日子从来都是一丝不苟的。人家那衣柜里，东西叠得整整齐齐的，哪儿像我家，哪儿都乱糟糟的。"

"这也太干净了，干净大劲儿了！"

"她是你生的孩子，像你！我三姐小的时候好像没这么干净吧？"

"不像现在这样。小的时候，你们几个属你三姐性格最好，从来不跟我顶嘴。现在变得都不是她了，脾气可大了！"

"你自己的闺女你最了解，有时候发点儿小脾气也是正常的。可我三姐夫对你够好了吧？从来没挑过你的毛病。"

"建伟比你三姐强多了，他从来不挑我的毛病，还告诉我捡废品别太投入了，别累着。前几天去香港开什么会，回来还给我买了件衣服。"

孟亚让李秀云把衣服穿上给她看看，李秀云就拿出那件棕色的毛呢料外衣，领口和袖口都有一圈兽毛，闪着黑色的亮光。

"这衣服买得不错，又合体又好看。香港的东西可贵了！我三姐夫家里啥事儿都不操心，去香港开会还能想起来给你买衣服，你这当丈母娘的真有福！"

"那是！当年我娘家一有人来，你爸就生气。"

"那个时候不是穷嘛。吃喝都得花钱，没钱嘛。"

"那倒也是。那个时候实在是太穷了，要是不穷，你爸也不能那么小抠儿。"

"我三姐和我三姐夫在生活上对你照顾得这么周到，这又给你买新衣服，你表达一下，就说你很喜欢这件衣服。"

"我才不说呢。我越说，他买得越欢，我不鼓励他。我这么大年纪了，衣服也够穿，买多了浪费。"

"咱家人都这样，该说的不说，让人家觉得你无情无义。"

"我就是不说。……我想让你在你家附近给我租个房子，我自己住，随便些。"

"那你就去我家住呗。那边儿房子大，我把主人房让给你住。"

"我不去。"

"你去吧，志平早都说让你过去住。我那边儿的阳台也大，给你放废品。现在家里的生活基本稳定了，飞飞也上大学了，压力没那么大了。前两年，我都得抑郁症了。以后，大家互相谅解，遇到事儿别说过头话，把关系处理好。"

"我就想一个人住。"

"你不是嫌寂寞吗？"

"寂寞是寂寞，可人多了我也烦。你爸前几天来信了，也说寂寞。人老了，都寂寞。"

"我爸没说让你回东北？"

"那老头子，嘴甜心苦，我太了解他。我才不回去呢。"

"那你不怕他再找老伴儿？"

"我就是不愿意他把钱给别人，他一个月开一千多块呢。就是人死了以后，家里人还能领十个月的工资。"

"那你这几年也没花着他一分钱。"

"我是没花着，可他剩下的钱都在你二姐那儿存着呢，早晚还不是你们的？那老头子最自私了，工资都把在自己手里。"

"其实……我爸也未必像你说的，把钱看得那么重。"

"你了解他，还是我了解他？他要是娶了小老婆，那些钱肯定会全拿走，一分钱都不会留给你们。你信不信？"

"你真想租房子？那我给你找房子？"

"找吧。"

"那我得跟我三姐说一下，通知她一声。"

"找好了房子再通知她，她希望我走。"

孟亚去镇政府找三姐孟美时，看到镇政府大院儿里外都是人，足有上百名工人，吵吵嚷嚷的，一些政府模样的人在跟工人们沟通着，那些工人的情绪非常激动，有的人手里还扯着标语。六七名警察也分布在各个位置，警车、消防车、120救护车都停在路边儿待命。孟亚立刻判断出来，这是一宗群体性劳资纠纷。

孟亚非常清楚群体性劳资纠纷的处理难度，她现在是两家企业的法律顾问。不论企业发展扩张还是破产倒闭，都可能导致群体性劳资纠纷。资不抵债才破产倒闭，员工的补偿金极有可能存在缺口。几两碎银都是养家糊口的救命钱，哪个员工会心甘情愿地放弃？虽然发展扩张看似前途光明，但如果企业准备迁址或者异地建立分厂，想把大批员工迁移过去，而很多员工因为各种原因不愿意迁移的话，群体性劳资纠纷就可能在一夜之间爆发。

此时，镇政府的三楼大会议室里座无虚席，甚至还有一些人站着，现场充满了剑拔弩张的火药味。麦建伟坐在会议桌的中间位置，桌子一边是企业负责人、高层及律师，另一边是八九位员工代表。麦建伟的左右和身后，是劳动、应急、经发等相关部门的工作人员。本来麦建伟并不分管劳资纠纷这一块业务，他属于火线救急被临时指定来啃硬骨头的，是应劳方代表的提议特邀来的。劳方代表的提议者是范立洁，东北老乡张新生的老婆，是这家企业质检部的部长。

这是镇政府行政区划内最大的一家企业，生产的是有科技含量的锂电池，有着近十年的业绩积累，业务都拓展到海外去了，无论是税收还是解决就业等方面，都为当地的经济建设做出了很大贡献。但由于深圳的土地资源紧张，这家企业计划在邻近的惠州建立分厂，同时需要将近一半的员工带到新厂，老厂新厂同时再招录一部分新员工，熟手带新生能够确保两处都平稳快速发展。但近五百名员工的大迁徙，绝对不是一件说走就走的易事儿。许多老员工都在企业周边儿租了房子，配偶也在附近工厂打工，孩子也在这里上学了，员工跟着新厂走就得过上两地分居的生活，会有太多的不方便，生活成本也会随之增加，这是很多员工难以接受的。有的人想趁此机会要求提高工资待遇，准备辞工走人的也想争取多一些的补偿金甚至赔偿金。问题非常复杂棘手。

麦建伟先请企业介绍建立分厂的情况，迁移方案的具体内容，包括安排员工分流的依据，同意去分厂员工的工资待遇，要求解除劳动合同员工的经济补偿，等等。之后又请员工代表提出劳方的意见或者方案。员工方几位代表都发言了，有的员工情绪激动，也有的说到辛苦处流泪了。

麦建伟说："……不管是劳方还是资方，不管是大企业还是小个体，我们来到深圳都是为了发展和进步，都是为创造幸福生活来的。我也是多年前从内地南下的，也是你们当中的一员，我的女儿也曾经是留守儿童，我和我爱人也曾经住过简陋的宿舍，大家都是一步一步奋斗过来的。

……劳资双方不应该是你输我赢的矛盾对抗体，而应该是互相理解、互利双赢的利益共同体。这次企业要在惠州建立分厂，对企业和员工都是一次新的机遇和挑战。现在的法律法规已经日益健全完善，在信息透明、充分沟通的基础上，希望劳资双方学会角色互换，既能够维护自己的合法权益，又能尽最大努力体现人文关怀。愿意去分厂的员工，企业帮助解决后顾之忧，想解除劳动合同的也要诉求合理合法。政府这边儿会组织相关人员，分组为劳资双方提供具体服务，有什么要求咱们一步步谈、一个个谈。员工们可以自己聘请信任的律师，费用全部由政府承担。政府这里也配有法律援助律师，你们愿意委托的话也可以选择。

……我很感谢我的老乡张新生范立洁夫妻的这份信任，也感谢大家信任他们的建议，让我有缘与大家在这个特殊的场合相识。十年前建起来的五十三层深圳国贸大厦，留下了张新生的汗水和骄傲，三天一层楼创造了深圳速度和历史奇迹，也为全国树立了奋斗拼搏的榜样。在此，请允许我代表镇政府和我自己，向伟大的劳动者们表达崇高的敬意。同时也为我们自己奋斗的人生喝彩！"

麦建伟站起来躬身致意，现场顿时掌声雷动，许多人眼里闪着泪光，范立洁眨着泪眼冲麦建伟竖起了大拇指。

孟亚一直在孟美的办公室门口等着，待孟美终于脚步匆匆地走过来时，她看到孟美的眼角还是湿的。孟美一边开门一边说："今天可是开了眼了，紧张得我心跳都快停了！"

孟亚说："你一个财务部门，跟劳资纠纷也不搭边儿呀，轮到你紧张了吗？"

孟美就三言两语概括了一下劳资纠纷，说："我偷偷去旁听的。你三姐夫……今天可是又让我刮目相看了，人才！"

孟亚继续疑惑，问："我三姐夫也不分管这一块吧？他这不是越权了吗？"

孟美说："用词不当。好事儿才叫越权，坏事儿不叫越权叫天降大任。你三姐夫这几天都快通宵达旦了，眼压又上来了，用眼药水顶着呢！……你这么急，找我什么事儿？老娘没事儿吧？"

孟亚就说了租房子的事儿，还没说上几句孟美就听明白了，一口否决道："折腾啥？以前租房子都给房东骂祖宗了，再租房子还能好到哪儿去？卖废品一个月赚一两百，租房子一个月花一两千。要是不捡垃圾，在哪里住都没有问题。我真不明白老娘怎么变成这样，就说厨房里那个脏啊，还不让我动手收拾，我一伸手她就瞪着眼睛喊'别动'，可吓人了！还有的事儿你都想不出来。她不是牙不好嘛，嚼过的肉一团一团的，不扔，用一个小塑料袋装着，说以后蒸着吃。你说恶不恶心人？那天我是有点不高兴了，对她说了一句'你真不像我妈'，可能这句话把她惹生气了。"

"我想让妈去我那儿住。"

"你那儿更不行。你们两个都那么忙，没时间陪她，她还不是照样寂寞？再说了，她还得捡垃圾，往哪儿放？在这边儿天天有人送饭，你们哪有时间给她做一日三餐？"

"要不，我再买一个房子给妈住，这样就省租金了。"

"你现在这个房子还留个尾巴，再买房子，那经济压力得多大？这样吧，你去跟妈说，我这个房子卖给你了，你给她住。她爱咋折腾就咋折腾，我也不管了。我以后再去她那边儿，啥也不说了。"

孟亚的心里松了下来，说："那你说把房子送给老娘住，不是更好吗？老娘还会念你的人情呢。"

孟美说："父母子女之间还说什么人情啊！说是你的房子，她不是心里踏实吗？"

"那也行吧，咱们先试试看。……问你件事儿，我记得大姐二姐上初中的时候，有两三年两个人是不说话的，有没有这回事儿啊？"

"有啊。"

"我问过二姐和妈，她们俩都说没有，还说我记错了。"

"有，绝对有。你咋没头没脑地想起这事儿了？"

"有时候就会想想以前的事儿，比如小的时候跟你上山采野菜，跟你抢土篮子参加学校组织的劳动……"

"还说呢，你可霸道了。爸买回一个半导体，你抢过去一个人听，晚上睡觉放被窝里捂着，谁都不给。"

孟亚笑着说："真的吗？这事儿我可一点儿印象都没有。咱家那么穷，还买得起半导体呀？"

"还有，我一出去看电影，你就跟着，可烦人了。那个时候我就盼着你快点长大，别老缠着我。"

"现在长大了，不还是缠着你？啥事儿都得你操心！"

"知道就好。不过，有时回忆起小时候的事儿，感觉还是挺好的。一眨眼，几十年都过去了，太快了！想想都觉得可怕！"

"我前几天翻书柜的时候，看到了你的那本诗集《让风吹过来》，就顺手翻了一首诗看，一下子就引起了我的共鸣。我当初帮你校对的时候，没记得有这首诗啊！"

孟美问都没问是哪首诗，说："我都好几年没写了，废了！不跟你说了，我还有好几件事儿要办呢！"说完急忙走了。

孟亚给母亲打了电话。李秀云很高兴："房子卖给你了？多少钱？"

"十万。"

"你跟她讲价，八万……五万。"

"你三闺女说你偏心眼儿，向着我。"

"她条件比你好，她身体也比你好。"

"条件好是人家付出得多，你以后对她多关心点儿。"

"行。以后她来了我给她洗水果吃，拿饮料喝。"

"那你是让你三闺女把房子直接送给你，还是我买了再给你住啊？"

"送给我那感情好，那你别买了，别给她钱。"

孟亚开玩笑说："说送你就送你了？你一分钱也不出？"

李秀云说："不出。我一把屎一把尿把她伺候大了，她养我老是应该的。别说这个旧房子，我要是想住新房子，她都得给我买。"

孟亚后来把这句话传给孟美的时候，孟美笑了，说："这老娘，可霸道了，这不就是仇富吃大户吗？看她处事真是又可气又可笑！"

"妈是变了，以前自尊心可强了，总是怕麻烦这个麻烦那个，现在用你的花你的，理直气壮的。"

"花多少钱都没问题，就是老娘变得这么不讲卫生，我受不了！"

6

过了几天到了母亲节。麦建伟和孟美说要带李秀云出去吃饭，还说麦闯从国外回来了，热烈邀请姥姥去饭店欢度母亲节，却被李秀云瞪着眼回绝了。麦建伟一家三口就自己去了饭店。

麦闯在花店买了一大束鲜花献给孟美，说："妈妈，祝你母亲节快乐！"

孟美可高兴了，说："宝贝真懂事！"

吃完饭要走的时候，麦闯把两个空易拉罐拿在手上。孟美问："宝贝，你拿它干啥呀？"

麦闯说："给我白姥，卖废品。"

孟美说："别拿了。这样宠着你白姥，她垃圾捡得更欢了。"

麦闯说："今天是母亲节，就宠她一回吧。"

麦建伟说："你女儿比你懂事！"

回到家里，孟美把那束花在客厅里安顿好，在沙发上坐了下来。

麦闯放了一首歌曲，是刘欢演唱的《温情永远》：

也许是因为每天都相见，生活有点平淡；也许是由于彼此太了解，觉得不够浪漫。好像所有的蜜语甜言，过去早已说完。留下来几句贴心的话，虽平凡但温暖。你太累了也该歇歇了，不可能所有事一天做完。……也许是由于彼此太了解，不愿再抒情感……家就像个港湾，两人有时会磕磕绊绊，心却总是相连。你太累了也该歇歇了，不要总忘记了黑夜和白天……还有爱在你身边儿。

孟美的眼泪涌了出来，麦闯过来搂住妈妈："激动了？"

孟美擦了一下眼泪，说："你手里拿的啥啊？"

麦闯递给孟美一张纸："调查问卷，你填一下，要实事求是。"说着把笔递给了孟美。

孟美拿着笔，认真地答了起来。

1．你母亲一生勤劳吗？

答：非常勤劳。

2．你母亲一生辛苦吗？

答：非常辛苦。

3．你母亲一生幸福吗？

答：不幸福。

4. 你知道你母亲不幸福（或幸福）的原因吗？

答：贫穷，没有经济地位；夫妻感情不和。（两者之间有因果关系）

5. 你母亲目前有最快乐的事情吗？

答：有，捡垃圾（捡废品）。

6. 你爱你的母亲吗？

答：非常爱！

7. 你希望母亲天天快乐吗？

答：非常希望！

8. 你支持母亲捡废品吗？

答：支持。

孟美看着麦闯，眼泪再一次涌了下来，带着哭腔笑着说："你个小阴谋家，设陷阱让我往里跳！"

麦闯说："我爱你，妈妈！我也爱我妈妈的妈妈！"

麦建伟说："宝贝，你什么时候想出这么个鬼点子来的？你妈妈是道高一尺，你是魔高一丈。"

麦闯说："用词不当，这叫青出于蓝而胜于蓝。"

孟美说："走，看你白姥去。把这束花也带着，你白姥特别喜欢花。把咱家那些旧报纸也划拉划拉，都给你白姥拿过去。"三人出门在附近的水果店又买了一个榴梿。

李秀云看到那一大束鲜花，第一句话就问："多少钱？"

麦闯说："六十块。"

李秀云当时生气了，说："真是有钱烧的，拿钱砸鸭脑袋。六十块钱够我捡半个月废品了，就买几朵花几棵草？当吃当喝啊？几天就烂成臭粪了！"

孟美说："今天是母亲节嘛。"

李秀云说："今天是母亲节，那日子今天过完明天就不过了？六十块钱，六十块钱……拿回去，我不要！我嫌臭！"

孟美笑了，说："这老太太，还当真了。这花是我同事送的，不是花钱买的。"

李秀云的气立刻烟消云散，笑道："我说嘛，谁能这么大头自己花那么多钱买一束花。要是人家送的我就要，这花还挺好看的。"

孟美看着麦闯，两个人哈哈大笑。麦闯说："白姥，还有节日礼物呢。这是给您的废品，我妈让拿过来的。"

李秀云一脸惊异的表情："你妈给我拿废品？这太阳咋从西边儿出来了？是不是我听错了？"

孟美说："没听错。你外孙女给我上了一堂生动的亲情教育课。我也想明白了，只要你高兴，你就是把这个房子变成废品收购站，我也不管了，谁让你是我老娘呢！"

李秀云盯着孟美看了半天："真的？"

孟美说："真的。"

李秀云两掌合在一起，冲着孟美作揖似的："谢天谢地，我就盼着有人能理解我呀！"片刻又转向麦闯，"你可真有本事！你跟你妈是咋说的，就把她改变了？"

孟美和麦闯同时说："保密。"

李秀云上上下下看着外孙女："还要去那个什么国啊？啥时候能回来呀？你回不回来啊？我想你早点儿回来。深圳这么好，还往外国跑。"

后一句话像"顺口溜"，把几个人都说笑了，李秀云自己也笑了。麦闯说："过几年就回来了。深圳确实好啊，发展太快了！"

孟美说："深圳已经全部城市化了，全市人口都是城镇居民，农村没有了，是全国第一个也是唯一一个全部城市化的城市。"

李秀云说："我不懂你说的啥，就想问问麦闯，在国外能不能吃到榴梿？"

麦闯说："榴梿都是泰国进口的，我不吃榴梿，气味不好闻！"

李秀云说："哎呀呀，那是你没吃习惯。我刚开始也嫌它臭，现在是越吃越香。就是太贵了，一个榴梿七八十块钱。"

孟美说："你喜欢吃就好，管你够！"

7

　　孟波出事快两个月的时候，有一天孟亚突然接到了一个陌生女人的电话。那个女人说想跟孟亚见面谈一件事情，是关于孟波的。

　　两个人在一家咖啡语茶店见了面。那个女人人到中年，看上去像是一位知识女性，她自我介绍说："我姓方，是李大为的表姐。"说着，她递给孟亚一盒录音带，"你弟弟孟波是无辜的，这是证据。"

　　方女士讲了事情的来龙去脉："我表弟来深圳以后，我先后给他介绍过几个工作，都是高不成低不就，后来他告诉我说跟几个老乡开了一家五金店。出事前他一直住在我家。有一次他打电话被我听见了，我怀疑他跟人合伙偷车。在我的逼问下，他说出了事情真相，说他们三个人是一伙的，有时候用你弟弟的车，但你弟弟不知道他们在干什么。我问他有没有偷到车，他说没有，还保证说以后再不干这种事儿了。当时我把我们之间的谈话悄悄录了音，之后我就给我东北的姨父打电话，让他们把我表弟带回去。我表弟很生我的气，从我家里搬走了。他犯事后，我才知道他们合伙偷了两台车卖掉了，到现在警方还没找到赃车的下落。他以前跟我说过，孟波有两个姐姐在深圳，都很有钱。我表弟对有钱人又羡慕又嫉妒，他这次想把你弟弟拖下水，我想也是出于嫉妒心理。我知道你是律师，有了这盒录音带，你弟弟应该有希望了！"

　　孟亚拿着那盒录音带，眼中早已满含泪水。

　　孟亚回到家的时候，又看到了桌子上的那个塑料袋，里面还是装着五个包子。尽管桌子上的那张纸条已经看了二十几天，但孟亚还是像第一次看见一样，把纸条捧在手上：小波的事儿我帮不上什么忙，但我以后会每天给你送五个包子，不让你饿肚子。你如果吃够了，就把这张纸条收起来。保重！

　　孟亚拿起笔，在这张纸的下半页写道：人生这棵树，没有谁是你永远的园丁，你得学着使用剪刀——这把剪刀一半是社会给的，一半是自己给的。剪多了，剪少了，剪对了，剪错了……你自己慢慢总结和修正吧！

孟亚往北方大姐孟兰家打电话，告诉他们孟波被无罪释放。高大龙接的电话，说："我一直没敢告诉你，小波的事儿把你大姐急得心脏病都犯了，在家躺好几天了。这刚一听你说小波没事儿了，她乐得病一下子就好了。这不，下床了……"

电话被孟兰抢了过去，说："你别听你大姐夫瞎说，我啥事儿都没有。你寄钱干啥？"

孟亚一时语塞："寄钱？什么钱啊？"

孟兰说："前几天你不是给我寄了三千块钱吗？志平经手寄的，他还打电话过来说，以前是我们帮你们，现在……"

孟亚一下子脱口而出："我不知道这事儿。"

孟兰说："志平寄钱你不知道？小亚，你跟志平……生气了？"

孟亚赶紧改口说："不是……我是说过寄钱的事儿，可他寄了也没跟我说呀。他就是这种性格，闷了吧唧的。"

高大龙在电话旁边儿大声说："人家那是贵人语迟，心里有数。"

孟亚走出家门，一路走到她曾经居住过的那个小区，远远就看见了"上岗包子铺"店牌，戴着白帽子的郑志平正在给客人装包子，两个男服务员也在忙碌着。看到孟亚，郑志平笑了一下，说："有事吗？"

孟亚说："我们该结束这种名存实亡的婚姻了。"

郑志平愣了一下，说："你……找到新的伴侣了？"

孟亚说："回去说吧。"

两个人一路往回走，一句话都没有。

进了家门，郑志平机械地在沙发上坐下，眼睛直直地盯着电视。电视根本没开，可他仿佛被什么精彩的画面吸引住了似的，整个儿人似乎都进入了与世隔绝的状态。

"小波……没事儿了。"

"是吗？挺好的。"

"如果没有你的包子，那些天……我也挺不过来。谢谢！"

"应该的。只是以后……你不需要包子了吧？"

"飞飞写了一篇文章，在校刊上发表了，用 QQ 传过来的。"

郑志平机械地移到了电脑前。

父爱不倦

父爱对幼年的女儿是无影的风。

在幼时的记忆中似乎找不到父爱，它被母爱的光辉严严实实地遮盖了。它像风，就算有时拂过我的面颊，也随即飞快地消散，让我觉察不到。相反，记忆中都是父亲的不好。有一次我在临摹字帖，在一张格子纸上东写一个字，西写一个字，妈妈就坐在我的身边儿。父亲走过来，立刻大声训斥我，问我怎么写字呢。我气鼓鼓的，眼泪都要流下来了。母亲急了：孩子愿意玩，你就让她写呀！这样她才写得下去。这几句简单的话牢牢地奠定了母亲在我心中的地位。相比之下，父亲的心思总不如母亲的细腻，他不理解女儿年幼的天性。和母亲在一起的时候，"父亲"这个字眼就好轻好轻，我像是已经得到了整个儿世界，不会感觉缺了什么。

父爱对少年的女儿是蓝色的海。

我七八岁的时候，母亲去南京学习了两年，第二年我患了肺病，连续多日高烧不退。父亲坐在我的床边儿看着我，他哭了。父亲那么高大，以前从来没见他流过眼泪。若干年前奶奶去世的时候，父亲一个人坐在大而空旷的客厅里，没有开灯，我想他是流泪了，但我听到的只有沉重的静默。然而在我的病榻前，顶天立地般的父亲却因焦急和无助失声哭泣。我的心已不仅仅是震撼，还有内疚。父亲并不是不爱我，只是他的爱，太深沉。父亲的爱像藏在宽广深邃的心海之底。海的表面是那样平静，看上去波澜不惊。而当女儿被病痛折磨得不堪忍受之时，父亲的心海却翻起了巨浪……

父爱对成年的女儿是细腻的沙。

女儿长大了，长大的是一颗心。每一天，从生活中的点点滴滴中都能看到父亲的爱。我坐在沙发上时，父亲从一个袋子里拿出几个香瓜，他嗅嗅，敲敲打打，突然间如获至宝般对其中的一个自语道：哎呀，这个好香！随即走进厨房为我削瓜去了。父亲不知道，此时他身后的女儿已经热泪盈眶……

女儿长大了，父亲也有些老了。他的身体已不如从前，生病发烧时看上去那么可怜，高大的身躯看上去那么脆弱……

父爱，从来就有。不要说父亲不爱我，是我没有透过爱去发现爱，是我对父爱的回报太少。当细致的父爱已使我的羽翼丰满有力时，就该是我庇护父亲的时候了。

我终于知道——母爱是无边儿的；而父爱，也从不知疲倦。

泪水顺着郑志平的脸颊静静地往下流，他就那样一动不动地坐在电脑前。

孟亚过来搂住郑志平的脖子："飞飞需要包子，我也需要包子，更需要你！"

郑志平没有想到，孟亚说结束名存实亡的婚姻原来是另外一种意思，从失望、绝望到绝处逢生，瞬间的转换让久违的激情迸发了出来，他疯狂地吻着孟亚，紧紧地把她抱在怀里。孟亚故意挣扎着，说："你现在是老板了，有没有小女子投怀送抱？"

"有，我都换了两个女服务员了，我怕她们。你看见了，现在这两个都是男的。"

"北方的好工作，你不要了？"

"我更喜欢现在的……工作。"

8

就在刘金川诚惶诚恐地担心随时可能失业的时候，命运给了他一次改变自己和别人命运的机会。这个"别人"正是孙世民。

这次出车的时候，孙世民又犯老毛病了，带上了小妍，刘金川又被挤到别的车上去了。出发的时候，孙世民的车在前面，刘金川坐的那辆车跟在后面，就这样开了五六个小时。

这几天天气一直不好，连续下了两天的雨，昨天晚上才停下来。车辆经过一个转弯处时被一块大石头拦住了去路，孙世民下车观察路况的时候，离公路只有几米远的山体突然飞泻下来，眨眼间就把孙世民埋了进去。在孙世民下车看路的同时，刘金川也下了车，眼看着砂石泥土飞一般地向孙世民砸去，刘金川刹那间就被吓呆了，但随即他就清醒了过来，拔腿朝前跑而不是向后撤。此时的孙世民只有两只脚还露在外面，人一点儿声音都没有。刘金川拼命地扒着砂石，大声叫着其他车辆上的人，几分钟后，满脸是血、面色紫青的孙世民被扒了出来……

在孙世民有功还是有过这个问题上，马老板倾向于后者。虽然孙世民察看险情的行为不能说有错，但他带着小妍跑长途的行为却罪不可赦。而刘金川则是百分之百的功臣，为了救孙世民的命，把自己的一双手都挖烂了，一根小手指还骨折了。

马老板把刘金川请到了自己的办公室，说："如果不是你处理及时得当，孙世民这条命就没有了，我至少得出二十万块赔偿金。你有什么要求，说说吧。"

刘金川说："我只有一个要求，请您把孙世民留下来。他的开车技术在公司数一数二，现在身体也没问题了。"

马老板找孙世民谈话的时候，孙世民说他也有一个要求，马老板就有点儿不高兴，耐着性子说："你……还敢提要求？"

孙世民说："我请求您给刘金川换一辆车，让他当主驾。"

马老板说："这个要求我答应你。人生在世，你能有刘金川这样生死患难的兄弟，福气啊！"

刘金川给孟焱打电话的时候，兴奋得像中了大奖似的："……我说的话一点儿都不夸张，真的，你别不信！那个时候山上的碎石啊土啊什么的，还在稀里哗啦往下砸，我就冲上去了，弄不好连我都埋里面了！可当时真顾不上那么多了。你说眼看着孙世民一下子就没影了，我能不着急啊？可我着急是着急啊，头脑那是相当冷静的。我决定从孙世民的头部那里开始扒，得先把脑袋露出来，要不然没几分钟他就憋死了。说实在的，要不是我离他最近，救他救得最快，他老婆现在都成寡妇了，他儿子也没爹了……以前他孙世民多霸道啊，这家伙把我欺负得。现在咋样儿？反过来了，在我面前像三孙子似的……"

孟焱截断了刘金川的话："说完了没有？我要是不拦你，是不是能说上三天三夜啊？救人一命，胜造七级浮屠。这种人命关天的事儿，让谁遇上了也不能袖手旁观。你们一起出车的那些工友也没看热闹吧？你不过就是时机占得好，也用不着这样张扬啊，简直像是小人得志。你还没咋样儿呢，就这样了，要是咋样儿了，还不知道啥样儿呢。"

"我啥样儿了？我这不就是跟你说说嘛，跟别人我也没这样说。"

"天灾人祸不长眼，特别是出门在外，你们又是开长途车的，谁知道谁能遇上啥事儿？做人厚道点儿，别得志便猖狂。"

"我才没猖狂呢。我告诉你，我还办了一件大事儿呢，你绝对想不到，你们谁都想不到！"

孟焱故意不理刘金川卖关子，等着刘金川自己说了出来："我们马老板的弟弟也是老板，生产饮料的，他想到咱们县来考察，看能不能把白瓜子饮料公司接过来。"

孟焱说："你这天上一句地下一句的，胡扯些啥呢？把你的车开好得了，别想入非非了。"

"你咋这么没头脑呢？我只是给双方提供信息，我又不开饮料公司。"

"啥双方？那一方你找谁去？"

"你现在咋变得越来越笨了呢？大姐夫原来不是咱县饮料厂的小经理嘛，我记得他说过，那些配方什么的，他都知道。"

孟焱的思维终于有点儿上路了，说："技术方面的问题大姐夫倒是行，可饮料公司光那些设备，可能就得好几百万呢。以前还用过一大批工人，还要采购原料啊找市场啊什么的，哪那么容易？"

"容易不容易的，这些也不是咱们考虑的事儿。你把这事儿跟大姐夫说说，看他是什么意思？"

"你为啥不直接跟大姐夫说？"

"你说比我说好，灵活点儿。我说，怕他误会。"

"你是想将功折罪吧？"

"是，也不全是。说心里话，那件事儿，在我心里一直都是个事儿。这回这事儿要是真有希望了，大姐夫不是也能有正事儿干了吗？他那个人脾气是不咋的，但心眼儿不坏。"

"算你有良心。不过我告诉你，那出事的起因，大姐夫早都知道了，人家根本就没想跟你计较。"

"那你咋不早说呢？这几年这件事儿把我压得，想起来我就难受。"

"我就是想让你长点儿记性，好好做人做事。"

"现在是信息时代，信息就是效益。到处都是商机，就看你有没有脑子，能不能抓住了，还是得脚踏实地！"

"行，你确实有长进。这件事儿，我去跟大姐夫说。"

"还有一件事儿。"

"好事儿还是坏事儿？"

"当然是好事儿，我现在是好事成双。老板发了我五千块奖励，还让我升级当主驾了，现在每月工资涨到三千二了。"

"最重要的事儿为啥最后说？你是不是不想告诉我？"

"这啥话呢？不想告诉你，我咋还告诉你？"

"你现在当主驾了，工资也涨了，不是跟以前的孙世民差不多了？现在腰杆硬了，是不是也想学孙世民的样儿，找个小姐养个小妍啥的？"

"你咋拿我跟他比呢？我可不会像他。说心里话，这几年虽然在外面跑得挺辛苦，可我知道，咱家最辛苦的是你，我不能对不起你和儿子。一大把年纪了，好不容易挣点儿钱，往那事儿上扯啥，犯不上！"

"你现在学得挺会说话啊，这几年在外面锻炼的，别是嘴甜心苦。"

"我说的是心里话，不用学。我现在就想着多挣点儿钱，虽然咱家比不上你两个妹妹家，但也不能太差了。人活一张脸，树活一张皮。我过日子要强的心，比谁都不差。我现在一心一意想着让你过上好一点儿的日子，你要是不信，我就发誓，我如果不正经，就像孙世民那样遇上山体滑坡……"

孟焱赶紧截住刘金川的话："呸呸，又冒虎话了。行了，别浪费电话费了！"

9

在北方孟兰的家里，西装革履的马老板和头发花白的高大龙正面对面坐着，旁边儿的桌子上放着一个硕大的金瓜。高大龙如数家珍地介绍着金瓜的相关知识和白瓜子饮料的情况，马老板听得入神。高大龙让孟兰给马老板端来一杯饮品。

马老板说："我只知道草原人有喝马奶的习惯，你们东北人，也有特殊的生活习惯吗？"

高大龙说："这不是马奶也不是牛奶，这是呱呱叫饮料。"

马老板脸上现出意外的表情，说："呱呱叫饮料？公司不是早就停产了吗？"

高大龙说："这是我手工做的，就是为了给你一个切身体验。我忙了大半天。"

马老板像品茶似的，呷了一小口，随后，又喝了一大口，很快把一杯饮料喝光了。他看着高大龙说："你手工做的饮料跟公司里机器生产的一样吗？"

"一样。"

"完全一样吗？"

"完全一样。"

"饮料为什么是热的，需要加热后才喝吗？"

"凉饮、热饮都可以。冬天的时候加热后饮用，味道更浓更香。"

"公司停产多少年了？"

"整整十年了。"

马老板的表情又有了一点儿变化，说："酒香也怕巷子深啊！你是搞技术的吗？"

"不是。我原来是业务部经理，搞市场推销的。"

"那你怎么对技术方面的业务这么精通？"

"平时工作的时候就学会了。"

"有心人啊，可惜了！"

"我们原来的董事长才可惜呢。他是技术员出身，对这种饮料研究了差不多十年。公司好不容易成立起来了，可没干几年就倒闭了。"

第二天，高大龙和老董事长一起陪马老板去了公司，老董事长是坐着轮椅去的。在公司的车间里，蜘蛛网无处不在，各种工具散乱地躺在地上，一台台机器早已锈迹斑斑。这个场景与窗外的北风呼应着，充满了凄冷和萧瑟。

十天后，刘金川收到了高大龙发给他的短信：金川，事儿成了！咱们县至少有二百人可以重新就业了。谢谢你！兄弟，保重！

10

果果出院那天，孟福先却住进了医院。连日的着急上火加上劳累，孟福先越来越感到体力不支，身体竟然莫名其妙地出现了浮肿，尿量急剧减少。家里人都很着急，催孟福先去医院检查一下，但他却不肯，说没什么大事儿。这让孟兰和孟焱感觉很反常，在儿女们的印象中，父亲一向是小病大养甚至无病呻吟的。

孟波在医院见到父亲的时候，躺在床上的孟福先抬手给了儿子一个耳光，那一巴掌打得很轻却很吃力。孟福先说："你该懂事了，别让我死不瞑目！"

孟波哭着说："爸，我以后一定让您省心，再也不会给咱家添乱了！"

孟福先的检查结果很快出来了，双肾萎缩。医生说，只有换肾才可能有生存的希望，孟家人被这个从天而降的噩耗惊呆了。

但孟福先却很平静，说："你们的老爸是医生，我早就知道自己的病情了。我不换肾，这么大岁数了。你们的二叔、老叔都比我年轻，都在我前面走了。我儿孙满堂，家家的日子都过得去，我知足了！"

儿女们进行了紧急商量后一致决定，由自家人为父亲捐肾。几天后，孟美和孟亚带着母亲从深圳回来了，李秀云是自己要回来的。经过与医生们沟通，决定由孟美、孟亚、孟涛、孟波四姐弟做配型检查，孟兰和孟焱年纪大了不宜捐肾。令人欣喜的是，四姐弟竟然都与父亲配型成功了。

孟波坚决要求为父亲捐肾，说："爸的病情恶化得这么快，都是我和果果的事给折腾的。爸明知道自己得了要命的病，还要把多年的积蓄拿出来给我请律师。我对不起爸，你们就给我这个立功赎罪的机会吧。不然，我这一辈子都不会心安的！"刘桂花也支持孟波捐肾。

大家都担心事情会在李秀云这里遇到障碍，原本不想让她知道，但还是没能瞒住。没想到的是，李秀云竟然同意孟波给孟福先捐肾，说："我在电视上看过家里人捐肾的新闻，没想到这样的事儿在咱家发生了。小波是英雄，应该上电视！"

李秀云对孟福先说："我是为我老儿子回来的。快刀割不断红炉线，到啥时候我都是他妈。"

孟福先说："我还以为你是为我回来的呢。"

"我也是为你回来的。你不是想找小老婆吗？我成全你。"

"我就是想在走之前最后见你一面，才想出了写信的办法。"

"你傻了一辈子，快蹬腿了倒长心眼儿了。"

"你干净，一天到晚离不开水。现在咱县的水好了，一天二十四小时都有水。环境也好了，文化广场修得可漂亮了。我的退休金又涨了……你还去深圳吗？"

"我的事儿你少问，管好你自己得了！"

"你们看看，还是这么霸道！"

小雪的预产期快到了，由于第一个孩子流产了，这次分娩婆家人高度紧张，坚持让亲家母到场，孟兰就急匆匆去了乌兰浩特。

孟家人聚在一起的时候，孟焱拿出了孟福先的遗嘱，说："这是爸几天前写的，想把后事儿安排一下。爸手里有六万五千块钱，他说六个子女平均分配。爸还说妈手里的钱，由妈自己支配。"

孟美说："我不要。"

高大龙："我们也不要。"

孟亚说："这六万五千块钱，不都是爸的。当初爸因为前列腺手术后遗症的事儿要跟医院打官司，我和二姐用了个偷梁换柱的办法，徐主任实际只出了五千块钱，另外一万块是二姐出的。去年爸给妈找工作，也是二姐骗爸说县里给了两万六千块钱补偿金，这笔钱也是二姐自己掏的腰包。"

其他人都愣住了，孟涛说："咋这么能瞒呢？二姐又出钱又出力的，这让我们心里多不得劲儿。爸的钱我们不要，二姐，你把你的钱扣下来，剩下的都给小波吧。他给爸捐肾，应该给他补偿！"

孟波说："不用补偿，我给爸捐肾是应该的。这钱要是平均分配我就要，我只要属于我的那一份！"

一直没有说话的李秀云开口了："我给你们出个主意吧。我的意思是，你们该谁的就是谁的，每人一份。钱到手后，你们以后愿意帮谁就给谁，还是个人情，这多好？省得在这儿犟，没完没了的！"

高大龙说："妈这个主意不错，还是老太太聪明！"

其他人也觉得李秀云的建议非常好，李秀云接着说："我手里的那几万块钱，早都用在大兰的房子上了。你们的大姐和大姐夫对这个家的贡献最早最大，不然现在的日子也不会过得这么紧巴。那笔钱我也不打算要了，看你们几个小的有没有意见？"

大家都说没意见，只有高大龙说："这么大的事儿，我可做不了主，等你大闺女回来再说吧。"

换肾手术十分成功，孟福先醒来后第一句话就问："这人咋不全哪？"

孟美说："爸，你想看谁？"

孟福先说："都想看！"

孟焱说："我大姐在乌兰浩特呢。刘金川在江西打工回不来。你三姑爷在深圳忙工作，麦闯在国外呢。你要健健康康的，以后都能看见！"

孟福先说："小波呢？"

孟美和刘桂花在另外一个病房照顾着孟波。孟波说："三姐，我现在才明白，不是所有的人都要去深圳，在北方好好努力也能过上好日子。我分析问题都不如小雪。你说得对,我真的是'金玉其外,败絮其中'。"

孟美说:"你不是败絮其中。你的肾脏质量很好,爸身上的浮肿已经开始消退了。我推你过去看看爸。"

孟波握着父亲的手:"爸,你老儿子做成了这件像样的大事儿,终于可以骄傲一把了!"

孟福先说:"老儿子,老爸谢谢你!"

这时,高大龙的手机响了,他接上电话"啊啊"了两声后,一下子兴奋起来:"生了?是个男孩儿?……好好,老爷子刚醒过来……情况很好……都在医院呢,我告诉他们。"

孟福先问:"小雪生了个男孩儿?那孩子跟我叫啥呀?"

李秀云说:"叫你太黑姥,叫我太白姥。这都不懂,老糊涂了!"

孟福先"咕咕哝哝"地说:"我不黑,你也不白,这谁都知道。"

人人喜上眉梢,七嘴八舌地说着孩子该跟谁叫什么,每个人都试着对号入座。毋庸置疑,孟家老少都长了一辈,升了一级,四世同堂的日子开始了。

孟波搬入带电梯的新楼那天,家里一片欢声笑语喜气洋洋。这是老孟家的根,在孟波和刘桂花的强烈要求下,孟福先、李秀云一致同意跟老儿子一起生活。但孟波的那个平房没有卖,这也是大家的一致意见。留一块菜园子就像留住了春天,不但能给一日三餐提供健康的果蔬,也如同精神世界的一个家园。随着一片又一片的房屋拆迁以及随之而起的高楼大厦,能有一块属于自己的自然天地,就越发变得珍贵了。

春节很快就到了,漫天飞舞的雪花预示着这是一个好年头。枝头披挂银装,灯笼摇曳幸福,家家户户的对联和福字透着吉祥如意。噼噼啪啪的爆竹声中,缤纷的碎红旋转着,层层叠叠地飘落在洁白的雪地上……

北方的冬天,真美啊!

1995 年 11 月初稿

2021 年 3 月第二次修改

2024 年 1 月第三次修改